A estrada

Vassili Grossman

A estrada

tradução do russo
Irineu Franco Perpetuo

2ª reimpressão

Copyright © by The Estate of Vassili Grossman

Grafia atualizada segundo o Acordo Ortográfico da Língua Portuguesa de 1990, que entrou em vigor no Brasil em 2009.

Título original
Дорога (Doroga)

Capa
Thiago Lacaz

Imagem de capa
Yevgeny Khaldei/Corbis/Latinstock

Ilustração/ fotos de miolo
© Fiódor Gúber

Preparação
Diogo Henriques

Revisão
Ana Kronemberger
Tamara Sender
Ana Grillo

Edição apoiada pelo programa TRANSCRIPT de incentivo à tradução da literatura russa da Fundação Mikhail Prokhorov.

CIP-Brasil. Catalogação na fonte
Sindicato Nacional dos Editores de Livros, RJ

G921e
    Grossman, Vassili Semenovich
        A estrada/ Vassili Grossman; tradução Irineu Franco Perpetuo. – 1ª ed. – Rio de Janeiro : Objetiva, 2015.
        335p.

        ISBN 978-85-7962-442-1

        1. Grossman, Vassili Semenovich. 2. Guerra Mundial, 1939-1945 – União Soviética. 3. Guerra Mundial, 1939-1945 – Narrativas pessoais soviéticas. 4. Guerra Mundial, 1939-1945 – Destruição e pilhagem – União Soviética. I. Perpetuo, Irineu Franco. II. Título.

15-25103
        CDD: 940.54217
        CDU: 94(100)'1939/1945

Todos os direitos desta edição reservados à
EDITORA SCHWARCZ S.A.
Praça Floriano, 19, sala 3001 — Cinelândia
20031-050 — Rio de Janeiro — RJ
Telefone: (21) 3993-7510
www.companhiadasletras.com.br
www.blogdacompanhia.com.br
facebook.com/editora.alfaguara
instagram.com/editora_alfaguara
twitter.com/alfaguara_br

Vassili Grossman em Magnitogorsk, julho de 1934.

Sumário

PARTE 1: A DÉCADA DE 1930

Introdução (Robert Chandler e Yury Bit-Yunan)	11
Na cidade de Berdítchev	23
Vidinha	39
A jovem e a velha	47

PARTE 2: A GUERRA, A SHOAH

Introdução (Robert Chandler e Yury Bit-Yunan)	65
O velho	83
O velho professor	89
O inferno de Treblinka	121
A Madona Sistina	179

PARTE 3: HISTÓRIAS TARDIAS

Introdução (Robert Chandler e Yury Bit-Yunan)	191
O alce	207
Mamãe	217
A inquilina	233
A estrada	237
A cachorra	247
Em Kislovodsk	255

PARTE 4: TRÊS CARTAS

Introdução (Robert Chandler e Yury Bit-Yunan)	269

PARTE 5: DESCANSO ETERNO

Introdução (Robert Chandler e Yury Bit-Yunan)	279
Descanso eterno	283

APÊNDICES

Grossman e Treblinka (Robert Chandler)	303
Natália Khaiutina e os Iejov (Robert Chandler)	309
Posfácio (Fiódor Gúber)	321
Cronologia	329
Notas sobre os textos	333

PARTE I

A década de 1930

Koktebel (no mar Negro), setembro de 1935. Grossman (de óculos) é o homem sentado mais à esquerda.

Introdução
Robert Chandler e Yury Bit-Yunan

Vassili Semiônovitch Grossman nasceu em 12 de dezembro de 1905, em Berdítchev, cidade ucraniana que abrigava uma das maiores comunidades judaicas da Europa. Em 1897, pouco antes de seu nascimento, a população era de cerca de 54 mil habitantes, dos quais mais de 41 mil eram judeus. Em certo momento, chegou a haver na cidade oitenta sinagogas, e, na primeira metade do século XIX, antes de ser suplantada por Odessa, Berdítchev foi o principal centro bancário do império russo.

Os pais de Grossman eram judeus e originalmente deram ao filho o nome Ióssif. Sendo, contudo, altamente russificados, costumavam chamá-lo de Vassili, ou Vássia, e assim ele sempre foi conhecido. O próprio Grossman disse certa vez à filha, Iekaterina Korotkova: "Não somos como os pobres judeus de *shtetl*[1] descritos por Sholem Aleichem, daqueles que viviam em cabanas e dormiam amontoados no chão, como sardinhas em lata. Não, nossa família vem de uma origem judaica muito diferente. Eles tinham suas próprias carruagens e trotadores. As mulheres usavam diamantes, e seus filhos eram enviados para estudar no exterior".[2] É improvável que Grossman soubesse iídiche.

De acordo com Iekaterina Korotkova, os pais de Grossman se conheceram na Suíça, onde estavam estudando. Assim como muitos estudantes judeus que moravam no exterior, Semion Óssipovitch era ativo no movimento revolucionário. Entrou para o Partido Operário Social-Democrata Russo (como o Partido Comunista era então chamado) em 1902. Quando houve o ra-

---

[1] "Cidadezinha" ou "vila" em iídiche. (N. E.)
[2] John e Carol Garrard, *The Bones of Berdichev: The Life and Fate of Vasily Grossman* (Nova York: The Free Press, 1996), pp. 31 e 376. (Nota da edição inglesa)

cha do Partido, em 1903, aderiu à facção menchevique, que se opunha a Lênin e aos bolcheviques. Sabemos também que Semion Óssipovitch desempenhou um papel ativo na Revolução de 1905, ajudando a organizar o levante de Sebastopol.[3]

Em algum momento do começo da infância de Vassili, seus pais se separaram, embora pareçam ter continuado amigos pelo resto da vida. Vassili foi criado pela mãe, Iekaterina Savêlievna; tiveram a ajuda de David Cherentsis, o marido rico da irmã de Iekaterina. De 1910 a 1912, Vassili e a mãe moraram em Genebra; daí regressaram a Berdítchev, para viver com a família Cherentsis. A mãe trabalhou como professora de francês, e Vassili conservaria um bom conhecimento do idioma ao longo da vida; Fiódor Gúber, seu enteado, recorda que o exemplar de *Guerra e paz* da família não incluía a tradução russa das passagens escritas em francês. De 1914 a 1919, Vassili cursou o ensino médio em Kiev. Entre 1921 e 1923, frequentou o Alto Instituto de Educação Soviética de Kiev, dividindo um apartamento na cidade com o pai, e, de 1923 a 1929, estudou química na Universidade Estatal de Moscou, enquanto trabalhava meio período em um lar para crianças de rua. Logo percebeu que sua vocação real era a literatura, mas tinha que continuar estudando para se formar. Seu pai, engenheiro químico, havia trabalhado duro para sustentá-lo, e queria que o filho tivesse boas qualificações. As dificuldades financeiras da família foram agravadas pelo casamento de Vassili, em janeiro de 1928, com Anna Matsuk, e pelo nascimento de Iekaterina, sua única filha, em janeiro de 1930.

Depois de concluir a universidade, Grossman passou dois anos na região mineira ucraniana de Donbass, ou Bacia do Don, trabalhando inicialmente como engenheiro de segurança em uma mina e, depois, como professor de química em uma instituição médica. Em 1931, após ser diagnosticado como tuberculoso, conseguiu permissão para retornar a Moscou; parece provável que o diagnóstico estivesse errado, embora sua filha acredite que ele tivesse uma tuberculose incipiente que foi tratada com sucesso. Durante

---

[3] Fiódor Gúber, *Pámiat i pisma* (Moscou: Probel, 2007), p. 7. John e Carol Garrard sugerem que o pai de Grossman, Semion Óssipovitch, era ativo na União Trabalhista Judaica, o Bund, mas isso não passa de uma suposição, baseada no fato de que Genebra à época era um centro de atividades do Bund. (Nota da edição inglesa)

dois anos, trabalhou como engenheiro em uma fábrica — curiosamente, uma fábrica de lápis, o que era bastante apropriado —, mas, em seguida, acabou conseguindo ganhar a vida como escritor profissional. Apesar disso, jamais perdeu o interesse na ciência.[4]

Ao voltar a Moscou, Grossman foi morar com Nádia Almaz, uma prima em primeiro grau pelo lado materno. Cinco anos mais velha do que Grossman, Nádia era inteligente e ambiciosa, uma mulher de fortes convicções morais e políticas. No final da década de 1920, trabalhava como assistente pessoal de Solomon Lozovski, chefe do Profintern, ou "Sindicato Internacional", organização cujo papel era estabelecer ligações com sindicatos de outros países. Para Grossman, Nádia Almaz era tanto inspiração quanto fonte de apoio prático crucial. Ela o encorajou a escrever sobre minas e projetos industriais e conseguiu que seus manuscritos fossem datilografados. Com suas múltiplas conexões nos círculos partidários, deu um jeito para que Grossman fizesse parte de um grupo de jovens ativistas em uma viagem ao Uzbequistão, em maio e junho de 1928, e também o ajudou a publicar dois de seus primeiros artigos, um deles no *Pravda* — o principal jornal do Partido Comunista.

Em abril de 1933, contudo, Nádia Almaz foi presa, acusada de "atividades antissoviéticas". Foi expulsa do partido e exilada em Astracã. Assim como muitos outros membros de organizações internacionalistas como o Profintern e o Comintern, ou "Internacional Comunista", ela foi acusada de manter contato com trotskistas estrangeiros. Em anos posteriores da década de 1930, tais acusações eram bastante frequentes e em geral falsas; Nádia Almaz, porém, realmente havia mantido contato com trotskistas. Não há dúvidas de que se comunicava com Viktor Kibáltchitch (escritor e ex-colaborador de Trótski, mais conhecido pelo pseudônimo Victor Serge); em sua ficha na OGPU[5] consta que duas "car-

---

[4] Uma década mais tarde, entendeu rapidamente a importância da física nuclear; um de seus diários do ano de 1944 inclui um diagrama de uma reação nuclear em cadeia (Gúber, op. cit., p. 39). Não foi por acaso que Grossman escolheu fazer de Viktor Chtrum, figura central de *Vida e destino* — e, em muitos aspectos, um autorretrato —, um físico. (Nota da edição inglesa)

[5] Sigla para Obiediniónnoie Gossudárstvenoie Polítitcheskoie Upravliénie (Direção Geral Política do Estado), que foi formada a partir da Tcheká, em 1922, e funcionou como a polícia secreta da URSS até 1934. (N. T.)

tas extremamente contrarrevolucionárias de Viktor Kibáltchitch foram encontradas em seu poder".[6] Nessa época, Grossman ainda morava com Nádia, e foi interrogado durante as buscas no quarto dela. Não parece ter dito nada em defesa da prima nem na ocasião, nem na época de sua detenção; contudo, escreveu-lhe, mandou--lhe dinheiro e, em setembro de 1934, visitou-a em Astracá.[7]

Os anos imediatamente posteriores a este episódio parecem ter sido bons para Grossman — pelo menos no referente a questões práticas e profissionais. Em abril de 1933, depois de um longo esforço, ele conseguiu uma permissão de residência permanente em Moscou, e, no verão de 1933, seu primeiro romance, *Gliuckauf*,[8] sobre a vida dos mineiros do Donbass, foi recomendado para publicação; isso lhe permitiu entrar em duas organizações importantes: a Sociedade da Amizade dos Escritores de Moscou e o Fundo Literário. Nessa época, Grossman também ficou amigo de três ex-membros do grupo literário Pereval.[9] Aleksandr Voronski, chefe do grupo, tinha sido apoiador de Trótski, e o Pereval fora oficialmente dissolvido em 1932. Seus membros, no entanto, continuavam a desempenhar um papel ativo na vida literária moscovita, e três escritores do grupo — Boris Gúber, Ivan Katáiev e Nikolai Zarúdin — puderam oferecer a Grossman ajuda prática e encorajamento. Foram Katáiev e Zarúdin que, em 1934, levaram o conto "Na cidade de Berdítchev", de Grossman, aos editores da prestigiosa *Literatúrnaia Gaziêta*.[10] O conto foi prontamente publicado, ganhando a

---

[6] Ver Garrard, op. cit., p. 109. Serge tinha sido preso pela segunda vez dois meses antes disso, em fevereiro de 1933. Pode ter sido a primeira pessoa a se referir à URSS como um Estado "totalitário". (Nota da edição inglesa)

[7] Depois de passar três anos exilada em Astracá, Nádia recebeu uma segunda sentença de três anos, desta vez em um campo de trabalhos no Extremo Norte. Voltou a Moscou em 1939. Ver Gúber, op. cit., p. 20; e Garrard, op. cit., pp. 112 e 129-30. (Nota da edição inglesa)

[8] Derivado do alemão *Glück auf* ("Boa sorte!"), expressão usada para saudar um mineiro que acaba de subir à superfície. (Nota da edição inglesa)

[9] Travessia, em russo. (N. T.)

[10] Ver A. Botcharov, *Vassili Grossman* (Moscou: Soviétski pissátiel, 1990), p. 11. Esta excelente monografia é a versão expandida de um estudo publicado inicialmente em 1970. (Nota da edição inglesa)

admiração de escritores tão diferentes como Isaac Bábel, Maksim Górki e Boris Pilniak.[11] O ano de 1934 também viu a publicação de *Gliuckauf.* Nos três anos seguintes, Grossman publicou três pequenas coletâneas de contos: *Felicidade* (1935), *Quatro dias* (1936) e *Contos* (1937). Em 1937, foi admitido na recém-criada União dos Escritores Soviéticos, e publicou também o primeiro volume do longo romance *Stepan Koltchúguin.* Ambientado no começo do século xx, fala de um jovem mineiro de carvão que se torna revolucionário. A experiência de Grossman nas minas do Donbass e as histórias ouvidas do pai sobre o movimento revolucionário permitiram-lhe escrever sobre esse mundo de dentro. Assim como seus romances posteriores e mais famosos, trata-se de uma ficção com fortes bases na realidade, e imbuída de uma preocupação profunda com a moralidade pública e privada.

Em 1937, Boris Gúber foi preso e fuzilado — assim como Katáiev, Zarúdin e vários outros ex-membros do Pereval. O primeiro casamento de Grossman acabara em 1933, e, no verão de 1935, ele havia começado um caso com a mulher de Gúber, Olga Mikháilovna. Grossman e Olga Mikháilovna passaram a viver juntos em outubro de 1935, casando-se em maio de 1936, poucos dias após o divórcio dela e de Gúber. Grossman estava claramente em perigo; 1936-37 foi o auge do Grande Terror.[12] Em 1938, Olga Mikháilovna também foi presa — por não

---

[11] Ver Semion Lípkin, *Kvadriga* (Moscou: Knizhny Sad, 1997), p. 516. Aparentemente, Bábel disse: "Nossa capital judia foi vista com novos olhos". Lípkin cita também as palavras de Bulgákov: "Não me diga que realmente foi possível publicar algo que valha a pena!". Essa afirmação foi entendida como um elogio ao conto, mas provavelmente era apenas uma resposta polida de Bulgákov. Uma tradução inglesa de "Na cidade de Berdítchev" foi incluída no volume 2 de *New Writing*, de John Lehmann, no outono de 1936, pp. 131-45. Cinco escritores soviéticos estavam representados nos dois primeiros volumes da revista: Grossman, Pasternak e Chôlokhov, e os hoje menos conhecidos Ógniev e Tíkhonov. (Nota da edição inglesa)

[12] Os amigos de Grossman revelaram-se notavelmente leais. De acordo com Fiódor Gúber, que teve acesso à ficha de seu pai no NKVD, "quando interrogado pelo investigador sobre Vassili Grossman, meu pai respondeu: 'Não se sabe de nada comprometedor a respeito de Grossman'. Os outros ex-membros do Pereval deram respostas similares" (op. cit., p. 32). (Nota da edição inglesa)

ter denunciado o ex-marido, um "inimigo do povo". Grossman rapidamente se registrou como guardião legal de seus dois filhos com Boris Gúber, salvando-os assim de serem mandados para orfanatos ou campos. Em seguida, escreveu a Nikolai Iejov, chefe do NKVD,[13] assinalando que Olga era agora sua esposa, e não de Gúber, e que portanto não deveria ser responsabilizada por um homem do qual se separara muito antes de sua prisão. Semion Lípkin, amigo de Grossman, comentou: "Em 1937, só um homem muito corajoso teria ousado escrever uma carta daquelas ao carrasco-mor do Estado".[14] Mais tarde, naquele mesmo ano, e para surpresa de todos, Olga Mikháilovna foi libertada.[15]

A verdadeira natureza das crenças políticas de Grossman — ou de qualquer outra pessoa — na década de 1930 é quase impossível de verificar; nenhuma evidência — carta, diário ou relatório de informante do NKVD — pode ser considerada inteiramente confiável. É provável, contudo, que Grossman tenha se sentido empurrado para direções diferentes. Por um lado, muita gente próxima a ele tinha sido presa ou executada nos anos 1930, e seu pai, com quem vivera por dois anos no final da adolescência, fora um membro engajado do Partido Menchevique, do qual a maioria dos membros acabara na prisão ou no exílio. E parece que Grossman tinha pelo menos alguma noção da magnitude da Grande Fome da Ucrânia, em 1932-33, no momento em que esta acontecia.[16] Por outro lado, era um jovem escritor

---

[13] O serviço de segurança soviético foi rebatizado diversas vezes; seus nomes e acrônimos mais importantes, em ordem cronológica, são: Tcheká, OGPU, NKVD e KGB. (Nota da edição inglesa)

[14] Ver Liphin, op. cit., p. 518. Tzvetan Todorov escreveu que "Grossman é o único exemplo, ou pelo menos o mais significativo, de um escritor soviético estabelecido e de ponta que mudou completamente de caráter. O escravo que havia nele morreu, erguendo-se um homem livre" (Todorov, *Hope and Memory* [Londres: Atlantic Books, 2005], p. 50). Por mais impressionante que isso pareça, Todorov está equivocado: Grossman mostrou grande coragem e independência ao longo de toda sua vida. (Nota da edição inglesa)

[15] Para a carta de Grossman a Iejov, com uma escolha astuta de palavras, ver John e Carol Garrard, op. cit., pp. 122-25 e pp. 347-48. Ver também o posfácio de Gúber ao presente volume. (Nota da edição inglesa)

[16] Em agosto de 1931, quando a Fome estava apenas começando, ele escreveu uma carta cifrada (em suas próprias palavras, "esopiana") ao pai sobre esse assunto (Garrard, op. cit., pp. 93-95). (Nota da edição inglesa)

ambicioso; queria deixar sua marca no mundo e dependia, assim, do regime soviético. No tempo dos tsares, mesmo quando não havia pogroms, os judeus tinham sido vítimas de discriminação; no começo da União Soviética, ao contrário, constituíam uma parcela desproporcionalmente grande da elite política, profissional e intelectual. Fossem quais fossem seus pensamentos íntimos enquanto a escrevia, esta frase da carta de Grossman a Iejov, em 1937, é objetivamente verdadeira: "Tudo que eu tenho — minha educação, meu sucesso como escritor, o elevado privilégio de compartilhar meus pensamentos e sentimentos com leitores soviéticos —, devo ao governo soviético".[17] E, ao menos em parte, Grossman conservou certo grau de romantismo revolucionário até o fim de seus dias. É possível que — assim como muitos outros membros da intelligentsia — tivesse continuado, ao longo dos anos 1930, a acalentar a esperança de que o sistema soviético cumprisse sua promessa revolucionária em algum momento.

O que se pode dizer com segurança é que a diferença entre o escritor do "establishment" das décadas de 1930 e 1940 e o "dissidente" que escreveu *Vida e destino* e *Tudo flui* nos últimos quinze anos de sua vida é essencialmente de grau. Não há um momento isolado — nem mesmo um ano — que possa ser visto como marcante em sua "conversão" política. Mesmo *Gliuckauf*, seu primeiro romance, pouco lido hoje em dia, tinha evidentemente algum poder de chocar; em 1932, Górki criticou um esboço da obra por "naturalismo" — código soviético para quem apresentava quantidade muito grande de realidade não palatável. No final de seu relatório, Górki sugeria que o autor perguntasse a si mesmo: "Por que escrevo? Que verdade confirmo? Que verdade desejo que triunfe?".[18] O que Górki queria dizer com isso é que Grossman estava mostrando preocupação de menos com a ideologia e preocupação de mais com a realidade. É difícil não ficar impressionado com a intuição de Górki; ele parecia sentir aonde o amor de Grossman pela verdade podia levá-lo.

Grossman escrevia melhor a cada década, e seus últimos contos são os melhores. Dos vinte e poucos contos que escreveu

---

[17] Ibid., p. 348. (Nota da edição inglesa)
[18] Lípkin, op. cit., p. 516. (Nota da edição inglesa)

nos anos 1930, incluímos apenas um dos que foram publicados nessa época, e dois dos que foram publicados pela primeira vez na década de 1960.

"Na cidade de Berdítchev" é ambientado na época da Guerra Russo-Polonesa (fevereiro de 1919–março de 1921), lutada contra a Polônia pela Rússia e a Ucrânia soviéticas. Não é difícil ver por que o conto foi recebido com tanto entusiasmo. Grossman escreve de modo vívido, e atinge um hábil equilíbrio narrativo, sem louvar ou condenar sua heroína, Vavílova, uma comissária que precisa escolher entre abandonar seu bebê recém-nascido ou os camaradas do Exército Vermelho.

Tanto no estilo como no tema, o conto deve muito a Isaac Bábel, cuja coletânea *O exército de cavalaria* apresenta como pano de fundo a mesma guerra. Em alguns aspectos, Grossman parece estar tentando superar Bábel, para mostrar que não é menos inventivo quando se trata de encontrar maneiras de chocar o leitor: "A princípio, jogara a culpa de tudo naquele homem triste, sempre taciturno, que se revelara mais forte do que ela e chegara, atravessando o couro duro de sua japona e o feltro de sua camisa militar, até seu coração de mulher". Em um nível mais profundo, contudo, a história pode ser lida como uma crítica perspicaz de Bábel. Muitos dos melhores contos de *O exército de cavalaria* falam de iniciações em um mundo de violência masculina. Fascinado pela violência, Bábel, no geral, parece ver essa iniciação como algo desejável. "Na cidade de Berdítchev", por sua vez, fala de uma mulher sendo iniciada, ou quase iniciada, em um mundo feminino — um mundo que ela rejeita e depois aceita, para rejeitar de novo.[19]

---

[19] Um estudo dos manuscritos de Grossman sugere que ele estava consciente de quão ideologicamente delicado era o equilíbrio que buscava. O conto termina com Vavílova abandonando a criança e correndo para se juntar aos cadetes do Exército Vermelho, em sua marcha suicida na direção dos poloneses, que avançam. Magazanik e sua mulher Beila, em cuja casa Vavílova estava abrigada, observam. A versão publicada termina assim:

Olhando para ela, Magazanik afirmou:
— Era gente assim que havia no Bund em certa época. Isso é que é gente de verdade, Beila. Nós somos gente? Não, somos apenas estrume.
Aliocha acordou chorando e batendo as pernas, tentando se desembaraçar das fraldas. Voltando a si, Beila disse ao marido:

Bábel era dez anos mais velho do que Grossman, e ascendeu à fama não muito tempo depois de Grossman ter come-

---

— Ouça, a criança acordou. Melhor checar o fogareiro, vamos ter que esquentar o leite.

O destacamento sumiu em uma curva da rua.

No manuscrito, contudo, há mais uma frase: "Beila soluçou e disse, em voz alta: 'Uma tártara, uma tártara!'". Em uma ocasião anterior, Beila já havia chamado o marido de tártaro — o que faz com que suas palavras tenham peso. Além de criticar Vavílova por abandonar o bebê, Beila critica o marido por aparentemente perdoar o comportamento de Vavílova. Evidentemente, Grossman ou seus editores decidiram que tal final era perigoso demais. A incerteza de Grossman a respeito do final da história é mostrada de modo ainda mais claro pelas mudanças que ele introduziu quando, em algum momento entre 1934 e 1939, escreveu um roteiro de cinema baseado nela (RGALI fond 1710 opis. I. ed. Khr. 95). Na versão publicada, Vavílova é uma fanática; no roteiro, uma mãe devotada, com pouca escolha senão abandonar o bebê *por pouco tempo*. No conto — e apenas no conto — Grossman coloca uma questão importante, com agudeza chocante. A literatura soviética dos anos 1920 e 1930 contém muitos exemplos de gente sacrificando um marido, esposa ou pai, mas apenas Grossman pergunta se é certo uma mãe abandonar o filho recém-nascido pelo bem da causa. Críticos da época evidentemente se sentiam desconfortáveis com tal questão. Embora o conto tenha sido elogiado em jornais soviéticos, quase não houve discussão séria sobre o dilema que ele apresenta.

O roteiro de Grossman nunca virou filme; não deve ser confundido com *A comissária*, de Askoldov, baseado na mesma história. Feito em 1967, *A comissária* foi banido por duas décadas, mas ganhou dois prêmios internacionais ao ser lançado, em 1988. Curiosamente, assim como *Vida e destino* foi o livro mais minuciosamente banido da literatura soviética, *A comissária* pode ter sido o filme mais minuciosamente banido da cinematografia da URSS. Askoldov foi informado de que a única cópia existente havia sido destruída. Na era Gorbatchov, porém, descobriu-se que os funcionários de um arquivo haviam preservado uma cópia. O que tornava *A comissária* tão inaceitável era, sem dúvida, sua sequência final (que, obviamente, não corresponde em nada à história original de Grossman) sobre a Shoah. (Todas as informações aqui apresentadas são uma versão resumida de um artigo de Yury Bit-Yunan publicado em 2010 em *Vopróssy Literatury*.) (Nota da edição inglesa)

çado os estudos na Universidade Estatal de Moscou. Assim como Grossman, Bábel era um judeu ucraniano, um intelectual com bom conhecimento de literatura francesa e amor por Maupassant. Não surpreende que Grossman, aspirante a escritor, quisesse se medir com Bábel. Mais importante, porém, é o grau em que ele parece ter definido a si mesmo por oposição a Bábel. Assim como Bábel, Grossman escreveu muito sobre violência. Diferentemente de Bábel, não estava de forma alguma fascinado por ela; escreveu sobre violência simplesmente porque foi atirado contra alguns dos mais terríveis atos de violência do século passado. O tema que fascinava Grossman, e ao qual ele volta repetidamente, muitas vezes nos contextos mais inesperados, era o amor maternal.

"Vidinha", escrito apenas dois anos mais tarde, em 1936, é imediatamente reconhecível como obra do Grossman maduro; é tão contido e discreto quanto "Na cidade de Berdítchev" é chamativo. Aqui também, contudo, Grossman corre riscos — embora não saibamos se ele tentou publicar o conto na época. O herói, Lev Orlov, é tímido e depressivo; embora seu prenome queira dizer "Leão" e o sobrenome "Águia", ele é a antítese do herói positivo da doutrina do Realismo Socialista. Em novembro de 1935, Stálin declarou que "a vida melhorou, a vida ficou mais alegre", e essas palavras eram repetidas o tempo todo em faixas e cartazes, em programas de rádio e artigos de jornal, em discursos, desfiles de Primeiro de Maio e outros eventos públicos. Contra esse pano de fundo, o modo como Grossman utiliza as palavras "alegremente" e "alegria" e a falta de interesse de Orlov nos festejos de Primeiro de Maio são provocativos. Nos anos 1930, o rádio era o mais importante meio de propaganda estatal; o fato de Orlov não possuir um aparelho demonstra sua alienação da vida soviética. Grossman, evidentemente, não simpatiza de maneira aberta com Orlov, mas tampouco o condena de forma explícita.

Com sua ironia delicada e inconsequência aparente, "Vidinha" deve muito a Tchékhov, que evidentemente foi de importância central para Grossman, pelo menos desde o começo de sua carreira profissional.[20] "A jovem e a velha" não é menos tchekho-

---

[20] Em certo ponto de "Um conto de amor", história longa escrita em 1937, um cineasta e um roteirista falam de seu projeto em conjunto. Eles concordam que "A estepe", de Tchékhov — um conto em que aparen-

viano. Há uma dolorosa ironia no contraste entre algumas de nossas primeiras impressões de Gagareva, a mais velha das duas mulheres. Primeiro, a ouvimos proferir chavões insensíveis sobre a atenção dispensada pelas autoridades a "manter a saúde dos cidadãos do país"; logo depois, a ouvimos soluçar, ruidosa e rouca, porque a filha está no Gulag. É bem verdade que Grossman faz uma concessão à ortodoxia soviética ao permitir que uma série de prisões em uma fazenda do Estado termine de modo positivo, com o triunfo da justiça, mas a estrutura musical tchekhoviana do conto — as várias palavras e imagens repetidas, o modo como a história começa e termina com uma descrição de carros velozes — leva o leitor a uma compreensão bem diferente. Conforme vai sendo levada a sua dacha na primeira cena, Goriátcheva se espanta "com a inquietante velocidade com a qual objetos, pessoas e animais surgiam, cresciam e subitamente desapareciam". Nas últimas linhas do conto, Gagareva contempla, da janela de um escritório em Moscou, a cidade abaixo de si: "os faróis brilhantes dos automóveis surgindo das trevas do nevoeiro, lá embaixo, e cruzando a praça a toda a velocidade". A impressão deixada pela história é a da aleatoriedade da vida soviética nos anos 1930, a "precipitação" (esta palavra e seus cognatos são repetidos ainda mais vezes no original) com que as pessoas são elevadas a postos de grande autoridade ou lançadas na obscuridade.

---

temente não acontece quase nada —, é "arte de verdade". No contexto da literatura soviética da década de 1930, tal discussão é surpreendente. (Nota da edição inglesa)

Na cidade de Berdítchev

Era estranho ver o rosto escuro e curtido pelo vento de Vavílova enrubescer.

— Está rindo de quê? — disse ela, por fim. — Isso tudo é uma grande bobagem.

Kózyrev pegou o papel da mesa, fitou-o e, meneando a cabeça, voltou a cair na gargalhada.

— Não, eu não posso com isso — disse, entre risos. — O relatório... a comissária do primeiro batalhão... ausente por quarenta dias, por gravidez.

Ficou sério.

— É isso. E quem fica no seu lugar? Talvez o Perelmuter, da seção política da divisão?

— Perelmuter é um bom comunista — disse Vavílova.

— Todos vocês são — afirmou Kózyrev e, baixando a voz, como se falasse de algo vergonhoso, indagou: — E o parto, Klávdia, já está próximo?

— Sim — respondeu Vavílova e, tirando o gorro alto de pele, enxugou o suor da testa. — Queria ter me livrado dele — disse, com voz grave —, mas me descuidei; como você sabe, durante três meses em Hrubieszów, mal apeei do cavalo. Quando cheguei ao hospital, o médico não quis saber.

Franziu o nariz, como se fosse chorar.

— Até ameacei o maldito com minha máuser, mas ele se recusou; disse que era tarde demais.

Retirou-se, e Kózyrev ficou sentado à mesa, examinando o relatório.

"Quem diria, até a Vavílova", pensou, "que nem parece mulher, anda de máuser, de calça de couro, liderou várias vezes o batalhão em ataques, e nem voz de mulher tem, mas, no fim, a natureza reclama o que é seu."

E, por algum motivo, ficou sentido e um pouco triste.

Escreveu no relatório "ordeno" e, fazendo um círculo indeciso no papel com a ponta da caneta, franziu a testa: o que vou escrever?

"Conceder licença de quarenta dias a partir do corrente"; refletiu um pouco mais e acrescentou: "por motivo de doença", depois introduziu no alto, "feminina", praguejou e riscou o "feminina".

— Vá lá lutar com essa gente — disse, e chamou o ordenança. — Essa nossa Vavílova, hein? — falou em voz alta e zangada. — Acho que você ouviu.

— Ouvi — respondeu o ordenança e, balançando a cabeça, cuspiu.

Juntos, condenaram Vavílova e todas as mulheres, disseram algumas obscenidades, riram-se, e Kózyrev, depois de mandar chamar o chefe do estado-maior, disse a ele:

— Amanhã você tem que ir atrás dela para saber se vai querer ficar num apartamento ou num hospital, e como vai ser isso tudo.

Depois, ficaram ali sentados até o amanhecer, fazendo sinais sobre o mapa de duas verstas[1] por centímetro, sem trocar muitas palavras — os polacos estavam avançando.

Vavílova foi instalada em um quarto requisitado a um morador da cidade.

A casinha ficava no Iatki, como se chamava o mercado da cidade, e pertencia a Chaim-Abram Leibowitz Magazanik, que os vizinhos e a própria mulher chamavam de Chaim Tuter, que quer dizer tártaro.

Vavílova chegou de modo escandaloso, levada por um funcionário da Seção Comunal, um rapaz magro de japona de couro e *budiônovka*.[2] Magazanik xingou-o em iídiche; o funcionário ficou em silêncio e deu de ombros.

Então Magazanik mudou para o russo.

— Como são descarados esses velhacos! — gritou para Vavílova, esperando talvez que compartilhasse sua revolta. —

---

[1] Versta: antiga medida russa para distâncias, equivalente a 1,067 km. (N. T.)

[2] Capacete de pano do Exército Vermelho, recebeu essa denominação em homenagem ao comandante militar Semion Budiônny (1883-1973). (N. T.)

Olha o que foram inventar! Como se não tivesse sobrado um único burguês na cidade! Como se não tivesse sobrado um único quarto para as autoridades soviéticas a não ser na casa do trabalhador Magazanik. Como se não houvesse um quarto livre em nenhum outro lugar a não ser na casa de um operário com sete filhos! E o Litvak, da mercearia? E o Khódorov, o vendedor de tecidos de lá? E o Ashkenazy, nosso milionário número um?

Em volta de Magazanik, seus filhos, sete anjinhos de cabelos cacheados e esfarrapados, fitavam Vavílova com olhos negros como a noite. Grande como a casa, ela tinha o dobro do tamanho do pai deles.

Magazanik foi finalmente posto de lado, e Vavílova entrou no quarto.

A partir do aparador, dos edredons achatados, das cadeiras esburacadas com assentos quebrados, aquela moradia lhe lançava um sopro tão espesso que ela tomou um grande fôlego, como se estivesse prestes a mergulhar na água.

À noite, não conseguiu dormir. Atrás da parede divisória, como se fosse uma orquestra com muitos instrumentos, dos zumbidos graves do contrabaixo aos agudos da flauta e do violino, a família Magazanik roncava. O bochorno da noite de verão, os cheiros densos, tudo isso parecia sufocá-la.

O quarto tinha cheiro de tudo!

Querosene, alho, suor, banha de ganso, roupa de cama não lavada. Ali moravam seres humanos.

Apalpava a barriga agitada e roliça; de vez em quando, o ser vivo que havia nela dava coices e se mexia.

Durante muitos meses, lutara contra ele de modo honrado e persistente: saltara pesadamente do cavalo; com fúria silenciosa, arrastara pesados cepos de pinheiros nos sábados comunistas; bebera ervas e infusões nas aldeias; consumira tanto iodo da farmácia do regimento que o enfermeiro esteve prestes a redigir uma queixa ao serviço de saúde da brigada; escaldara-se com água fervente no banho até ficar com bolhas.

Teimosamente, porém, ele crescera, dificultando seus movimentos e cavalgadas; ela enjoara, vomitara, sentira-se puxada para o chão.

A princípio, jogara a culpa de tudo naquele homem triste, sempre taciturno, que se revelara mais forte do que ela e chegara, atravessando o couro duro de sua japona e o feltro de sua camisa militar, até seu coração de mulher. Lembrara-se dele à frente de seus homens, conduzindo-os por uma pequena ponte de madeira de simplicidade aterradora, com as metralhadoras polacas matraqueando e, de repente, era como se ele não existisse mais: seu capote vazio erguera as mangas para o alto e, ao cair, ficara pendurado sobre o regato.

Vavílova passou por cima dele com seu garanhão embriagado, e o batalhão saiu em tropel atrás dela, como se a empurrasse.

Depois desse acontecimento, só restara aquilo. A culpa era toda daquilo. Vavílova jazia derrotada, e aquilo vitoriosamente a escoiceava com seus pequenos cascos, vivo dentro dela.

De manhã, quando Magazanik se arrumava para trabalhar e a mulher lhe dava o café da manhã, afastando as moscas, os filhos e o gato, ele, fitando de soslaio a parede do quarto requisitado, falava baixo:

— Dê chá a ela, para que morra de cólera.

Ele se banhava nas colunas ensolaradas de poeira, em todos os cheiros e sons — os gritos de criança, o miado do gato, o resmungo do samovar. Não tinha vontade de ir à oficina, amava a mulher, os filhos, a velha mãe, amava sua casa.

Suspirando, saiu, e na casa ficaram apenas as mulheres e crianças.

O caldeirão do Iatki fervilhava o dia inteiro: mujiques vendiam lenha de bétula branca como giz, camponesas farfalhavam réstias de cebolas, velhas judias sentavam-se sobre montes fofos de gansos amarrados pelas patas. Os compradores sopravam a penugem macia entre as patas e apalpavam a gordura amarelada sob a pele macia e cálida das aves.

Moçoilas de perna escura e lenço colorido na cabeça carregavam grandes vasos vermelhos, repletos de morangos até a borda, olhando assustadas para os compradores, como se prestes a saírem correndo. Nas carroças, vendiam-se torrões amarelos e chorosos de manteiga embrulhados em folhas compridas de bardana verde.

Um mendigo cego com uma barba branca de feiticeiro chorava trágico e suplicante, e estendia as mãos, mas ninguém se abalava com seu terrível pesar; todos passavam por ele, indiferentes. Uma camponesa, tirando da réstia a menor cebola, atirou-a na tigelinha de lata do velho. Este apalpou a cebolinha e, deixando os lamentos de lado, disse, zangado: "Que na velhice vossos filhos vos paguem na mesma moeda". Em seguida, voltou a entoar uma oração arrastada e antiga como o povo judeu.

As pessoas vendiam, compravam, apalpavam, experimentavam, erguendo os olhos com ar compenetrado, como se esperassem que do céu profundamente suave alguém lhes desse conselhos sobre se era melhor comprar um lúcio ou uma carpa. Além disso, todos soltavam gritos estridentes, juravam por Deus, xingavam uns aos outros, riam.

Vavílova arrumou e varreu o quarto. Escondera o capote, o gorro de pele e as botas. Sua cabeça explodia com o barulho da rua, enquanto no apartamento os pequenos Tuters gritavam, e ela teve a impressão de que havia adormecido e estava tendo um sonho ruim.

Ao voltar do trabalho, à noite, Magazanik deteve-se à porta, pasmado: Beila, sua esposa, estava sentada à mesa — e a seu lado havia uma mulher grande com um vestido folgado, chinelas nos pés descalços e a cabeça envolta em um lenço colorido. Elas riam baixo, conversando entre si, erguendo as grandes mãos gordas enquanto examinavam pequenas camisas de criança.

Durante o dia, Beila havia entrado no quarto de Vavílova; ela estava junto à janela, e o aguçado olho feminino de Beila captara o volume da barriga da comissária, dissimulado por sua elevada estatura.

— Com mil perdões — disse Beila, decidida —, mas me parece que a senhora está grávida.

E Beila, erguendo os braços, rindo e se lamentando, passou a se ocupar dela.

— Filhos — disse. — Filhos, caso a senhora não saiba, são uma infelicidade — e apertava e sufocava a Tuter mais nova contra o peito. — São uma enorme desgraça, uma enorme infelicidade, uma enorme trabalheira. Todo dia querem comer, e não passa uma semana sem que um apareça machucado, e outro com um furúnculo ou febre. E o dr. Baraban, que Deus lhe dê saúde, a cada visita leva dez libras de farinha de primeira.

Afagava a cabeça da pequena Sônia.

— E estão todos vivos, nenhum morreu.

E acabou que Vavílova não sabia nada, não entendia nada, não tinha planos. Submeteu-se imediatamente ao enorme conhecimento de Beila. Ouvia, fazia perguntas, e Beila, sorrindo de satisfação com o fato de a comissária não saber nada, contava-lhe tudo.

Como alimentar, lavar e empoar o bebê; o que fazer para que pare de chorar à noite; quantas fraldas e camisas infantis deveria ter; como os recém-nascidos se acabam de gritar, ficam azuis e o coração parece rebentar de medo de que a criança morra; como curar diarreia; o que causa assaduras; como de repente uma colherinha começa a bater na boca e, assim, dá para saber que os dentinhos estão nascendo.

Um mundo complexo com suas próprias leis, costumes, alegrias e tristezas.

Vavílova não sabia nada daquilo. E Beila, condescendente como uma irmã mais velha, introduziu-a àquele mundo.

— Não me encham — gritava para os filhos. — Vão para o pátio!

E quando ficaram só as duas no quarto, Beila, abaixando a voz até um sussurro confidencial, pôs-se a falar sobre o parto. Ah, não é coisa simples! Como um velho soldado, Beila narrava à jovem recruta os grandes tormentos e alegrias do parto.

— Você acha que parir — disse — é simples como a guerra: bangue-bangue e pronto. Mas não, me desculpe, não é tão simples assim.

Vavílova a escutava. Desde que tinha engravidado, era a primeira vez que encontrava uma pessoa que falava daquela contrariedade fortuita e penosa como um fato alegre, como se fosse a coisa mais importante e necessária na vida de Vavílova.

À noite, com Tuter, as discussões continuaram. Não havia tempo a perder: depois do jantar, Tuter subiu ao sótão e, fazendo barulho, arrastou para baixo um berço de ferro e uma pequena banheira para lavar a nova pessoa.

— Pode ficar tranquila, camarada comissária — disse, sorrindo, com os olhos brilhantes. — Com a gente, a coisa vai de vento em popa.

— Calado, calado, seu vagabundo — afirmou a esposa —, não é à toa que as pessoas o chamam de tártaro.

À noite, Vavílova se deitou na cama. Os odores abafados não a oprimiam mais como na véspera. Habituara-se, e quase não os sentia. Não tinha vontade de pensar em nada.

Tinha a impressão de que cavalos relinchavam em algum lugar ali perto, e em seus olhos surgiu uma longa fileira de cabeças equinas ruivas, cada uma com uma mancha branca na fronte. As cabeças se agitavam sem parar, acenavam, fungavam, arreganhavam os dentes. Pensava no batalhão, lembrava-se de Kirpitchov, o instrutor político da segunda companhia. O front estava calmo. Quem daria palestras sobre os dias de julho? O chefe do almoxarifado tinha que levar uma bronca pelo atraso na entrega das botas. Depois que tivessem botas, os próprios soldados podiam cortar panos para os pés. Na segunda companhia havia muitos insatisfeitos, especialmente aquele sujeito de cabelos cacheados que entoava canções sobre o Don. Vavílova bocejou e fechou os olhos. O batalhão tinha ido para longe, bem longe, dentro do corredor rosado do amanhecer, entre montes úmidos de neve. E seus pensamentos sobre ele tinham algo de irreal.

Ele deu um chute impaciente com as patinhas. Vavílova abriu os olhos e se sentou na cama.

— Menina ou menino? — perguntou, em voz alta. E de repente seu coração pareceu maior e mais quente dentro do peito, batendo com estrondo.

— Menina ou menino?

À tarde, entrou em trabalho de parto

— Ai! — Vavílova lançava gritos amorfos, de camponesa, sentindo a dor aguda e penetrante que de repente tomava conta dela.

Beila levou-a até a cama. Sioma[3] saiu correndo alegremente atrás da parteira.

Vavílova segurava a mão de Beila e falava, baixo e rápido:

— Começou, Beila; eu achava que ia ser daqui a dez dias. Começou, Beila.

Então as dores pararam, e Vavílova pensou que tinham mandado buscar a parteira em vão.

Mas as dores recomeçaram meia hora mais tarde. O rosto de Vavílova empalideceu; sua pele parecia a de um morto.

---

[3] Diminutivo de Semion. (N. T.)

Com os dentes cerrados, parecia pensar em algo aflitivo e vergonhoso, a ponto de se erguer e gritar: "O que foi que eu fiz, o que foi que eu fiz!", e cobrir o rosto com as mãos, desesperada.

As crianças espiavam o quarto, a avó cega fervia uma grande panela de água no fogão. Beila olhava para a porta: a expressão de angústia no rosto de Vavílova a assustava. Finalmente a parteira chegou. Chamava-se Rosália Samôilovna. Era uma mulher atarracada, de rosto vermelho e cabelo curto.

Imediatamente, sua voz rabugenta e penetrante tomou conta da casa. Gritava com Beila, com as crianças, com a velha avó. Todos começaram a se agitar em torno dela. O fogareiro a querosene da cozinha começou a zunir. Arrastaram a mesa e as cadeiras para fora do quarto; Beila molhava o chão apressadamente, como se estivesse apagando um incêndio; e a própria Rosália Samôilovna afastava as moscas com uma toalha. Vavílova olhava para ela e tinha a impressão de que o comandante do exército havia chegado ao quartel-general. Ele também era atarracado, de rosto vermelho, rabugento, e costumava aparecer sempre que havia uma ruptura na linha do front, e todos estavam lendo boletins, entreolhando-se e cochichando como se houvesse um defunto ou um doente grave no quartel-general. E o comandante do exército rasgava com brutalidade essa teia de mistério e silêncio: aos berros, praguejando, dando ordens e rindo, como se não tivesse nada a ver com trens isolados ou regimentos cercados.

Vavílova se submetia ao poder da voz de Rosália Samôilovna, respondia a suas perguntas, virava-se, fazia tudo que a outra mandava. Por vezes a consciência ficava turva; parecia-lhe que as paredes e o teto perdiam a clareza dos contornos, deslizando sobre ela em ondas. Voltava a si com a voz ruidosa da parteira, e via seu rosto vermelho e suado, as pontas brancas do lenço no pescoço. Naqueles instantes, não pensava em nada. Tinha vontade de uivar com uma voz selvagem, de lobo, de morder o travesseiro. Tinha a impressão de que os ossos trincavam e partiam, e um suor viscoso e nojento lhe brotava na testa. Mas não gritava; apenas rangia os dentes e, sacudindo a cabeça convulsivamente, tragava o ar.

De tempos em tempos a dor sumia, como se nunca tivesse existido, e então, perplexa, olhava ao redor e ouvia o barulho do mercado, espantando-se com o copo em cima do banco e os quadros na parede.

E quando o bebê, ensandecido de vontade de viver, novamente se punha a abrir caminho, ela sentia o horror das dores que começavam e uma confusa alegria: já que é inevitável, que seja logo.

Baixinho, Rosália Samôilovna disse a Beila:

— Beila, se a senhora acha que eu gostaria de dar à luz pela primeira vez aos trinta e seis anos, então está muito enganada.

Vavílova não ouviu suas palavras e ficou com medo, pois a parteira se pusera a falar em voz baixa.

— O que foi, não vou sobreviver? — indagou.

Beila estava de pé, junto à porta, pálida, desconcertada, e, dando de ombros, disse:

— Ai, ai. Quem precisa disso, desse tormento? Nem ela, nem o bebê, nem o pai, que se dane, nem Deus do céu. Quem foi o sabichão que inventou isso?

O parto prosseguiu por muitas horas.

Magazanik, ao chegar em casa, sentou-se nos degraus da varanda. Estava nervoso, como se fosse sua Beila a dar à luz. O crepúsculo se adensava, luzes ardiam nas janelas. Os judeus voltavam da sinagoga, levando debaixo do braço as orações enroladas. À luz do luar, a praça vazia do Iatki, as casinhas e as ruas pareciam belas e misteriosas. Cavalarianos de culote caminhavam pelas calçadas de tijolo, tilintando as esporas. Moças roíam sementes de girassol e sorriam na direção dos soldados vermelhos. Uma delas enunciava um trava-línguas:

— O doce perguntou pro doce qual é o doce mais doce que o doce de batata-doce.

— É como diz o ditado — afirmou Magazanik —, a mulher fazia pouco e resolveu comprar um porco. Como se eu não tivesse problemas o suficiente, toda a brigada de guerrilheiros veio parir na minha casa. — De repente, ficou de prontidão e se ergueu. Atrás da porta, ouvia-se uma voz masculina rouca.

A voz bradava palavrões tão fortes e obscenos que Magazanik, ao ouvi-los, balançou a cabeça e cuspiu no chão: era Vavílova, aturdida pelo sofrimento que, nas derradeiras dores do parto, xingava Deus e a maldita sina das mulheres.

— Isso sim eu entendo sim — disse Magazanik —, isso sim eu entendo: é uma comissária parindo. Já a Beila só sabe dizer uma coisa: "Ai, mãe, ai, mãezinha, ai, mãe!".

Rosália Samôilovna deu um tapinha no traseiro enrugado e úmido do recém-nascido e anunciou:

— É menino!

— Eu não disse? — afirmou Beila, solene, e, abrindo a
porta, gritou, triunfante: — Chaim, crianças, é um menino!

E a família inteira se juntou na porta, alvoroçada, conversando com Beila. Até a avó cega conseguira chegar ao filho,
e sorria com o grande milagre. Sorria e murmurava de modo
inaudível. As crianças a empurravam para fora, e ela, esticando
o pescoço, fazia força para a frente: queria ouvir a voz da vida
vencedora.

Vavílova olhava para o recém-nascido. Espantava-a que
aquela insignificante bola de carne rubro-azulada fosse a causa
daqueles sofrimentos terríveis.

Imaginava que seu bebê nasceria grande, sardento, de
nariz arrebitado, com um topete vermelho, e que logo começaria a fazer travessuras, a gritar em voz estridente, lançar-se em
alguma direção. Mas ele era frágil como um caule de aveia cres-
cido em celeiro, sua cabecinha não parava em pé, as perninhas
curvas tremulavam como se fossem secas, os olhos azul-claros
eram cegos, e chorava de modo quase inaudível. Parecia que,
se você abrisse a porta bruscamente, ele se extinguiria, como a
luz da vela fina e encurvada que Beila havia posto em cima do
armário.

E, embora o quarto estivesse quente como uma casa de
banhos, ela esticou os braços e disse:

— Ele está com frio, passe-o para cá.

A pessoinha cricrilava, balançando a cabeça de um lado
para o outro. Vavílova acompanhava com o rabo do olho, com
medo de se mover.

— Coma, coma, filhinho — disse, pondo-se a chorar.
— Filhinho, filhinho — balbuciava, e as lágrimas escorriam de
seus olhos em gotas diáfanas, alastrando-se pelo travesseiro.

Lembrou-se dele, do homem taciturno, e teve por ambos
uma aguda dor maternal. Primeiro chorou pelo morto em combate em Kórosten: jamais veria o filho.

"Esse pequenino desamparado nasceu sem pai", e o cobriu com a manta, para que não congelasse.

Mas talvez chorasse por motivo completamente diferente. Afinal, Rosália Samôilovna, acendendo uma *papiróssa*[4] e soltando a fumaça pelo postigo, disse:

— Deixa, deixa chorar. Isso acalma os nervos melhor do que o bromo. Sempre choram depois dos meus partos.

Vavílova levantou da cama no terceiro dia após o parto. Sentia as forças voltarem com rapidez; andava bastante, ajudava Beila no serviço doméstico. Quando não havia ninguém por perto, cantava baixinho canções para a pessoinha, a pessoinha que se chamava Aliocha, Alióchenka, Aliocha.[5]

— Você tinha que ver — Beila disse ao marido —, essa russa ficou doida. Já saiu correndo com ele atrás do médico três vezes. É proibido abrir a porta em casa: ora ele vai ficar resfriado, ora isso vai acordá-lo, ora ele está com febre. Resumindo, virou uma boa mãe judia.

— E o que você acha? — retrucou Magazanik. — Que se uma mulher usa calça de couro ela vira homem?

E deu de ombros e fechou os olhos.

Uma semana depois, Kózyrev e o chefe de seu estado-maior foram visitar Vavílova. Cheiravam a couro, tabaco, suor de cavalo. Aliocha dormia no berço, protegido das moscas por um retalho de gaze. Com um rangido estrondoso, como se fossem duas botas novas, caminharam até o berço e olharam para o rostinho magricela do adormecido. O rosto se contraía no sono, em movimentos simples de pele, mas tais movimentos assumiam expressões distintas: ora tristeza, ora ira, ora um sorriso.

Os militares se entreolharam.

— Sim — disse Kózyrev.

— Sim, realmente — disse o chefe do estado-maior.

Sentaram-se nas cadeiras e começaram a falar. Os polacos tinham lançado uma ofensiva. Nossas unidades recuavam. Temporariamente, é claro. O 14º Exército estava se reagrupando em Jmérinka. Vinham divisões dos Urais. A Ucrânia seria nossa. Era de se pensar que, dentro de um mês, haveria uma reviravolta. Mas, por enquanto, os polacos estavam apertando.

Kózyrev praguejou.

---

[4] Tipo de cigarro de papel sem filtro. (N. T.)
[5] Diminutivos de Aleksei. (N. T.)

— Mais baixo — disse Vavílova. — Não berre, ou vai acordá-lo.

— Sim, estamos com sangue nas ventas — afirmou o chefe do estado-maior, entre risos.

— Você e suas piadinhas — disse Vavílova, acrescentando, em tom sofrido: — Não devia fumar aqui. Está soltando fumaça que nem uma locomotiva.

Subitamente, os militares se sentiram entediados. Kózyrev bocejou. O chefe do estado-maior olhou para o relógio e disse:

— Não podemos chegar atrasados ao monte Calvo.

"O relógio é de ouro", pensou Vavílova, irritada.

— Bem, vamos nos despedir, Klávdia — afirmou Kózyrev, levantando-se. — Mandei trazerem para você um saco de farinha, açúcar e toucinho; vai chegar hoje, em uma carreta.

Saíram à rua. Os pequenos Magazanik estavam em volta dos cavalos. Kózyrev subiu à sela gemendo. O chefe do estado-maior estalou a língua e montou velozmente.

Ao chegar à esquina, puxaram as rédeas inesperadamente e, como se tivessem combinado, se detiveram por um momento.

— Sim — disse Kózyrev.

— Sim, realmente — respondeu o chefe do estado-maior.

Explodiram numa gargalhada, vergastaram os cavalos e galoparam em direção ao monte Calvo.

A carreta chegou à tarde. Depois de levar as provisões para dentro, Magazanik foi até o quarto de Vavílova e cochichou, em tom de mistério:

— O que a senhora acha dessa notícia, camarada Vavílova? O cunhado do trabalhador Tsessarski apareceu hoje na minha oficina.

Olhou em volta e, como se pedisse desculpas a Vavílova, falou, espantado:

— Os polacos estão em Tchudnov, em Tchudnov, a quarenta verstas daqui.

Beila chegou. Entreouvira um pouco da conversa e disse, em tom decidido:

— O que é isso? Os polacos vão chegar aqui amanhã, não há dúvida. O que eu queria lhe dizer é o seguinte: sejam polacos ou não polacos, austríacos ou da Galícia, a senhora pode ficar conosco. Para alimentá-la, graças a Deus, mandaram tanta coisa que dá para uns três meses.

Vavílova ficou em silêncio. Pela primeira vez na vida, não sabia o que fazer, como agir.

— Beila — murmurou, e se calou.

— Não estou com medo — disse Beila. — A senhora acha que estou com medo? Pode me dar uns cinco como esse que não me assusto. Mas onde já se viu uma mãe largar um bebê, para onde ele pode ir com uma semana e meia de vida?

Debaixo das janelas ouviu-se a noite inteira relincho de cavalos, barulho de rodas, exclamações de vozes zangadas. Comboios iam de Chepetovka a Kazátin.

Vavílova estava sentada junto ao berço. O bebê dormia. Ela contemplava seu rostinho amarelo: no final das contas, não aconteceria nada de especial. Kózyrev dissera que eles voltariam em um mês. Era exatamente o tempo que ela calculara estar de licença. Mas e se ficassem isolados mais tempo? Não importa: nem isso a assustava.

Quando Aliocha encorpasse um pouco mais, dariam um jeito de passar pela linha do front.

Quem iria mexer com eles, uma camponesa com uma criança de peito? E Vavílova imaginou-se cedo, em uma manhã de verão, caminhando pelo campo, com um lenço colorido na cabeça, e Aliocha olhando ao redor e esticando os bracinhos. Muito bem! Pôs-se a cantar com uma voz fina:

— Dorme, filhinho, dorme — e, balançando o berço, caiu no sono.

De manhã, o mercado fervia como sempre. Por algum motivo, as pessoas pareciam especialmente agitadas. Algumas, olhando para as fileiras ininterruptas de veículos militares, sorriam alegres. Mas daí o comboio passou. As ruas ficaram cheias de gente. Junto aos portões estavam os moradores, a "população civil", como diziam as ordens dos comandantes. Todos cochichavam agitadamente entre si e olhavam em volta. Diziam que os polacos já haviam ocupado a vila de Piatka, a quinze verstas dali. Magazanik não foi trabalhar. Ficou sentado no quarto de Vavílova, filosofando com todas as forças.

Um carro blindado passou com estrondo na direção da estação ferroviária; estava coberto por uma espessa camada de poeira, dando a impressão de que o aço tinha ficado cinza de cansaço e muitas noites sem sono.

— Para ser franco — disse Magazanik —, esta é a melhor época para nós: um poder saiu, o outro ainda não chegou. Não há requisições, nem contribuições, nem pogroms.

— Só de dia ele é tão inteligente — disse Beila. — À noite, quando a cidade inteira abre o berreiro por causa dos bandidos, ele só consegue ficar se fingindo de morto, tremendo de terror.

— Deixe-me falar com ela — zangou-se Magazanik.

De quando em vez ele saía à rua e voltava com notícias. O Comitê Revolucionário fora evacuado ainda à noite, o Comitê do Partido saíra logo em seguida, o estado-maior partira pela manhã. A estação já estava vazia. O último trem havia partido.

De repente, ouviram-se gritos na rua. Um aeroplano passou voando. Vavílova foi até a janela. O aeroplano voava alto, mas era possível distinguir com clareza os círculos brancos e vermelhos nas asas. Era o reconhecimento aéreo polonês. O aeroplano fez um círculo sobre a cidade e voou até a estação. Então, a partir do monte Calvo, começaram a disparar canhões, projéteis voavam sobre a cidade e não se sabe de onde, de longe, detrás da passagem de nível da estrada de ferro, ouvia-se o som de explosões.

Primeiro foi uma nevasca de projéteis uivantes, depois o suspiro pesado dos canhões, e, passados alguns segundos, as explosões ressoavam com alegria. Eram os bolcheviques, retardando o movimento dos polacos na direção da cidade. Os polacos logo começaram a responder: projéteis caíam em diversos locais da cidade.

"Bum!" O ar era rasgado por explosões ensurdecedoras, choviam tijolos, fumaça e poeira dançavam nas paredes destroçadas das casas. As ruas ficaram quietas, austeras, desertas, como se fossem esboços. Depois da explosão de cada projétil vinha um silêncio de dar medo. O sol pairava no céu sem nuvens e, como um cadáver de braços abertos, alegremente iluminava a cidade.

A cidade inteira jazia nos porões, nas adegas, lamentava e gemia de medo, fechava os olhos, segurando a respiração, fora de si.

Todo mundo, inclusive as crianças, sabia que esse bombardeio era o que se chamava de preparação de artilharia, e que, antes de ocupar a cidade, as tropas ainda lançariam algumas dezenas de projéteis. Todo mundo sabia que, depois, haveria um silêncio incrível e, de repente, um som de batida de cascos na rua larga — uma patrulha a cavalo vindo da passagem de nível. E, fascinados pelo medo e pela curiosidade, todos espiariam pelas portas e cortinas e, cobertos de suor, se arrastariam até o pátio.

O destacamento entraria na praça. Os cavalos fariam curvetas e resfolegariam, os ginetes chamariam uns aos outros, agitados, em uma língua magnífica, simples e humana, e o chefe, feliz com a resignação da cidade vencida, soltaria um grito ébrio, faria seu revólver ressoar na garganta do silêncio e empinaria o cavalo.

E então, de todos os lados, acorreriam unidades de infantaria e cavalaria, e as casas seriam invadidas por uma gente empoeirada e cansada, bondosa, mas capaz de assassinatos, mujiques imperiosos de capote azul, ávidos pelas galinhas, toalhas e botas dos habitantes.

Todos sabiam disso, pois a cidade tinha mudado de mão catorze vezes e sido ocupada por Petliura, Deníkin, pelos bolcheviques, tropas da Galícia, polacos, bandos de Tiutiunik e Marússia e o louco 9º Regimento, que não era "de ninguém". E cada vez era como antes.

— Estão cantando! — gritou Magazanik. — Estão cantando!

Esquecido do medo, correu até a varanda. Vavílova saiu atrás dele. Depois do sufoco do quarto escuro, respirava a luz e o calor do dia de verão com especial deleite. Ela (com o mesmo sentimento da época do parto) aguardava os polacos: quanto antes, melhor. Se ficava assustada com as explosões, era apenas porque iriam despertar Aliocha; assim, enxotava o silvo dos projéteis como moscas.

— Ah, vocês, ah, vocês — cantava, no berço. — Não acordem Aliocha.

Naquela hora, tentava não pensar em nada. Pois estava decidido: dentro de um mês, ou os bolcheviques chegavam, ou ela iria até eles, cruzando o front.

— Não estou entendendo nada — disse Magazanik. — Veja aquilo.

Pela rua larga e vazia, rumando na direção da passagem de nível de onde os polacos deviam estar chegando, marchava um destacamento de cadetes. Trajavam calças brancas de linho e camisas militares.

"Que a bandeira vermelha seja o ideal da gente trabalhadora",[6] cantavam de modo arrastado e quase triste.

Iam na direção dos poloneses.

Por quê? Com que intenção?

Vavílova olhou para eles. E, subitamente, se lembrou: a imensa praça de Moscou, alguns milhares de trabalhadores indo para o front como voluntários, amontoados em torno de um palanque de madeira improvisado às pressas. Um careca lhes fazia um discurso, agitando um boné. Vavílova estava bem perto dele.

Estava tão emocionada que não conseguia decifrar metade de suas palavras, que o homem proferia com uma voz clara, embora velarizando levemente o "r". As pessoas a seu lado escutavam e respiravam pesadamente. Um velho de sobretudo acolchoado chorava, por alguma razão.

O que lhe acontecera na praça de Moscou ela não sabia. Certa noite, quis falar disso com aquele homem, o taciturno. Tinha a impressão de que ele entenderia. Mas não dissera uma palavra. E, enquanto os homens iam da praça do Teatro à estação Briansk, era aquela canção que cantavam.

Ao olhar para o rosto dos cadetes a cantar, Vavílova voltou a experimentar o que vivenciara dois anos antes.

Os Magazanik viram uma mulher de gorro alto de pele e capote correr pela rua atrás dos cadetes, colocando munição na grande máuser opaca enquanto corria.

Olhando para ela, Magazanik afirmou:

— Era gente assim que havia no Bund[7] em certa época. Isso é que é gente de verdade, Beila. Nós somos gente? Não, somos apenas estrume.

Aliocha acordou chorando e batendo as pernas, tentando se desembaraçar das fraldas. Voltando a si, Beila disse ao marido:

— Ouça, a criança acordou. Melhor checar o fogareiro, vamos ter que esquentar o leite.

O destacamento sumiu em uma curva da rua.

---

[6] Refrão da canção revolucionária "O poder do capital nos oprime". (N. T.)

[7] União Geral Judaica Operária da Lituânia, Polônia e Rússia, partido socialista judaico secular, ativo entre 1897 e 1920. (N. T.)

Vidinha

Em 20 de abril, Moscou já começa a se preparar para o feriado. As cornijas dos prédios e as amuradas de ferro dos bulevares são repintadas, e as mães, à noite, erguem as mãos para o alto ao olhar para as calças e os casacos dos filhos. Nas praças, carpinteiros, rindo, serram tábuas que cheiram a resina e umidade do bosque. Gerentes de abastecimento transportam pilhas de tecido vermelho nos carros dos diretores.

Nas repartições, os clientes ouvem:

— Fica para depois do feriado.

Lev Serguêievitch Orlov estava na rua com o colega Timofêiev. Este disse:

— O senhor é uma mulherzinha, Lev Serguêievitch, podíamos ir a uma cervejaria, a um restaurantezinho. Por fim, simplesmente vagar pelas ruas, dar uma olhada nas pessoas. Mas você acha que sua esposa vai ficar preocupada. Na verdade o senhor é uma mulher, uma mulherzinha.

Orlov, entretanto, despediu-se de Timofêiev. Era triste por natureza, e dizia de si mesmo:

— Sou feito de tal forma que vejo o que é trágico mesmo quando se oculta atrás de pétalas de rosa.

E Orlov via o trágico em tudo.

Agora mesmo, enquanto abria caminho entre os passantes, matutava como devia ser duro, em dias tão alegres, estar deitado em um hospital, e como a vida era triste para farmacêuticos, condutores e maquinistas cujo dia de serviço caía no Primeiro de Maio.

Ao chegar em casa, narrou seus pensamentos à mulher, e, embora ela achasse graça daquilo, Orlov balançava a cabeça e não conseguia se acalmar.

Refletindo sobre o assunto, ficou suspirando ruidosamente até tarde da noite. Sua mulher disse, zangada:

— Liova,[1] por que você está com dó dos farmacêuticos? Era melhor você ficar com dó de mim e me deixar dormir, que tenho que estar no trabalho amanhã às oito.

E ela efetivamente saiu para trabalhar enquanto Lev Serguêievitch ainda dormia.

De manhã, no serviço, ficava de bom humor, mas, lá pelas duas horas, habitualmente era tomado de saudade da mulher, começava a se enervar e a olhar para o relógio. Os colegas conheciam os costumes de Orlov e tiravam sarro dele.

— Lev Serguêievitch já está olhando para o relógio — disse alguém, e todos caíram na gargalhada, enquanto a contadora-chefe, a velha Agnessa Petrovna, afirmava, com um suspiro:

— A esposa de Orlov é a mulher mais feliz de Moscou.

Também hoje, no final da jornada de trabalho, ele ficou nervoso, dando de ombros, perplexo, e olhando a cada minuto para o ponteiro do relógio.

— Lev Serguêievitch, telefone para o senhor — chamaram de uma sala vizinha. Era a mulher. Disse que tinha que redatilografar o relatório do diretor, e por isso se atrasaria uma hora e meia.

— Assim seja — disse Orlov, magoado, e colocou o telefone no gancho.

Voltou para casa sem pressa. A cidade zunia, e as casas, ruas e calçadas tinham um aspecto peculiar, pareciam diferentes. E essa coisa intangível, nascida do espírito coletivo, se manifestava de diversas formas, até mesmo no jeito de um policial arrastar um bêbado, como se todos que estavam na rua fossem sobrinhos e primos.

Hoje ele talvez tivesse saído para passear com Timofêiev. Era muito duro ser o primeiro a chegar em casa. O quarto parecia vazio, inóspito, e pensamentos preocupantes lhe vinham à mente: e se de repente alguma coisa tivesse acontecido à mulher, e se ela tivesse destroncado a perna ao saltar desajeitadamente do bonde?

Orlov pôs-se a imaginar que um trólebus testudo havia derrubado Vera Ignátievna, a multidão aglomerada em torno do seu corpo, a ambulância voando com um uivo sinistro... Foi to-

---

[1] Diminutivo de Lev. (N. T.)

mado pelo terror, teve vontade de ligar para os conhecidos, para os parentes, sair correndo para o Sklifossóvski,[2] para a polícia.

Toda vez que a mulher se atrasava uns dez, quinze minutos, era a mesma preocupação.

Quanta gente na rua! Por que ficavam sentados nos bancos sem fazer nada, vagando pelos bulevares, parando na frente de cada vitrine iluminada? Mas eis que ele chega em casa, e o coração tem um sobressalto: o postigo estava aberto, o que queria dizer que a mulher já estava de volta.

Beijou várias vezes Vera Ignátievna, olhou-a nos olhos, acariciou seus cabelos.

— Meu esquisitão — suspirou ela. — A cada vez que a gente se encontra parece que não estou chegando do Rezinosbyit,[3] mas da Austrália.

— Para mim, não vê-la o dia inteiro é o mesmo que se estivesse na Austrália — disse ele.

— Ah, Senhor, pois eu estou por aqui dessa história de Austrália — disse Vera Ignátievna. — Pedem minha ajuda para redigir o jornal-mural, e eu recuso; falto às reuniões da Ossoaviakhim[4] e venho correndo de volta para você. Kazakova tem dois filhos pequenos e uma vida mais tranquila, e ainda é membro do círculo automobilístico.

— Ora, ora, minha tolinha, minha pombinha — disse Orlov —, onde é que já se viu uma mulher reclamar do marido porque ele quer ficar em casa?

Vera Ignátievna queria replicar, mas, de repente, gritou:

— Tenho uma surpresa para você... Nosso comitê local abriu hoje inscrições para acolher crianças órfãs durante o feriado, e eu pedi uma menina. Você não vai ficar bravo comigo, vai?

Orlov abraçou a mulher.

— Como eu ficaria bravo com minha pequena sábia? — disse. — Tenho medo só de pensar no que estaria fazendo,

---

[2] Instituto de Primeiros-Socorros de Moscou. (N. T.)

[3] Empresa responsável pela distribuição dos produtos de borracha na URSS. (N. T.)

[4] União de Sociedades de Assistência para a Defesa e Aviação-Construção Química da URSS, ativa entre 1927 e 1951. (N. T.)

e em como estaria vivendo, se o acaso não tivesse feito nossos caminhos se cruzarem no dia do santo[5] de Kotelkov.

Na tarde de 29 de abril, Vera Ignátievna foi trazida para casa em um Ford. Enquanto subia as escadas, corada de satisfação, disse à sua pequena hóspede:

— Que maravilha é andar de carro! Tenho a impressão de que podia ficar a vida toda rodando.

Era seu segundo passeio de automóvel; dois anos antes, tomara um táxi na estação ferroviária, com a sogra, que viera passar uma temporada. É bem verdade que aquele primeiro passeio tinha sido meio aflitivo; o chofer praguejara o caminho inteiro, dizendo que os pneus iam arriar e que, com tanta bagagem, deviam ter pegado um caminhão de três toneladas.

Mal entraram no quarto, a campainha tocou.

— Ah, deve ser o tio Liova — disse Vera Ignátievna e, tomando a menina pela mão, levou-a até a porta.

— Deixe-me apresentá-los — disse. — Esta é Ksênia Maiôrova, e este é o camarada Orlov, tio Liova, meu marido.

— Olá, minha pequena — disse Liova, afagando a cabeça da menina.

Estava desapontado com o aspecto da hóspede; imaginara uma pequerrucha graciosa, com olhos tristes de adulta. Ksênia Maiôrova, porém, era atarracada, feia, de olhos cinzentos e estreitos, faces gordas e vermelhas e lábios um tanto salientes.

— Viemos de carro — vangloriou-se, com voz grave.

Enquanto Vera Ignátievna preparava o jantar, Ksênia andava pelo recinto e examinava tudo.

— Titia, vocês têm rádio? — indagou.

— Não, querida, venha aqui, preciso lhe dizer uma coisa.

Vera Ignátievna levou-a até o banheiro, onde conversaram sobre o jardim zoológico e o planetário.

No jantar, Ksênia olhou para Orlov e riu com escárnio:

— O titio não lavou as mãos.

Sua voz era grossa, mas a risada era fininha e penetrante. Vera Ignátievna perguntou a Ksênia como se dizia porta em alemão e quanto era sete mais oito. Indagou se sabia patinar.

---

[5] Na Rússia, o dia do santo de uma pessoa podia ser até mais importante que a sua data de aniversário. (N. T.)

Discutiram sobre qual era a capital da Bélgica; Vera achava que fosse Antuérpia.

— Não, é Genebra — sustentava Ksênia, balançando a cabeça obstinadamente e inflando as bochechas.

Lev Serguêievitch puxou a mulher de lado e cochichou:

— Ponha-a para dormir; aí eu me sento perto dela e conto uma história. Ela ainda não está se sentindo à vontade com a gente.

Vera Ignátievna disse:

— Lev, por que você não sai para fumar no corredor enquanto damos uma arejada por aqui?

Orlov saiu para o corredor e tentou se lembrar de alguma história. Chapeuzinho Vermelho? Essa ela provavelmente conhecia. Talvez devesse simplesmente falar da tranquila cidade de Kassímov, das matas, dos passeios à margem do Oká, contar de seus irmãos, da avó, das irmãs.

Quando a mulher o chamou, Ksênia já estava deitada na cama. Lev Serguêievitch sentou-se a seu lado e acariciou a cabeça da menina.

— Então, você gosta daqui? — perguntou.

Ksênia bocejou convulsivamente e esfregou os olhos com o punho.

— Mais ou menos — disse, perguntando em tom sério:
— A vida sem rádio deve ser bem dura para vocês, não?

Lev Serguêievitch começou a falar sobre sua infância, e Ksênia bocejou três vezes seguidas e disse:

— Você não deveria se sentar vestido na cama. Podem sair micróbios de você.

Seus olhos se fecharam e, semiadormecida, ela se pôs a balbuciar de modo incoerente, narrando histórias sem nexo.

— Sim — queixava-se. — Não me levaram à excursão. A Lidka[6] viu, ela estava no jardim... por que ela não disse nada, carreguei duas vezes na bolsa, fiquei toda quebrada... mas eu não disse nada do vidro... ela é um cão perdigueiro...

Adormeceu, e Lev Serguêievitch e Vera Ignátievna fitaram seu rosto. Dormia sem fazer ruído, com os lábios ainda mais salientes, as pontas ruivas das tranças se agitando no travesseiro.

---

[6] Diminutivo de Lídia. (N. T.)

De onde ela era: da Ucrânia, do norte do Cáucaso, do Volga? Quem era seu pai? Talvez tivesse perecido em um trabalho glorioso, em uma mina, na fumaça de uma fornalha, ou afogado, transportando madeira em uma balsa. Quem era ele? Um serralheiro? Um carregador? Um pintor? Um vendedor? Havia algo de majestoso e tocante nessa menina que dormia tranquilamente.

De manhã, Vera Ignátievna foi fazer compras; precisava estocar comida para os três dias de feriado. Além disso, queria ir ao grande Mostorg[7] e comprar seda para um vestido de verão. Lev Serguêievitch ficou com Ksênia.

— Ouça, *mein liebes Kind*[8] — disse —, agora não vamos passear, e sim ficar em casa.

Assentou Ksênia no joelho, colocou a mão em volta de seu ombro e começou a lhe contar histórias.

— Calma, calma, sentada, seja boazinha — dizia, a cada vez que Ksênia tentava escapar. No fim das contas, ela ficou quieta, fungando e olhando com atenção para o falante tio Liova.

Vera Ignátievna voltou por volta das quatro horas, quanto já tinha muita gente nas lojas.

— Por que está tão amuada? — perguntou, assustada.

— Sim, estou amuada — disse Ksênia. — Talvez seja fome.

Vera Ignátievna correu à cozinha para preparar o almoço, e Lev Serguêievitch continuou a entreter a menina.

Depois do almoço, Ksênia pediu papel e lápis, para escrever uma carta.

— Não precisa de selo, eu mesma entrego a Lidka — disse.

Enquanto Ksênia escrevia, Vera Ignátievna propôs ao marido que fossem todos juntos ao cinema, mas Lev Serguêievitch fez um gesto negativo com a mão:

— O que você está dizendo, Vera? Hoje vai ser um aperto terrível; em primeiro lugar, não vamos conseguir ingressos, e, em segundo, em uma noite dessas me dá vontade de ficar em casa.

---

[7] Loja de departamentos. (N. T.)

[8] Minha querida criança (em alemão no original). (N. T.)

— Pelo amor de Deus, ficamos em casa todas as noites — retrucou Vera Ignátievna.

— Ah, por favor, não discuta — zangou-se Orlov.

— Ela está entediada, tem o hábito de estar sempre com gente, com as amigas.

— Ah, Vera, Vera — respondeu ele.

À noite, tomaram chá com geleia de corniso e comeram torta e *pirojkí*.[9] Ksênia gostou muito da torta. Vera Ignátievna ficou preocupada, apalpou a barriga da menina e balançou a cabeça. Realmente, depois do chá Ksênia teve dor de barriga, ficou sombria e permaneceu um tempão de pé, junto à janela, com o nariz encostado ao vidro frio; quando o vidro embaçava, ela dava um passo para o lado e voltava a embaçar outra parte do vidro com o nariz.

— Está pensando em quê? — perguntou Lev Serguêievitch, aproximando-se dela.

— Em tudo — disse, zangada, voltando a pressionar o nariz contra o vidro.

No orfanato, agora provavelmente era a hora do jantar. Ela não havia tido tempo de receber seu presente, e com certeza deviam ter lhe reservado alguma coisa chata, como um livrinho sobre animais, que ela já tinha. Claro que podia estar enganada... Essa tia Vera era muito legal. Pena que não trabalhasse no orfanato. As meninas que tinham ficado lá iam passar o dia inteiro andando de caminhão. E ela ia virar aviadora e jogar uma bomba de gás naquele tio. Como eram grandes as meninas do pátio; deviam ser da sétima série.

Cochilou de pé e bateu com a testa no vidro.

— Vá dormir, Ksanka[10] — disse Vera Ignátievna.

— Bati no vidro que nem um tambor — disse Ksênia.

À noite, Orlov despertou e esticou o braço para tocar o ombro da mulher, mas ela não estava a seu lado.

"O que é isso, cadê a Verúntchik?",[11] pensou, sobressaltado.

---

[9] Pãezinhos assados ou fritos, recheados com carne, vegetais ou outros ingredientes. (N. T.)

[10] Diminutivo de Ksênia. (N. T.)

[11] Diminutivo de Vera. (N. T.)

Do sofá vinha uma voz baixa, soluçante. Apurou o ouvido.

— Sossegue, bobinha — dizia Vera Ignátievna. — Para onde posso levá-la no meio da noite? Não tem mais bonde, e precisamos cruzar a cidade inteira.

— Si-i-im — disse uma voz grave, entre soluços. — Mas ele é tão besta.

— Que nada, que nada, ele é legal, é bom. Veja, eu não estou chorando.

Lev Serguêievitch cobriu a cabeça com o cobertor para não escutar mais e, fingindo dormir, passou a roncar em voz baixa.

A jovem e a velha

Chefe de departamento de um Comissariado do Povo da URSS, Stepanida Iegórovna Goriátcheva viajou para a Crimeia em 29 de julho. Suas férias começavam em 1º de agosto, mas ela partiu na noite do dia 29, véspera de um dia de folga, para ganhar tempo.

Ao terminar o trabalho, Stepanida Iegórovna saiu correndo para a dacha de Kúntsevo. Seu carro estava no conserto. Com medo de chegar atrasada, telefonou para o velho camarada Tcheriômuchkin; em 1932, tinham trabalhado juntos na mesma brigada, em um sovcoz de produção de cereais, como assistentes do operador da colheitadeira. Tcheriômuchkin enviou-lhe um M-1.[1]

O carro seguiu para Kúntsevo pela nova e ampla rodovia.

— Que barulho é esse? — Stepanida Iegórovna perguntou ao motorista.

Ele a fitou de soslaio, passou a língua pelo lábio superior e, sem responder à pergunta, indagou:

— Vai reter o carro muito tempo em Kúntsevo?

— Vou reter o tempo que for necessário — respondeu ela.

— Ele deveria ter ido para a oficina hoje. Falei com Tcheriômuchkin.

— Tenho que estar na estação às onze; antes disso você não vai ser liberado — respondeu Goriátcheva.

Goriátcheva lançou alguns olhares ao motorista, mas não voltou a falar com ele; seu rosto parecia muito carrancudo. O automóvel percorria o asfalto; na direção contrária vinham

---

[1] O GAZ-MI, ou Emka, foi um automóvel soviético fabricado entre 1936 e 1943. (N. T.)

Zis[2] compridos — cor de café, verdes e pretos — e M-1s reluzentes. Ao longo da rodovia tracejada com linhas pontilhadas brancas haviam sido construídas elegantes passarelas coloridas para que os pedestres pudessem atravessar, e bancos confortáveis com toldos nos pontos de ônibus. Com a calma ponderada daqueles que têm poder, policiais de luvas brancas passeavam pela rodovia. Os carros andavam a velocidades não inferiores a setenta quilômetros por hora; mal o olho captava um pontinho negro na rodovia cinzenta e opaca e este começava a crescer precipitadamente; dentro de alguns segundos, rostos humanos cintilavam ao lado de Stepanida Iegórovna, o vidro brilhava, e o carro que vinha na direção contrária sumia na mesma hora, como se não tivesse existido, como se ela tivesse imaginado uma cabeça feminina de chapéu largo, um ramalhete de flores do campo, um quepe militar. Com a mesma rapidez, surgiam precipitadamente e desapareciam instantaneamente diante de seus olhos casebres de madeira com janelinhas repletas de vasos de flores, uma mulher de vestido negro, uma cabra a pastar, uma casinha de ferroviário.

Stepanida Iegórovna fora à dacha de carro várias vezes, e sempre se entretinha com a inquietante velocidade com a qual objetos, pessoas e animais surgiam, cresciam e subitamente desapareciam. Na dacha moravam sua mãe, Mária Ivánovna, e duas sobrinhas, Vera e Natachka,[3] filhas de sua finada irmã. A dacha era suntuosa, de oito quartos, e lá, além da família de Stepanida Iegórovna, vivia ainda a família de outro alto funcionário. Até 1937, a dacha era ocupada por um homem sem filhos, um certo Ejegulski, com a mulher e seu velho pai. Ejegulski foi preso como inimigo do povo: já era o segundo ano em que a família de Goriátcheva vivia lá, e de Ejegulski não sobrara lembrança além dos lírios amarelos plantados pelo pai dele, que cresciam diante das janelas. Além disso, o vizinho de Stepanida Iegórovna — Seniatin, um dos dirigentes do Comissariado do Povo para

---

[2] Zis, fábrica de automóveis fundada em 1916, que levou o nome de Stálin até 1956 (de onde a letra "s" da sigla), sendo posteriormente rebatizada de Zil (em homenagem a Ivan Aleksêievitch Likhatchov, antigo diretor da empresa). Na época em que o texto é ambientado, seus produtos incluíam as limusines Zis-101 e Zis-102. (N. T.)

[3] Diminutivo de Natália. (N. T.)

os Sovcozes — mostrara-lhe certa vez uma grande caixa cheia de pinhas que encontrara no galpão. Cada pinha estava embrulhada em papel branco especial e coberta de algodão; algumas eram imensas, como pássaros esquisitos com penas de madeira em riste, cobertas de gotas de resina de âmbar; outras eram minúsculas, menores do que um fruto de carvalho; umas do sul, do Mediterrâneo; outras do norte distante, da Sibéria. Todas essas centenas de pinhas tinham sido reunidas pelo antigo morador da dacha. Havia algo de muito engraçado nessas bonequinhas de pinha, grandes e pequenas, cuidadosamente envoltas em papel e algodão. Stepanida Iegórovna trocou olhares com Seniatin e ambos balançaram a cabeça e riram.

— Isso aí só serve para o fogo — disse. — Não dá para colocar essas granadas no samovar, elas não passam pelo tubo.

— Não, por que jogar no fogo, camarada Goriátcheva, que falta de consciência! Isso tem valor para um botânico. Vou levar a caixa à Juventude Naturalista,[4] ou a um museu.

O carro se aproximou da dacha, e, enquanto Stepanida Iegórovna se acertava com o chofer, Vera e Natachka vieram correndo a seu encontro, com a avó Mária Ivánovna atrás. O chofer estacionou o carro na clareira verde e sombreada junto ao portão, como se fosse mais agradável e alegre para o automóvel ficar na grama macia, à sombra das foliáceas. Em seguida, deu a volta no carro lentamente, bateu com as botas em seus elásticos pneus — não para verificá-los, mas para sua própria satisfação —, limpou o vidro com a luva, balançou a cabeça, foi até a cerca e se deitou na grama. O carro cheirava a gasolina e óleo quente, e o chofer aspirava esse aroma com satisfação e pensava: "Ele se esquentou e está suando...".

Estava começando a cochilar quando a velha Mária Ivánovna passou a seu lado com um balde.

— Nossa água é ruim, pútrida, não usamos nem para cozinhar — disse Mária Ivánovna, parando junto ao chofer. Ele não fez pergunta alguma, mas ela se pôs a contar que a água já tinha sido boa. Porém, por causa do cão raivoso do vizinho, ninguém chegava perto do poço, e a água apodrecia. — O poço está doente como uma vaca faminta — disse.

---

[4] Círculo juvenil de estudos de ciências naturais. (N. T.)

— O que é isso, mãezinha, é a senhora que tem que buscar água? — disse o motorista, com censura e ironia. Olhou para aquele rosto magro e marrom, para os cabelos grisalhos, e disse: — São altos funcionários e mandam uma velha buscar água; a senhora já deve ter uns sessenta anos...

A velha não lembrava quantos anos tinha. Quando queria causar espanto nas vizinhas por sua facilidade para ir buscar água, lavar roupa e limpar o chão, dizia que tinha setenta e um, mas, na policlínica, porém, escrevera que tinha cinquenta e nove, e para a filha também dizia ter cinquenta e nove, para que ela tivesse pena quando a mãe morresse, em vez de dizer: ah, ela viveu o suficiente. Suspirou e disse ao chofer:

— Estou nos setenta, meu querido, nos setenta.

— Sua filha é que tinha que vir carregar, ou então mandar uma das meninas. Não se deve enviar uma pessoa tão idosa atrás de água! — disse o chofer.

— Como assim, o que é isso? — disse Mária Ivánovna. — É que hoje ela chegou bem cedo, pois vai partir à noite. Stiopa[5] está completamente exausta. Agora melhorou, ficou mais calma, mas, no inverno, quando vinha da cidade, chegava de *automóver* e chorava. "O que é que você tem, queridinha, alguém te ofendeu?" "Não", dizia, "está difícil, é tudo novo." Como é que ela ia pegar água? Já as meninas... É verdade, são umas cadelas: ficam dizendo *mintira*, e cada palavra feia... A mais velha tudo bem, mente o tempo todo e lê uns livros, mas a Natachka é um horror. De manhã ela me disse: "Vovó, você devorou as balas que titia deixou para mim. Vou quebrar os seus dentes". Ela é assim.

— Tinha que ser levada a júri popular. Ofender os velhos é crime — disse o chofer. — Mas quem são as meninas? Não são filhas dela? — perguntou.

— De sua irmã, da minha filha mais velha, Chura.[6] São suas sobrinhas. Em 1931, Chura morreu, inchou e morreu, durante a fome — disse Mária Ivánovna —, e meu velho, que era um baita trabalhador, morreu no mesmo ano; o inchaço chegou até o coração, mas ele só se preocupava com a granja, não me deixava quebrar a cerca para conseguir lenha, então eu fiz umas panquecas de figueira-brava. Daí a caçula tomou conta

---

[5] Diminutivo de Stepanida. (N. T.)
[6] Diminutivo de Aleksandra. (N. T.)

de nós, ela recebia oitocentos gramas por dia do sovcoz e nós quatro sobrevivemos; era uma mocinha bem mirradinha. Mas veja só hoje!

— Tudo ficou bem? — perguntou o chofer, apontando para as janelas altas da dacha.

— Claro que sim — disse a velha —, mas eu sofro, não consigo esquecer. Chura, minha filha mais velha, ficou doida, pranteava-se o tempo todo: "Mãezinha, tem fogo ao redor, mãezinha, trigo está queimando!". Não consigo esquecer. Meu velho era carinhoso. Meu Deus! — exclamou de repente. — Fiquei aqui tagarelando, e quem vai servir o chá para ela? Vai tomar o trem hoje. E ainda tem que passar no apartamento da cidade.

— Vai dar tempo, estamos de carro — disse o chofer.

Stepanida Iegórovna estava alegre com a viagem. Era a primeira vez que descansaria à beira-mar. Ainda não tinha conseguido se habituar àquela mudança brusca e repentina de vida. Aos dezessete anos, depois de terminar a escola, ainda uma mocinha risonha, arrumara um emprego como faxineira no alojamento dos trabalhadores do sovcoz. As meninas do alojamento convenceram-na a fazer um curso de nove meses para se tornar operadora de colheitadeira. Ela concluiu o curso com facilidade, como uma das primeiras da turma. Para sua própria surpresa, descobriu que tinha uma facilidade incomum com assuntos técnicos, e além disso fazia desenhos maravilhosos. Com apenas um olhar compreendia esquemas complicados, só pelo desenho conseguia imediatamente desmontar um motor; dentro de um ano virou operadora-chefe de colheitadeira. Em 1935, seu trabalho era considerado o melhor da região. Em 1937, prenderam o diretor do sovcoz, o agrônomo e o diretor da oficina de reparos. Nomearam um novo diretor, Semidolenko. Goriátcheva temia-o, e qualquer coisa que desse errado no sovcoz, Semidolenko chamava de sabotagem; bastava a menor avaria em um mecanismo, um atraso nos trabalhos da oficina, e Semidolenko redigia um relatório ao encarregado regional. Nessa época, doze funcionários do sovcoz foram presos por causa de seus relatórios. Nas reuniões, Semidolenko chamava os detentos de diversionistas e incendiários. Quando prenderam Nevráev — instrutor da oficina de reparos, um velho severo e de poucas palavras que todos respeitavam por trabalhar até tarde da noite e não ter tirado férias em cinco anos, recusando compensações financeiras —, Semidolenko disse:

— Esse sujeito enganou todos nós; por trás da máscara de um trabalhador de vanguarda escondia-se um mortal inimigo do povo, um sagaz espião de potências estrangeiras que se infiltrou no coração do nosso sovcoz.

O secretário do diretor pediu a palavra e disse que agora entendia por que Nevráev ficava sozinho à noite no escritório, e por que pedira equipamento fotográfico de Moscou. Então Goriátcheva pediu a palavra e disse, alto e bom som:

— Ele não tem nada a ver com potências estrangeiras. Foi enviado para cá pelo comitê regional do Partido, e é da aldeia de Puzyr, onde vivem sua irmã e seu irmão caçula.

Semidolenko passou a xingá-la, dizendo que o secretário do comitê regional que enviara Nevráev havia se revelado um inimigo, e que ela, evidentemente, caíra sob sua influência, e que havia ainda outras coisas que não sabia; alguns dias depois, a datilógrafa lhe contou, no mais absoluto segredo, que tinha redigido um relatório do diretor ao encarregado regional no qual constava que Goriátcheva, membro do Komsomol,[7] era amante do inimigo do povo Nevráev, recebendo sistematicamente deste presentes em dinheiro. Tudo parecia tão confuso que a verdade jamais apareceria. Em pouco tempo, porém, tudo mudou: Semidolenko foi preso, o encarregado regional foi preso, alguns funcionários do distrito foram presos. E foi então que tudo começou: Goriátcheva foi convocada pelo secretário do comitê distrital. Era um homem de rosto largo, camisa de chita e sapatos azuis de lona com sola de borracha.

— Decidimos promovê-la a diretora do sovcoz! — disse.

Assustada e zangada, Goriátcheva disse:

— O senhor está zombando de mim? Tenho vinte e cinco anos, sou uma moça de aldeia, é a terceira vez na vida que pego um trem.

— E eu tenho vinte e oito — disse o secretário do comitê distrital. — Fazer o quê?

Passaram-se dois anos. Goriátcheva foi transferida a Moscou, trabalhava e estudava ao mesmo tempo. Toda hora tinha a im-

---

[7] Juventude comunista. (N. T.)

pressão de que estava sonhando: telefones, secretárias, reuniões do Presidium, carros, apartamento em Moscou, dacha. E por vezes, à noite, realmente sonhava que, depois do trabalho, caminhava com as amigas pela rua da aldeia, cantando ao som de uma sanfona. Ria no sonho ao sentir como era gostoso tocar com os pés descalços a grama macia e fresca que crescia na praça em frente ao soviete da aldeia. E apenas quando ia à dacha, e, diante de seus olhos, os edifícios apareciam e desapareciam de repente, tinha a impressão de que não havia nada de espantoso em sua existência: sua vida simplesmente se submetia a esse movimento de tirar o fôlego.

Goriátcheva não viajaria sozinha; naquele mesmo dia, estava indo para o balneário a vice-chefe da direção de planejamento, Gagareva, uma velha gorda que não era membro do Partido, tinha cabelos completamente grisalhos e usava pince-nez no nariz carnudo. Goriátcheva passou na casa dela de carro, às dez da noite. Gagareva já estava à sua espera. No carro, não conversaram; Gagareva limpava o tempo todo a lente do pince-nez com um lenço, e Goriátcheva olhava pela janela. No trem, ocuparam um compartimento de dois lugares.

— Como sou mais jovem, vou em cima — disse Goriátcheva.

— Mas não é difícil com a escadinha; se preferir, posso subir — afirmou Gagareva.

— Como assim, não dá — disse Goriátcheva, olhando para Gagareva e rindo.

— Posso ser obesa — disse Gagareva, rindo também —, mas andei fazendo ginástica nos últimos tempos.

O cabineiro trouxe o chá, e elas resolveram jantar no compartimento em vez de ir ao vagão-restaurante. Logo estabeleceram uma relação amigável; riam e serviam uma a outra.

— É a primeira vez que vou para o mar — disse Goriátcheva, acrescentando: — Como a rede de balneários está crescendo rápido.

— Sim, há um enorme cuidado com a saúde dos cidadãos de nossa pátria — disse Gagareva. — Só no nosso sistema foram planejados oito sanatórios na costa do mar Negro.

— Nossa riqueza atrai muito os estrangeiros — disse Goriátcheva. — Os japoneses não conseguem parar quietos.

Não é de admirar, com tanta beleza ao nosso redor: mares, rios, florestas!

— O Exército Vermelho vai acabar com esse desejo de meter a mão na nossa pátria[8] — disse Gagareva.

— Sim, no desfile de Primeiro de Maio, na Praça Vermelha, eu ficava admirando: que tanques, umas montanhas de ferro. E como marcham!

— Não cheguei a estar na Praça Vermelha, mas sei que a força do nosso exército não reside apenas no equipamento, mas também no ideal socialista.

— Muito bem dito, camarada Gagareva — concordou Goriátcheva —, muito bem dito. Vamos todos à luta.

Conversaram, depois foram dormir. Goriátcheva acordou à noite. A cama de cima era confortável como um berço. O trem andava rápido, mas o pesado vagão de luxo quase não sacudia. Goriátcheva olhou para baixo. Com os cabelos grisalhos largados sobre os ombros, usando uma camisola de flanela e apoiada em um cotovelo, Gagareva olhava pela janela escura do vagão e chorava. Não chorava baixinho, como costumam fazer as velhas, mas, antes, soluçava em voz alta e rouca, e a cada soluço seus ombros gordos estremeciam. Goriátcheva teve vontade de perguntar por que estava chorando e tranquilizá-la, mas conteve o ímpeto e, em silêncio, sem que a velha notasse, voltou a se deitar e fechou os olhos. Compreendia por que Gagareva estava chorando. Cerca de oito ou nove meses antes, Goriátcheva tinha sido chamada pelo adjunto do Comissariado do Povo para falar de Gagareva. A velha ocupava uma posição de responsabilidade, trabalhava bem e com grande conhecimento de causa. Só que, certa vez, entregara uma declaração na qual dizia considerar seu dever informar que, no outono de 1937, seu genro, um trabalhador importante do Comissariado do Povo da Indústria Pesada, tinha sido preso, e, pouco tempo depois, sua filha também. O adjunto do Comissariado do Povo perguntou a Goriátcheva:

---

[8] Pouco antes da eclosão da Segunda Guerra Mundial, houve uma série de conflitos de fronteira entre o Japão e a URSS, culminando, em 1939, com a Batalha de Khálkhin-Gol (rio que cruza a China e a Mongólia). Lideradas pelo general Júkov, as forças soviéticas venceram, o que contribuiu para dissuadir o Japão de atacar o país durante a Segunda Guerra. (N. T.)

— O que você acha? Kojuro, por exemplo, me entregou um relatório argumentando que temos que despedi-la.

Ambos riram, pois Kojuro, o chefe da direção de planejamento, já era conhecido como o mais cuidadoso e medroso de todos os chefes de direção. Demitira muita gente, e fora repreendido no comitê moscovita do Partido por demitir funcionários ao menor indício. Certa vez, demitira uma jovem, mulher de um especialista em cálculo, apenas porque a irmã deste havia sido casada com um professor expulso do Partido por ligação com os inimigos do povo. O caso foi esclarecido, e o professor, reconduzido ao Partido, mas mesmo assim Kojuro ainda tinha dúvidas se readmitia a mulher do especialista em cálculo.

Desta feita, Goriátcheva havia dito:

— Kojuro é que deveria ser demitido, esse medroso dos diabos e, se demitirem Gagareva, vou até o Comitê Central: a velha é ótima!

O adjunto do Comissariado do Povo disse:

— Quanto a Kojuro, não nos cabe decidir, mas você não precisa ir a lugar nenhum, pois não vamos demitir Gagareva.

Quanto ao adjunto do Comissariado do Povo, Goriátcheva pensou: "Também é um rapaz bem cuidadoso", mas nada disse.

E agora compreendia: Gagareva chorava porque partia em férias para o balneário e estava no conforto, enquanto sua filha não dispunha de uma cama macia.

De manhã, Gagareva perguntou:

— Como dormiu, camarada Goriátcheva? Nos últimos anos, tenho dormido mal em trens: sinto-me destruída, como depois de uma doença grave. — Tinha o rosto inchado, as pálpebras vermelhas.

— A senhora recebe cartas de sua filha? — perguntou Goriátcheva, subitamente.

Gagareva ficou desconcertada.

— Como posso dizer? Não mantenho nenhuma ligação oficial com ela, não temos nada em comum. Mas sei que está trabalhando no Cazaquistão e pediu revisão do caso.

O compartimento estava abafado, mas tinham que manter a janela fechada devido à poeira. Por toda a volta havia vastos campos de trigo maduro. À noite, depois de Carcóvia, passaram por lugares onde a colheita havia começado. Havia nos campos colheitadeiras e caminhões...

— Eu trabalhava em uma dessas — disse Goriátcheva, com o coração batendo forte.

A casa de repouso para altos funcionários não era grande, mas muito confortável. Cada hóspede tinha seu próprio quarto. No almoço, serviam um bom vinho, e cada um podia escolher um prato de acordo com seu gosto. Havia até alguns doces: sorvete, creme, panquecas com geleia. Na casa de repouso, Goriátcheva conversava pouco com Gagareva; estavam em andares diferentes, e, além disso, Gagareva passava mal com frequência e fazia as refeições no quarto. À noite, quando refrescava, Gagareva, cobrindo os ombros com um lenço, passeava com um livrinho na mão pela alameda de ciprestes junto ao mar; caminhava em passinhos breves, parando com frequência para tomar fôlego, ou se sentava em um banquinho baixo de pedra. Não conversava com ninguém; apenas uma funcionária da casa de repouso, a velha dra. Kôtova, visitava seu quarto com frequência, e conversava longamente com ela. Às vezes, Gagareva a visitava depois do jantar.

— Aqui me sinto como num jardim de infância — queixava-se. — Não tenho ninguém com quem conversar.

— Sim — concordava Kôtova. — Parece mesmo um jardim de infância. No mês de agosto, ninguém aqui, nem hóspedes nem funcionários, tem mais do que trinta anos. Tirando eu, é claro.

Gagareva lembrava-se de como tinha sido feliz nessa mesma casa de repouso, em 1931; na sala de estar, à noite, organizavam-se reuniões de recordação, havia cantores e músicos amadores, lia-se em voz alta, discutiam-se questões de literatura.

— Sim, sim — concordou Kôtova —, havia um público interessante, mas às vezes eu ficava em apuros. Me lembro de um hóspede, um belo homem de barba castanho-clara, que tinha coração horizontalizado; um acúmulo de gordura, algumas alterações de metabolismo e dores de gota nas articulações do braço esquerdo, já esqueci o seu nome e onde trabalhava; nenhum dos problemas que tinha era sério, mas ele me azucrinou tanto, era tão caprichoso e mimado, que cheguei a escrever um relatório à Direção Sanitária pedindo para ser liberada.

— Ah, sei de quem a senhora está falando — disse Gagareva. — Ele não está mais entre nós. Era o chefe da direção agrária regional, no período da coletivização geral. Falamos muito dele na militância.

— Que fique com Deus — disse Kôtova. — Não sei nada sobre ele, mas aqui era insuportável. Certa noite me acordaram e me levaram até ele. Sentou-se na cama: "Doutora, estou enjoado". Daí não aguentei: "O senhor se empanturrou no jantar, deveria ter vergonha de incomodar uma velha como eu à noite".

— Sim — afirmou Gagareva, pensativa —, tem gente de todo tipo.

Kôtova morava sozinha, e Gagareva gostava de seu quarto branco e limpo, e do pequeno jardinzinho "particular" em frente à janela. Achava esse jardinzinho mais agradável do que o grande e esplêndido parque, e sentava-se de bom grado no degrau, com um livrinho, junto à dorna com o oleandro rosa.

Os hóspedes passavam a maior parte do tempo na praia. Mas nem os mais entusiasmados banhistas e amantes do sol conseguiam fazer frente a Goriátcheva. O mar a fulminara; era como se tivesse se apaixonado. De manhã, tomava o desjejum apressada e, embrulhando peras e uvas na toalha felpuda, percorria o caminho até a praia.

— Goriátcheva, espere, estamos fumando, vamos todos juntos, o que tem, está com medo de chegar vinte e um minutos atrasada?[9] — gritavam os engraçadinhos do sanatório. — Não tenha medo, as senhas para as rochas não vão ser suspensas.

Despindo-se apressadamente, ela se jogava na água e nadava como nadam as moças do campo, esticando o pescoço e semicerrando os olhos, malhando a água com as pernas, engasgando-se com os respingos que ela mesma produzia com seus braços fortes e desajeitados. Em seu rosto havia uma enorme satisfação infantil, até mesmo perplexidade: era como se não acreditasse que pudesse ser tão bom. Ficava na água por horas, e muitas vezes não voltava para o almoço. Apreciava sobretudo as horas de almoço à beira-mar, quando a praia ficava vazia e as ondas gradualmente levavam embora cascas de uva, guimbas de cigarro, restos de peras e maçãs. Goriátcheva ajudava a água

---

[9] Na década de 1930, os trabalhadores sofriam punições duras por absenteísmo ou por chegarem mais de vinte minutos atrasados ao trabalho. (Nota da edição inglesa)

a limpar a praia, e quando o lixo tinha sido todo recolhido, e a onda apenas batia nos pedregulhos e farfalhava contra a areia, deitava-se de bruços, com as maçãs do rosto apoiadas nas mãos, e, obstinadamente, como se esperasse alguma coisa, fitava a água resplandecente e flexível e a costa deserta e pedregosa. Desejava que permanecesse deserta por ainda mais tempo, e ficava triste ao ouvir o sino que anunciava o fim da sesta e as vozes dos banhistas. Ela mesma achava isso estranho, pois muitos dos hóspedes eram pessoas que conhecia, gente simples e alegre. Por exemplo, Ivan Mikhêievitch, deputado do Soviete Supremo que já fora chefe de brigada no colcoz em cujos campos Goriátcheva manobrara sua colheitadeira; e duas ucranianas trabalhadoras de colcoz, que conhecera em Moscou durante uma conferência. Uma delas estava para concluir a Academia Industrial, e a segunda, Staniuk, trabalhava no Supremo Tribunal da Ucrânia. Estava na casa de repouso também o diretor do truste de carvão de Donetsk, que alguns anos antes trabalhava como mineiro. Goriátcheva reconheceu-o: ambos foram condecorados no Kremlin no mesmo dia. Toda aquela gente era agradável e próxima; sentia-se bem com eles. Ainda assim, ficar sozinha na praia era um alívio. Ao ouvir o barulho das águas, lembrava-se de quando era criança e corria para nadar no rio enchendo a camisa de água, perto do moinho. Então olhava para o mar e voltava a se banhar...

Certo dia, começaram a mexer com ela; todos se puseram a zombar ao mesmo tempo.

Ivan Mikhêievitch disse:

— Bem, a colheitadeira chegou solteira mas vai mandar um telegrama para casa dizendo que se casou.

Staniuk, rindo, disse:

— Fique de olho, Goriátcheva, senão vai secar uns dois ou três quilos.

À noite, até mesmo Gagareva, que nunca descia ao mar, ficou sabendo da novidade. Ao encontrar Goriátcheva no corredor de vidro, disse:

— A dra. Kôtova está preocupada que sua exposição ao sol possa provocar uma neurose cardíaca, mas acho que você precisa ter cuidado para não passar horas demais sob a luz do luar.

— Que luar? — espantou-se Goriátcheva, que na casa de repouso estava conhecendo pela primeira vez o sul e seu humor.

Goriátcheva tinha travado conhecimento com o coronel Karmaleiev, da casa de repouso vizinha, destinada ao pessoal do comando do Exército Vermelho. Conversaram um pouco e entraram na água. Ele contara que só agora os médicos haviam permitido que voltasse a entrar na água, depois do ferimento sofrido em agosto de 1938. Goriátcheva acompanhava seu nado com temor; o tempo todo tinha a impressão de que seus movimentos precipitados e fortes fariam abrir a ferida no peito, coberta por uma pele rosada e macia. E em certos momentos o rosto dele parecia perder a cor e ficar pálido, em vez de queimado pelo sol. Certa vez, enquanto passeavam, ela perguntou:

— Não está cansado?

— Como assim, o que é isso? — perguntou ele, ofendido.

Era quatro anos mais velho do que ela, mas suas histórias de vida tinham muito em comum; até 1926, também era membro do Komsomol da aldeia, e depois fora para o Extremo Oriente, para as tropas de fronteira. Ao terminar o serviço, ingressou no curso de comando, permanecendo no Extremo Oriente. Parecia uma pessoa muito calma; falava devagar, pronunciando as palavras com clareza; seus movimentos eram leves e rápidos, mas, como se movia de forma cadenciada e precisa, parecia lento. Goriátcheva disse a ele que se divertia com seu tom professoral. Ele ficou desconcertado, e respondeu que era um hábito: pois vivia tendo que dar explicações aos quadros de comando inferiores e aos soldados.

— Então sou um quadro de comando inferior? — perguntou Goriátcheva, ofendida. — Pois saiba que se fosse militar seria superior a um coronel!

— Sim, seria no mínimo comandante de corpo — disse ele, rindo. Seus dentes eram tão retos e regulares que pareciam uma faixa branca contínua. Tinha cabelos castanho-claros lisos e olhos claros, sérios e sem alegria.

Nas duas casas de repouso, a história era acompanhada com risos e brincadeiras, mas desde o primeiro dia a relação entre Goriátcheva e Karmaleiev era tão simples e clara que nem um nem outro ficaram envergonhados; à noite, continuaram indo juntos ao parque, de mãos dadas, chegando até o mar. Karmaleiev levava uvas especiais a Goriátcheva no refeitório e, de manhã, ia ao correio pegar o jornal e o entregava a ela sem ter lido.

Os camaradas riam dele e diziam:

— Então, Aleksandr Nikíforovitch, você vai se casar com uma adjunta do Comissariado do Povo; basta ela pedir e você vai ser transferido do Extremo Oriente para Moscou, para a Academia do Estado-Maior Geral. Que vidão, hein?

Ele ria tranquilo e ficava em silêncio.

Gagareva estava especialmente alvoroçada com esse pequeno evento, interessante e importante apenas para Goriátcheva e Karmaleiev. Observava Goriátcheva com benevolência, resignação, tristeza. Achava que havia uma lei que regia os destinos das gerações. "E agora", pensava, "chegou a vez de eles serem felizes! Que sejam felizes!" E se lembrava de seus tempos de estudante; debates políticos, excursões às Colinas dos Pardais, anos de exílio quando o marido fugira das galés tsaristas para o exterior e ela, abandonando os estudos, fora atrás dele na França... Ficou até mesmo orgulhosa por sua compreensão filosófica dos tempos, da vida russa, por ter entendido o sentido do movimento, o sentido de todos os sacrifícios. "Sim, sim", pensava, "é isso, não foi em vão que combatemos e sofremos, nossa geração não se sacrificou em vão." Pensava muito, e seus pensamentos a ocupavam tanto que deixou de visitar Kôtova, preferindo passar seu tempo sozinha. Estava orgulhosa de ter entendido tudo aquilo, e contemplava os jovens à sua volta com condescendência e um sorriso bondoso.

Nos últimos dias de agosto, veio uma chuva inesperada: diziam que aquilo ocorria com uma raridade excepcional, uma vez a cada dez, quinze anos. As colinas ficaram cobertas pelas nuvens, um vento tépido soprava do mar, a chuva caía várias vezes ao dia. Muitos dos hóspedes partiram. Goriátcheva partiu em 26 de agosto. Teria ficado, mas Karmaleiev teve que ir no dia 26, convocado por telegrama ao Extremo Oriente. Goriátcheva decidiu acompanhá-lo até Moscou. Gagareva, porém, ficou; o mau tempo não a incomodava. Trouxera galochas e capa de Moscou e, sem temer a chuva fraca, continuava passeando pelas trilhas de cascalho. Chegava a gostar daquele tempo, que combinava mais com seu estado de espírito; meditava especialmente bem naqueles dias cinzentos e tristes...

* * *

Em uma tarde de novembro, antes do fim do dia de trabalho, Gagareva foi ao gabinete de Goriátcheva por alguma razão. Naquela hora, ela conversava com um instrutor recém-chegado da província.

— Vai demorar? — Goriátcheva indagou a ela.

— Não, não, por favor, eu espero, é um assunto bem particular — disse Gagareva, sorrindo e sentando-se no sofá. Olhou para o rosto de Goriátcheva, iluminado pelo abajur de mesa, e pensou: "Perdeu o bronzeado e emagreceu bastante; está trabalhando demais, noite e dia; deve sentir saudades do marido".

Quando o instrutor saiu, Gagareva disse, sorridente e confusa:

— Camarada Goriátcheva, queria lhe dizer que sei da posição que a senhora tomou no meu caso, no ano passado. E agora queria compartilhar com a senhora uma alegria; o caso de minha filha será reexaminado. É possível que ela logo esteja de volta a Moscou.

Conversaram por alguns minutos, então Goriátcheva se lembrou de que tinha uma reunião de colegiado e saiu. Gagareva entrou na secretaria e disse à secretária de Goriátcheva:

— Lídia Ivánovna, sabe de uma coisa? É possível que minha filha volte!

E a severa secretária, ao fitar o rosto de Gagareva, sorriu e apertou sua mão.

— Mas me diga, o que Goriátcheva tem, está doente? — indagou Gagareva. — Parecia um pouco estranha.

Olhando para a porta, a secretária disse, em voz baixa:

— É desgraça atrás de desgraça. Em outubro, a mãe teve um infarto e morreu; estava lavando roupa e caiu morta de uma hora para outra. E há alguns dias ela foi informada de que o marido foi morto em combate na fronteira oriental; casaram-se no dia em que chegaram da Crimeia, e naquela mesma noite ele partiu.

Gagareva foi até a janela e viu os faróis brilhantes dos automóveis surgindo das trevas do nevoeiro, lá embaixo, e cruzando a praça a toda velocidade. "Então não era nada daquilo, então não entendi nada das leis da vida", pensou.

Mas não tinha vontade de pensar e entender as leis da vida, de tão feliz que estava.

PARTE 2

A guerra, a Shoah

Em uma aldeia recém-liberada, janeiro de 1942.

Introdução
Robert Chandler e Yury Bit-Yunan

Nas primeiras horas do dia 22 de junho de 1941, Hitler invadiu a União Soviética. Stálin recusara-se a acreditar em mais de oitenta advertências da inteligência sobre as intenções de Hitler, e as forças soviéticas foram pegas de surpresa. Mais de duzentas aeronaves da URSS foram destruídas em vinte e quatro horas. Repetidamente, os alemães cercaram exércitos soviéticos inteiros. No final do ano, a Wehrmacht tinha chegado aos arredores de Moscou, e mais de três milhões de soldados soviéticos haviam sido capturados ou mortos.

Antes da invasão alemã, Grossman parece ter estado deprimido. Sofria com excesso de peso e, embora tivesse apenas trinta e poucos anos, andava de bengala. De todo modo, e apesar da visão deficiente, apresentou-se como voluntário para as tropas. Em vez disso, foi designado para o *Estrela Vermelha*, o jornal do Exército Vermelho, e rapidamente se tornou um dos mais conhecidos correspondentes de guerra soviéticos, assombrando a todos com sua coragem, tenacidade e resistência física; com a pistola, inclusive, revelou-se um excelente atirador.

David Ortenberg, editor-chefe do *Estrela Vermelha*, ficou evidentemente impressionado com os artigos e matérias de Grossman. Em maio de 1942, concedeu a ele três meses de licença para trabalhar em um romance sobre um militar soviético que rompe um cerco alemão. Grossman trabalhou rápido, e *O povo imortal* — primeiro romance soviético sobre a guerra — foi publicado em série no *Estrela Vermelha* em julho e agosto. Hoje, parece sobretudo propaganda, mas, na época, foi admirado por seu realismo. Como de costume, Grossman não apenas demonstra um olhar refinado para o detalhe vívido, como também a habilidade para usar esse detalhe de modo inesperado. Uma passagem memorável termina com um comissário político vendo as ruínas em chamas da cidade de Gômel refletidas no olho de um cavalo moribundo: "A pupila negra, plangente e atormentada do cavalo, como um espelho de cristal, absorvia o fogo dos edifícios em combustão, a fumaça girando no ar, as ruínas luminosas e incandescentes e aquela floresta de chaminés estreitas e compridas que agora crescia no lugar dos edifícios desaparecidos nas chamas. E Bogariov de repente pensou que também levava consigo toda essa destruição, essa destruição noturna de uma cidade antiga e pacífica".

No outono de 1942, Grossman foi enviado a Stalingrado. Diferentemente de outros jornalistas russos, que permaneceram em relativa segurança, na margem esquerda do Volga, Grossman passou cerca de três meses na margem direita. Antes de cruzar o Volga, havia dito a um grupo de colegas: "Para escrever sobre a Batalha de Stalingrado, é preciso ter estado na margem direita do Volga, entre aqueles que lutam nas ruínas e à beira do rio. Até ter estado lá, não tenho o direito moral de escrever sobre os defensores de Stalingrado".[1] Na margem direita, compartilhou a rotina dos soldados e ganhou sua confiança. Nas palavras de Iliá Ehrenburg, seu colega correspondente de guerra, "os soldados de Stalingrado não consideravam Grossman um jornalista, e sim um companheiro de armas".[2]

Grossman obteve particular renome por seus relatos de Stalingrado, mas cobriu todas as principais batalhas da guerra, da defesa de Moscou à grande batalha de tanques de Kursk e à queda de Berlim, e seus artigos eram igualmente apreciados por soldados rasos e generais. Grupos de soldados se reuniam no front enquanto um deles lia em voz alta um único exemplar do *Estrela Vermelha*; o escritor Viktor Nekrássov, que lutou em Stalingrado na juventude, lembra como "os jornais com os artigos de [Grossman] e Ehrenburg eram lidos e relidos até ficarem em pedaços".[3] E não eram apenas cidadãos soviéticos que apreciavam

---

[1] Ver Botcharov, op. cit., p. 112. (Nota da edição inglesa)

[2] Ver Garrard, op. cit., p. 162. Ver também Korotkova, "Férias de janeiro", em *Arco-íris* (Kiev, 2009, maio-junho), p. 142. (Nota da edição inglesa)

[3] Frank Ellis, *Vasiliy Grossman* (Oxford: Berg, 1994), p. 48. Há relatos similares de gente que leu pela primeira vez os artigos de Grossman em Leningrado, durante o cerco (Botcharov, op. cit., p. 132). (Nota da edição inglesa)

os artigos de Grossman. *Os anos de guerra*, coleção dos relatos de Grossman de Stalingrado e outros lugares, foi traduzido em várias línguas, entre as quais inglês, francês, holandês e — em 1945 — alemão. De acordo com o historiador Jochen Hellbeck, "um veterano alemão de Stalingrado, Wilhelm Raimund Beyer, jovem soldado durante a guerra e, depois, célebre filósofo e estudioso de Hegel, escreve com grande admiração sobre as histórias de guerra de Grossman [...] como estando bem próximas à sua experiência da batalha".[4]

Korotkova escreveu que "um veterano de Stalingrado certa vez me disse que testemunhou meu pai fazendo um pelotão inteiro — até o último homem — entabular uma conversa geral. E eu mesma muitas vezes o vi conversando com jardineiros, ou ouvindo com atenção uma mulherzinha que todo mundo desprezava, e que tínhamos apelidado de *Jutchka*".[5] Grossman tinha um dom notável para ouvir, e um dom não menor para evocar — mesmo no espaço de poucas linhas — a singularidade de uma vida individual. Ortenberg registra que Grossman estava sempre interessado na vida da pessoa como um todo, não apenas em suas experiências de guerra, e sugere que essa pode ter sido uma das razões para gente que de outra forma era inarticulada estar sempre muito disposta a falar com ele.[6] Talvez não seja surpresa que essa intensa preocupação com o indivíduo tenha por vezes colocado Grossman em conflito com as autoridades. Apesar de seu fervoroso compromisso com a causa soviética, sua oposição ao sacrifício desnecessário de vidas humanas individuais ao bem aparente da causa não era menos fervoroso. Korotkova resumiu o relato de Grossman de uma reunião na redação do *Estrela Vermelha*: "Ortenberg certa vez convocou três correspondentes — Aleksei Tolstói, Vassili Grossman e Piotr Pavlenko — e sugeriu que cada um deles escrevesse um artigo que ilustrasse a necessidade do novo decreto sobre a execução de desertores. Meu pai respondeu, bruscamente: 'Não vou escrever

---

[4] E-mail de 5 de maio de 2008. (Nota da edição inglesa)
[5] "Férias de janeiro", p. 144. "Jutchka" é um nome dado a cães — e a mulheres vistas como tagarelas ou mal-humoradas. (Nota da edição inglesa)
[6] Ver David Ortenberg, *Letopissy pobiédy* (Moscou: Politizdat, 1990), pp. 42-50, esp. pp. 51-53. (Nota da edição inglesa)

uma coisa dessas'. Pavlenko deu um jeito de se virar para meu pai e, sibilando como uma cobra, disse: 'Você é um homem orgulhoso, Vassili Semiônovitch, um homem muito orgulhoso'. Só uma pessoa ficou em silêncio: Aleksei Tolstói. Foi ele quem escreveu o artigo pedido".[7]

Depois de cercar o 6º Exército alemão em Stalingrado, o Exército Vermelho começou sua longa marcha para o ocidente. É quase certo, porém, que a libertação da Ucrânia tenha trazido a Grossman mais amargura do que alegria. No outono de 1943, ele foi informado do massacre de Babi Iar, uma ravina nos arredores de Kiev onde uma centena de milhares de pessoas, quase todas judias, foram mortas ao longo de seis meses, mais de trinta e três mil delas nos primeiros dois dias, 29 e 30 de setembro. Logo depois, em Berdítchev, ficou sabendo os detalhes da morte de sua mãe, Iekaterina Savêlievna, naquele que foi provavelmente o primeiro dos massacres dos Einsatzgruppen realizados na Ucrânia, em setembro de 1941.[8]

Uma das obras de guerra mais impactantes de Grossman é "A Ucrânia sem judeus", artigo que combina detalhe factual e lamento comovente, e inclui ainda uma passagem notável, na qual Grossman não apenas analisa o apelo do nazismo, mas também, por meio da repetição encantatória e quase folclórica, força o leitor a sentir esse apelo:

---

[7] Ver Korotkova, "Sobre o meu pai", em *Juventude do campo* (março de 1993), p. 49. (Nota da edição inglesa)

[8] O genocídio dos judeus europeus começou quando os alemães invadiram a União Soviética. Quatro formações especiais da ss conhecidas como Einsatzgruppen (ou "forças-tarefa especiais", eufemismo tipicamente nazista) avançaram junto com as unidades de vanguarda da Wehrmacht. Sua tarefa era combater o que Hitler chamava de "judeo-bolchevismo", matando judeus, oficiais do Partido Comunista e comissários políticos do Exército Vermelho. Junto com colaboradores locais, os Einsatzgruppen reuniam judeus, levavam-nos a ravinas, pântanos e florestas próximas e os fuzilavam. Esses massacres tiveram duas ondas principais: de agosto a dezembro de 1941 e no verão de 1942. Cerca de dois milhões de judeus foram mortos. Mordechai Altshuler escreve: "As autoridades nazistas viam a aniquilação dos judeus nas fronteiras originais da urss como particularmente urgente, já que os consideravam o esteio do regime bolchevique" ("The Unique Features of the Holocaust in the Soviet Union", em Yaacov Ro'i [org.], *Jews and Jewish Life in Russia and the Soviet Union* [Ilford: Frank Cass, 1995], p. 175). (Nota da edição inglesa)

"Vocês têm medo da revolução proletária", os nacional-socialistas disseram aos industriais alemães. "Vocês têm medo do comunismo, que é cem vezes mais terrível para nós do que qualquer Tratado de Versalhes. Nós também temos medo da revolução proletária — então vamos lutar juntos contra os judeus. No final das contas, eles são uma fonte eterna de sedição e rebelião sangrenta. Eles sabem como incitar as massas. São oradores e autores de livros revolucionários. Foram eles que fizeram nascer ideias de luta de classes e revolução proletária!"

"Vocês estão sofrendo as consequências do Tratado de Versalhes", os nacional-socialistas disseram às massas trabalhadoras da Alemanha. "Vocês estão com fome, vocês estão sem trabalho. A pesada pedra de moer das reparações está arrebentando seus ombros exaustos. Mas vejam de quem são as mãos que estão girando a roda que move essa pedra. São as mãos da plutocracia judaica, as mãos dos banqueiros judeus — os reis sem coroa da América, França e Inglaterra. Seus inimigos são nossos inimigos — vamos lutar ombro a ombro contra eles!"

"Vocês foram insultados, e seus ideais profanados", os nacional-socialistas disseram à intelligentsia alemã. "Seus inimigos escrevem com desprezo sobre a Alemanha, examinando com ceticismo frio a história de uma grande nação. Seu pensamento foi castrado, seu orgulho crucificado. Ninguém precisa de seus talentos e conhecimento. Vocês, o sal da terra, estão condenados a virar garçons e taxistas. Vocês não conseguem ver os olhos frios que miram do lado de fora da neblina que agora envolve a Alemanha? Não conseguem ver os olhos impiedosos dos judeus do mundo — do judeu que é eterno, cheio de ódio contra o lar nacional, o judeu sem país, o judeu que odeia e menospreza sua pobre nação, o judeu que aguarda animado o triunfo de seu antigo sonho de dominação? Vamos lutar ombro a ombro pela nossa honra nacional, por uma dignidade que foi vilipendiada. Vamos limpar o mundo, vamos cauterizá-lo do judaísmo."

O texto original de Grossman foi recusado pelo *Estrela Vermelha* e permaneceu inédito até 1988.[9] As primeiras duas se-

---

[9] O texto original foi inicialmente publicado na revista *O Século* (Riga, 1988-89); até então, o único texto russo disponível era uma retradução do

ções foram publicadas, em tradução para o iídiche, em números consecutivos de *Eynikayt* (a revista do Comitê Antifascista Judaico, organização criada em 1942 para angariar apoio político e material na luta contra a Alemanha nazista), mas as últimas duas seções jamais foram publicadas — e nenhuma explicação foi dada. Um artigo intitulado "A Ucrânia" foi publicado na revista mensal *Známia*, mas trata-se de um artigo completamente distinto, e contei apenas uma — embora em palavras fortes — menção ao massacre de Babi Iar. Os detalhes são significativos. Grossman foi um dos primeiros jornalistas a escrever sobre aquilo que hoje é chamado de "Shoah pelo fuzil" — o massacre dos judeus no oeste da União Soviética —; também foi um dos primeiros jornalistas a escrever sobre os campos de extermínio da Polônia — a "Shoah pelo gás". Sua coragem moral e imaginativa parece ainda mais notável se tivermos em mente que ele estava fazendo isso em uma época em que as autoridades soviéticas avançavam na direção de uma política que hoje seria chamada de negação do Holocausto. Ainda não havia um banimento claro a qualquer menção a assassinatos em massa de judeus, mas não há dúvida de qual era a linha preferida das autoridades: a de que todas as nacionalidades haviam igualmente sofrido com Hitler. Um slogan usado com frequência — sem dúvida mais efetivo, por conta de sua aparente nobreza — era "Não dividam os mortos!".

De 1943 a 1946, junto com Iliá Ehrenburg, Grossman trabalhou para o Comitê Antifascista Judaico no *Livro negro*, relato documental dos massacres de judeus em solo soviético e polonês. Além de editar testemunhos dos outros, Grossman também planejava incluir dois artigos que havia redigido. "O assassinato dos judeus em Berdítchev" é um relato soberbamente escrito da vida no gueto de Berdítchev e do massacre de 15 de setembro em 1941, em um aeródromo junto à cidade; Grossman não menciona que uma das doze mil vítimas era sua mãe. Datado de 4 de novembro de 1944, também ficou inédito até muito tempo depois da morte de Grossman.[10] O outro artigo, "O in-

---

iídiche da parte — pouco menos da metade — que tinha sido publicada em *Eynikayt*. (Nota da edição inglesa)

[10] O texto russo foi publicado pela primeira vez na edição de 1980 (Jerusalém) do *Livro negro*. Grande parte do artigo está incluída em *Um escri-*

ferno de Treblinka", embora provavelmente recusado pelo *Estrela Vermelha*, foi publicado na *Známia* em novembro de 1944, e republicado em 1945 no formato de um livro bem pequeno, de capa dura.[11] Parece que era impossível na época publicar um artigo substancial sobre o extermínio dos judeus na União Soviética, mas, evidentemente, era pelo menos um pouco mais fácil escrever sobre o que havia ocorrido na Polônia.

O *Livro negro* estava pronto para ser impresso em 1946; bastava apenas que as autoridades confirmassem sua aprovação final. Tal confirmação não estava próxima. Em 3 de fevereiro de 1947, Gueorgui Aleksándrov, chefe do Departamento de Agitação e Propaganda do Comitê Central, escreveu que "o livro apresenta um quadro distorcido da real natureza do fascismo [já que dá a impressão de que] os alemães lutaram contra os soviéticos apenas para aniquilar os judeus". A decisão final foi anunciada em 20 de agosto de 1947: o *Livro negro* não seria publicado.[12] E, em 1948, passado mais um ano, seus fotolitos foram destruídos. Agora que a guerra tinha terminado, que não havia mais

---

tor na guerra. Historiadores do passado sem querer exageraram o número de judeus fuzilados nos arredores de Berdítchev. Dieter Pohl, em "The Murder of Ukraine's Jews under German Military Administration and in the Reich Commissariat Ukraine", assevera que 4144 judeus foram assassinados, a maioria em Berdítchev, em 4 de setembro, e que, nas primeiras horas de 15 de setembro, cerca de doze mil judeus foram fuzilados no aeroporto fora da cidade. (Ray Brandon e Wendy Lower, *The Shoah in Ukraine* [Bloomington: Indiana University Press, 2008], p. 35.) (Nota da edição inglesa)

[11] Um exemplar do livro pode ter chegado às mãos do promotor soviético nos julgamentos de Nuremberg. Botcharov afirma que pouquíssimos exemplares do *Livro negro* (que inclui "O inferno de Treblinka") foram de fato impressos, e que um deles foi dado ao promotor soviético, mas não conseguimos encontrar confirmação disso. Ver Botcharov, op. cit., p. 162. (Nota da edição inglesa)

[12] Ver Yitzhak Arad, *The Holocaust in the Soviet Union* (Lincoln/Jerusalém: University of Nebraska Press/Yad Vashem, 2009), p. 543. O texto russo completo do *Livro negro* foi publicado em Israel em 1980, em Kiev em 1991 e em Vilna em 1993. Um volume separado, *O livro negro desconhecido*, contendo não apenas material do *Livro negro*, mas também material previamente rejeitado por motivos de censura, foi publicado em Moscou, em 1993, e nos EUA, em 2008. (Nota da edição inglesa)

necessidade de solicitar apoio internacional contra Hitler, não havia compromisso dos editores que pudesse tornar o *Livro negro* aceitável. Admitir que os judeus constituíam a maioria avassaladora dos mortos significava admitir que membros de outras nacionalidades soviéticas tinham sido cúmplices do genocídio; de qualquer forma, Stálin parece ter entendido que o antissemitismo era uma força que ele poderia explorar para unir a maioria da população em torno de seu regime.

Grossman dedicara-se ao *Livro negro* por boa parte dos quatro anos anteriores e, na primavera de 1945, substituíra Iliá Ehrenburg como chefe do conselho editorial. O que deve ter sentido quando o *Livro negro* foi finalmente abortado é difícil de imaginar.

Em 1943, Grossman começara a trabalhar não apenas no *Livro negro*, mas também no primeiro de seus dois romances épicos centrados na Batalha de Stalingrado. Seis anos mais tarde, em agosto de 1949, submeteu esse romance, então intitulado *Stalingrado*, mas logo rebatizado *Por uma causa justa*, à revista *Nóvy Mir*. Naquilo que estranhamente assemelhava-se a uma recriação literária da batalha, Grossman parece ter tido de lutar com os editores por cada capítulo, quando não cada parágrafo, do romance.

As linhas de batalha foram delineadas em um diálogo, em dezembro de 1948, entre Grossman e Boris Agápov, um dos membros do conselho editorial:

> Agápov: "Quero deixar o romance seguro, tornar impossível que alguém o critique".
> Grossman: "Boris Nikoláievitch, não quero deixar meu romance seguro".[13]

Embora Konstantin Símonov (editor-chefe da *Nóvy Mir* até fevereiro de 1950), Aleksandr Tvardovski (editor-chefe da *Nóvy Mir* a partir de fevereiro de 1950) e Aleksandr Fadêiev (secretário-geral da União dos Escritores na maior parte do pe-

---

[13] Gúber, op. cit., p. 64. "Deixar seguro" é a escolha dos tradutores para o inglês do verbo russo *obezopássit*. A resposta de Grossman foi *"Boris Nikoláievitch, ia nie khotchú obezopássit svoi roman"*. (Nota da edição inglesa)

ríodo entre 1937 e 1954) pareçam em geral ter admirado *Por uma causa justa,* sua publicação foi repetidamente adiada. Os Arquivos do Estado Russo contêm hoje nada menos do que doze diferentes versões datilografadas. As seis primeiras são versões iniciais do próprio Grossman; as seis últimas foram produzidas, entre 1949 e 1952, em resposta a "sugestões" editoriais. Essas sugestões vão do mais trivial ao mais abrangente; uma das mais extraordinárias é a de que Grossman extirpe do romance a figura central de Viktor Chtrum — por ser judeu. Em certo momento, Tvardovski sugeriu que Grossman fizesse de Chtrum o chefe de um comissariado militar, em vez de um físico importante; como resposta, Grossman perguntou que posto deveria dar a Einstein.[14] Em outra ocasião, pediu-se que Grossman removesse todos os capítulos "civis"; os editores parecem ter achado que um relato documental — ou quase documental — da batalha seria mais "seguro" do que uma obra de ficção. O romance foi tipografado em três ocasiões, mas, a cada vez, a decisão de publicar foi revogada, e os tipos destruídos — embora pareça que, pelo menos em duas dessas oportunidades, pouquíssimos exemplares tenham sido de fato impressos. Em 30 de abril de 1951, a entrada do "Diário da jornada do romance *Por uma causa justa* pelas editoras"[15] diz: "Graças à esplêndida atitude de camaradagem dos editores técnicos e dos funcionários da gráfica, a nova composição de tipos foi concluída em velocidade fabulosa. Agora tenho em minhas mãos uma nova cópia: segunda edição: tiragem — seis exemplares".

A ansiedade mostrada pelos editores de Grossman explica-se pelo fato de que a vitória soviética em Stalingrado adquirira o status de mito sagrado — um mito que legitimava o governo de Stálin. Em relação a um assunto de tamanha importância, não havia lugar para o menor erro político. Tvardovski e Fadêiev julgaram necessário, mesmo estando eles próprios satisfeitos com o romance, pedir a aprovação de uma variedade de instâncias

---

[14] Lípkin, op. cit., p. 533. (Nota da edição inglesa)

[15] Documento de quinze páginas no qual Grossman, evidentemente antecipando as dificuldades desde o começo, registra todas as suas conversas oficiais, cartas e encontros relacionados ao romance (RGALI, 1710, fond opis'2, ed. Kht. 1). (Nota da edição inglesa)

diferentes: a União dos Escritores; a Seção Histórica do Estado-
-Maior Geral; o Instituto de Marx, Engels e Lênin; o Comitê
Central do Partido Comunista. Temiam ofender Khruschov,
retratado no romance como comissário político sênior em Stalingrado, e sem dúvida estavam ainda mais preocupados com a
reação de Stálin; não podem ter esquecido que Grossman fora
indicado duas vezes para o Prêmio Stálin — por seu romance
sobre a Revolução, *Stepan Koltchúguin*, em 1941, e por *O povo
imortal*, seu romance sobre o primeiro ano da guerra, em 1943
— e que sua candidatura fora vetada ambas as vezes, quase certamente por instigação do próprio Stálin.[16] Grossman evidentemente compreendia a necessidade da aprovação explícita de
Stálin, e, em dezembro de 1950, enviou-lhe uma carta que termina assim: "O número de páginas das revisões, estenogramas,
conclusões e respostas já se aproxima do número de páginas do
próprio romance, e, embora todos sejam a favor da publicação,
ainda não houve uma decisão final. Peço-lhe apaixonadamente
que me ajude a decidir o destino do livro que considero mais
importante do que qualquer coisa que já escrevi".[17]

---

[16] Botcharov, op. cit., p. 84. Korotkova se lembra de seu pai dizer: "Stálin
tem uma atitude muito peculiar a meu respeito. Não me manda para os
campos, mas nunca me confere prêmios". O fato de os dois romances anteriores de Grossman terem sido desaprovados por Stálin não surpreende.
Stepan Koltchúguin fala bastante da geração de Velhos Bolcheviques que
Stálin destruiria nos expurgos de 1937, e Grossman anunciara em público
a intenção de devotar boa parte do (nunca escrito) quarto volume do romance ao Comintern, organização internacional que Stálin marginalizou
no fim dos anos 1930, para finalmente dissolver em 1943. De acordo com
Semion Lípkin, Stálin se referia a esse romance sobre um jovem revolucionário como "menchevique" (op. cit., p. 520); Lípkin não explica como
soube da opinião de Stálin, mas deve ter sido ouvida de segunda mão,
possivelmente de um escritor como Fadêiev, que circulava na alta-roda.
O povo imortal, romance anterior de Grossman, discorre sobre o cerco de
uma unidade militar soviética. Houve muitos desses cercos nos primeiros
meses da guerra, alguns envolvendo a morte ou a captura de centenas
de milhares de soldados soviéticos. Em 1942, era possível escrever sobre
tais catástrofes; após as vitórias soviéticas do começo de 1943, contudo,
tornaram-se tabu. (Nota da edição inglesa)
[17] Gúber, op. cit., p. 67, e RGALI, fond 1710, opis' 2, ed. Khr. 8. (Nota da
edição inglesa)

Stálin parece não ter respondido. Tampouco Môlotov, a quem Grossman escreveu em outubro de 1951.[18] Contudo, depois de uma nova enxurrada de sugestões de título,[19] o romance finalmente foi publicado, em 1952, nas edições de *Nóvy Mir* de julho a outubro. Em uma carta a Fadêiev, Grossman escreveu: "Querido Aleksandr Aleksándrovitch [...] Mesmo depois de ter sido publicado e republicado por tantos anos, senti-me mais intensa e profundamente emocionado ao ver a edição de julho da revista do que quando vi meu primeiro conto ['Na cidade de Berdítchev'] na *Literatúrnaia Gaziêta*".[20]

As críticas iniciais foram entusiasmadas, e, em 13 de outubro, a Seção de Prosa da União dos Escritores Soviéticos indicou o romance para o Prêmio Stálin.[21] Em 13 de janeiro de 1953, contudo, apareceu no *Pravda* o artigo "Espiões viciosos e assassinos passando por médicos e professores". Um grupo dos mais eminentes médicos do país — todos eles judeus — era acusado de conspirar para envenenar Stálin e outros membros da liderança política e militar. Tais acusações foram pensadas como prelúdio a um vasto expurgo de judeus soviéticos.

Um mês depois desse episódio, em 13 de fevereiro, Mikhail Bubennov, que em 1948 vencera o Prêmio Stálin por *A bétula branca* — a exemplo de *O povo imortal*, de Grossman, um romance sobre o primeiro ano da guerra —, publicou uma crítica-denúncia de *Por uma causa justa*. Uma nova campanha contra Grossman tomou impulso rapidamente. Jornais importantes publicavam artigos com títulos como "Um romance que distorce a imagem do povo soviético", "Em um caminho falso" e "Em um espelho distorcido". Como resposta, Tvardovski e o

---

[18] Gúber, op. cit., p. 67. (Nota da edição inglesa)

[19] Entre os quais *No Volga*, *Povo soviético* e *Durante a guerra do povo*. ("Diário do progresso...") O título inicial, *Stalingrado*, fora abandonado após a reação indignada — e antissemita — de Chôlokhov a Tvardovski quando este tentou angariar seu apoio: "*A quem* você confiou escrever sobre Stalingrado? Está com a cabeça no lugar?" (Lípkin, op. cit., p. 534). (Nota da edição inglesa)

[20] Natália Gromova, *Raspad* (Moscou: Ellis Lak, 2009), p. 237. (Nota da edição inglesa)

[21] Anna Berzer, *Proschanit* (Moscou: Kniga, 1990), p. 151. (Nota da edição inglesa)

conselho editorial da *Nóvy Mir* reconheceram que a publicação do romance fora um grave erro. O que mais parece ter ferido Grossman foi a traição de Tvardovski; Tvardovski era um escritor de verdade, não um mero funcionário literário, e provavelmente apreciava e admirava Grossman. Quando Grossman apareceu na *Nóvy Mir* e — aparentemente — disse o que pensava, Tvardovski retrucou: "Então você acha que eu deveria ter devolvido minha carteirinha do Partido?". "Acho", disse Grossman. Ainda mais bravo, Tvardovski disse: "Eu sei aonde você está indo agora. Vá lá então, siga em frente. Obviamente, há muita coisa que você ainda não entendeu. Lá eles vão lhe explicar".

Mais cedo naquele mesmo dia, Grossman recebera um telefonema pedindo que fosse à redação do *Pravda*; passou na *Nóvy Mir* a caminho de lá. Provavelmente não sabia ao certo a razão de ter sido convocado; haviam-lhe dito apenas que tinha "a ver com o destino do povo judeu". Tvardovski, no entanto, evidentemente sabia que Grossman estava entre os escritores e jornalistas judeus a quem pediriam que escrevessem uma carta requerendo a execução dos "médicos assassinos".

Pouco tempo antes disso, Grossman havia aguentado firme quando Fadêiev lhe implorou que repudiasse seu romance e fizesse uma demonstração pública de arrependimento. Atipicamente, porém, Grossman concordou em assinar a carta sobre os "médicos assassinos". Sem dúvida, sentia-se perdido e confuso depois da discussão com Tvardovski. Pode ter pensado — o que era bem razoável — que os médicos seriam executados de qualquer modo, e que valia a pena assinar a carta porque afirmava que o povo judeu *como um todo* era inocente. Qualquer que tenha sido a razão, Grossman se arrependeu imediatamente. Bebeu vodca na rua e, ao chegar em casa, sentia-se muito mal.[22] Esse ato de traição — como ele mesmo o via — assombrou Grossman pelo resto da vida; uma passagem de *Vida e destino* baseada nesse incidente termina com Viktor Chtrum (que acabou de assinar uma carta semelhante) rezando para que sua mãe morta o ajude a jamais voltar a demonstrar tamanha fraqueza.

---

[22] Lípkin, op. cit., pp. 543-44; ver também Gromova, op. cit., pp. 346-50. (Nota da edição inglesa)

Em vez de ser corroído pela culpa, Grossman parece — notavelmente — ter conseguido extrair força dela. Mais importante ainda, conseguiu dar uso criativo a seu sentimento de culpa. Poucos escritores escreveram de maneira mais sutil sobre tantas formas de traição pessoal e política, e é possível que nenhum tenha articulado de modo mais claro quão difícil é para um indivíduo resistir à pressão de um Estado totalitário. Muitos anos mais tarde, em *Vida e destino*, Grossman escreveria: "Uma força invisível, contudo, o oprimia. Sentia seu peso hipnótico, ela o obrigava a pensar de acordo com sua vontade, e a escrever conforme ela ditava. Estava dentro dele, fazia seu coração parar, dissolvia-lhe a vontade. [...] Só quem nunca teve em si uma força dessas pode se espantar de que ela se apodere de alguém. Quem já teve essa força dentro de si experimenta outro tipo de espanto: que, ainda que por um instante, seja possível se acender nem que seja uma palavra de ira, ou um fugaz e tímido gesto de protesto".[23]

Naquela época, porém, o ato de traição de Grossman em nada ajudou para melhorar sua posição. A campanha contra ele continuava a se intensificar. Em uma reunião da União dos Escritores, Bubennov citou Chôlokhov: "O romance de Grossman é uma cuspida na cara do povo russo". Fadêiev publicou um artigo repleto do que Grossman chamou em seu "Diário" de "acusações políticas implacavelmente severas". A *Voenizdat*, a editora militar que concordara em publicar *Por uma causa justa* em forma de livro, pediu que Grossman devolvesse seu adiantamento — em vista daquilo a que Grossman se referiu de forma cáustica como "a agora inesperadamente descoberta essência antissoviética do livro".[24]

Tudo isso aconteceu em menos de seis semanas. O caráter vicioso e repentino da campanha é notável mesmo para os

---

[23] *Vida e destino* (Rio de Janeiro: Objetiva, 2014), p. 701.

[24] No final de 1952, *Por uma causa justa* tinha sido aceito também pela *Soviétski pissátiel*, a editora que, em 1956, publicou aquela que, de acordo com Lípkin, Grossman considerava a versão mais completa do romance (op. cit., pp. 153 e 164). Fiódor Gúber, contudo, disse que Grossman fez novas revisões para a edição publicada pela *Soviétski pissátiel*, em 1964 (e republicada em 1989). A "Editora Estatal de Publicação Militar" (*Gossudarstvênnoie Voiênnoie izdátielstvo*) era frequentemente chamada de *Voenizdat* ou *Voenizg*. (Nota da edição inglesa)

padrões soviéticos. David Feldman — um pesquisador da política literária soviética — propõe uma explicação impressionante. Grossman era uma figura central naqueles que eram provavelmente os dois mais importantes projetos ideológicos soviéticos do pós-guerra. Um deles era a criação de um inimigo interno; agora que a guerra tinha acabado, Stálin precisava de um novo inimigo para justificar sua ditadura contínua. Outro era a criação de um Liev Tolstói "vermelho". A escolha do inimigo interno era simples — só podiam ser os judeus. A escolha de um Tolstói soviético, contudo, era mais complicada. Sempre tinha havido rivalidade entre a União dos Escritores e o Departamento de Agitação e Propaganda do Comitê Central do Partido Comunista. Nessa instância, o Departamento de Agitação e Propaganda apoiava Bubennov, enquanto Fadêiev, Tvardovski e a União dos Escritores apoiavam Grossman, que, de longe, era melhor escritor. Os dois projetos, inevitavelmente, entraram em choque. Fadêiev e Tvardovski, apesar de toda sua astúcia política, subestimaram a ferocidade com que a campanha antijudaica iria se intensificar. Começaram a publicar *Por uma causa justa* exatamente no mês — julho de 1952 — em que a maioria dos membros de ponta do Comitê Antifascista Judaico estava sendo submetida a julgamento secreto.

Durante a guerra, Grossman era por vezes chamado de "Sortudo Grossman", devido às inúmeras vezes que por pouco escapou da morte. Em determinada ocasião, uma granada caiu entre seus pés — mas não explodiu. O que aconteceu em fevereiro e março de 1953 foi da mesma ordem; Grossman teve a sorte de Stálin morrer em 5 de março de 1953.

As denúncias contra Grossman e seu romance prosseguiram por algumas semanas, mas, em abril, a campanha tinha se exaurido, e, em meados de junho, Grossman recebeu uma carta da *Voenizdat* repetindo a oferta original para publicar *Por uma causa justa*. Lacônica, a entrada final do "Diário" de Grossman diz: "26 de outubro de 1954. O livro está à venda na rua Arbat, na loja 'O Livro Militar'".

O período coberto por esta seção começa com Grossman, depois da invasão nazista, sentindo um compromisso renovado com a causa soviética, e termina com ele, no começo da década de 1950, rompendo com ela de forma irrevogável. O primeiro conto, "O velho", é baseado em relatos da ocupação alemã ouvidos de habitantes de aldeias russas.[25] Não menos vívido por ser inteiramente soviético em tema e estilo, foi publicado no *Estrela Vermelha* em fevereiro de 1942.

"O velho professor", o segundo conto, e muito mais longo, é ambientado em uma cidade sem nome, que parece uma Berdítchev em menor escala. Representa a primeira tentativa de Grossman de abordar o destino de sua mãe. As tropas soviéticas ainda não tinham libertado o oeste da Ucrânia, mas Grossman, evidentemente, já sabia muito sobre os massacres dos Einsatzgruppen. Publicado nas edições de setembro e outubro de 1943 da *Známia*, "O velho professor" é uma das primeiras obras de ficção sobre a Shoah em qualquer língua.

O personagem principal é um homem, mas, assim como Iekaterina Savélievna, a mãe de Grossman, é um mestre-escola aposentado. A cena final, na qual uma criança pequena mostra grande carinho pelo professor logo antes de serem ambos fuzilados, é uma das muitas na obra de Grossman a mostrar um pai judeu — ou figura paterna — e uma criança afirmando seu amor nos últimos instantes de suas vidas. Em uma cena memorável de *Vida e destino*, Sófia Levinton, uma médica solteira, faz amizade com uma criança a caminho da câmara de gás e sente que, finalmente, virou mãe. Em "O velho professor", contudo, é o professor solteiro que se sente como uma criança abandonada, e é a menininha que inesperadamente assume o papel de mãe.

O terceiro texto desta seção, "O inferno de Treblinka" — uma das primeiras publicações em qualquer idioma sobre um campo de extermínio nazista —, foi rapidamente traduzido para várias línguas europeias.[26] Grossman apresenta um qua-

---

25 Botcharov, op. cit., p. 107. (Nota da edição inglesa)

26 "O inferno de Treblinka" foi traduzido para inglês, francês, alemão, hebraico, húngaro, romeno e iídiche, em 1945, e para o polonês e o esloveno em 1946. Pode ter havido outras traduções. O artigo de Grossman também foi publicado em conjunto com outros relatos: o de Símonov, sobre Majdanek, em alemão, em 1945; e o de Jankiel Wiernik, em iídiche, publicado em Buenos Aires em 1946. (Nota da edição inglesa)

dro geral claro da estrutura organizacional do campo, e escreve com discernimento sobre a compreensão satanicamente astuta da psicologia humana que possibilitou a tão poucos guardas da ss assassinar um número tão grande de pessoas. Há, contudo, erros grandes e imprecisões menores, e não há dúvidas de que Grossman os teria corrigido se tivesse a oportunidade. Fizemos, assim, notas detalhadas e um apêndice em separado.

A obra final da seção, "A Madona Sistina", foi inspirada por uma Madona de Rafael em Dresden, que as autoridades soviéticas levaram para Moscou em 1945. Grossman viu-a em 1955, quando estava sendo exibida no Museu Púchkin, antes de ser devolvida à Galeria de Arte de Dresden. Por cerca de cento e cinquenta anos, a Madona Sistina foi objeto de algo próximo a um culto especial na Rússia. Dostoiévski, por exemplo, via a pintura como símbolo da fé e da beleza que salvariam o mundo, e tinha uma grande reprodução da obra acima de sua escrivaninha. O artigo de Grossman tem importância dupla. Também é uma afirmação de fé, e sua estrutura altamente pessoal faz a transição para os trabalhos mais livres e menos restritos a gênero de seus últimos anos: a novela *Tudo flui*, o esboço de viagem *Tudo de bom!*, o ensaio "Descanso eterno" e os últimos contos. Em "A Madona Sistina", Grossman luta com grandes questões. Aborda tragédias vastas como a coletivização e o Terror da Fome, traça um paralelo entre o tratamento soviético dos cúlaques e o tratamento nazista dos judeus, e ainda — em uma época em que a mera sobrevivência da humanidade estava ameaçada como nunca dantes — questiona a natureza e o propósito da arte.

Grossman escreveu "A Madona Sistina" na segunda metade de 1955 — provavelmente, dado o número de vezes que menciona a bomba de hidrogênio, em novembro e dezembro; a primeira bomba termonuclear americana tinha sido testada em 1952, e o primeiro teste soviético foi levado a cabo em novembro de 1955. Há momentos da primeira seção em que a prosa de Grossman desaba sob a pressão, em que ele descamba para o moralismo ou para o sentimentalismo. Na segunda seção, porém, e, acima de tudo, em sua evocação de Cristo como um cúlaque de trinta anos deportado para a taiga, ele funde poesia, religião e fato para chegar a uma intensidade dantesca: "Caminhava por uma vereda em um pântano, com uma nuvem de mosquitos pairando acima de si, mas não conseguia afugentar os bilhões de auréolas vivas e cintilantes dos insetos, pois suas mãos seguravam um tronco pesado e úmido sobre o ombro".

O velho

Falava-se do velho Semion Mikhêitch como o homem mais sossegado da vila. Não bebia, não fumava, jamais se desentendia com os vizinhos. Nunca o ouviram discutindo com sua velha. Sua voz era suave e arrastada. Seus movimentos, igualmente suaves e arrastados.

Quando os alemães começaram a se aproximar, alguns vizinhos iniciaram os preparativos para se unir à guerrilha.

— Vovô, venha para a guerrilha — diziam, brincando.

Mas ele respondia:

— Não tenho no coração isso de atirar e matar.

— Então você está com os alemães? — perguntou Fedka, seu vizinho.

— Como assim, "com os alemães"? — respondeu Semion Mikhêitch. — Eles não têm direito. Mas que tipo de guerreiro eu sou? Não está na minha natureza. Tenho escrúpulos até para bater no cavalo com o cnute. Tenho coração mole.

A velha Filíppovna intercedeu em favor do marido:

— Ele fica o tempo todo com as abelhas. Por isso é tão sossegado. As abelhas não gostam de gente zangada.

— Verdade, não gostam — corroborou o velho. — Veja Prokofi, nosso presidente; as abelhas não o suportam, está sempre com pressa e fazendo barulho.

Foi então que apareceu o próprio presidente. Tinha duas granadas no cinto e uma espingarda no ombro.

— Estão falando de quê? — perguntou.

— Que você é um homem severo — disse Semion Mikhêitch. — Mas nossa família jamais derramou sangue. Minha mãe não conseguia sequer degolar uma galinha, e o pedia aos vizinhos.

— Veja, vovô — respondeu o presidente —, não seja bom demais com os alemães, ou vai ter que responder por isso perante o povo.

E seguiu pela rua, a passos largos.

O velho só fez balançar a cabeça, mas a velha tinha ficado tão ofendida com o presidente que chegou a cuspir.

Os alemães estavam na vila fazia três meses menos dois dias. Primeiro, vieram as unidades de vanguarda do exército. Pilharam completamente a cidade. As mulheres iam para os estábulos escuros e choravam ao se lembrar das vacas. Peliças curtas, toalhas bordadas, jaquetas de algodão, cobertores e travesseiros desapareceram de suas *khatas*.[1] Durante o dia, mulheres e velhos se reuniam e amaldiçoavam os alemães, enumerando seus ultrajes.

Semion Mikhêitch ficava em silêncio, ouvia as conversas iradas e suspirava. Não sofria menos do que os outros com os alemães. Tinham arrasado suas queridas colmeias, tomado os estoques de mel e trigo. Até a velha cama, na qual dormia havia muitas décadas, fora levada em um caminhão por um suboficial de olhos vermelhos.

À tarde, os velhos ficavam junto aos ícones e rezavam a Deus na *khata* desolada e deserta. À noite, a velha chorava, e o velho a consolava.

— Ah, para que chorar? — dizia. — Todo mundo tem que suportar esse desgosto, o povo todo está sofrendo. Somos velhos, só nós dois, encontraremos um jeito de sobreviver.

Em dezembro, chegou o estado-maior da divisão alemã. Os alojadores escolheram a melhor casa, com telhado de ferro, para os generais, botaram as mulheres para limpar as paredes e lavar o chão e forçaram os homens a construir uma calçada de tijolos vermelhos em frente à casa. Mandaram o avô Semion construir um longo caminho de tijolos do pátio até o banheiro dos fundos. O suboficial ficou zangado com ele porque o caminho estava malfeito, e mandou-o recolocar os tijolos duas vezes. Pela primeira vez na vida, o avô empregou palavras obscenas.

Um médico foi alojado na isbá de Semion Mikhêitch. Era um homem magro, com uma cabecinha calva. Semion Mikhêitch e Filíppovna foram despejados para a parte fria. À noite, o frio não os deixava dormir, e eles ouviam o médico gritando ao telefone, com voz de corvo:

---

[1] Casa camponesa na Ucrânia. (N. T.)

— Kamychevakha! Kamychevakha![2]

Estava exigindo vagões para a evacuação dos feridos. Havia muitos soldados feridos e com geladuras, mas os trens quase não marchavam; os guerrilheiros destruíam as estradas. "Deve ser coisa de Prokofi", pensava o velho.

Com voz rouca, o *arzt*[3] gritava com todos que vinham até ele, e de vez em quando chamava o ordenança, para diversas incumbências. O ordenança morria de medo dele. Cada vez que entrava no quarto, tinha o rosto tão pálido e sofrido que Semion Mikhêitch até ficava com pena.

O médico mandava Semion Mikhêitch cortar lenha para a estufa. Gostava de ouvir o som do machado. Certas noites, chamava o ordenança e dava ordens para que mandasse Semion Mikhêitch cortar lenha.

— Por que o russo não está trabalhando? O russo dorme demais.

E Semion Mikhêitch ficava cortando lenha no escuro, debaixo da janela do alemão. Tornou-se sombrio, taciturno, e às vezes ficava dias sem proferir uma palavra. Parou até de suspirar. Ficava olhando, em silêncio, como se fosse de pedra. A velha o mirava com medo: será que o velho tinha enlouquecido?

Certa noite, ele lhe disse:

— Sabe, Filíppovna, um animal devora o que precisa; devora as vacas, destrói as colmeias... que Deus o guarde. Mas esses aí cuspiram na minha alma. Os animais não tocam na alma da gente. Eu achava que eles não fossem gente. E agora vejo: não são sequer animais. São piores que animais selvagens.

— Reze a Deus que vai melhorar — Filíppovna disse.

— Não — disse o velho. — Não vai melhorar.

De manhã, veio a vizinha Gália Iakímenko, toda em lágrimas. Cochichando e olhando para a porta, atrás da qual estava o terrível *arzt*, pôs-se a contar de seus inquilinos. Em sua isbá, moravam cinco oficiais do estado-maior.

— Empanturram-se e bebem o dia todo, como ursos. Enchem a cara, gritam, vomitam, andam pelados sem vergonha

---

[2] Velíkaia Kamychevakha (Grande Kamychevakha) é uma grande aldeia na província de Carcóvia. (Nota da edição inglesa)

[3] Médico (em alemão escrito em cirílico no original). (N. T.)

na minha frente. E, agora que ficou frio, o senhor não vai acreditar a que ponto chegaram! Passaram a se aliviar na cama! Antes, pelo menos, faziam as necessidades no chão, mas agora nem levantam do leito. Depois tiram a roupa de cama emporcalhada: lave! Eu digo: não vou lavar, podem me bater! E começam a me bater. Digo: podem bater, não vou lavar, não aceito uma vergonha dessas. E saio pátio afora. O que são eles: pessoas ou animais?

Semion Mikhêitch não respondeu. Uma nuvem negra de sofrimento e vergonha pairava sobre a vila. Parecia que a vida tinha chegado ao fim, que o sol tinha parado de brilhar, que não havia como respirar. Pior do que a fome, pior do que as noites gélidas nas adegas e abrigos, pior do que tudo eram as humilhações da alma.

O que aconteceu na alma do velho apicultor ao longo desses dias? Quando o *arzt* tinha vontade de ouvir o barulho do machado, à noite, ele se levantava em silêncio, vestia o gorro e ia cortar lenha. O machado ressoava contra as achas congeladas. Por vezes, o velho parava por um momento para respirar. Aí o médico da divisão vinha à janela para ver por que o machado não estava soando. Em um instante, o ordenança saía correndo lá de dentro e gritava, com voz assustada:

— Corta, russo, corta!

Certa vez, com animação, cochichou para o velho:

— General kaput. O front fugiu. Os russos ta-ta-ta. General kaput.

E dessa vez foi em vão que os alemães esperaram seu general.

Então chegou um especulador de Carcóvia. Falou dos preços da *makhorka*,[4] do pão, da ervilha, do tifo exantemático entre os soldados alemães, e, inclinando-se até a orelha do velho, disse, baixinho:

— Há uns panfletos e ouvi no rádio: os vermelhos estão voltando. Já retomaram trinta cidades dos alemães. Logo chegarão aqui.

O velho ouviu a notícia, foi até a adega, desenterrou um pote de mel e deu ao especulador.

— Fique com isso, pelas boas notícias.

E certa tarde o ordenança do *arzt* entrou correndo e começou a empacotar as coisas apressadamente.

---

[4] Tabaco de qualidade inferior. (N. T.)

— *Zurück, zurück*[5] — explicou, gesticulando na direção de Poltava.

Soldados do serviço de telecomunicações vieram e removeram rapidamente o telefone. Não se ouviam tiros, mas os alemães se aprontavam como se estivessem sob fogo. Corriam pela rua com as mãos cheias de coisas, caíam na neve e gritavam. As mulheres viram ordenanças em prantos. Arquejavam. Os dedos congelados não conseguiam segurar as malas pesadas dos oficiais. Mal tinham chegado aos limites da aldeia e já estavam sem forças, mas ainda precisavam seguir a pé pela estepe. Os veículos estavam parados na neve, sem combustível; os oficiais tinham partido de trenó.

Os velhos que haviam lutado como voluntários na Primeira Guerra contra os alemães explicavam às mulheres:

— Sem dúvida os nossos pegaram os alemães pela retaguarda...

À noite, o estado-maior partiu, e a aldeia foi ocupada pelos fuzileiros. Com barbas ruivas e negras por fazer, narizes descascando, faces abrasadas pelo frio, conversavam em tom beligerante e, quando saíam à rua, disparavam seus fuzis de assalto ao ar. À noite, importunavam as moças.

O combate começou ao amanhecer. Velhos e mulheres foram para os porões. De lá, ouviam as descargas das metralhadoras e o estrondo das explosões dos projéteis. As mulheres gritavam, as crianças choravam, e os velhos diziam, com seriedade:

— Calma, não há razão para alarde. São os nossos, atirando com canhões de três polegadas.

Já Semion Mikhêitch estava sentado em um barril caído, a pensar.

— Então, Mikhêitch? — perguntou o velho Kondrat, que havia recebido uma Cruz de São Jorge na guerra contra o Japão. — Até você, que é sossegado, teve que ouvir o combate.

Mikhêitch não respondeu.

A luta se inflamou. O barulho era tal que as mulheres cobriram as crianças com seus lenços. E, de repente, não muito longe, ouviu-se uma voz abafada.

— São os nossos, são os nossos! — gritou Gália Iakímenko. — Quem vai comigo?

---

[5] Para trás (em alemão escrito em cirílico no original). (N. T.)

— Eu vou — respondeu Semion Mikhêitch.

Saíram da adega. A tarde já caía. O sol imenso se punha na neve, roseada pelos incêndios. No meio do pátio havia um soldado vermelho com um rifle.

— Minha boa gente — disse, baixinho. — Ajudem-me, estou ferido.

— Meu querido! — gritou Gália, atirando-se na direção do homem. Abraçou-o e levou-o apressadamente à *khata*. Semion Mikhêitch caminhava à distância.

— Queridos, vocês estão derramando o sangue por nós! — disse a mulher. — Agora vamos colocá-lo na cama e aquecê-lo.

Ouviram-se tiros vindos do poço. Um fuzileiro alemão corria na direção da casa. Viu o soldado vermelho ferido e a mulher que o abraçava e disparou no meio da corrida. O soldado de repente ficou pesado e caiu no chão, escorregando dos braços da mulher que tentava segurá-lo. O alemão voltou a disparar. Gália Iakímenko tombou no solo.

Semion Mikhêitch até hoje não sabe como o pesado porrete veio parar em suas mãos. Nunca na vida havia sentido algo semelhante. Uma ira, uma ira cruel e ardente, depurada pelas terríveis humilhações dos últimos meses, uma ira por si, uma ira pelos outros, pelos milhares de milhares de velhos, crianças, moças, mulheres, uma ira pela terra profanada pelo inimigo tomou conta de si como uma chama. Ergueu o porrete bem acima da cabeça e partiu para cima do alemão. Avançou, um velho alto e majestoso, um apicultor de cachos brancos como a neve, a personificação viva da Grande Guerra Patriótica.

— *Halt!* — gritou o alemão, erguendo o fuzil. Mas o velho, com força tremenda, descarregou-lhe uma cacetada.

Nessa hora, os soldados apareceram no pátio. À frente deles corria um homem de casaco de pele de ovelha negro, com uma granada na mão. Era Prokofi, o presidente do colcoz. Viu um quadro terrível e cruel: cadáveres junto à porta da *khata*, um alemão que jazia na soleira e o apicultor sossegado, com um porrete na mão, fortemente iluminado pelas chamas.

Aldeia de Lozovenka, província de Carcóvia,
1942

O velho professor

1

Nos últimos anos, Boris Issaákovitch Rosenthal só saía de casa em dias quentes e sossegados. Com chuva, frio forte ou neblina, sua cabeça rodava. O dr. Weintraub achava que a vertigem era causada por esclerose, e o aconselhou a tomar um cálice de leite com quinze gotas de iodo antes das refeições.

Nos dias quentes, Boris Issaákovitch saía ao pátio. Não levava livros de filosofia: divertia-se com a algazarra das crianças, os risos e os impropérios das mulheres. Sentava-se em um banco junto ao poço com um pequeno volume de Tchékhov. Mantinha o livro aberto nos joelhos e, olhando sempre para a mesma página, ficava sentado, com os olhos semicerrados e o sorriso sonolento de um cego a ouvir o ruído da vida. Não lia, mas o hábito do livro era tão forte que lhe parecia indispensável bater na encadernação áspera e verificar com os dedos trêmulos a espessura das páginas. As mulheres sentadas nas imediações diziam: "Vejam, o professor dormiu", e se punham a falar de seus assuntos, como se estivessem sozinhas. Mas ele não estava dormindo. Deleitava-se na pedra aquecida pelo sol, aspirando o odor de cebola e azeite, ouvindo as conversas das velhas sobre noras e genros, seguindo de ouvido o entusiasmo implacável e furioso das brincadeiras dos meninos. Por vezes, os pesados lençóis molhados que secavam nos varais agitavam-se como velas ao vento, e o líquido cobria seu rosto. E tinha a impressão de voltar a ser jovem, um estudante singrando os mares em um barco a vela.

Amava os livros, mas os livros não constituíam uma barreira entre ele e a vida. Seu Deus era a vida. E conheceu esse Deus — um Deus vivo, terreno, pecador — lendo historiadores e filósofos, lendo grandes e pequenos artistas, cada qual, de acordo com suas possibilidades, glorificando, justificando, culpando e amaldiçoando o homem sobre esta Terra maravilhosa.

Sentado no pátio, ouvia as vozes estridentes das crianças.

— Atenção, borboleta no ar: fogo!

— Olha lá, pegamos! Vamos liquidá-la com pedras!

Boris Issaákov´tch não se horrorizava com essa ferocidade; conhecera-a ao longo de seus oitenta e dois anos de vida e não a temia.

E eis que Kátia, de seis anos, filha de Weissman, o tenente morto, veio até ele com seu vestidinho rasgado, arrastando as galochas que escorregavam de seus pezinhos sujos e arranhados, e, estendendo-lhe uma panqueca fria e azeda, disse: "Coma, professor!".

Pegou a panqueca e começou a comer, olhando para o rosto magro da menina. Enquanto comia, de repente, o pátio ficou em silêncio, e todos — as velhas, as jovens camponesas peitudas que haviam se esquecido dos maridos, e Voronenko, o tenente mutilado, deitado no colchão embaixo da árvore — olhavam para o velho e a menina. Boris Issaákovitch deixou o livro cair e não tentou recolhê-lo; fitava os olhos imensos, que o seguiam com atenção e avidez enquanto comia. Voltou a ter vontade de entender o milagre da bondade humana, que sempre o assombrava, e queria lê-la naqueles olhos infantis. Só que, pelo visto, aqueles olhos eram escuros demais, ou talvez suas próprias lágrimas o atrapalhassem — e então voltou a não ver nada e a não entender nada.

A vizinhança sempre se surpreendia com o fato de que o velho, que ganhava cento e doze rublos de aposentadoria e não tinha nem fogareiro a querosene nem chaleira, recebesse visitas do diretor de um colégio para professores e do engenheiro-chefe de uma fábrica de açúcar; certa vez, um militar com duas condecorações veio de automóvel.

— São meus ex-alunos — explicava. E ao carteiro, que às vezes chegava a lhe trazer duas ou três cartas de uma vez, também dizia: — São meus ex-alunos.

Os ex-alunos se lembravam dele.

E aqui estava ele, sentado no pátio, na manhã de 5 de julho de 1942. Perto dele, em um colchão que havia sido tirado de casa, estava o tenente Viktor Voronenko, cuja perna fora amputada acima do joelho. A mulher de Voronenko, a jovem e bela Dária Semiônova, preparava o almoço na cozinha de verão e chorava, curvada sobre as panelas, enquanto Voronenko, franzindo com ironia o cenho branco, dizia:

— Por que está chorando, Dacha?[1] Você vai ver, minha perna vai voltar a crescer.

— Não é por causa disso, o importante é que esteja vivo — disse Dária Semiônova, ainda chorando. — É por um motivo completamente diferente.

À uma da tarde, soou o alarme aéreo: um avião alemão aproximava-se. Agarrando as crianças, as mulheres correram para as trincheiras, cuidando para que nenhum gatuno levasse a comida deixada nas mesas e bancos. Apenas Voronenko e Boris Issaákovitch ficaram no pátio. Da rua, um menino gritou:

— Um caminhão-tanque parou perto de nós. É um alvo fácil. O motorista fugiu, está se escondendo em uma trincheira!

Os cães, que já tinham passado por muitos ataques, ao distinguir os primeiros sons de um motor alemão metiam o rabo entre as pernas e seguiam as mulheres rumo às trincheiras.

Então houve um momento de silêncio e os meninos informaram, com voz estridente:

— Está voando... Fez a volta... Está mergulhando, o parasita!

A cidadezinha estremeceu com o terrível golpe; fumaça e poeira ergueram-se alto, gritos e choros eram ouvidos na trincheira. Depois fez-se silêncio, e as mulheres saíram da terra, endireitando os vestidos, rindo umas para as outras, limpando a poeira e a sujeira das crianças e correndo para os fogões.

— O maldito apagou o fogão — disseram as velhas e, soprando as chamas e chorando com a fumaça, murmuraram: — Que não tenha paz nem neste nem no outro mundo.

Voronenko explicou que o alemão tinha largado uma bomba de duzentos quilos, e que os canhões antiaéreos erraram o alvo por quinhentos metros. A velha Mikhailiuk murmurou:

— Os alemães podiam chegar logo para acabar com essa desgraça. Ontem, no meio do alerta, um parasita levou um pote de borche do meu fogão.

---

[1] Diminutivo de Dária. (N. T.)

Todos os vizinhos sabiam que seu filho Iachka[2] havia desertado, estava escondido no sótão e só saía à rua à noite. Mikhailiutchka dizia que, se alguém o denunciasse, perderia a cabeça quando os alemães chegassem. As mulheres ficavam com medo de fazer a denúncia; os alemães estavam perto.

O agrônomo Koriako não tinha sido evacuado com a seção agrícola regional, e se gabava de que só partiria com as tropas, no último minuto; assim que o alarme soava, ele corria para o quarto — morava no primeiro andar —, entornava uma aguardente de fabricação caseira — que ele chamava de "antibomba" — e descia para a cave. Quando o alarme parava de soar, ia até o pátio e dizia:

— Tudo em ordem na cidade; é uma fortaleza inexpugnável. Vejam, o chucrute só destruiu uma choupana!

Os meninos foram os primeiros a sair correndo pelas ruas com as informações precisas:

— Caiu bem em frente à casa do Zabolotski. Matou a cabra do Rabinovitch; arrancou a perna da velha Mirochenko, que foi levada de carroça para o hospital, e morreu no caminho. A filha está se acabando de tal maneira que dá para ouvir a quatro quarteirões de distância.

À tarde, o dr. Weintraub foi à casa de Boris Issaákovitch. Weintraub tinha sessenta e oito anos. Trajava um paletó leve de seda tussah e a *kossovorôtka*[3] desabotoada sobre o peito gordo e coberto de pelo grisalho.

— E então, meu jovem, como vai? — indagou Boris Issaákovitch.

Só que o jovem respirava pesadamente depois de vencer a escada que levava ao segundo andar e, apenas suspirando, apontou para o peito. Em seguida, disse:

— Precisamos ir embora. Dizem que o último trem com os operários da fábrica de açúcar parte amanhã. Lembrei o engenheiro Chevtchenko; ele prometeu mandar uma carroça para buscá-lo.

— Chevtchenko foi meu aluno, era muito bom em geometria — disse Boris Issaákovitch. — Precisamos pedir que ve-

---

[2] Diminutivo de Iákov. (N. T.)

[3] Camisa russa com gola abotoada do lado. (N. T.)

nha buscar Voronenko, que está ferido; a mulher o encontrou no hospital há cinco dias. E há também Weissman e o bebê; seu marido foi morto, ela recebeu uma notificação.

— Não sei se vai ter lugar, são centenas de operários — disse Weintraub, de repente falando rápido e cobrindo o interlocutor com sua respiração pesada e quente: — Veja bem, cheguei aqui em 16 de junho de 1901. — Riu: — E olha a coincidência: nesta casa, nesta mesma casa, estive há quarenta e um anos com meu primeiro paciente. Mikhailiuk tinha se intoxicado com um peixe. Desde então, quem aqui eu não tratei? Tratei dele, da mulher, de Iachka Mikhailiuk, com sua eterna diarreia, de Dacha Tkatchuk, antes de ela se casar com Voronenko, do pai de Dacha e do próprio Vítia Voronenko. E fiz isso literalmente em todas as casas. Ai, ai! Até chegar o dia em que teria de fugir daqui? Digo-lhe com franqueza: quanto mais se aproxima o dia da partida, menos certezas eu tenho. Tenho a impressão de que vou ficar. O que tiver de ser, será.

— Quanto a mim, estou cada vez mais decidido a partir — disse o professor. — Sei que uma jornada dessas em um vagão de carga é demais para um homem de oitenta e dois anos. Não tenho parentes nos Urais. Não possuo um copeque sequer. Mais do que isso — abanou o braço —, eu sei, tenho certeza, que não vou aguentar até os Urais, mas essa é a melhor saída: morrer no chão imundo de um vagão de carga imundo, conservando o sentimento de dignidade pessoal, morrer em um país onde me consideram um ser humano.

— Bem, não sei — disse Weintraub. — Não acho que vá ser tão horrível; como o senhor entende, as ruas não estão apinhadas de pessoas de profissões intelectuais.

— O senhor é um jovem ingênuo — disse Boris Issaákovitch.

— Não sei, não sei — disse o médico. — Fico vacilando o tempo todo; muitos dos meus pacientes querem me convencer a ficar... Mas também há aqueles que aconselham a partir o quanto antes. — De repente, deu um pulo e gritou bem alto: — O que é isso? Explique-me, Boris Issaákovitch, vim até o senhor para que me explique! O senhor é um filósofo, um matemático, explique a mim, que sou médico, o que é isso? Um delírio? Como pode um cultivado povo europeu, que criou aquelas clínicas, que apresentou tamanhos luminares à ciência médica, ter se tornado porta-voz das trevas medievais das Centúrias Negras?[4] De onde veio essa infecção espiritual? O que é isso? Psicose de massas? Hidrofobia de massas? Degradação? Ou as coisas não são bem assim? Será que carregaram nas tintas?

Na escada, ouviu-se o som de muletas; Voronenko subia.

— Camarada comandante, peço licença para relatar — disse, irônico.

Weintraub imediatamente relaxou e perguntou:

— E então, Vítia, como você está? — Tratava quase toda a população da cidade por você, já que todos na faixa de trinta e quarenta anos de idade eram seus pacientes desde a infância.

— Pois é, perdi a perna — disse Voronenko, sorrindo. Envergonhado, sempre falava de sua desgraça com um sorriso.

— E então, leu o livrinho? — perguntou Boris Issaákovitch.

— Livrinho? — perguntou de volta Voronenko, que ria e fazia caretas o tempo todo. — Que livrinho que nada, agora é que vem um livrinho daqueles.

E Voronenko se inclinou para ele de súbito, com o rosto tranquilo e imóvel. Em voz baixa, e sem pressa, disse:

— Tanques alemães atravessaram a estrada de ferro e ocuparam a aldeia de Málye Nizgortsi, que fica uns vinte quilômetros a leste daqui.

— Dezoito e meio — disse o médico, e perguntou: — Quer dizer que o trem não vai sair?

— É evidente que não — disse o velho professor.

— Fomos para o saco — disse Voronenko e, depois de pensar um pouco, acrescentou: — Para o fundo do saco.

— Bem, é isso — afirmou Weintraub. — É o destino. Vamos ver. Vou para casa.

Rosenthal olhou para ele.

— O senhor sabe que a vida inteira nunca gostei de remédios, mas agora peço que me dê o único remédio que pode ajudar.

— O quê, o que pode nos salvar? — perguntou Weintraub, rápido.

— Veneno.

---

[4] Movimento paramilitar conservador, ultranacionalista, xenófobo e antissemita, de apoio ao tsarismo, criado em 1900. (N. T.)

— Nem agora, nem nunca! — gritou Weintraub. — Nunca fiz isso.

— O senhor é um jovem ingênuo — disse Rosenthal. — Afinal, Epicuro diz que um sábio com amor à vida pode se matar se seu sofrimento ficar insuportável. E eu não tenho menos amor à vida do que Epicuro.

Ergueu-se de corpo inteiro. Os cabelos, a face, os dedos trêmulos, o pescoço fino, tudo havia secado e descolorido com o tempo, parecia translúcido, leve, ligeiro. Apenas em seus olhos restava algo que não estava sujeito ao tempo: a força do pensamento.

— Não, não! — Weintraub foi até a porta. — O senhor vai ver, encontraremos um jeito de suportar isso.

E partiu.

— Temo uma coisa acima de tudo — disse o professor. — Que o povo com o qual passei a vida, que eu amo, no qual confio, que esse povo ceda à provocação sombria e vil.

— Não, isso não! — disse Voronenko.

Era uma noite escura, pois as nuvens haviam coberto o céu e não deixavam a luz das estrelas passar. E era escura também devido à escuridão da Terra. Os hitleristas eram a grande mentira da vida. E, onde quer que pusessem os pés, saíam das trevas e afloravam à superfície a covardia, a traição, a tenebrosa sede de assassinato, a repressão aos fracos. Eles traziam à superfície tudo que havia de tenebroso, do mesmo modo que, nos contos antigos, as palavras de magia negra despertavam os maus espíritos. Naquela noite, a cidadezinha sufocava com a escuridão e o mal, com o fedor e a imundície despertados, remexiam-se os bichos da floresta, agitados pela chegada dos hitleristas que vinham ao seu encontro. Dos porões e barrancos surgiam os traidores e espíritos fracos, que rasgavam e queimavam os livros de Lênin, as carteirinhas do Partido, os bilhetes e cartas, que arrancavam das paredes os retratos de seus irmãos. Os pobres de espírito amadureciam palavras servis de renúncia, medravam ideias de vingança por uma discussão qualquer no mercado, por uma palavra dita ao acaso; insensibilidade, egoísmo e indiferença contagiavam os corações. Os covardes, temendo por si, planejavam se salvar delatando um vizinho. E assim foi em todas as pequenas e grandes cidades e nos pequenos e grandes estados; em todos os lugares em que os hitleristas puseram os pés, o lodo se ergueu do fundo dos rios e lagos, sapos subiram à superfície, o cardo germinou onde o trigo crescia.

Rosenthal não dormiu à noite. Parecia que o sol não sairia de manhã, e que a escuridão pairaria sobre a cidade para sempre. Mas o sol saiu na hora predeterminada, o céu anunciou-se azul e claro, e os pássaros se puseram a cantar.

Um bombardeiro alemão voava baixo e lento, como se cansado após uma noite de insônia; os canhões antiaéreos não dispararam, a cidade e o céu tinham se tornado alemães. A casa acordou.

Iachka Mikhailiuk saiu correndo do sótão. Passeava pelo pátio. Sentou-se no mesmo banco em que, na véspera, estava o velho professor. Disse a Dacha Voronenko, que acendia o fogo:

— Então, onde está ele, o seu defensor da pátria? Os vermelhos correram e não o levaram?

E a bela Dacha, com um sorriso sofredor, disse:

— Não o entregue, Iacha, ele foi convocado, como todo mundo.

Depois de um longo tempo sentado na escuridão, Iachka Mikhailiuk saía ao calor do sol, respirava o ar da manhã, olhava as cebolas verdes na horta. Tinha se barbeado e vestido uma camisa bordada.

— Muito bem — disse, preguiçosamente. — Mas você não sabe onde posso arrumar algo para beber?

— Vou arranjar uma aguardente de fabricação caseira com um conhecido — disse Dacha. — Mas veja, Iacha, ele é um pobre aleijado. Não vá falar mal dele.

Então o agrônomo saiu ao pátio, e as mulheres cochicharam.

— Olha esse aí, como se fosse o primeiro dia da Páscoa.

Conversou com Iachka, cochichou alguma coisa no seu ouvido, e ambos caíram na gargalhada.

Foram à casa do agrônomo e começaram a beber. Mikhailiutchka levou-lhes toucinho e tomates marinados. Varvara Andrêievna, cujos cinco filhos estavam no Exército Vermelho, e que tinha a língua mais ferina e era a velha mais venenosa do pátio, disse a ela:

— Bem, Mikhailiutchka, chegaram os alemães; você vai ser a mulher mais famosa do país: com o marido em um campo de concentração por agitação e um filho desertor, vai voltar a ter casa própria. Os alemães vão fazer de você a cabeça da cidade!

A rodovia ficava cinco quilômetros a leste da cidade, por isso as tropas alemãs passaram ao largo da minúscula cidade. Somente ao meio-dia os motociclistas chegaram à rua principal. Usavam apenas barrete, trajes menores e calçados esportivos, e estavam fortemente bronzeados. Cada um tinha um relógio no pulso.

Ao contemplá-los, as velhas diziam:

— Ai, meu Deus, pelados na rua principal. Não têm vergonha nem consciência. Até onde chega o pecado!

Os motociclistas reviraram o pátio, pegaram o peru do pope, que tinha saído para examinar estrume de cavalo, devoraram às pressas dois quilos e meio de mel do responsável pela igreja, entornaram um balde de leite e seguiram adiante, prometendo que o comandante viria em duas horas. Durante o dia, Iachka recebeu mais dois amigos desertores. Estavam todos bêbados, e cantavam em coro: "Três homens do tanque, três amigos felizes".[5] Provavelmente teriam cantado uma canção alemã, mas não conheciam nenhuma. O agrônomo caminhava pelo pátio e, sorrindo com malícia, perguntou às mulheres:

— Cadê os nossos judeus? O dia inteiro não vi crianças, velhos, ninguém; como se não existissem. Só que ontem estavam trazendo cestas de cinco *puds*[6] do mercado.

As mulheres, porém, deram de ombros e nada disseram. O agrônomo se espantou. Achava que reagiriam de modo completamente diferente a palavras tão interessantes.

Depois, Iachka, bêbado, decidiu limpar o apartamento; afinal, até 1936, todo o andar de baixo fora ocupado pelos Mikhailiuk. Desde então, como o pai tinha sido deportado, dois quartos foram ocupados por Voronenko e sua esposa, e, com a guerra, o soviete da cidade instalara no terceiro quarto o subtenente Weissman, evacuado de Jitômir.[7]

---

[5] Trecho da canção "Nas fronteiras, as nuvens são carregadas", escrita em 1939 pelos irmãos Pokráss (música) e Boris Láskin (letra). (N. T.)

[6] Medida antiga, equivalente a 16,3 quilos. (N. T.)

[7] Cidade do leste da Ucrânia, a 25 quilômetros de Berdítchev. Em 19 de setembro de 1941, 3145 judeus foram fuzilados nas cercanias da cidade (Brandon e Lower, op. cit., p. 35). (Nota da edição inglesa)

Os amigos ajudaram Iachka a liberar a área. Kátia Weissman e Vitali Voronenko ficaram sentados no pátio, chorando. A velha Weissman carregava a louça e os potes de cozinha para fora e, ao passar pelas crianças em prantos, sussurrava:

— Shhh, crianças, silêncio, não chorem.

Contudo, seu rosto coberto de suor, com mechas de cabelo grisalho grudadas nas têmporas e faces, tinha uma aparência tão terrível que as crianças, ao olhar para ela, ficavam com medo e choravam ainda mais.

Dacha tentou lembrar Iachka da conversa que haviam tido pela manhã, mas ele disse:

— Você não vai me comprar com meio litro de vodca! Acha que a gente esqueceu que o seu Vitka[8] participou da expropriação dos cúlaques?

Lida Weissman, a viúva do subtenente, que estava um pouco fora de si desde que recebera, no mesmo dia, a notificação da morte do marido e do irmão, olhou para a menina em prantos e disse:

— Hoje no mercado não tinha uma gota de leite; pode chorar à vontade, não tem leite.

Viktor Voronenko, porém, ria, deitado em um saco vazio e batendo com as muletas no chão.

A velha Mikhailiuk estava de pé, alta, grisalha, de olhos brilhantes, o tempo todo em silêncio. Olhava para as crianças em prantos, para o filho atarefado, para a velha Weissman, para o mutilado a sorrir.

— Mamãe, por que a senhora fica aí parada como uma noiva? — indagou Iachka.

Somente ao repetir a pergunta pela terceira vez foi que ela respondeu:

— Nosso dia também chegou.

Os despejados ficaram sentados em suas trouxas, calados, até o fim da tarde; quando começou a escurecer, o professor saiu e disse:

— Peço-lhes encarecidamente que venham todos à minha casa.

---

[8] Diminutivo de Viktor. (N. T.)

As mulheres, petrificadas, caíram imediatamente no choro.

Pegando duas trouxas do chão, o professor entrou em casa. O quarto ficou atulhado de trouxas, panelas e malas amarradas com arame e barbante. As crianças dormiam nas camas, as mulheres no chão, e Rosenthal e Voronenko conversavam a meia-voz.

— Já sonhei com muita coisa na vida — disse Voronenko. — Já tive vontade de receber a Ordem de Lênin, de ter minha própria motocicleta com caçamba, para ir com minha mulher a Donetsk nas folgas do serviço; quando estive no front, sonhava em ver a família, em trazer uma Cruz de Ferro e leite condensado para meu filho, mas hoje sonho apenas com uma coisa: ter uma granada. Daí o estrago ia ser grande!

Já o professor disse:

— Quanto mais você pensa na vida, menos entende. Logo vou parar de pensar, mas isso só vai acontecer quando esmagarem meu crânio. Por enquanto, os tanques alemães não têm o poder de me impedir de pensar. Estou pensando na paz.

— Para que pensar? — disse Voronenko. — Quero granadas de mão, para, enquanto estiver vivo, causar o maior estrago em Hitler!

2

O agrônomo Koriako aguardava para ver o comandante da cidade.

Diziam que o comandante era um homem de certa idade e que sabia russo. Ao que parece, havia cursado o ginásio em Riga, muito tempo antes.

O agrônomo já fora anunciado, e caminhava inquieto pela recepção, fitando o enorme retrato de Hitler falando com crianças. Havia um sorriso no rosto de Hitler, enquanto as crianças, de uma elegância incomum e rostos sérios e tensos, olhavam para ele de sua reduzida estatura infantil, de baixo para cima.

Koriako estava inquieto. Pois fora ele que, pouco tempo antes, elaborara o plano de coletivização da região: e se fosse delatado por isso? Estava inquieto: pela primeira vez na vida falaria com um fascista. E estava inquieto também por se encontrar na sede da escola técnica rural da aldeia, onde até o ano anterior tinha dado aulas sobre o cultivo dos campos. Sabia que estava dando um passo decisivo, e que não haveria como voltar atrás. E abafava toda a inquietação de sua alma com uma frase. Ele a repetia sem parar:

— Tenho que jogar meu trunfo, meu trunfo eu tenho que jogar.

Do gabinete do comandante ouviu-se de repente um grito rouco, abafado, atormentado.

Koriako foi até a porta de entrada. "Ai, meu Deus, vim aqui à toa, devia ter ficado na minha, sem mexer com ninguém", pensou, com uma súbita melancolia. A porta se abriu, e entraram correndo na recepção o chefe da polícia, recém-chegado de Vínnitsa,[9] e o jovem e pálido ajudante de campo do comandante, que dera uma batida no mercado durante o dia, atrás de guerrilheiros. O ajudante disse algo em voz alta ao escrivão, em alemão, fazendo-o dar um pulo e se lançar ao telefone, enquanto o chefe de polícia, ao ver Koriako, gritou:

— Rápido, rápido! Onde está o médico daqui? O comandante teve um ataque cardíaco.

— O melhor médico da cidade mora ali — disse Koriako, apontando uma casa pela janela. — Só que ele se chama Weintraub e... perdoe-me, é judeu!

---

[9] Cidade industrial no centro da Ucrânia. Cerca de metade da população, de sessenta mil pessoas, era judia. É possível que o chefe da polícia local estivesse supervisionando os preparativos para a construção de um bunker para o QG mais oriental de Hitler, o Werwolf, e que tenha participado dos massacres de judeus. Cerca de quinze mil judeus foram massacrados em Vínnitsa entre 19 e 20 de setembro de 1941 (Brandon e Lower, op. cit., p. 37), e houve ainda um segundo massacre, em abril de 1942. Hitler foi para o Werwolf pela primeira vez em meados de julho de 1942, permanecendo lá até outubro; também esteve no local em fevereiro e março de 1943. No início do verão de 1943, a ss convidou especialistas forenses internacionais para acompanhar a exumação de 9432 vítimas de expurgos do NKVD entre 1937 e 1938. Não se sabe se Grossman tinha conhecimento disso. A exumação ocorreu por volta da época em que ele estava escrevendo "O velho professor", embora a história seja ambientada um ano antes, no verão de 1942. (Nota da edição inglesa)

— *Was? Was?* — indagou o ajudante.

O chefe da polícia, que já tinha aprendido algumas palavras de alemão, disse:

— *Hier, ein gut Doktor, aber er ist Jud.*[10]

O ajudante abanou o braço e se lançou na direção da porta, e Koriako, alcançando-o, apontou:

— Ali! Naquela casinha ali.

O major Werner tivera uma severa angina no peito. Ao fazer algumas perguntas ao ajudante, o médico compreendeu imediatamente a situação. Foi correndo até o aposento vizinho. Deu um abraço de despedida na mulher e na filha, pegou uma seringa, algumas ampolas de cânfora e saiu atrás do jovem oficial.

— Um minuto... Tenho que colocar minha braçadeira — disse Weintraub.

— Não precisa, venha assim mesmo — respondeu o ajudante.

Ao entrar no posto de comando, o jovem oficial disse a Weintraub:

— Devo avisá-lo que nosso médico está a caminho, mandaram um carro buscá-lo. Ele irá verificar seus medicamentos e métodos.

Weintraub respondeu com um sorriso:

— Meu jovem, o senhor está tratando com um médico, mas, caso não confie em mim, posso ir embora.

— Vá rápido, rápido! — gritou o ajudante.

Werner, um homem magro e grisalho, estava deitado no sofá com o rosto pálido coberto de suor. Cheios de uma angústia mortal, seus olhos eram pavorosos. Lentamente, ele disse:

— Doutor, pelo amor de minha pobre mãe e de minha esposa doente, elas não vão sobreviver.

E estendeu a Weintraub uma mão sem forças, de unhas brancas. O escrivão e o ajudante soluçaram ao mesmo tempo.

— Nessa hora se lembram da mãe — disse o escrivão, em tom devoto.

— Doutor, não consigo respirar, meus olhos estão escuros — gritou baixinho o comandante, com olhos suplicantes.

---

[10] Aqui, um bom médico, mas é judeu (em alemão escrito em cirílico no original). (N. T.)

E o médico o salvou.

Werner recuperou a doce sensação de viver. As artérias coronárias, livres do espasmo, conduziam o sangue com liberdade, e a respiração também se libertou. Quando Weintraub fez menção de ir embora, Werner segurou sua mão.

— Não, não vá, tenho medo de que possa acontecer de novo.

Em voz baixa, lastimou-se:

— É uma doença horrível. Esta já é minha quarta vez. No momento do ataque, sinto a escuridão completa da morte se aproximar. Não existe no mundo nada mais terrível, sombrio e horrendo que a morte. Como é injusto sermos mortais! Não acha?

Estavam sozinhos no quarto.

Weintraub inclinou-se até o comandante e, sem saber por quê, disse, como se alguém o empurrasse:

— Sou judeu, senhor major. O senhor está certo, a morte é horrível.

Seus olhos se encontraram por um instante. E o médico grisalho viu a confusão nos olhos do comandante. O alemão dependia dele, temia um novo ataque, e o velho médico de movimentos seguros e tranquilos defendia-o da morte, postava-se entre ele e aquela escuridão horrenda que estivera tão próxima, bem perto, que morava no coração esclerótico do major.

Pouco tempo depois, ouviu-se o ruído de um automóvel a se aproximar.

O ajudante entrou e disse:

— Senhor major, o médico-chefe do hospital terapêutico chegou. Já podemos liberar este homem.

O velho partiu. Ao cruzar a recepção e passar pelo médico que tinha uma Cruz de Ferro costurada no uniforme, disse, com um sorriso:

— Olá, colega! O paciente agora está em boas condições.

O médico fitou-o imóvel e em silêncio.

Weintraub entrou em casa e disse bem alto, arrastando as palavras:

— Eu só quero uma coisa: que uma patrulha me encontre e me fuzile debaixo da janela do comandante, bem diante dos seus olhos; não tenho outro desejo. Não saia sem a braçadeira, não saia sem a braçadeira.

Gargalhava e agitava os braços; parecia bêbado.

A mulher veio correndo ao seu encontro.

— E então, deu tudo certo? — perguntou.

— Sim, sim, a vida do querido comandante está fora de perigo — disse ele, entre risos, e, ao entrar no quarto, desabou subitamente, soluçando e batendo a grande cabeça calva no chão.

"Estava certo, o professor estava certo", dizia. "Maldito seja o dia em que virei médico."

Assim passaram-se os dias. O agrônomo tornou-se o encarregado do quarteirão, Iacha entrou para a polícia, a moça mais bonita da cidade, Marússia Varaponova, tocava piano no café dos oficiais e vivia com o ajudante do comandante.

As mulheres iam às aldeias trocar velharias por trigo, batata e painço, xingando os motoristas alemães, que exigiam grandes somas de dinheiro pelo transporte. A central de emprego soltava centenas de avisos, e rapazes e moças iam até a estação, com alforjes e trouxas, para embarcar nos trens de carga. Na cidade, abriram um cinema alemão e um prostíbulo para soldados e oficiais, e na praça principal foi construído um grande banheiro de tijolo com uma inscrição em russo e alemão: "Apenas para alemães".

Na escola, a professora Clara Frántsevna passava às crianças da primeira série o seguinte problema: "Dois Messerschmitts derrubaram oito caças vermelhos e doze bombardeiros, e a artilharia antiaérea destruiu onze aviões de assalto bolcheviques. Quantos aviões vermelhos foram destruídos ao todo?". Os outros professores tinham medo de discutir seus assuntos na frente de Clara Frántsevna, e esperavam que ela saísse da sala dos professores.

Os prisioneiros eram conduzidos pelo meio da cidade; marchavam esfarrapados, cambaleando de fome, e as mulheres acorriam até eles com pedaços de pão e de batata cozida. Os prisioneiros pareciam ter perdido o aspecto humano, de tão extenuados pela fome, pela sede e pelos piolhos. Alguns ficaram com o rosto ressequido, enquanto as faces de outros ficaram encovadas, cobertas de pelos negros e empoeirados. Porém, apesar dos terríveis sofrimentos, suportavam sua cruz e olhavam com ódio para os policiais bem alimentados e bem vestidos, traidores que usavam fardas alemãs. O ódio era tão grande que, se tivessem escolha, apertariam nas mãos não o pão quente, mas a garganta dos traidores.

De manhã, multidões de mulheres, sob a supervisão de soldados e policiais, iam trabalhar nos aeródromos e pontes, no reparo de estradas e aterros ferroviários. Ao largo delas, passavam trens vindos do oeste com tanques e projéteis, e, de leste para oeste, comboios com trigo, gado e vagões de carga fechados com moças e rapazes.

Mulheres, velhos, crianças pequenas, todos entendiam claramente o que estava acontecendo no país, a que destino os alemães haviam condenado as pessoas e a razão pela qual lutavam aquela guerra horrenda. E quando, certa vez, a velha Varvara Andrêievna foi até o pátio de Rosenthal e, chorando, indagou: "O que está acontecendo no mundo, vovô?", o professor voltou para o quarto e disse:

— Bem, é provável que dentro de dois ou três dias os alemães organizem uma grande execução de judeus; a vida à qual eles condenaram a Ucrânia é horrível demais.

— O que os judeus têm a ver com isso? — perguntou Voronenko.

— Como assim? Eles são um dos fundamentos de todo o sistema — disse o professor. — Os fascistas criaram uma comunidade europeia de trabalhos forçados e, para manter a obediência dos trabalhadores, estabeleceram uma enorme escala de opressão. Os holandeses vivem pior do que os dinamarqueses, os franceses pior do que os holandeses, os tchecos pior do que os franceses. A coisa é ainda pior para os gregos e sérvios, depois vêm os poloneses, e por fim os ucranianos e russos. Esses são os graus da escala de trabalhos forçados. Quanto mais baixo, mais sangue, escravidão, suor. Porém, o piso mais baixo dessa imensa prisão de muitos andares é o abismo ao qual os fascistas condenaram os judeus. Seu destino tem que aterrorizar todo o grande sistema europeu de trabalhos forçados, para que a sina mais terrível pareça feliz em comparação com a sina dos judeus. Pois bem, acho que o sofrimento dos russos e ucranianos é tão grande, que está chegando a hora de mostrar que há um destino ainda mais terrível, ainda mais horrendo. Eles vão dizer: "Não se queixem, fiquem felizes, orgulhosos, alegres por não serem judeus!". Trata-se de simples aritmética da bestialidade, não de ódio espontâneo.

3

No pátio em que o professor morava, houve um bocado de mudanças ao longo daquele mês. O agrônomo assumiu inusitados ares de importância e engordou. Era visitado por mulheres que lhe traziam aguardente de fabricação caseira e vinham sempre com algum pedido; ficava bêbado todas as tardes, ligava a vitrola e cantava "Minha fogueira brilha na neblina".[11] Na sua fala, surgiam palavras alemãs. Dizia: "Quando eu vou *nach Haus* ou *spazier*, peço que não me venham com pedidos".[12] Iachka Milkhailiuk ficava pouco em casa; na maior parte do tempo, vagava pela região, à caça de guerrilheiros. Quando voltava, costumava vir com uma carroça de camponês, trazendo toucinho, aguardente de fabricação caseira e ovos.

A mãe, que o amava loucamente, preparava jantares requintados. Certa vez, um suboficial da Gestapo foi a um desses jantares, e a velha Mikhailiutchka disse a Dacha Voronenko, em tom de censura:

— Você fez a escolha errada, sua besta; olha só com que gente andamos, enquanto você mora em um quarto de judeu com o seu perneta.

Jamais perdoara a bela Dacha, que, em 1936, rejeitara seu filho para se casar com Voronenko.

Iachka dizia, em tom irônico e enigmático:

— Logo você vai ter mais espaço. Estive em cidades nas quais fizeram uma limpeza ampla... Até a raiz.

Dacha contou isso em casa. A velha Weissman pôs-se a lamentar pela neta.

— Dacha — disse —, eu lhe deixo minha aliança, e também pode pegar quinze *puds* de batata da nossa horta, além de abóboras e beterrabas. A menina pode se alimentar disso até a primavera. Tenho ainda um corte de lã para casaco de mulher, que pode ser trocado por pão. E ela come muito pouco, não tem apetite.

---

[11] Canção com versos de Iákov Polonski (1819-98) e música de autor desconhecido. (N. T.)

[12] Para casa ou passear (em alemão escrito em cirílico no original). (N. T.)

— Vamos dar um jeito de alimentá-la — respondeu Dacha —, e, quando crescer, vai se casar com o nosso Vitali.

Nesse dia, o dr. Weintraub visitou o professor. Mostrou-lhe uma garrafinha fechada com uma rolha de vidro.

— É uma solução concentrada — disse. — Meu ponto de vista mudou; nos últimos dias, passei a considerar essa substância um medicamento indispensável e proveitoso.

O professor meneou a cabeça lentamente.

— Obrigado — disse, com tristeza —, mas meu ponto de vista também mudou nos últimos tempos; resolvi evitar esse remédio.

— Por quê? — disse Weintraub, espantado. — Para mim, chega. O senhor estava certo, e eu não. Estou proibido de andar nas ruas do centro, minha mulher não pode ir ao mercado sob pena de fuzilamento, todos nós usamos esta braçadeira. Quando saio com ela na rua, é como se meu braço estivesse com um aro pesado de aço incandescente. Não dá para viver assim, o senhor estava completamente certo. Parece que somos indignos até dos trabalhos forçados na Alemanha. O senhor ouviu falar das meninas e meninos infelizes que trabalham lá? Mas a juventude judia não é levada para lá, o que quer dizer que o que a aguarda — o que nos aguarda a todos — é algo muitas vezes pior do que esses terríveis trabalhos forçados. Não sei o que pode ser. E por que devo esperar por isso? O senhor estava certo. Eu me juntaria aos guerrilheiros, mas, com minha bronquite asmática, isso é impossível.

— Só que eu, nessas terríveis semanas em que não nos vimos, virei um otimista — disse o professor.

— O quê? — indagou Weintraub, assustado. — Otimista? Perdoe-me, mas acho que o senhor perdeu o juízo. O senhor sabe que tipo de gente é essa? Hoje de manhã, fui ao comando apenas para pedir que minha filha fosse liberada do trabalho por um dia, depois de ser espancada. Fui expulso, e ainda bem que me expulsaram.

— Não estou falando disso — afirmou o professor. — Havia uma coisa que eu temia acima de tudo; mais do que temia, era algo que me aterrorizava, que me fazia suar frio só de pensar. Meu medo era que o cálculo dos fascistas se revelasse correto. Já falei disso com Voronenko. Eu tinha medo, ficava aterrorizado, não queria estar vivo nesse dia, nessa hora. O que o senhor acha? Que os fascistas empreenderam a troco de nada essa enorme perseguição, esse extermínio de um povo de muitos milhões? Nisso há um cálculo frio, matemático. Eles só fazem despertar o que é sombrio, incitar o ódio, ressuscitar os preconceitos. Aí reside sua força. Dividir, oprimir e governar! Ressuscitar as trevas! Incitar um povo contra o vizinho, povos escravizados contra povos que conservaram a liberdade, gente que vive deste lado do oceano contra quem vive do outro lado, e todos os povos do mundo contra o povo judeu. Oprimir e governar! Pois não são poucas as trevas e a crueldade do mundo, nem poucos a superstição e o preconceito. Só que eles se enganaram. Eles desataram o ódio, mas nasceu a compaixão. Quiseram provocar a malícia, a sanha, quiseram obscurecer a razão dos grandes povos. Vi com meus próprios olhos, senti na pele que o terrível destino dos judeus suscitou nos russos e ucranianos apenas uma compaixão amargurada, e que eles, tendo também experimentado o mais horrendo peso do terror alemão, estão dispostos a ajudar os judeus mais do que podem. Proíbem-nos de comprar pão, de ir ao mercado em busca de leite, e nossos vizinhos se oferecem para fazer as compras por nós: dezenas de pessoas vieram até mim e me deram conselhos sobre a melhor forma de me esconder, e onde era mais seguro. Vejo a compaixão de muitos. Claro que também vejo a indiferença. Mas o ódio, a alegria com a nossa destruição, não vi com muita frequência; apenas umas três ou quatro vezes. Os alemães se enganaram. O contador errou. Meu otimismo triunfa. Nunca tive ilusões; conheci e conheço a crueldade da vida.

— Tudo isso é verdade — disse Weintraub, olhando para o relógio —, mas está na minha hora: são três e meia, o dia dos judeus está no fim... Provavelmente não voltarei a vê-lo. — Foi até o professor e disse: — Permita que me despeça. Já nos conhecemos há quase cinquenta anos. Não vou lhe dar lições nesse momento.

Trocaram um abraço e um beijo. E as mulheres, ao verem sua despedida, choraram.

Muitas coisas aconteceram naquele dia. Na véspera, Voronenko arranjara duas granadas de mão F-1 com uns meninos. Obteve os assim chamados "fenecos" em troca de um copo de feijão e dois copos de semente de girassol.

— O que posso fazer? — disse ao professor, de pé, junto à porta, vendo seu filho Vitalik[13] importunar a pequena Kátia Weissman. — O que posso fazer? Voltei para casa, mas não estou nada feliz, e só Deus sabe como sonhei com isso nas trincheiras e no hospital. Em primeiro lugar, há a ocupação alemã; sua bestialidade com a central de emprego, trabalhos forçados na Alemanha, fome, infâmia, os rostos dos alemães e dos policiais, a perfídia dos malditos traidores.

Voronenko gritou para o filho, zangado:

— O que você está fazendo com a menina, seu fascista? Vai acabar quebrando os ossos dela! Hein? O que é isso? O pai dela morreu lutando pela pátria, foi condecorado postumamente com a Ordem de Lênin, e você fica batendo nela de manhã até a noite, sem dó nem piedade? E que menina é essa, meu Deus, que fica parada que nem uma ovelha, com os olhos arregalados e quase não chora? Devia fugir do bobalhão, mas em vez disso fica e aguenta.

Ninguém viu quando saiu furtivamente de casa, batendo as muletas. Ficou um pouco na esquina, olhando para a casa onde estavam a mulher e o filho, e partiu na direção do comando. Nunca mais veria nem mulher, nem filho. E o agrônomo tampouco voltaria para casa. A granada lançada pelo tenente perneta explodiu na janela da recepção do comando, onde os encarregados de quarteirão aguardavam novas instruções. Nessa hora, o comandante não estava; passeava pelo jardim, seguindo os conselhos do médico com a Cruz de Ferro costurada na farda. Todo dia, um passeio de quarenta minutos por uma trilha do pomar, depois um breve descanso no banco.

De manhã, um policial mandou a enferma Lida Weissman recolher o cadáver do dr. Weintraub e de sua mulher e filha, que haviam se envenenado à noite.

Algumas pessoas tenebrosas tentaram entrar no apartamento do médico. Sua mulher tinha um casaco de pele de astracã, e eles possuíam muitas coisas boas: tapetes, colheres de prata e taças de cristal, nas quais bebiam quando recebiam a visita do filho, um professor de Leningrado. Os alemães, porém, colocaram um guarda na porta, e ninguém levou nada, nem o dr. Aguêiev, que implorou pela *Grande enciclopédia médica*, ex-

---

[13] Diminutivo de Vitali. (N. T.)

plicando ardentemente que os volumes não teriam qualquer serventia para os alemães, pois estavam escritos em russo.

Os corpos percorreram todas as ruas. O cavalo magro e sujo parava em cada esquina, como se seus passageiros mortos pedissem o tempo todo que ele se detivesse, de modo que pudessem olhar para as casas fechadas, para o terraço de vidraças azuis e amarelas da casa de Liubímenko, para a torre de vigia.

Os pacientes acompanharam a última jornada do médico por trás das janelas, portões e portas. Claro que ninguém chorava, tirava o chapéu ou se despedia dele. Naqueles tempos terríveis, sangue, sofrimento e morte não tocavam ninguém; as pessoas só se abalavam com amor e bondade. O médico não era útil para a cidade: quem tinha vontade de se curar em uma época em que a saúde era uma autêntica punição? Hemoptise, paralisia, hérnia grave, infartos fulminantes, tumores malignos salvavam do trabalho extenuante, da escravidão na Alemanha. Sonhavam com as doenças, chamavam-nas, rogavam a Deus por elas. Seguiam o médico defunto com olhares lúgubres e silenciosos. Só a velha Weissman chorou quando a telega passou por sua casa, pois, na véspera, o médico, ao se despedir do professor, tinha levado para a pequena Kátia um quilo de arroz, um saquinho de cacau e doze torrões de açúcar. Tratava bem das pessoas, o dr. Weintraub, mas não gostava de tratar de graça. Jamais dera um presente tão generoso a ninguém. Lida Weissman só voltou ao cair da tarde. Disse que o médico e a mulher eram pesados, que a terra era muito pedregosa e dura; felizmente, porém, os alemães haviam mandado abrir uma cova rasa. Queixava-se de ter quebrado o salto com a pá e de ter rasgado a saia, que ficara enganchada em um prego, ao descer da carroça. Teve o bom senso — ou talvez a astúcia que costuma acompanhar a demência — de não contar a Dacha que, no posto de entrada da cidade, estava pendurado Viktor Voronenko.

Porém, quando Dacha saiu, disse, sem rodeios e baixinho:

— Viktor está pendurado lá, ao que parece com uma sede terrível; tem a boca aberta e os lábios completamente ressecados.

Antes do anoitecer, Dacha ficou sabendo do destino de Viktor pela velha Mikhailiuk. Saiu em silêncio para o fundo do pátio, onde plantavam pepinos, e se sentou em meio ao canteiro. A princípio os meninos desconfiaram que fosse furtar a horta e ficaram de olho, mas depois entenderam que estava meditando. Dacha mordia os lábios e pensava. Sem ter o menor dó de si mesma, e punia-se com pensamentos terríveis. Recordava o primeiro dia de sua vida com Viktor e também o dia anterior, o último. Lembrava-se do médico militar de terceiro grau e do café doce que havia feito para ele, e de o terem tomado ouvindo discos. Lembrava-se do marido perguntando-lhe à noite, num sussurro: "Você não tem nojo de dormir com um aleijado?", e de sua resposta: "Fazer o quê?". Sim, havia pecado contra ele — de todas as formas possíveis. Agora tinha vontade de fugir das pessoas. Só que o mundo havia se tornado cruel, e não se podia esperar compaixão de ninguém; precisava se levantar e voltar a estar com as pessoas. Naquela noite, era sua vez de pegar água no poço.

Um soldado alemão morava no pátio ao lado e tinha saído para ir ao banheiro. Enquanto corria até a privada externa, já foi arrancando o cinto. Ao voltar, viu Dacha sentada e chegou até a cerca. Ficou de pé, contemplando em silêncio sua beleza, seu pescoço branco, seus cabelos, seu peito. Ela sentia seu olhar e perguntava-se por que, para cúmulo das desgraças, Deus a punira com tamanha beleza, já que era inconcebível para uma mulher bela viver de forma pura e sem pecado numa época vil e terrível.

Então Rosenthal foi até ela e disse:

— Dacha, você quer ficar sozinha. Vou pegar água no seu lugar. Fique aqui sentada o quanto for necessário para o seu espírito. Já dei um pouco de mingau frio de trigo ao Vitalik.

Ela anuiu em silêncio, olhou para o velho e soltou um suspiro. Talvez ele fosse o único habitante da cidade a não ter mudado naquele tempo todo, permanecendo como era: atencioso, cortês, lendo seus livros, perguntando: "Não incomodo?", desejando saúde quando alguém espirrava. Todos os outros tinham perdido as qualidades que ela mais apreciava nas pessoas: cortesia, delicadeza, sensibilidade. Aquele velho parecia ser o único da cidade a dizer: "Como está se sentindo?", "Você está muito pálida esta manhã", "Coma, ontem à noite você quase não comeu nada".

Com todos os outros no mundo, era assim: "Ah, tanto faz a guerra, tanto faz os alemães, está tudo arruinado, está tudo acabado". E ela vivia como todos os outros no mundo, descuidada, sem pensar na alma.

Com um pauzinho, começou a cavar a terra entre as fileiras de pepino, e em seguida a encher os buracos, com cuidado, nivelando o solo. Quando já estava completamente escuro, chorou um pouco; respirava com mais facilidade, tinha vontade de comer, de tomar chá, de ir até a doida da Lida Weissman e dizer: "Pronto, agora somos duas viúvas, você e eu". E depois entraria para um convento.

No crepúsculo, Rosenthal pôs um castiçal na mesa e tirou duas velas do armário. Fazia tempo que as vinha guardando. Cada uma delas estava embrulhada em papel azul. Acendeu ambas. Abriu uma gaveta que nunca abria, tirou pacotes de cartas e fotografias velhas e, sentado à mesa, de óculos, examinou-as com atenção; as cartas haviam sido escritas em papel azul-celeste e cor-de-rosa, agora desbotado pelo tempo.

A velha Weissman se aproximou em silêncio.

— O que vai ser das minhas crianças?

Não sabia ler. Em toda a vida não tinha lido um livro sequer. Era uma velha ignorante — exceto que, em vez do conhecimento livresco, desenvolvera um sentido de observação e uma sabedoria do dia a dia que penetrava em muitas coisas.

— Quanto duram essas velas? — perguntou.

— Acho que duas noites — disse o professor.

— Hoje e amanhã?

— Sim — respondeu. — Amanhã também dá.

— E depois de amanhã fica escuro.

— Acho que depois de amanhã fica escuro.

Ela confiava em pouca gente. Mas Rosenthal era confiável, e ela confiava nele. Um pesar terrível tomou conta de seu coração. Por um longo tempo, contemplou o rosto da neta adormecida, e em seguida disse, com severidade:

— Diga-me, que culpa as crianças têm?

Rosenthal, porém, não ouviu; estava lendo velhas cartas.

Naquela noite, remexeu seu imenso depósito de memórias. Lembrou-se de centenas de pessoas que haviam passado por sua vida, de alunos e professores, de inimigos e amigos, lembrou-

-se dos livros, das discussões estudantis, do amor infeliz e cruel que vivera sessenta anos antes e que lançara uma sombra fria sobre toda sua vida, dos anos de vagabundagem e dos anos de trabalho, de suas tantas hesitações espirituais — de uma religiosidade apaixonada e frenética a um ateísmo nítido e frio —, lembrou-se das discussões ardentes, fanáticas, irreconciliáveis.

Tudo aquilo era passado, ficara para trás. Evidentemente, vivera uma vida fracassada. Pensara muito, mas fizera pouco. Durante cinquenta anos, fora mestre-escola em uma cidadezinha pequena e tediosa. Primeiro lecionara em uma escola profissionalizante judaica, e mais tarde, depois da revolução, álgebra e geometria em uma escola secundária. Devia ter vivido na capital, escrito livros, publicado em jornais e discutido com o mundo todo.

Naquela noite, porém, não lamentava o insucesso. Naquela noite, pela primeira vez, era indiferente às pessoas que tinham partido de sua vida, e desejava apaixonadamente apenas uma coisa: o milagre que não conseguia entender, o amor. Não o conhecia. No começo da infância, depois da morte da mãe, fora criado pela família do tio; na juventude, conhecera o amargor da traição das mulheres. Passara a vida inteira em um mundo de pensamentos nobres e ações racionais.

Tinha vontade de que alguém viesse e dissesse: "Cubra as pernas com um xale, está soprando um vento do campo e o senhor tem reumatismo". Tinha vontade de que lhe dissessem: "Por que o senhor foi buscar água no poço hoje, o senhor tem esclerose". Esperava que alguma das mulheres deitadas no chão fosse até ele e dissesse: "Vá dormir, faz mal ficar sentado à mesa tão tarde da noite". Pois jamais alguém havia ido à sua cama, arrumado o cobertor e dito: "Assim você vai ficar mais quente, tome também o meu cobertor". Sabia que ia morrer numa época em que as leis do mal e da força bruta, em nome das quais se cometiam crimes sem precedentes, regiam a vida e determinavam a conduta não apenas dos vencedores, mas também dos que haviam caído sob seu jugo. A indiferença e a apatia eram os grandes inimigos da vida. Seu destino era morrer naqueles dias terríveis.

De manhã, foi anunciado que os judeus que moravam na cidade deviam se apresentar às seis da manhã do dia seguinte na praça ao lado do moinho a vapor. Seriam todos enviados para a região ocidental da Ucrânia ocupada: lá, os poderes imperiais haviam erigido um gueto especial. Podiam carregar cerca de quinze quilos em pertences. Não deviam levar comida, uma vez que, ao longo de toda a viagem, o comando militar proveria ração seca e água quente.

4

O dia inteiro os vizinhos vieram se aconselhar com o professor e lhe perguntar o que achava daquela ordem. Veio o velho sapateiro Bórukh,[14] gozador e desbocado, grande mestre dos calçados elegantes; veio o estufeiro Mendel, taciturno e filosófico; veio o funileiro Leiba, pai de nove filhos; veio o martelador Chaim Kulich, de ombros largos e bigode grisalho. Todos tinham ouvido dizer que os alemães haviam anunciado esse tipo de expedição em muitas cidades, mas ninguém jamais chegou a ver sequer um trem de judeus, nem encontrou colunas nas estradas distantes ou recebeu notícias da vida nesses guetos. Todos tinham ouvido dizer que os judeus estavam sendo levados não para as estações ferroviárias, nem ao longo das principais rodovias, e sim para barrancos, encostas, pântanos e velhas pedreiras junto às cidades. Todos tinham ouvido dizer que, alguns dias depois da partida dos judeus, soldados alemães obtinham mel, creme azedo e ovos no mercado em troca de blusas de mulher, pulôveres de criança e sapatos, e que os moradores, ao voltar do mercado para casa, diziam uns aos outros, baixinho: "Um alemão trocou o pulôver de lã que nossa vizinha Sônia[15] estava usando na manhã em que foi levada para fora da cidade", "Um alemão trocou as sandálias do menino que foi evacuado de Riga", "Um alemão queria receber três quilos de mel pela roupa de Kúguel, nosso engenheiro". Sabiam, suspeitavam o que os aguardava. Na alma, porém, não acreditavam naquilo, o assassinato de um povo era terrível demais. Assassinar um povo. Ninguém podia acreditar naquilo.

E o velho Bórukh disse:

---

[14] Diminutivo de Boris. (N. T.)
[15] Diminutivo de Sófia. (N. T.)

— Seria possível matar um homem capaz de fazer sapatos como estes? Eles não fariam feio em uma exposição em Paris.

— É possível, é possível — disse Mendel, o estufeiro.

— Muito bem — disse Leiba, o funileiro. — Digamos que eles não precisem dos meus bules, panelas, tubos para samovar. Mas nem por isso vão matar meus nove filhos.

E o velho Rosenthal ficava em silêncio, ouvia-os e pensava: fizera muito bem em não tomar veneno. Passara a vida inteira com aquelas pessoas, devia viver com elas até o amargor da última hora.

— Devíamos ir para a floresta, mas não tem para onde ir — disse Kulich, o martelador. — A polícia fica atrás de nós, o encarregado de quarteirão já veio três vezes desde a manhã. Mandei o menino até meu sogro, e o dono da casa foi atrás dele. É um homem honesto, e me disse sem rodeios: "A polícia me avisou que, se um único menino deixar de ir à praça, terei que responder com minha própria cabeça".

— Então é isso — disse o estufeiro Mendel —, é o destino. Uma vizinha disse ao meu filho: "Iachka, você não parece judeu de jeito nenhum, fuja para a aldeia". E meu Iachka disse: "Mas eu quero parecer judeu; para onde levarem meu pai, eu também vou".

— Uma coisa eu posso dizer — murmurou o martelador. — O que quer que aconteça, não vou morrer como um carneiro.

— O senhor é um bravo, Kulich — disse o velho professor. — O senhor é um bravo, assim é que se fala.

À tarde, o major Werner recebeu Becker, o representante da Gestapo:

— Basta organizar a operação de amanhã e voltaremos a respirar bem — disse Becker. — Estou por aqui desses judeus. Todo dia há afrontas: uns cinco escaparam, ao que parece para se juntar aos guerrilheiros; uma família cometeu suicídio; três foram detidos por circular sem braçadeira; uma judia foi reconhecida comprando um ovo no mercado, apesar da proibição categórica de ir ao mercado; dois foram presos na Berlinerstrasse, apesar de saberem muito bem que estavam proibidos de circular na rua central; oito pessoas caminhavam pela cidade depois das quatro da tarde; duas moças tentaram se esconder na floresta enquanto marchavam para o trabalho e foram fuziladas. Isso tudo pode parecer bobagem. Compreendo que nossas tropas, no front, têm que lidar com dificuldades bem mais sérias, mas nervos são nervos. Pois tudo isso são fatos de apenas um dia, e todo dia é assim.

— Qual é o procedimento da operação? — perguntou Werner.

Becker limpou o pince-nez com um pedaço de camurça.

— Não fomos nós que elaboramos o procedimento. É claro que, na Polônia, tivemos possibilidades mais amplas de empregar meios enérgicos. Deles, no fundo, não é possível prescindir,[16] pois estamos falando de estatísticas com uma quantidade considerável de zeros. Aqui, evidentemente, temos que agir em condições de campo; afinal, estamos perto do front. As últimas instruções permitem que nos afastemos dos procedimentos e nos adaptemos às condições locais.

— De quantos soldados o senhor precisa? — perguntou Werner.

Durante a conversa, Becker tinha um comportamento extraordinariamente grave, muito mais grave do que de hábito. O próprio comandante Werner sentia um acanhamento interior ao falar com ele.

— Resolveremos o assunto da seguinte forma — disse Becker. — Dois comandos: um de fuzilamento e um de guarda. O de fuzilamento: de quinze a vinte homens, todos eles voluntários. A guarda deve ser comparativamente pequena, na proporção de um soldado para cada quinze judeus.

---

[16] Becker, evidentemente, refere-se ao uso de gás. Viaturas móveis foram utilizadas pela primeira vez para empregar gás contra grandes números de judeus na cidade polonesa de Chelmno, na qual pelo menos cento e cinquenta mil judeus foram assassinados entre dezembro de 1941 e o verão de 1944. Oficiais nazistas de todas as patentes empregavam eufemismos similares com relação à Shoah; os transportes para os campos de extermínio, por exemplo, eram chamados de "realocação". E a "Solução Final" é em si um eufemismo. Claude Lanzmann observou que o extermínio dos judeus era um "crime inominável, que os próprios assassinos nazistas não ousavam nomear, como se, ao fazer isso, o tornassem impraticável" (Claude Lanzmann, *Shoah*, p. 53 do encarte que acompanha o DVD do filme, lançado pela Eureka em 2007). (Nota da edição inglesa)

— Por que isso? — perguntou o comandante.

— A experiência mostra que, no momento em que a coluna percebe que sua rota de marcha não passa por uma ferrovia ou rodovia, começa o pânico, a histeria, e muitos tentam fugir. Além disso, nos últimos tempos, foi proibido empregar metralhadoras — a porcentagem de mortes é muito pequena —, e está prescrito que se atire com armas pessoais. Isso atrasa muito o trabalho.[17] Recomenda-se ainda que o comando de fuzilamento seja reduzido ao mínimo possível: para mil judeus, um comando de vinte pessoas, não mais. Enquanto o trabalho está em andamento, o comando de guarda tem muito o que fazer. Como o senhor sabe, há uma grande porcentagem de homens entre os judeus.

— Quanto tempo isso leva? — perguntou Werner.

— Mil pessoas, com um organizador experiente, não levam mais do que duas horas e meia. O mais importante é saber distribuir as funções, o espaçamento e a preparação dos grupos, e realizar tudo no tempo certo; a operação em si é rápida.

— Então de quantos soldados o senhor precisa?

— Não menos do que cem — disse Becker, decidido.

Olhou pela janela e acrescentou:

— As condições de tempo também são importantes. Falei com o meteorologista e ele me disse que pela manhã o dia deve ser calmo e ensolarado; à tarde, é possível que chova, mas isso não tem importância para nós.

— Portanto... — disse Werner, hesitante.

— O procedimento é o seguinte. O senhor destaca um oficial, um membro do partido nazista, é claro. Ele vai formar o comando de fuzilamento assim: "Rapazes, precisamos de alguns homens com os nervos no lugar". Isso tem que ser feito hoje

---

[17] Provavelmente uma imprecisão. De acordo com Mordechai Altshuler, "a maioria dos assassinatos em massa de judeus na União Soviética foi realizada com metralhadora. [...] As unidades dos Einsatzgruppen, treinadas e preparadas para esse tipo de missão, quase sempre se encarregaram dos assassinatos em massa". Altshuler continua: "Aparentemente, a reação da maioria da população local aos assassinatos em massa variou de alegria por seu destino à identificação passiva com as vítimas, passando pela indiferença. Todas essas sensações, por mais contraditórias que possam ser, podiam ser experimentadas pelas mesmas pessoas, em situações e épocas diferentes" (op. cit., pp. 176-77). (Nota da edição inglesa)

à noite, na caserna. É preciso inscrever pelo menos uns trinta, pois a experiência mostra que uns dez por cento sempre acabam pulando fora.[18] Depois disso, há uma conversa individual com cada um deles: Tem medo de sangue? Consegue suportar uma grande tensão nervosa?[19] Nesse momento, não há necessidade de maiores explicações. Ao mesmo tempo, deve-se fazer a lista do comando de guarda e instruir os suboficiais. Então, verificam-se as armas. Os comandos devem estar perfilados em frente ao escritório às cinco da manhã. O oficial então explicará a tarefa em detalhes, e impreterivelmente voltará a interrogar os voluntários. Depois, cada um deles recebe trezentos cartuchos. Às seis, devem estar na praça estabelecida para a reunião dos judeus. O procedimento é o seguinte; o comando de fuzilamento segue trinta metros à frente da coluna. Atrás da coluna vão duas carroças, já que sempre há um pequeno percentual de velhas, grávidas e histéricas que perdem a consciência no meio do caminho. — Falava devagar, para que o major não perdesse nenhum detalhe. — Em resumo, é isso; maiores instruções serão dadas por meus colegas no local de trabalho.

O major Werner olhou para Becker e perguntou subitamente:

— Bem, e as crianças?

---

[18] Christopher Browning, em *Ordinary Men* (Londres: Penguin, 2001), apresenta um número similar, afirmando que cerca de 10-20% dos integrantes de um batalhão policial alemão envolvido em fuzilamentos e deportações em Treblinka aceitaram ofertas para serem transferidos para outros trabalhos. Era frequente, porém, que os esquadrões da morte tivessem composição arbitrária; os soldados eram escolhidos ao acaso, e não podiam recusar. (Nota da edição inglesa)

[19] Havia preocupação nos altos escalões da Wehrmacht e da ss sobre o efeito dos massacres naqueles que os realizavam. Foi isso, em parte, que levou à decisão de empregar câmaras de gás. No final do verão de 1941, um Obergruppenführer (patente equivalente a tenente-general) da ss disse a Himmler, depois de ter visto uma centena de judeus serem fuzilados nos arredores de Minsk: "Reichsführer, eram apenas cem... Veja os olhos dos homens desse comando, como estão profundamente abalados. Esses homens estão acabados (*fertig*) pelo resto da vida. Que tipo de seguidores estamos treinando aqui? Neuróticos ou selvagens?". (Raul Hilberg, *The Destruction of the European Jews* [Chicago: Quadrangle, 1967], pp. 218-19 e p. 646.) (Nota da edição inglesa)

Becker tossiu, aborrecido. A pergunta extrapolava os limites das instruções de serviço.

— Veja bem — disse, sério e severo, fitando o comandante diretamente nos olhos. — Embora a recomendação seja separá-las das mães e lidar com elas em separado, prefiro não fazer desse jeito. O senhor sabe como é difícil arrancar a criança da mãe numa hora tão triste.

Quando Becker se despediu e saiu, o comandante chamou o ajudante, deu-lhe instruções pormenorizadas e disse, a meia-voz:

— Estou muito satisfeito que o velho médico já tenha dado cabo de si mesmo: ficaria com remorsos em relação a ele; querendo ou não, ele me ajudou muito, e não sei se sem sua ajuda eu teria sobrevivido até a chegada do nosso médico... E nos últimos dias venho me sentindo muito bem; o sono está muito melhor, a digestão também, e duas pessoas já me disseram que a cor do meu rosto melhorou. É possível que isso tenha relação com os passeios diários pelo jardim. E o ar dessa cidadezinha também é magnífico; dizem que, antes da guerra, havia aqui sanatórios para doentes dos pulmões e do coração.

O céu estava azul, o sol brilhava, e os pássaros cantavam.

Quando a coluna de judeus atravessou a ferrovia e, deixando a rodovia, seguiu na direção do barranco, o marteleiro Chaim Kulich encheu o peito de ar e gritou alto, em iídiche, acima do ronco de centenas de vozes:

— Gente, para mim acabou!

Deu com o punho nas têmporas do soldado que ia junto a si, derrubou-o, arrancou o fuzil de suas mãos e, sem tempo de compreender uma arma estranha e desconhecida, agitou o pesado fuzil com força, como se fosse um martelo, golpeando o rosto do suboficial que corria ao lado.

Na agitação que se seguiu a isso, a pequena Kátia Weissman perdeu-se da mãe e da avó e agarrou a aba do paletó do velho Rosenthal. Ele a ergueu nos braços com dificuldade e, aproximando os lábios de seu ouvido, disse:

— Não chore, Kátia, não chore.

Segurando no pescoço dele com as mãos, ela disse:

— Não choro, professor.

Era difícil segurá-la; sua cabeça rodava, os ouvidos zumbiam, as pernas tremiam com a jornada longa e incessante, com a torturante tensão das últimas horas.

A multidão recuava do barranco, empacava, muita gente caía no chão e escorregava. Rosenthal logo se viu nas fileiras da frente.

Quinze judeus foram levados à beira do barranco. Rosenthal conhecia alguns deles. Mendel, o estufeiro taciturno, o técnico dentário Meeróvitch, o eletricista Apelfeld, um velho e bom farsante. Seu filho lecionava no conservatório de Kiev, e, quando criança, tivera aulas de matemática com Rosenthal. Respirando pesadamente, o velho segurava a menina nos braços. Pensar nela o distraía.

"Como posso consolá-la, de que forma enganá-la?", pensava o velho, tomado por uma infindável sensação de amargura. Também nesse último minuto ninguém o apoiaria, ninguém lhe diria as palavras que ansiara por ouvir a vida inteira, que desejara mais do que toda a sabedoria dos livros sobre as grandes ideias e os trabalhos do homem.

A menina se voltou para ele. Tinha o rosto tranquilo; era o rosto pálido de um adulto, cheio de compaixão condescendente. Em um silêncio repentino, ele ouviu sua voz.

— Professor — disse —, não olhe para aquele lado, vai ficar com medo. — E, como uma mãe, tapou os olhos dele com as mãos.

O chefe da Gestapo se enganou. Não chegou a respirar bem após o fuzilamento dos judeus. À tarde, foi informado de que, perto da cidade, aparecera um grande destacamento armado, liderado por Chevtchenko, o engenheiro-chefe da fábrica de açúcar. Cento e quarenta operários da fábrica que não haviam conseguido fugir de trem tinham se unido a ele na guerrilha. Naquela noite, explodiram o moinho a vapor sob o comando da intendência alemã. Atrás da estação, incendiaram um enorme estoque de feno que havia sido reunido pelos forrageiros da divisão húngara de cavalaria. Os moradores passaram a noite inteira sem dormir; o vento soprava na direção da cidade, e o incêndio podia se alastrar pelas casas e galpões. As chamas pesadas, cor de tijolo, crepitavam para todos os lados, a fumaça negra cobria as estrelas e a lua, e o céu de verão, tépido e claro, estava repleto de perigos e chamas.

De pé, nos pátios, as pessoas observavam em silêncio enquanto o enorme incêndio se alastrava. Pelo vento vinha o som nítido das metralhadoras e das explosões intermitentes de granadas de mão.

Nessa noite, Iachka Mikhailiuk chegou em casa apressado, sem quepe, toucinho ou aguardente de fabricação caseira. Ao passar pelas mulheres em silêncio no pátio, disse a Dacha:

— Então, não falei? Agora você tem mais espaço; é a única dona do quarto.

— Mais espaço — disse Dacha —, mais espaço! Meu Viktor, uma menina de seis anos e o velho professor jazem na mesma tumba. Prantearei a todos. — E subitamente gritou: — Vá embora, não me olhe com esses olhos asquerosos que eu o corto com uma faca cega e o despedaço com um cutelo!

Iachka entrou correndo no quarto e se sentou, em silêncio. E quando sua mãe quis levantar as persianas, disse:

— Não abra a porta, estão todos aqui, como doidos, ainda vão jogar água fervendo na sua cara.

— Iáchenka — disse ela —, é melhor você voltar para o sótão, sua cama ainda está lá. Vou trancá-lo a chave.

Como sombras, os soldados deslizavam à luz do incêndio. Foram acordados pelo alarme e convocados ao comando. A velha Varvara Andrêievna estava no meio do pátio. Seus desgrenhados cabelos grisalhos pareciam rosados à luz do fogo.

— E então? — gritou. — Acha que temos medo de vocês? Vejam aquelas chamas! Eu não tenho medo dos boches! Vocês lutam com velhos e crianças! Dacha, ainda vai chegar o dia em que vamos queimá-los todos vivos.

E o céu ficou todo rubro e incandescente, e as pessoas que estavam no pátio tiveram a impressão de que na fumaça negra ardia tudo de mau, vil e impuro com que os alemães haviam contaminado a alma humana.

O inferno de Treblinka

1

A leste de Varsóvia, ao longo do Bug Ocidental, estendem-se areias e pântanos, densas florestas de pinheiros e foliáceas. São lugares desertos e tristes, com raras aldeias. Transeuntes e viajantes tentam evitar as estreitas e arenosas estradas vicinais, em que as pernas atolam e as rodas afundam na areia profunda até o eixo.

Aqui, no ramal ferroviário de Siedlce, está localizada a pequena e longínqua estação de Treblinka, a sessenta e poucos quilômetros de Varsóvia, não muito longe da estação Małkinia, onde se encontram as estradas de ferro que vêm de Varsóvia, Białystok, Siedlce e Łomża.

Muitos dos que foram trazidos a Treblinka em 1942 devem ter passado por aqui em tempos de paz, contemplando com olhar distraído a paisagem tediosa: pinheiros, areia, areia e de novo pinheiros, urze, arbusto seco, os prédios tristes da estação, o entroncamento das estradas de ferro... E talvez o olhar entediado do passageiro reparasse por alto em um ramal de uma só via que saía da estação e passava por entre a espessa floresta de pinheiros que a cercava. Esse ramal levava a uma pedreira, da qual se extraía areia branca para obras municipais e da indústria.

A pedreira fica a quatro quilômetros da estação, em um terreno baldio cercado de todos os lados pela floresta de pinheiros. O solo aqui é pobre e infértil, e os camponeses não o cultivam. Assim, o terreno baldio continua baldio. Aqui e ali a terra está coberta de musgo, aqui e ali erguem-se uns pinheiros magros. De quando em quando, passa voando uma gralha ou uma poupa emplumada e colorida. Esse miserável terreno baldio foi escolhido pela Gestapo e aprovado pelo Reichsführer da ss, Himmler, para a construção de um campo de execuções de proporções jamais vistas pelo ser humano, desde os tempos da barbárie primitiva até nossos dias cruéis. Aqui foi erigido o principal abatedouro da ss, semelhante ao de Auschwitz, superior ao de Sobibor, Majdanek e Bełżec.[1]

Havia dois campos em Treblinka: o campo de trabalho Nº 1, onde trabalhavam detentos de diversas nacionalidades, em sua maioria poloneses; e o campo dos judeus, o campo Nº 2.

O campo Nº 1 — de trabalho, ou penal — estava localizado bem ao lado da pedreira, perto da orla do bosque. Era um campo comum, do tipo que a Gestapo construiu às centenas nas terras ocupadas do leste. Surgiu em 1941. Vários traços do caráter alemão, desfigurados pelo horrendo espelho do regime de Hitler, encontram expressão nesse campo. Assim, os delírios ocasionados pela febre refletem de modo monstruoso e deformado os pensamentos e sensações que o doente tinha antes da doença. Assim, os atos e pensamentos de um louco refletem de forma distorcida os atos e pensamentos de uma pessoa normal. Assim, um criminoso, ao cometer um ato de violência, ao golpear com o martelo o intercílio da vítima, une destreza e habilidade — o olho certeiro e a mão firme do marteleiro — a um sangue-frio desumano.

Parcimônia, precisão, prudência, uma limpeza pedante: são todas boas qualidades, comuns a muitos alemães. Aplicadas à agricultura, à indústria, dão bons frutos. O hitlerismo, porém, empregou-as num crime contra a humanidade, e a ss do Reich agiu nos campos de trabalho da Polônia como se se tratasse do cultivo de couve-flor ou de batata.

---

[1] O *Dictionnaire de la Shoah* dá uma estimativa de novecentas mil mortes. Timothy Snyder, em *Bloodlands* (Nova York: Basic Books, 2010, p. 408), aponta um número total de 780 863 judeus assassinados em Treblinka, a partir de um estudo de Peter Witte e Stephen Tyas ("A New Document on the Deportation and Murder of Jews during 'Einsatz Reinhard' 1942", em *Holocaust and Genocide Studies*, vol. 15, n. 3, 2001, pp. 468-86). Hersch Polyanker, jornalista soviético pouco conhecido, dá a também equivocada estimativa de três milhões de mortes em um artigo escrito — como o de Grossman — em setembro de 1944. Seu "Treblinka — Inferno na Terra", provavelmente escrito em iídiche, foi traduzido para o espanhol e enviado pelo Comitê Antifascista Judaico a jornais em Cuba, México e Uruguai (GARF, fond 8114 [Comitê Antifascista Judaico], opis 1, delo 346, pp. 162-72). (Nota da edição inglesa)

O campo estava dividido em retângulos regulares e idênticos; os barracões haviam sido construídos em fileiras retas, bétulas foram plantadas em torno dos caminhos polvilhados com areia. Havia lagos de concreto para aves aquáticas domésticas; tanques para lavar roupa com degraus confortáveis; além de serviços para o pessoal alemão: uma padaria exemplar, barbearia, garagem, uma bomba de gasolina com uma esfera de vidro, armazéns. Exatamente de acordo com esse princípio, com jardinzinhos, bicas de água potável e caminhos de concreto, construiu-se o campo de Majdanek, em Lublin, assim como dezenas de outros campos de trabalho na Polônia Oriental, nos quais a Gestapo e a ss tencionavam se instalar a sério, por muito tempo. Eficiência, cálculo preciso, uma pedante propensão à ordem e um amor por esquemas e horários elaborados nos mais ínfimos detalhes: todas essas qualidades alemãs refletiram-se na construção desses campos.

As pessoas eram enviadas ao campo de trabalho por um período de tempo às vezes pequeno: quatro, cinco, seis meses. Eram enviados para lá poloneses que haviam infringido as leis do Governo-Geral,[2] contanto que as infrações tivessem sido de pouca gravidade, uma vez que a punição para as infrações significativas era a morte imediata. Uma delação, um lapso, uma palavra que escapara na rua ao acaso, uma entrega que se deixara de cumprir, uma recusa em dar uma carroça ou cavalo a um alemão, a petulância de uma moça ao declinar das investidas amorosas de um membro da ss, a mera suspeita de envolvimento em um ato de sabotagem a uma fábrica, mesmo que sem qualquer prova, tudo isso levou centenas e milhares de poloneses — operários, camponeses, intelectuais, homens e moças, velhos e adolescentes, mães de família — ao campo penal. Ao todo, cerca de cinquenta mil pessoas passaram pelo campo.[3] Os judeus só

---

[2] A partir de 1939, uma grande área da Polônia, rebatizada Generalgouvernement, passou à administração civil alemã. Algumas partes do país, contudo, foram incorporadas ao Reich. (Nota da edição inglesa)

[3] É provável que cerca de dez mil prisioneiros tenham passado pelo campo, e que cerca de dois mil prisioneiros tenham estado lá ao mesmo tempo (Iliá Ehrenburg e Vassili Grossman, *The Complete Black Book of Russian Jewry* [New Brunswick: Transaction Publishers, 2002], p. 555, n. 9). (Nota da edição inglesa)

iam parar nesse campo caso fossem destacados e célebres em seu ofício: padeiros, sapateiros, ebanistas, pedreiros, alfaiates. Aqui havia todo tipo de oficina, dentre as quais uma sólida oficina de móveis que fornecia poltronas, cadeiras e mesas para os quartéis--generais do Exército alemão.

O campo Nº 1 existiu do outono de 1941 a 23 de julho de 1944. Foi completamente liquidado quando os detentos já podiam ouvir o ruído surdo da artilharia soviética. Em 23 de julho, de manhã cedinho, os Wachmänner[4] e membros da ss, depois de tomarem uma schnapps para se animar, deram início à destruição do campo. Até a noite, todos os prisioneiros foram mortos e enterrados. Max Levit, marceneiro de Varsóvia, conseguiu se salvar; ficou deitado, ferido, entre os cadáveres de seus camaradas, até escurecer, e rastejou para a floresta. Ele contou que, enquanto jazia na cova, ouvira trinta rapazes do campo cantando "Minha vasta terra natal" logo antes de serem mortos;[5] ouvira um dos rapazes gritar "Stálin vai nos vingar!"; ouvira Leib, o mais querido do campo, que caíra em cima dele na cova depois da primeira

---

[4] Uma força de segurança adicional foi formada para ajudar a ss a administrar os campos; era composta sobretudo de antigos prisioneiros de guerra soviéticos, que a princípio se apresentaram como voluntários para servir como policiais nos territórios ocupados da União Soviética. Tais voluntários normalmente referiam-se a si mesmos como Wachmänner (guardas); os alemães se referiam a eles como Hilfswillige (auxiliares) ou "Trawniki", já que haviam sido treinados em um campo perto de Lublin chamado Trawniki; os internos do campo e os poloneses locais simplesmente chamavam-nos de "ucranianos". O tema da colaboração com os nazistas por parte de cidadãos soviéticos era tabu. Grossman foi obrigado a usar o termo Wachmänner e dizer o mínimo possível sobre quem eles eram. A maioria era de fato ucraniana; os alemães, de forma acertada, consideraram os ucranianos especialmente passíveis de hostilidade ao governo soviético — e, de qualquer modo, a Ucrânia, ao contrário da Rússia, havia sido completamente ocupada. Houve, entretanto, representantes de outras nacionalidades soviéticas, incluindo russos e pelo menos um meio-judeu (Snyder, op. cit., pp. 256 ss.; Arad, op. cit., pp. 20-22). (Nota da edição inglesa)

[5] Popular canção patriótica soviética, também conhecida como "Canção da Pátria", escrita em 1936 por Isaac Ossípovtich Dunáevski (música) e Vassili Liébedev-Kumatch (letra) para o filme *Circo*, de Grigori Aleksándrov. (N. T.)

salva, pedir, erguendo-se, *"Panie*[6] *Wachmann,* não acertou, de novo, *panie,* de novo".

Hoje, é possível descrever em detalhes o regime alemão nesse campo de trabalho; há uma boa quantidade de depoimentos de dezenas de testemunhas, poloneses e polonesas, que escaparam ou foram libertados do campo Nº 1. Sabemos do trabalho na pedreira, de como aqueles que não correspondiam às normas eram atirados à escavação, de cima do precipício, das regras de alimentação: 170-200 gramas de pão e um litro de uma coisa intragável chamada de sopa. Sabemos dos que morreram de fome, dos intumescidos que eram levados em carrinhos de mão para além da cerca e fuzilados, das orgias selvagens organizadas pelos alemães, de como violentavam as moças e em seguida fuzilavam essas amantes forçadas, de como lançavam gente de terraços de seis metros de altura, de como, certa noite, uma companhia bêbada tirou uns dez, quinze detentos de um barracão e começou uma vagarosa demonstração de métodos de matança, atirando no coração, nuca, olhos, boca e têmporas dos condenados. Sabemos os nomes dos membros da ss no campo, seu caráter, suas particularidades, sabemos que o chefe do campo, Van Euppen, era um assassino e devasso insaciável, amante de bons cavalos e cavalgadas rápidas, sabemos de um jovem corpulento chamado Stumpfe, que tinha acessos de riso involuntário toda vez que matava um detento ou quando alguém era executado em sua presença. Foi apelidado de "a morte que ri". O último a ouvir sua voz foi Max Levit, em 23 de julho deste ano, quando, sob o comando de Stumpfe, os rapazes foram fuzilados pelos Wachmänner. Naquela hora, Levit jazia no fundo da cova, executado de forma incompleta. Sabemos de Sviderski, *Volksdeutsche*[7] de Odessa, denominado "mestre do martelo". Era considerado um especialista insuperável no "assassinato frio", isto é, sem o uso de armas de fogo. Em apenas alguns minutos, matou com o martelo quinze crianças de oito a treze anos que não haviam sido consideradas aptas para o trabalho. Sabemos de Preifi, o sujeito magro da ss

---

6 Senhor, em polonês escrito em cirílico no original. (N. T.)

7 Em alemão escrito em cirílico no original, o termo foi utilizado na primeira metade do século XX, até 1945, para designar os alemães que viviam fora das fronteiras do Reich. (N. T.)

que parecia um cigano, apelidado de "Velho", sombrio e taciturno. Dissipava a melancolia sentado no monturo do campo, espreitando os detentos que vinham comer em segredo cascas de batata; forçava-os a abrir a boca e, então, atirava em suas bocas abertas.

Sabemos os nomes dos assassinos profissionais Schwartz e Ledeke. Divertiam-se atirando nos detentos que regressavam do trabalho ao crepúsculo, matando vinte, trinta, quarenta pessoas por dia.

Nenhuma dessas criaturas tinha em si nada de humano. Seus cérebros, corações, almas, atos e hábitos distorcidos eram uma medonha caricatura dos traços, ideias, sentimentos, hábitos e atos de um ser humano normal. A ordem no campo, a documentação dos assassinatos, o amor pelas piadas abomináveis, que de alguma forma lembram as piadas de estudantes alemães bêbados brigões, o cantar em coro de canções sentimentais em meio a poças de sangue, os discursos que proferiam incessantemente perante os condenados, os sermões e máximas devotas, impressos com esmero em papeizinhos especiais, tudo isso eram monstruosos dragões e répteis desenvolvidos a partir do embrião do tradicional chauvinismo alemão, da arrogância, do egoísmo, da autoconfiança presunçosa, de uma preocupação pedante e babosa com o próprio ninho e uma indiferença férrea e fria para com o destino de tudo que é vivo, de uma fé furiosa e obtusa em que a ciência, a música, os versos, os discursos, os gramados, as privadas, o céu, a cerveja e as casas alemães eram os mais elevados e maravilhosos de todo o universo.

Assim era a vida neste campo, uma espécie de Majdanek em escala menor, e poder-se-ia pensar que não havia nada de mais horrível no mundo. Porém, aqueles que viviam no campo Nº 1 sabiam que havia algo muito mais terrível, cem vezes mais terrível, do que seu campo. A três quilômetros do campo de trabalho, em maio de 1942, os alemães empreenderam a construção de um campo de judeus, um campo de execuções. A construção aconteceu em ritmo acelerado; mais de mil operários nela trabalharam.[8] Nesse campo, nada estava adaptado à vida; tudo estava adaptado à morte. O desígnio de Himmler era que a

---

[8] O número de trabalhadores empregados foi, na verdade, de quatrocentos a quinhentos (Chrostowski, op. cit., p. 26). (Nota da edição inglesa)

existência desse campo permanecesse no mais absoluto segredo; ninguém deveria sair dele vivo. E ninguém tinha permissão de se aproximar dele. A um quilômetro de distância, passantes casuais podiam levar um tiro sem advertência prévia. As aeronaves da aviação germânica estavam proibidas de sobrevoar a região. As vítimas, trazidas de trem por um ramal ferroviário especial, não conheciam seu destino até o último minuto. Nem a guarda que acompanhava os trens era admitida para além da cerca exterior do campo. À chegada dos vagões, era rendida pela ss do campo. Os trens, que normalmente compreendiam sessenta vagões, eram desmembrados em três partes ainda na floresta, antes de chegar ao campo, e a locomotiva, em seguida, levava vinte vagões de cada vez à plataforma. A locomotiva empurrava os vagões por trás e parava no arame farpado; desta forma, nem o maquinista nem o foguista ultrapassavam os limites do campo. Quando os vagões tinham sido descarregados, o suboficial da ss de plantão chamava com um apito os vinte vagões seguintes, que aguardavam a duzentos metros. Quando todos os sessenta vagões tinham sido completamente descarregados, o comando telefonava para a estação e chamava um novo trem, enquanto o vazio seguia pelo ramal até a pedreira, onde os vagões eram carregados de areia e partiam para as estações de Treblinka e Małkinia com sua nova carga.

Era esta a vantagem da localização de Treblinka: os trens com vítimas chegavam vindos dos quatros cantos, leste, oeste, norte e sul. Trens das cidades polonesas de Varsóvia, Międzyrzecz, Częstochowa, Siedlce, Radom, Łomża, Białystok, Hrodna e muitas cidades da Bielorrússia,[9] da Alemanha, Tchecoslováquia, Áustria, Bulgária, Bessarábia.[10]

Os trens chegavam todos os dias a Treblinka ao longo de treze meses. Em cada trem havia sessenta vagões, e em cada vagão estavam inscritas em giz as cifras 150, 180, 200. Tal cifra indicava a quantidade de pessoas que havia no vagão. Empregados

---

[9] Łomża, Białystok e Hrodna hoje são parte da Polônia. Em 1939, foram incorporadas à União Soviética, nos termos do pacto Mólotov-Ribbentrop. (Nota da edição inglesa)

[10] Nome mais usado antes de 1917; corresponde, aproximadamente, à área hoje ocupada pela República da Moldávia. (Nota da edição inglesa)

das ferrovias e camponeses contavam os trens em segredo. Um camponês da aldeia de Wólka (o ponto habitado mais próximo do campo), Kazimierz Sarzunski, de sessenta e dois anos, disse-me que havia dias em que, só pelo ramal de Siedlce, passavam por Wólka seis trens, e quase não houve dia, ao longo desses treze meses, em que não passasse pelo menos um trem. E o ramal de Siedlce era apenas uma das quatro estradas de ferro que abasteciam Treblinka. Um reparador ferroviário, Lucjan Zukowa, convocado pelos alemães para trabalhar no ramal que ligava Treblinka ao campo Nº 2, disse que, enquanto serviu por lá, de 15 de junho de 1942 a agosto de 1943, chegavam a Treblinka de uma a três composições ferroviárias por dia. Em cada composição havia até sessenta vagões, e, em cada vagão, não menos do que cento e cinquenta pessoas.[11] Reuni dezenas de testemunhos desse tipo.

O campo em si, com a cerca externa, depósitos para os pertences dos executados, plataforma e outras instalações auxiliares, ocupa apenas uma pequena área: 780 x 600 metros. Se por um instante houvesse dúvidas sobre o destino das pessoas trazidas para cá, se por um instante supuséssemos que os alemães não as assassinavam imediatamente após a chegada, então teríamos de nos perguntar: onde estão elas, essas pessoas, que podiam formar a população de um pequeno Estado ou de uma grande capital europeia? Pois a área do campo é tão pequena que, se os recém-chegados tivessem se mantido vivos por apenas alguns dias, dentro de dez as torrentes de pessoas que afluíam do Leste Europeu, da Polônia e da Bielorrússia, não caberiam mais atrás do arame farpado. Por treze meses — 396 dias — os trens partiram, carregados de areia ou vazios, e nenhuma das pessoas que chegaram ao campo Nº 2 jamais fez o caminho de volta.

---

[11] Muitas das estimativas de Grossman — o número de prisioneiros em cada vagão, o número de vagões de cada trem — são precisas. Seu erro mais sério consiste em aceitar os relatos equivocados dos camponeses de que os transportes chegavam todo dia. De 23 de junho de 1942 até meados de dezembro de 1942, e de meados de janeiro de 1943 até o final de maio de 1943, houve provavelmente uma média de dois transportes por dia. Em outros períodos, contudo, havia em média apenas um transporte por semana (Chrostowski, op. cit., p. 99). (Nota da edição inglesa)

É chegada a hora de fazer a terrível pergunta: "Caim, onde estão aqueles que você trouxe para cá?".

O fascismo não conseguiu manter seu maior crime em segredo, e não apenas porque milhares de pessoas foram testemunhas involuntárias de tal crime. Hitler, seguro de sua impunidade, tomou a decisão de exterminar milhões de inocentes no período de maior êxito das tropas fascistas. Convictos de sua impunidade, os fascistas mostraram do que eram capazes. Ah, se Adolf Hitler tivesse vencido, teria sabido esconder todas as pistas de seus crimes, teria forçado as testemunhas a se calarem, ainda que elas fossem dezenas de milhares, e não apenas milhares. Nenhuma delas teria dito uma palavra sequer. E, involuntariamente, mais uma vez, tenho vontade de me curvar diante daqueles que, no outono de 1942, perante o silêncio de um mundo que agora alardeia seu triunfo, combateram em Stalingrado, nos barrancos do Volga, contra o Exército alemão, atrás do qual fumegavam e borbulhavam rios de sangue inocente. O Exército Vermelho, eis quem impediu Himmler de guardar o segredo de Treblinka.

Hoje as testemunhas se puseram a falar, as pedras e a terra gritaram. E hoje, perante a consciência comum do mundo, perante os olhos da humanidade, podemos penetrar gradualmente, passo a passo, nos círculos do inferno de Treblinka, diante do qual o inferno de Dante é um brinquedo inocente e fútil de Satã.

Tudo que escrevo a seguir baseia-se em relatos de testemunhas vivas; em declarações de gente que trabalhou em Treblinka desde o primeiro dia de existência do campo até 2 de agosto de 1943, quando os condenados à morte se insurgiram, queimaram o campo e fugiram para a floresta; em declarações de Wachmänner presos, que confirmaram os relatos das testemunhas palavra por palavra e em muito os complementaram. Vi essa gente pessoalmente, tivemos longas e detalhadas conversas, suas declarações por escrito estão na mesa à minha frente. E todos esses testemunhos, numerosos e oriundos de fontes distintas, coincidem em todos os detalhes, a começar pela descrição dos hábitos de Barry, o cachorro do comandante, e terminando com o relato da tecnologia de assassinato e a construção do campo de execuções com esteira rolante.

Percorramos os círculos do inferno de Treblinka.

Quem eram as pessoas que os trens trouxeram a Treblinka? Em sua maioria judeus, depois poloneses e ciganos. Na primavera de 1942, quase toda a população judia da Polônia, da Alemanha e de regiões ocidentais da Bielorrússia tinha sido agrupada em guetos. Nesses guetos — em Varsóvia, Radom, Częstochowa, Lublin, Białystok, Hrodna e muitas dezenas de outras cidades, em sua maioria pequenas — foram reunidos milhões de operários, artesãos, médicos, professores, arquitetos, engenheiros, professores, artistas e rentistas, todos com suas famílias, esposas, filhas, filhos, mães e pais. Só no gueto de Varsóvia havia cerca de quinhentas mil pessoas. Evidentemente, a detenção no gueto era o primeiro estágio, preliminar, do plano de Hitler de exterminar os judeus.[12] O verão de 1942 — época do êxito militar do fascismo — é considerado o período de execução da segunda parte do plano: eliminação física. Sabemos que, nessa época, Himmler chegou a Varsóvia e deu as ordens necessárias. A preparação do abatedouro acontecia dia e noite. Em julho, os primeiros trens de Varsóvia e Częstochowa partiram para Treblinka. As pessoas foram informadas de que estavam sendo levadas à Ucrânia para trabalhar na agricultura. Tinham permissão para levar vinte quilos de bagagem e provisões. Em muitos casos, os alemães obrigaram as vítimas a comprar bilhetes ferroviários para a estação de "Ober-Majdan". Esse era o nome cifrado dos alemães para Treblinka. Rumores sobre esse lugar horrendo haviam se espalhado rapidamente por toda a Polônia, e a palavra Treblinka deixou de ser usada pelos membros da ss no momento de embarcar as pessoas nos trens. Entretanto, o tratamento no embarque era tal que não havia mais dúvidas quanto ao destino que aguardava os passageiros. No vagão de carga, atulhavam-se não menos do que 150 pessoas; em geral, de 180 a 200. Durante toda a viagem, que às vezes se prolongava por dois ou três dias,

---

[12] Em março de 1941, 445 mil judeus moravam no gueto de Varsóvia, mas esse número logo foi reduzido por doença e fome. No verão de 1942, cerca de trezentos mil judeus foram deportados, a maioria deles para Treblinka; quase todos foram mortos nas câmaras de gás. Cerca de sete mil morreram no Levante do Gueto, em abril de 1943, e outros sete mil foram deportados para Treblinka imediatamente depois. Os judeus remanescentes, cerca de 42 mil, foram deportados para campos de trabalhos forçados; a maioria foi assassinada em novembro de 1943. (Nota da edição inglesa)

os detentos não recebiam água. O sofrimento com a sede era tão grande que as pessoas bebiam a própria urina. Os guardas exigiam cem zlotys por um gole de água, e normalmente não a entregavam depois de receber o dinheiro. As pessoas se apertavam umas contra as outras, por vezes mal parando em pé, e ao fim da viagem, em cada vagão, sobretudo nos abafados dias de verão, constatava-se a morte de alguns velhos e pessoas que sofriam de doenças cardíacas.[13] Como as portas não eram abertas nenhuma vez até o fim da jornada, os cadáveres começavam a se decompor, espalhando o cheiro pelo vagão. Bastava algum passageiro acender um fósforo à noite para que os guardas abrissem fogo por entre as paredes do vagão. O barbeiro Abraham Kon conta que, em seu vagão, houve muitos feridos e cinco mortes resultantes dos disparos da guarda por entre as paredes.[14]

Os trens dos países europeus ocidentais chegavam a Treblinka de modo completamente diferente. Aqui, as pessoas jamais tinham ouvido falar em Treblinka, acreditavam até o último minuto estar sendo levadas para o trabalho, e, além disso, os alemães descreviam de todas as formas possíveis as comodidades e encantos da nova vida que aguardava os migrantes. Alguns trens chegavam com gente que tinha certeza de que estava sendo levada para o exterior, para um país neutro: em troca de muito

---

[13] "Milhares de judeus morriam a caminho dos campos de extermínio naquele verão, de sede, sufocados e pela falta de instalações sanitárias mínimas nos abarrotados vagões de carga. A viagem de Varsóvia e outros guetos para Bełżec, Sobibor e Treblinka, que devia durar algumas horas, às vezes levava um ou dois dias" (Arad, op. cit., p. 65). (Nota da edição inglesa)

[14] Arad cita o testemunho de um polonês da aldeia de Treblinka: "Vi como os guardas, que sempre estavam bêbados, abriam as portas dos vagões de carga à noite exigindo dinheiro e objetos preciosos. Daí eles fechavam as portas e atiravam nos vagões" (ibid., p. 67). Sereny cita o diário de um soldado austríaco a caminho do front em um trem com tropas que teve a oportunidade de observar um transporte de judeus: "Ao chegarmos à estação de Treblinka, o trem está novamente perto de nós — o cheiro de corpos em decomposição é tão pavoroso que alguns de nós vomitam. Continuam a implorar por água, os guardas continuam a atirar indiscriminadamente..." (Sereny, *Into that Darkness* [Londres: Pimlico, 1995], p. 250). (Nota da edição inglesa)

dinheiro, haviam adquirido, junto às autoridades alemãs, vistos de saída e passaportes estrangeiros.[15]

Certa vez, chegou a Treblinka um trem com judeus que eram cidadãos da Inglaterra, do Canadá, dos Estados Unidos e da Austrália que haviam ficado presos na Europa e na Polônia com a eclosão da guerra.[16] Depois de prolongadas diligências, que incluíram grandes subornos, conseguiram partir para países neutros. Todos os trens de países europeus vinham sem guarda, com os empregados de praxe, e eram compostos de vagões-leito e vagões-restaurante. Os passageiros traziam valises e malas volumosas, e grandes estoques de víveres. Os filhos dos passageiros saíam correndo pelas estações intermediárias e perguntando quanto faltava para Ober-Majdan.

Às vezes vinham comboios com ciganos da Bessarábia e de outras regiões. Em certas ocasiões vinham trens com jovens poloneses, camponeses e operários, participantes de insurreições e de destacamentos de guerrilheiros.

Difícil dizer o que é mais horripilante: ir para a morte com um tormento aterrador, sabendo de sua proximidade, ou em completa ignorância, olhando pela janela do suave vagão no momento exato em que, da estação de Treblinka, já telefonaram para o campo informando dados do comboio que está para chegar e a quantidade de pessoas que vão nele.[17]

Para enganar até o fim as pessoas que vinham da Europa, mesmo a via de resguardo do campo estava equipada à semelhança de uma estação de passageiros. Na plataforma, na

---

[15] Este parágrafo é confirmado por outras fontes. Cerca de 95% dos assassinados em Treblinka, contudo, eram judeus da Polônia (Chrostowski, op. cit., p. 107). (Nota da edição inglesa)

[16] Esse trem não existiu, embora realmente houvesse casos de judeus de "nações inimigas" usados como reféns. (Nota da edição inglesa)

[17] Sereny comenta a "astúcia" dos nazistas alemães, que "reconheceram a capacidade dos judeus ocidentais de compreender individualmente a verdade monstruosa e resistir a ela individualmente, e, assim, ordenaram que grandes cuidados fossem tomados para enganá-los e acalmá-los até que, nus, em fileiras de cinco, e correndo sob o chicote, fossem incapazes de resistir. Do mesmo modo, reconheceram que tais precauções eram desnecessárias com os judeus do leste" (op. cit., p. 199). (Nota da edição inglesa)

qual habitualmente se descarregavam vinte vagóes, havia prédios de estação, com bilheteria, guarda-volumes, salão de restaurante, e em todos os lugares havia setas apontando: "Embarque para Białystok", "Para Baranowicze", "Embarque para Wojkowice" etc.[18] Uma banda tocava à chegada do trem, e todos os músicos estavam bem vestidos. Um porteiro com uniforme de empregado da estação pegava os bilhetes dos passageiros e os conduzia à praça.

Em pouco tempo, havia na praça de três a quatro mil pessoas, carregadas de sacos e malas, amparando os velhos e doentes. As mães seguravam os filhos nos braços, as crianças mais velhas se aconchegavam aos pais, olhando em volta. Havia algo de perturbador e sinistro nessa praça pisada por milhões de pés humanos. A vista aguçada das pessoas captava detalhes inquietantes; no chão varrido às pressas, evidentemente poucos minutos antes da chegada do grupo, viam-se objetos abandonados: uma trouxa com roupas, malas abertas, pincéis de barbeiro, panelas esmaltadas. Como tinham ido parar lá? E por que logo atrás da plataforma da estação acabava a ferrovia, crescia uma grama amarela e se estendia uma cerca de arame farpado de três metros de altura? Onde estavam os caminhos que levavam a Białystok, Siedlce, Varsóvia e Wojkowice?[19] E por que os novos guardas sorriam de maneira tão estranha ao fitar os homens ajustando as gravatas, as velhas esmeradas, os meninos de casaco de marinheiro, as meninas magras que conseguiam manter a roupa asseada depois da viagem, as jovens mães que carinhosamente ajeitavam as mantas de seus bebês? Todos aqueles Wachmänner de farda negra e suboficiais da ss pareciam arreeiros do rebanho

---

[18] Guichês de bilheteria e diversas setas e horários eram pintados nas fachadas dos barracões usados para separar roupas e objetos de valor. Também havia relógios, que sempre marcavam seis horas. (Nota da edição inglesa)

[19] Arad cita um relato anônimo: "Seguramo-nos pela mão e pulamos na areia [...]. Todo mundo foi na direção da parede cheia de pinheiros. De repente, tive um pensamento estranho. Essas árvores não estão crescendo, estão mortas. Eles fizeram uma cerca, uma cerca espessa, de árvores que foram podadas. Olhei para a cerca e percebi outra coisa: arame farpado por entre os ramos. Pensei: campo de concentração" (op. cit., p. 83). (Nota da edição inglesa)

à entrada do matadouro.[20] Para eles, o grupo recém-chegado não era de gente viva, e sorriam sem querer ao ver as manifestações de pudor, amor, medo, preocupação com os próximos, com as coisas; divertiam-se com as mães repreendendo e arrumando os casacos dos filhos que tinham se afastado alguns passos, com os homens enxugando a testa com um lenço de bolso e fumando cigarros, com as moças ajeitando os cabelos e segurando as saias assustadas quando vinha uma lufada de vento. Divertiam-se com os velhos tentando ficar sentados nas maletas, com alguns que carregavam livros debaixo do braço, com os doentes protegendo o pescoço. Até vinte mil pessoas passavam diariamente por Treblinka. Dias em que passavam de seis mil a oito mil pessoas pela estação eram considerados sossegados.[21] A praça se enchia de gente umas quatro, cinco vezes ao dia. E todos esses milhares, dezenas, centenas de milhares de pessoas, de olhares interrogativos e assustados, todos esses rostos jovens e velhos, todas essas beldades de cabelos negros e louros, corcundas e encurvados, velhos carecas, adolescentes tímidos, todos eles se confundiam em uma única torrente que tragava a razão, a maravilhosa ciência humana, o amor feminino, a perplexidade infantil, a tosse dos velhos e o coração humano.

Os recém-chegados tremiam ao sentir a estranheza daquele olhar vencedor, farto, zombeteiro, o olhar de superioridade do animal vivo sobre o homem morto.

---

[20] Richard Rhodes escreveu: "Um lugar em que os historiadores do Holocausto parecem não ter procurado modelos do processo de matança é a história e antropologia do abate de animais para comer. Os paralelos são impressionantes" (Richard Rhodes, *Masters of Death: The Einsatzgruppen and the Invention of the Holocaust* [Nova York: Vintage, 2003], pp. 280-2). Rhodes assinala que o objetivo da industrialização da matança — fosse de animais ou pessoas — era não apenas impor eficiência, como também absolver os indivíduos da responsabilidade. Grossman estava bem consciente desse paralelo, que ele desenvolve em "Tiergarten" (1955). (Nota da edição inglesa)

[21] De acordo com Chrostowski, o número máximo que chegava em um único dia era provavelmente em torno de dezesseis mil, mas isso era raro. Mesmo em épocas agitadas, costumava ficar em torno de seis ou sete mil (op. cit., pp. 99-100). (Nota da edição inglesa)

E, mais uma vez, nesses breves instantes, as pessoas que desembarcavam na praça captavam detalhes incompreensíveis, perturbadores.

O que era aquilo atrás da imensa parede de seis metros, escondido por uma camada espessa de cobertores e galhos de pinheiros que começavam a amarelecer? Os cobertores também causavam inquietação: acolchoados, coloridos, de seda ou cobertos de chita, lembravam os dos próprios recém-chegados. Como tinham vindo parar ali? Quem os havia trazido? E onde estavam seus donos? Por que não precisavam mais deles? E quem era aquela gente de braçadeira azul? Recordavam-se de tudo que haviam pensado e repensado nos últimos tempos, as inquietações, os boatos sussurrados. Não, não, não podia ser! E descartavam o pensamento assustador.

A inquietação sempre perdurava por alguns instantes, talvez por uns dois, três minutos, até que todos conseguissem descer da plataforma. Sempre havia um pequeno atraso: todo grupo tem inválidos, coxos, velhos e doentes que mal conseguem mexer as pernas. Mas eis que estão todos na praça. Um Unterscharführer (suboficial das tropas da ss) propõe aos recém-chegados que deixem suas coisas na praça e se dirijam à "casa de banho", levando apenas documentos pessoais, valores e pequenos pacotes com artigos de toalete. Isto suscita dezenas de perguntas: devem levar roupa de baixo, podem desamarrar as trouxas, as coisas deixadas não vão se misturar, não vão se extraviar? Uma força terrível, porém, os obriga a ficar calados, a caminhar com pressa, sem fazer perguntas nem olhar para trás, na direção de uma passagem na parede de seis metros, camuflada com ramos.[22] Passam por proteções antitanque, por elevadas cercas de arame farpado, da altura de três pessoas, por valas antitanque de três metros de profundidade, novamente por uma cerca farpada de aço, que prenderia as pernas de um fugitivo como moscas em uma teia de aranha, e novamente por paredes de muitos metros de arame farpado. E uma sensação medonha, uma sensação de

---

[22] Árvores plantadas ao redor do perímetro e galhos misturados em cercas de arame farpado serviam de camuflagem, bloqueando a vista do campo de fora, assim como entre as diferentes partes do campo. (Nota da edição inglesa)

fatalidade, uma sensação de impotência toma conta de todos: não há como fugir, voltar atrás ou lutar: canos de metralhadoras de grosso calibre apontam para eles das baixas e achatadas torres de madeira. Pedir ajuda? Mas como, se ao redor há apenas homens da ss e Wachmänner com fuzis, granadas de mão e pistolas? Eles são o poder. Em suas mãos estão os tanques e a aviação, a terra, as cidades, o céu, as estradas de ferro, a lei, os jornais, o rádio. O mundo inteiro está em silêncio, deprimido, escravizado pela corja de bandidos marrons que tomou o poder. Londres está em silêncio; Nova York também.[23] E apenas em algum lugar ao longe, a milhares de quilômetros, à margem do Volga, brame a artilharia soviética, anunciando de maneira obstinada a determinação do povo russo de lutar até a morte pela liberdade, convocando à luta, comovida, os povos do mundo.

E, na praça em frente à estação, duas centenas de trabalhadores de braçadeira azul-celeste ("o grupo celeste"), em silêncio, com rapidez e habilidade, desatam as trouxas, abrem cestos e malas, desempacotam os cobertores.[24] Procede-se à seleção e à

---

[23] A frase foi omitida das versões publicadas, assim como daquela preparada para o *Livro negro*. A crítica de Grossman, contudo, é justificada: os governos britânico e americano receberam relatórios confiáveis sobre os extermínios bem cedo, a partir de agosto de 1942. (Nota da edição inglesa)

[24] A maior parte do trabalho no campo era feito por setecentos/oitocentos prisioneiros judeus, organizados em esquadrões especiais (Sonderkommandos). O esquadrão celeste era responsável por descarregar o trem, limpar os vagões e liberar a plataforma e a praça da estação. O esquadrão vermelho supervisionava os prisioneiros conforme eles se despiam e levava suas roupas para o depósito. Os Geldjuden (judeus do dinheiro) eram encarregados de lidar com dinheiro e joias, derretendo dentes de ouro etc. Os *Totenjuden* (judeus da morte), em número de aproximadamente duzentos, moravam em um barracão na área de extermínio; sua tarefa era levar os mortos da câmara de gás para o sepultamento. Depois, tinham que desenterrar os corpos, levá-los para ser incinerados, verificar as cinzas, moer as partes reconhecíveis e enterrá-las. Outros grupos cuidavam da manutenção geral do campo. Novos trabalhadores (em geral os mais jovens e mais fortes) eram selecionados nos transportes e enfiados nesses diversos "kommandos", e repetidamente espancados e chicoteados. A maioria era fuzilada alguns dias depois, e substituída por recém-chegados. A partir da primavera de 1943, contudo, à medida que a chegada de

avaliação das coisas deixadas pelo grupo recém-chegado. Jazem no solo apetrechos de costura cuidadosamente dispostos, novelos, cuecas de criança, camisas, lençóis, pulôveres, faquinhas, aparelhos de barbear, maços de cartas, fotografias, dedais, frascos de perfume, espelhos, touquinhas, sapatos, botas feitas de cobertor de algodão, para o frio, chinelos femininos, meias, rendas, pijamas, pacotes de manteiga e café, latas de chocolate em pó, xales de oração, castiçais, livros, torradas, violinos, blocos infantis de montar.[25] Era preciso ser qualificado para, no decorrer de poucos minutos, selecionar todos esses milhares de objetos e avaliá-los; os mais valiosos eram enviados à Alemanha,[26] enquanto tudo

---

novos transportes foi diminuindo, membros desses esquadrões sobreviveram por mais tempo. Isso possibilitou a organização do levante de 1943. (Nota da edição inglesa)

[25] Segundo Korotkova, Grossman tinha na escrivaninha um bloco de montar de uma criança de Treblinka. Estava cheio de arranhões e com os desenhos quase completamente apagados. Ver <www.lechaim.ru/ARHIV/193/LKL.htm>. (Nota da edição inglesa)

[26] No artigo "Nos campos de Treblinka", Rachel Auerbach escreve: "Devemos lembrar que *o assassinato dos judeus era em primeiro lugar um crime de roubo com homicídio*. A utilização de ouro e objetos de valor [...] tinha uma organização de primeira classe". Ela cita um sobrevivente de Treblinka, Aleksandr Kudlik: "Da seleção de roupas, procedíamos à seleção de canetas de ouro. Passei seis meses em volta de canetas de ouro — dez horas por dia, durante seis meses, apenas selecionando canetas". Ela também cita notas registradas por três prisioneiros: "Foram despachados os seguintes itens: cerca de 25 carradas de cabelo embrulhadas em pacotes, 248 carradas de roupa masculina, cerca de 100 carradas de sapatos, 22 carradas de artigos têxteis comuns [...]. Mais de 40 carradas de medicamentos, equipamento médico e metal de dentista foram dispensadas. Doze carradas de ferramentas de artesão, 260 carradas de roupa de cama, penas, penugem, colchas, cobertores. Além disso, cerca de 400 carradas de itens diversos, como pratos, carrinhos de bebê, bolsas de mulher, valises, canetas, óculos, aparelhos de barbear, artigos de toalete e outros itens menores. Várias centenas de carradas de vários tipos de vestimenta, roupa de baixo e outros artigos têxteis usados" (citado em Alexander Donat [org.], *The Death Camp Treblinka* [Nova York: Holocaust Library, 1979], p. 68 e pp. 56-67). Sereny, por outro lado, aponta que a soma de 178 745 960 marcos arrecadada pelos três campos da Aktion Reinhardt é — no contexto das vastas rendas e despesas da nação — "uma soma trivial" (op. cit., p. 101). Ela argumenta, de modo convincente, que os nazistas eram

que fosse velho, esfarrapado e sem valor ia para o fogo. E ai do infeliz trabalhador que, por descuido, colocasse uma velha mala de vime no monte separado para envio à Alemanha, ou jogasse no monte de coisas velhas e remendadas um par de meias de Paris novinhas e com etiqueta de fábrica. Só se podia errar uma vez. Um segundo erro não era admissível. Quarenta membros da ss e sessenta Wachmänner trabalhavam "no transporte",[27] como era chamada essa primeira fase de trabalho: a recepção do trem, a condução do grupo à "estação" e à praça, a supervisão dos trabalhadores que selecionavam e avaliavam os objetos deixados para trás. Durante essa tarefa, os trabalhadores frequentemente enfiavam na boca pedaços de pão, açúcar e doces encontrados nos pacotes de víveres, sem que os guardas reparassem. Isso não era permitido. Ao final da tarefa, era permitido que lavassem as mãos e o rosto com água-de-colônia e perfume; não havia água suficiente em Treblinka, e só os alemães e Wachmänner podiam se lavar com ela.[28] E enquanto as pessoas, todas ainda vivas, pre-paravam-se para o "banho", o trabalho em seus pertences che-gava ao final: as coisas de valor eram levadas para os armazéns, enquanto cartas, fotografias de recém-nascidos, irmãos, noivas, convites de casamento amarelados, todos esses milhares de ob-jetos preciosos, infinitamente queridos por seus donos e tidos como meros trastes pelos donos de Treblinka, eram reunidos em montes e jogados em imensas covas, no fundo das quais jaziam outras centenas de milhares de cartas similares, cartões-postais

---

motivados em primeiro lugar pela ideologia, e não por considerações fi-nanceiras. (Nota da edição inglesa)

[27] Outro erro referente aos números. Havia apenas entre vinte e trinta e cinco membros da ss trabalhando no campo de extermínio. E como havia apenas de noventa a cento e vinte Wachmänner em todo o campo, não pode ter havido tantos ao mesmo tempo "no transporte". (Nota da edição inglesa)

[28] Trabalhadores com aspecto fraco e saúde debilitada provavelmente se-riam fuzilados. Era essencial parecer saudável e forte. Abraham Krzepic-ki, sobrevivente de Treblinka, escreve: "Levantávamos toda manhã antes do toque de despertar e nos lavávamos para parecer tão joviais e vigorosos quanto possível. [...] Todo mundo fazia a barba a cada manhã, e lavava o rosto com água-de-colônia tirada dos pacotes abandonados pelos prisio-neiros judeus. Alguns até passavam pó de arroz e ruge" (Donat, op. cit., p. 100). (Nota da edição inglesa)

e de visita, fotografias, papeizinhos com garranchos de criança e seus primeiros desenhos desajeitados com lápis de cor. De qualquer modo, a praça fora varrida, e estava pronta para receber um novo grupo de condenados. Nem sempre a recepção dos grupos ocorria como acabou de ser descrito. Nos casos em que os prisioneiros sabiam para onde estavam sendo levados, havia rebeliões. O camponês Skarinsky viu gente arrebentar as portas de dois trens, sair, derrubar os guardas e correr para a floresta. Em ambos os casos, foram todos fuzilados. Os homens levavam consigo quatro crianças, com idades de quatro a seis anos; elas também foram mortas. A camponesa Mariana Kobus narra um caso de luta com os guardas. Certa vez, quando trabalhava no campo, viu sessenta pessoas que haviam escapado de um trem para a floresta serem mortas diante de seus olhos.[29]

Mas eis que o grupo chega a uma nova praça, já dentro da segunda cerca do campo. Na praça há um barracão enorme, e três outros à direita, dois dos quais utilizados como depósito de roupas, e o terceiro, de calçados. Mais longe, na ala ocidental, estão os barracões da ss, os barracões dos Wächmanner, os depósitos de alimentos e o estábulo, além de automóveis, caminhões e um blindado. A impressão é a de um campo normal, igual ao campo Nº 1.

No canto sudeste do pátio há uma enorme extensão cercada de galhos, na frente da qual há um guichê com a inscrição "Enfermaria". Todos os decrépitos e doentes graves eram separados da multidão que aguardava o "banho" e levados em uma padiola para a "enfermaria". Na direção dos doentes, vinha, do guichê, um "doutor" de avental branco com uma braçadeira da Cruz Vermelha no braço esquerdo. Contaremos adiante o que acontecia na "enfermaria".

A segunda fase da preparação do grupo recém-chegado caracterizava-se pelo esmagamento da vontade individual, com um incessante fluxo de ordens abruptas. Tais ordens eram proferidas com aquele célebre timbre de voz do qual o Exército alemão se orgulha, um timbre que por si só revela e prova que os alemães

---

[29] Wachmänner com rifles e metralhadoras eram postados nos tetos dos barracões. (Nota da edição inglesa)

pertencem a uma raça de senhores. A letra "r", ao mesmo tempo gutural e dura, soa como um cnute.

"*Achtung!*",[30] dizia-se à multidão, e, em meio ao silêncio de chumbo, a voz do Scharführer proferia as palavras decoradas, repetidas várias vezes ao dia, ao longo de muitos meses:

— Homens, permaneçam onde estão; mulheres e crianças, dispam-se no barracão à esquerda.

Nesse momento, segundo o relato de testemunhas oculares, normalmente começavam cenas terríveis. O grandioso sentimento de amor maternal, conjugal, filial, dizia às pessoas que elas estavam se vendo pela última vez. Apertos de mão, beijos, bênçãos, breves palavras apressadas nas quais as pessoas depositavam todo seu amor, toda sua dor, toda sua ternura, todo seu desespero... Os psiquiatras da morte da ss sabiam que esses sentimentos tinham que ser imediatamente sufocados, extirpados. Conheciam as leis simples que operam em todos os abatedouros do mundo, e que, em Treblinka, os animais aplicavam às pessoas. Era um dos momentos mais decisivos: a separação das filhas dos pais, das mães dos filhos, das avós das netas, dos maridos das esposas.

E de novo, na praça: "*Achtung! Achtung!*".[31] Exatamente nesse momento era necessário voltar a confundir a razão das pessoas com a esperança, ditar as regras da morte como se fossem as regras da vida. A mesma voz cortante, palavra por palavra:

— Mulheres e crianças devem tirar os calçados ao entrar no barracão. As meias devem ser colocadas nos sapatos. Meias de crianças devem ser colocadas nas sandálias, botinas e sapatos de crianças. Sejam cuidadosos.

E logo depois, novamente:

— Ao se dirigir à casa de banho, levem consigo objetos de valor, documentos, dinheiro, toalha e sabão... Repetindo...

Dentro do barracão feminino havia um salão de cabeleireiro; mulheres nuas tinham o cabelo raspado a máquina, as perucas das velhas eram removidas. Estranho momento psicoló-

---

[30] Atenção (em alemão no original). (N. T.)

[31] No manuscrito, Grossman escreve essas palavras com ênfase particular. Cada letra tem duas ou três vezes o tamanho normal. Os pontos de exclamação são espessas cunhas verticais. (Nota da edição inglesa)

gico: de acordo com o testemunho dos cabeleireiros, esse corte da morte era o que mais convencia as mulheres de que estavam sendo levadas para o banho. Apalpando a cabeça, às vezes pediam: "Aqui está desigual; por favor, corte mais um pouco!". Depois do corte, as mulheres normalmente se acalmavam, e quase todas saíam do barracão levando um pedaço de sabão e uma toalha dobrada. Algumas jovens choravam, lamentando por suas belas tranças. Por que raspavam a cabeça das mulheres? Para enganá-las? Não, esses cabelos eram necessários na Alemanha. Eram matéria-prima... Perguntei a muita gente o que os alemães faziam com o cabelo tirado das cabeças das mortas-vivas. Todas as testemunhas contam que enormes montes de cabelos, cachos e tranças negras, douradas e loiras eram desinfetados, prensados em sacos e mandados para a Alemanha. Todas as testemunhas confirmaram que os cabelos eram enviados em sacos para a Alemanha. Em que eram empregados? Ninguém soube responder. Em uma declaração por escrito de um certo Kohn, diz-se que o consumidor desse cabelo era o departamento de Marinha militar: os cabelos serviam para o enchimento de colchões, dispositivos técnicos e para a confecção de amarras para submarinos. Outras testemunhas afirmam que os cabelos eram enchimento dos coxins das selas da cavalaria.[32]

Creio que essa declaração necessita de confirmação adicional, que será dada à humanidade pelo Grossadmiral[33] Raeder, que, em 1942, estava à frente da frota militar germânica.

Os homens se despiam no pátio. Do primeiro grupo do dia, cerca de cento e cinquenta a trezentos deles, entre os mais fortes, eram escolhidos para enterrar os cadáveres; e, no dia seguinte, normalmente eram mortos. Os homens tinham que se despir depressa, mas com cuidado, deixando calçados, meias, roupas de baixo, paletós e calças arrumados em pilhas. A seleção de suas roupas era feita por um segundo comando de trabalho, o "verme-

---

[32] O cabelo era usado com diversos propósitos: nos uniformes dos soldados e trabalhadores das ferrovias, em carpetes e colchões, em cordas e amarras nos navios, e em meias e luvas para submarinistas. (Nota da edição inglesa)

[33] Grande almirante, patente máxima da Marinha militar germânica, em alemão escrito em cirílico no original. (N. T.)

lho", que se distinguia dos que trabalhavam "no transporte" pela braçadeira vermelha. Os artigos considerados dignos de serem enviados à Alemanha iam imediatamente para o depósito; antes, porém, removia-se deles qualquer etiqueta ou marca de metal ou pano. O que sobrava era queimado ou enterrado em covas.

A sensação de alarme crescia o tempo todo. Um cheiro medonho perturbava o olfato, por vezes entremeado com o cheiro de cal clorada. Parecia haver uma quantidade incompreensivelmente grande de moscas gordas e inoportunas. O que estavam fazendo aqui, em meio a pinheiros e terra batida? Todos respiravam de modo ruidoso e inquieto, tremendo, perscrutando o mais insignificante detalhe que pudesse explicar, sugerir, erguer a cortina de segredo que cobria o destino que aguardava os condenados. E por que ali, na direção sul, ouvia-se o estrondo de gigantescas escavadeiras?

Um novo procedimento teve início. As pessoas nuas foram levadas à bilheteria com a ordem de entregar documentos e valores. E a terrível voz hipnotizante voltou a gritar: *"Achtung! Achtung!* A pena por esconder valores é a morte! *Achtung!*".

O Scharführer estava sentado no pequeno guichê de tábuas. Perto dele havia homens da ss e Wachmänner. Ao lado do guichê havia caixas de madeira, nas quais eram jogados os valores: uma para dinheiro em papel, outra para moedas, uma terceira para relógios de pulso, anéis, brincos, broches com pedras preciosas e braceletes. Já os documentos voavam por terra; ninguém tinha necessidade alguma dos documentos dos mortos--vivos que, dentro de uma hora, estariam esmagados em uma cova. O ouro e os valores, porém, eram submetidos a uma seleção minuciosa; dezenas de joalheiros verificavam os metais, o valor das pedras, a pureza dos diamantes.

Uma coisa impressionante: os animais utilizavam tudo. Couro, papel, tecido: tudo que servia ao homem era também necessário e útil aos animais, só o bem mais precioso do mundo — a vida humana — era pisoteado por eles.[34] Mentes grandiosas

---

[34] Uma elaboração dos pensamentos de Jankiel Wiernik em "Um ano em Treblinka": "Tudo que os judeus deixaram para trás tinha seu valor e seu lugar. Só os próprios judeus eram vistos como sem valor" (Donat, op. cit., p. 168). (Nota da edição inglesa)

e vigorosas, almas honradas, gloriosos olhos de criança, rostos gentis de velhos, orgulhosas cabeças de moça, em cujo projeto a natureza trabalhara incessantemente ao longo dos séculos: tudo isso seria precipitado no abismo da inexistência em meio a uma enorme torrente de silêncio. Era uma questão de segundos aniquilar o que o mundo e a natureza tinham elaborado na imensa e tortuosa criação da vida.

Aqui, na "bilheteria", era o ponto de virada; aqui terminava a tortura pela mentira, que mantinha as pessoas em uma hipnose de ignorância, em uma febre que as lançava, no decorrer de poucos minutos, da esperança ao desespero, de visões da vida a visões da morte. Essa tortura pela mentira era um dos atributos do abatedouro com esteira rolante, ajudava a ss em sua tarefa. Agora, porém, começara o ato final: o processo de saque aos mortos-vivos estava quase completo, e os alemães mudavam abruptamente seu comportamento. Arrancavam os anéis e quebravam os dedos das mulheres, puxavam os brincos, dilacerando os lóbulos das orelhas.

Nesse momento, por questão de velocidade, a esteira rolante do abatedouro exigia um novo princípio. E, por isso, a palavra *"Achtung"* era trocada por outra, entre palmas e assobios: *"Schneller! Schneller! Schneller!"*. Mais rápido, mais rápido, mais rápido, acelerando rumo à inexistência![35]

Pelas práticas cruéis dos últimos anos, sabemos que uma pessoa nua perde imediatamente a força de resistência, para de lutar com o destino, junto com as roupas perde imediatamente a força do instinto vital, e recebe o destino como uma fatalidade. A sede irreconciliável de viver dá lugar à passividade e à indiferença. Por questões de segurança, no entanto, a ss empregava também, nesta última etapa de trabalho da esteira rolante do abatedouro, um monstruoso método de aturdimento, precipitando as pessoas em um estado de choque psíquico e espiritual.

Como isso era feito?

---

[35] A maioria dos relatos dos campos nazistas menciona a exigência constante por parte dos guardas de que os prisioneiros — tanto trabalhadores quanto condenados — fizessem tudo *"schneller"*. (Nota da edição inglesa)

Com a súbita e repentina aplicação de uma crueldade insensata e alógica. As pessoas nuas, das quais tudo fora tirado, mas que teimosamente continuavam a ser humanas, mil vezes mais do que as bestas com uniforme do exército alemão à sua volta, ainda respiravam, viam, pensavam, seus corações ainda batiam. Arrancavam de suas mãos os pedaços de sabão e as toalhas. Faziam-nas formar filas de cinco pessoas.

— *Hände hoch! Marsch! Schneller! Schneller!*[36, 37]

Então, eram conduzidas por uma alameda reta, ladeada de flores e abetos, com cento e vinte metros de comprimento e dois de largura, que levava ao lugar da execução. Dos dois lados da alameda havia arame farpado, e os Wachmänner, de farda preta, estavam ombro a ombro com os homens da ss, de cinza. O caminho era coberto de areia branca, e os que iam à frente, com as mãos para o alto, viam na areia revolvida pegadas frescas de pés descalços: pequenas — de mulher —, bem pequenas — de criança —, pesadas — de velho. Esses traços movediços na areia eram tudo que restava de milhares de pessoas que pouco tempo antes haviam percorrido aquele mesmo caminho, da mesma forma como o percorriam agora essas quatro mil pessoas, da mesma forma como, dali a duas horas, o percorreriam outros milhares que esperavam sua vez no ramal ferroviário da floresta. Aqueles cujas pegadas se viam na areia tinham percorrido aquele caminho da mesma forma como outros o haviam percorrido no dia anterior, e dez dias antes, e como o percorreriam amanhã e dali a quinze dias outros milhares de pessoas, e assim sucessivamente durante os treze meses de existência do inferno de Treblinka.[38]

---

[36] Assim como *"Achtung"* na passagem precedente, estas palavras estão escritas em letras grandes, e são seguidas por pontos de exclamação ainda maiores, na forma de cunhas. (Nota da edição inglesa)

[37] Mãos ao alto! Marchem! Mais rápido! Mais rápido! (em alemão no original). (N. T.)

[38] Grossman subestimou a organização dos alemães. Havia um esquadrão especial cujo dever era limpar o caminho e espalhar areia fresca após a passagem de cada grupo de vítimas (Chil Rajchman, *Treblinka: A Survivor's Memory*, MacLehose Press, 2011). (Nota da edição inglesa)

Os alemães chamavam essa alameda de "caminho sem volta".[39]

Um humanoide careteiro de nome Suchomel[40] gritava, fazendo trejeitos e deformando propositadamente palavras alemãs e iídiches:

— Crianças, crianças, *schneller*, *schneller*, a água do banho já está correndo! *Schneller*, crianças, *schneller*! — e gargalhava, fazia flexões, saía dançando.

Com as mãos para cima, as pessoas andavam em silêncio entre duas fileiras de guardas, sob coronhadas e golpes de bastão de borracha. Tentando não se atrasar com relação aos adultos, as crianças corriam. Nessa última passagem dolorosa, todas as testemunhas assinalam a selvageria de um humanoide: Sepp, da ss. Tinha se especializado no assassinato de crianças. Empregando uma força enorme, essa criatura subitamente tirava uma criança da multidão e, ou a sacudia como um porrete e batia sua cabeça na terra, ou a rachava no meio.

Quando ouvi falar dessa criatura supostamente humana, supostamente nascida de uma mulher, achei que as coisas que me diziam a seu respeito fossem impensáveis e improváveis. Porém, quando ouvi pessoalmente testemunhas oculares repetindo essas histórias, vi que contavam isso como um dos detalhes inseparáveis da ordem geral do inferno de Treblinka. Passei a acreditar que tal criatura pudesse existir.[41]

---

[39] Era mais habitualmente chamada de *Himmelfahrtstrasse* (rua da ascensão) ou *Himmelweg* (caminho do paraíso). Ou, ainda, *der Schlauch* (o tubo); galhos eram alternados com o arame farpado de dois metros de altura, para que a visão fosse impossível de dentro ou de fora. (Nota da edição inglesa)

[40] Na verdade, a tarefa principal do Unterscharführer Franz Suchomel em Treblinka era coletar e processar dinheiro e valores. Claude Lanzmann o entrevista longamente em *Shoah* (1985). A maioria dos sobreviventes considera Suchomel um dos guardas menos perversos. Um dos dez funcionários de Treblinka julgados em 1965, ele foi condenado a seis anos de prisão — sentença relativamente leve. (Nota da edição inglesa)

[41] Joseph Hirtreiter (apelidado "Sepp") foi julgado em Frankfurt, em 1951, e condenado à prisão perpétua. Entre os crimes dos quais foi considerado culpado estava "matar muitas crianças com idades de um ano, um ano e meio e dois, durante o desembarque dos transportes, pegando-as pelos pés e esmagando-as contra os vagões fechados" (Donat, op. cit., p. 277). (Nota da edição inglesa)

Os atos de Sepp eram necessários justamente por provocar o choque psicológico nos condenados; eram a expressão da crueldade alógica que acabava com a vontade e a consciência. Ele era um parafusinho útil e necessário na imensa máquina do Estado fascista.

Não devemos nos estarrecer com o fato de que a natureza dê origem a esse tipo de degenerado: afinal, não são poucos os monstros dessa sorte no mundo físico. Há ciclopes e seres com duas cabeças, e há medonhas monstruosidades e perversões que são seus equivalentes espirituais. O que estarrece é que essas criaturas, que deveriam ser isoladas e estudadas como fenômenos psiquiátricos, tenham permissão para existir em determinado Estado como cidadãs ativas e atuantes. Sua ideologia delirante, sua mentalidade patológica, seus crimes fenomenais constituem um elemento indispensável do Estado fascista. Milhares, dezenas de milhares, centenas de milhares de criaturas assim constituem os pilares do fascismo germânico, o sustentáculo, a base da Alemanha de Hitler. Fardadas, armadas e com condecorações imperiais, tais criaturas reinaram de forma plenipotenciária durante anos sobre os povos da Europa. O que estarrece não são essas criaturas, mas o Estado que as tira das gretas, das trevas e do subsolo, e faz delas necessárias, úteis e insubstituíveis em Treblinka, perto de Varsóvia, em Majdanek, perto de Lublin, em Bełżec, Sobibor e Auschwitz, em Babi Iar, em Domanivka e Bogdánovka, perto de Odessa, em Trostianetz, perto de Minsk, em Paneriai, na Lituânia, em dezenas e centenas de prisões, campos de trabalho, campos penais e campos de extermínio.

Esse ou aquele tipo de Estado não cai do céu; são as relações materiais e ideológicas entre os povos que dão origem a um regime estatal. É nisso que devemos realmente pensar, e com o que devemos realmente nos estarrecer...

A jornada da "bilheteria" até o local de execução levava alguns minutos. Fustigadas pelos golpes, ensurdecidas pelos gritos, as pessoas chegavam à terceira praça e, surpresas, paravam imediatamente.

Diante delas havia um belo edifício de pedra, decorado com uma estrutura de madeira, como um templo antigo. Cinco degraus largos de concreto levavam a uma porta baixa, mas bem larga, maciça e belamente ornamentada. À entrada havia vasos de flores.[42] Ao redor, reinava o caos: viam-se por todos os lados montes de terra recém-escavada. Com suas garras de aço, uma imensa escavadeira erguia toneladas de solo arenoso amarelo, levantando uma nuvem de poeira que pairava entre a terra e o sol. O estrondo da máquina colossal, que escavava inúmeras valas comuns de manhã até a noite, misturava-se com o latido feroz de dezenas de mastins alemães.

De ambos os lados do edifício da morte saíam linhas ferroviárias de bitola estreita, ao longo das quais homens de macacão largo empurravam vagonetes.

As portas largas do edifício da morte abriam-se lentamente, e dois auxiliares de Schmidt, o chefe do complexo, apareciam na entrada.[43] Eram sádicos e maníacos: um deles, alto, de trinta anos, ombros maciços, rosto bronzeado, risonho, alegre, cabelos negros; o outro, um pouco mais novo, de baixa estatura, cabelo castanho e rosto de um amarelo pálido, como se tivesse tomado uma forte dose de quinacrina. Os nomes e sobrenomes desses traidores da humanidade, da pátria e dos juramentos são conhecidos.

O mais alto tinha nas mãos um chicote e um pesado cano de gás, de cerca de um metro; o outro tinha um sabre.

Nessa hora, os homens da ss soltavam os cães treinados, que se lançavam contra a multidão e rasgavam com os dentes os corpos nus dos condenados. Ao mesmo tempo, os homens da ss distribuíam coronhadas com gritos selvagens, apressando as mulheres petrificadas.

Auxiliares de Schmidt agiam dentro do edifício, conduzindo as pessoas pelas portas abertas da câmara de gás.

---

[42] Acima da porta havia uma estrela de davi e a inscrição judaica: "Apenas o justo passará por esta porta" (Chrostowski, op. cit., p. 61). O prédio — demolido treze meses antes da chegada do Exército Vermelho a Treblinka — era na verdade feito de tijolos. Teria sido difícil conseguir fechá-lo hermeticamente com pedra. (Nota da edição inglesa)

[43] Arad confirma que o Scharführer Fritz Schmidt era o responsável pelos aparelhos da câmara de gás (op. cit., p. 121). Schmidt foi preso na Saxônia. Condenado a nove anos de prisão em dezembro de 1949, fugiu para a Alemanha Ocidental e jamais teve novo julgamento. (Nota da edição inglesa)

Nessa hora, aparecia no prédio um dos comandantes de Treblinka, Kurt Franz, trazendo Barry, seu cão, pela coleira. O dono o havia treinado especificamente para se lançar sobre os condenados e dilacerar seus órgãos sexuais. Kurt Franz fizera uma bela carreira no campo, começando como suboficial subalterno das tropas da ss e chegando ao posto bem elevado de Untersturmführer. Alto e magro, esse homem de trinta e cinco anos não apenas possuía dons de organizador, não apenas idolatrava o trabalho e não conseguia se imaginar fora de Treblinka, onde nada escapava a sua insaciável vigilância, mas era também uma espécie de teórico,[44] e adorava explicar o sentido e o significado do que fazia. Nesses minutos horripilantes, deveriam ter aparecido no "gás" os mais humanos defensores de Hitler: o papa e o sr. Brailsford, que, naturalmente, teriam se apresentado na qualidade de espectadores.[45] Teriam podido enriquecer suas prédicas, livros e artigos humanitários com novos argumentos. E o papa, que guardou reverendo silêncio enquanto Himmler acertava as contas com a raça humana, poderia ter descoberto quantos grupos sua equipe teria formado,

---

[44] A patente de Kurt Franz era equivalente à de segundo-tenente. Embora oficialmente adjunto do Hauptsturmführer Franz Stangl (comandante do campo de setembro de 1942 a agosto de 1943), Kurt Franz era efetivamente o responsável pelo dia a dia de Treblinka. Jovem e belo, com uma cara redonda, quase de bebê, tinha o apelido de Lalke ("boneca", em iídiche). Era, contudo, um sádico, e muitos relatos de Treblinka mencionam seu cão perverso. Segundo Rajchman, Franz dava ordens a Barry: "Homem, morda aquele cão!" (op. cit.). Em 1959, Kurt Franz foi preso em Düsseldorf. Durante uma busca em seu apartamento, a polícia achou um álbum de fotografias com o título "Os mais belos anos de minha vida" (*Die schönsten Jahre meines Lebens*), contendo fotos do campo, de Stangl, de Barry, da escavadeira etc. (Chrostowski, op. cit., p. 103). Em 1965, Kurt Franz foi condenado à prisão perpétua. Morreu em um asilo em Wuppertal, em julho de 1998. (Nota da edição inglesa)

[45] Henry Noel Brailsford era um jornalista britânico de esquerda, autor de *Our Settlement with Germany* (1944). Não defendia Hitler de modo algum. Contudo, foi um dos relativamente poucos escritores britânicos de esquerda a criticar os julgamentos-espetáculo soviéticos, o que o tornou impopular entre as autoridades da urss. É raro Grossman repetir a propaganda soviética de forma tão impensada. (Nota da edição inglesa)

quanto tempo teria demorado para Treblinka processar toda a equipe do Vaticano.[46]

Grande é o poder da humanidade! A humanidade não morre enquanto o homem não morre. E quando chega aquela época breve porém terrível da história, de triunfo do animal sobre o ser humano, o ser humano que é morto pelo animal conserva até o último suspiro a força de seu espírito, a clareza do pensamento e o ardor do amor. E o animal triunfante que matou o ser humano continua tão animal quanto antes. Nessa imortalidade da força de espírito reside um martírio sombrio, o triunfo do ser humano que perece sobre o animal que está vivo. Aí, nos dias mais duros de 1942, estava a aurora da vitória da razão contra a loucura bestial, do bem contra o mal, da luz contra as trevas, das forças do progresso contra as forças da reação. Uma aurora terrível, sobre campos de sangue e lágrimas, sobre um abismo de sofrimento, uma aurora germinada nos brados de mães e filhos a morrer, nos gritos agonizantes dos velhos.

Os animais e a filosofia dos animais vaticinaram o crepúsculo do mundo, da Europa, mas aquele sangue vermelho não era a cor do crepúsculo, era o sangue da humanidade moribunda, que vencia através da morte. As pessoas continuaram a ser pessoas, não adotaram a moralidade, nem as leis do fascismo, combateram-no de todas as formas, combateram morrendo uma morte humana.

O relato de como os mortos-vivos de Treblinka continuaram a ser humanos até o último minuto, não apenas na imagem e semelhança, mas também na alma, é de abalar uma pessoa até o âmago, privá-la do sono e da tranquilidade! Ouvimos relatos de mulheres tentando salvar seus filhos e realizando por eles façanhas grandiosas e desesperadas, de jovens mães escondendo seus bebês em montes de cobertores e tentando protegê-los com

---

[46] A intensidade do sarcasmo de Grossman pode parecer espantosa. Pesquisas recentes, contudo, sugerem que sua crítica do papa é justificada. Susan Zucconti apurou que, durante o Holocausto, o papa Pio XII e o Vaticano sabiam o que os nazistas estavam fazendo, mas decidiram ficar em silêncio (Zucconti, *Under His Very Windows: The Vatican and the Holocaust in Italy* [Yale University Press, 2000]). Sereny também discute a culpabilidade do papa e do Vaticano (op. cit., pp. 64-77; 140-42; 277-86). (Nota da edição inglesa)

seus corpos. Ninguém sabe nem jamais saberá os nomes dessas mães. Ouvimos sobre meninas de dez anos consolando os pais em prantos com divina sabedoria, sobre um menino gritando na entrada da câmara de gás: "Os russos vão nos vingar, mamãe, não chore!". Ninguém sabe nem jamais saberá como essas crianças se chamavam. Ouvimos sobre dezenas de condenados que enfrentaram uma imensa corja de homens da ss equipados com armas automáticas e granadas e caíram de pé com dezenas de balas no peito. Ouvimos sobre um jovem que apunhalou um oficial da ss,[47] sobre um rapaz que havia participado da insurreição do gueto de Varsóvia e que miraculosamente conseguira esconder uma granada alemã; ele a lançou contra um bando de carrascos quando já estava nu. Ouvimos sobre um confronto que durou a noite inteira entre um grupo de condenados rebeldes e destacamentos de Wachmänner e ss. Tiros e explosões de granadas soaram até o amanhecer, e, quando o sol apareceu, a praça estava coberta de corpos de combatentes mortos, e ao lado de cada um havia uma arma: um pau arrancado da cerca, uma faca, uma navalha. Enquanto a terra existir, jamais saberemos os nomes dos caídos. Ouvimos sobre uma moça alta que, no "caminho sem volta", arrancou uma carabina da mão de um Wachmann e revidou contra dezenas de ss que atiravam contra ela. Nessa luta, dois animais foram mortos, e um terceiro arrebentou o braço. Os escárnios e torturas às quais a moça foi submetida foram horripilantes. Seu nome é desconhecido, e não há ninguém para honrá-lo.[48]

---

[47] Em 10 ou 11 de setembro de 1942, Meir Berliner, cidadão da Argentina, saltou das fileiras dos prisioneiros e apunhalou Max Bialas com uma faca. Berliner e pelo menos outros dez prisioneiros foram fuzilados na hora; Max Bialas morreu a caminho do hospital militar, e outros cento e sessenta prisioneiros foram fuzilados em represália. Os barracões dos Wachmänner receberam então o nome de "Barracões Max Bialas". (Nota da edição inglesa)

[48] Essas histórias são exageradas, mas algumas partes, pelo menos, são confirmadas por outras fontes (Willemberg, op. cit., p. 127; "Um ano em Treblinka", de Jankiel Wiernik, em Donat, op. cit., p. 172). Rajchman registra que, em 10 de novembro de 1942, um transporte de judeus de Ostrowiec foi extraordinariamente forçado a entrar nas câmaras de gás à noite. Um grupo de trinta ou quarenta homens resistiu. Nus, lutaram com os punhos antes de serem abatidos por rifles automáticos. (Nota da edição inglesa)

Mas como foi isso? O hitlerismo privou essa gente de suas casas, de suas vidas, quis apagar seus nomes da memória do mundo. Porém, todos eles — as mães que protegeram os filhos com o corpo, os filhos que enxugaram as lágrimas dos olhos dos pais, aqueles que lutaram com facas, lançaram granadas e tombaram em combates noturnos, e a moça nua que, como uma deusa mítica da Grécia Antiga, lutou sozinha contra dezenas —, todas essas pessoas que partiram para o nada preservaram para sempre o nome mais importante, que a corja dos Hitlers-Himmlers não conseguiu esmagar: o nome do ser humano. Em seus epitáfios, a história escreverá: "Aqui jaz um ser humano!".

Os habitantes de Wólka, a aldeia mais próxima de Treblinka, contam que às vezes os gritos das mulheres assassinadas eram tão aterradores que a aldeia inteira, perdendo a cabeça, saía correndo pela floresta para não ouvir aqueles brados penetrantes, que perfuravam a madeira, o céu e a terra. Depois, subitamente, a gritaria cessava, e depois, subitamente, reaparecia, igualmente medonha, penetrante, furando os ossos, o crânio, a alma. Isso se repetia três, quatro vezes ao dia.

Interroguei um dos carrascos capturados a respeito desses gritos. Ele explicou que as mulheres gritavam no momento em que os cachorros eram soltos e o grupo inteiro de condenados era empurrado para dentro do edifício da morte. "Elas viam a morte. Além disso, o espaço era muito apertado, elas tinham medo dos Wachmänner e os cachorros mordiam."

O silêncio repentino ocorria quando a porta da câmara era fechada. Os gritos femininos voltavam a surgir quando um novo grupo era levado ao gás. Isso se repetia duas, três, quatro, às vezes cinco vezes ao dia. Pois o abatedouro de Treblinka não era um abatedouro comum. Era um abatedouro com esteira rolante, organizado segundo o mesmo método de produção em cadeia da grande indústria moderna.

E, como um autêntico complexo industrial, Treblinka não surgiu de repente, do jeito que descrevemos. Cresceu aos poucos, desenvolveu-se, abriu novas áreas de produção. A princípio foram construídas três pequenas câmaras de gás. No período em que estavam sendo construídas, vieram alguns trens, e, como as câmaras ainda não estavam prontas, aqueles que chegaram foram mortos com armas brancas: machados, martelos, porretes.

A ss não queria que os disparos revelassem aos habitantes dos arredores o trabalho que se fazia em Treblinka. As três primeiras câmaras de concreto eram pequenas, de 5 x 5 metros, ou seja, com uma área de 25 metros quadrados cada. A altura das câmaras era de 190 centímetros. Cada uma tinha duas portas: por uma entravam os vivos, pela outra eram retirados os cadáveres vitimados pelo gás. Essa segunda porta era bem larga, com cerca de 2,5 metros. As três câmaras estavam assentadas sobre um único alicerce.

Faltava a elas capacidade; Berlim esperava mais do abatedouro com esteira rolante.

Logo o edifício que acabamos de descrever começou a ser construído. Os dirigentes de Treblinka orgulhavam-se de ter superado em potência, capacidade de admissão e produtividade de câmara por metro quadrado as outras fábricas da morte da Gestapo: Majdanek, Sobibor e Bełżec.[49]

Ao longo de cinco semanas, setecentos prisioneiros trabalharam no edifício do novo complexo da morte. No calor do trabalho, veio da Alemanha um especialista com sua equipe e começou a montar o equipamento. Novas câmaras, dez ao todo, foram dispostas simetricamente em ambos os lados de um

---

[49] Christian Wirth, especialista em gás, almejara a destruição de 25 mil pessoas por dia, mas isso se mostrou impossível (Donald James Wheal e Warren Shaw, *Dictionary of the Third Reich* [Londres: Penguin, 2002], p. 288). A Aktion Reinhardt estava evidentemente imbuída de um sentido maníaco de urgência em todos os níveis — do planejamento estratégico ao gerenciamento cotidiano dos campos. De acordo com Mazower: "Uma sensação de excitação e urgência era corrente entre os encarregados do assassinato secreto, e eles se sentiam sob constante pressão para acelerá-lo e finalizá-lo antes que a notícia vazasse". Globocnik acreditava que "toda a ação judia tem que acontecer o mais rápido possível, para evitar o perigo de algum dia nos vermos atolados no meio do evento com dificuldades que nos forcem a suspender a ação". Victor Brak, figura de proa do programa, notou que o próprio Himmler queria que eles trabalhassem "o mais rápido possível, por motivos de segredo" (Mazower, *Hitler's Empire* [Londres: Penguin, 2008, p. 386]). Himmler disse a Wirth que esperava que ele e seus homens fossem "desumanos em um grau sobre-humano" (*ich mute ihnen Übermenschlich-Unmenschliches zu*) (Donat, op. cit., p. 273). (Nota da edição inglesa)

amplo corredor de concreto. Em cada uma delas, como nas três anteriores, havia duas portas: a primeira, do lado do corredor, era para a admissão dos vivos; a segunda, na parede oposta, destinava-se à retirada dos cadáveres. Essas portas davam para plataformas especiais, das quais havia duas, simetricamente dispostas em ambos os lados do edifício. Linhas de bitola estreita serviam as plataformas. Assim, os cadáveres eram despejados nas plataformas e, dali, imediatamente carregados nos vagonetes, seguindo para as imensas valas comuns que as colossais escavadeiras abriam dia e noite. O chão das câmaras tinha uma grande inclinação do corredor às plataformas, o que acelerava consideravelmente a tarefa de esvaziamento. Nas câmaras antigas, os cadáveres eram descarregados de forma rústica: levados em macas e arrastados com o auxílio de correias.[50] Cada câmara tinha 7 x 8 metros, ou seja, 56 metros quadrados. A área das dez novas câmaras totalizava portanto 560 metros quadrados, mas, contando a área das três câmaras antigas, que continuavam operando com grupos pequenos, a indústria da morte de Treblinka ocupava ao todo uma área de 635 metros quadrados. Cada câmara tinha capacidade para quatrocentas a seiscentas pessoas. Assim, com ocupação plena, as dez câmaras aniquilavam de uma só vez entre quatro e seis mil pessoas. Em média, as câmaras do inferno de Treblinka eram carregadas pelo menos duas ou três vezes ao dia (em certas ocasiões, até seis vezes). Uma estimativa conservadora indica que uma operação das novas câmaras de gás duas a três vezes ao dia teria significado a morte de dez mil pessoas por dia, trezentas mil por mês. Treblinka funcionou todos os dias ao longo de treze meses. Mesmo que consideremos noventa dias de parada, reparos e atrasos nas ferrovias, isso ainda nos deixa com dez meses de operação ininterrupta. Se o número médio de mortes por mês era de trezentas mil, então o número de mortes em dez meses seria de três milhões. Novamente, o mesmo número: três milhões — o número

---

[50] Houve realmente um período durante o qual os corpos eram levados às valas comuns por carrinhos de mão empurrados ao longo de uma trilha de bitola estreita. O sistema, contudo, se revelou pouco prático; os *Totenjuden* voltaram a carregar os cadáveres em macas. Ver <www.deathcamps.org/treblinka/treblinka.html>.

a que chegamos antes por meio de uma estimativa deliberadamente baixa do total de pessoas trazidas de trem a Treblinka. Retornaremos a este número uma terceira vez.[51]

A matança na câmara durava de dez a vinte e cinco minutos. No início das operações, quando os carrascos ainda estudavam a melhor maneira de administrar o gás e a dosagem das substâncias tóxicas, as vítimas eram submetidas a sofrimentos terríveis, sobrevivendo ao longo de duas, três horas. Nos primeiríssimos dias, houve sérios problemas com os dispositivos de injeção e exaustão, de modo que o suplício dos infelizes prolongava--se por oito, nove horas. Diversos meios eram empregados na matança. Um deles era injetar nas câmaras os gases do motor de um tanque pesado usado na geração de energia elétrica em Treblinka. Esse gás contém de 2% a 3% de monóxido de carbono, que se combina com a hemoglobina do sangue em um composto estável chamado carboxiemoglobina. A carboxiemoglobina é muito mais estável do que o composto de oxigênio e hemoglobina formado nos alvéolos pulmonares durante o processo de respiração. Dentro de quinze minutos, a hemoglobina do sangue forma uma estreita ligação com o monóxido de carbono, e a pessoa respira "em vão" — o oxigênio deixa de entrar em seu organismo, surgindo sinais de anoxemia: o coração trabalha com uma força furiosa, bombeando sangue para os pulmões, mas o sangue, intoxicado pelo monóxido de carbono, não consegue absorver o oxigênio do ar. A respiração se torna rouca, surgem manifestações de asfixia aflitiva, a consciência fica turva e a pessoa morre como se estivesse sendo estrangulada.

Um segundo método, no geral mais difundido em Treblinka, consistia na retirada de ar das câmaras com o auxílio de bombas especiais. A morte por esse método seguia exatamente o mesmo princípio da intoxicação por monóxido de carbono: a pessoa era privada de oxigênio. E, finalmente, o terceiro método, menos adotado, mas sempre disponível, era o assassinato por vapor, que também se baseava em privar o organismo de oxigênio: o vapor expulsava o ar da câmara. Foram utilizadas diversas

---

[51] Grossman também se equivoca com relação ao número de pessoas mortas durante uma operação isolada das câmaras de gás. A cifra verdadeira provavelmente estava entre dois e três mil. (Nota da edição inglesa)

substâncias tóxicas, mas em caráter experimental; os métodos industriais de assassinato em massa eram os dois primeiros.[52]

A esteira rolante de Treblinka funcionava de tal maneira que permitia que as feras tirassem metodicamente dos seres humanos tudo a que tinham direito desde sempre, pela sagrada lei da vida.

Primeiro, tiravam da pessoa a liberdade, a casa, a pátria, e levavam-na para um vazio sem nome, na floresta. Depois, na praça da estação, tiravam seus pertences, cartas, fotografias dos entes queridos; em seguida, atrás da cerca do campo, tiravam-lhe a mãe, a mulher, o filho. Depois, tomavam os documentos da pessoa nua e os jogavam na fogueira: agora ela não tinha mais nome. Era empurrada para um corredor com teto baixo de pedra; tinham-lhe tirado o céu, as estrelas, o vento, o sol.

E eis que chega o último ato da tragédia humana: a pessoa entra no último círculo do inferno de Treblinka.

A porta da câmara de concreto fecha-se com estrondo. Trancas reforçadas e aperfeiçoadas, ferrolhos maciços, prendedores e ganchos a sustentam. Não há como forçá-la.

Será que temos força dentro de nós para imaginar o que sentiram, o que experimentaram em seus últimos minutos as pessoas que estavam nessas câmaras? Tudo que sabemos é que agora estão caladas... Em um aperto terrível, de quebrar os ossos, com a caixa torácica oprimida a ponto de não poder respirar, estreitavam-se umas contra as outras, cobertas por um derradeiro e viscoso suor mortal, de pé, como se fossem uma só pessoa.[53]

---

[52] Não há outros relatos do uso de vapor ou de bombas para remover o ar das câmaras. Segundo Chil Rajchman, porém, "em dias em que haviam sido avisados pelo alto-comando de Extermínio, em Lublin, de que não haveria transporte chegando nos dias seguintes, os executores, por puro sadismo, deixavam pessoas trancadas nas câmaras de gás até que morressem sufocadas, simplesmente por falta de ar" (op. cit.). (Nota da edição inglesa)

[53] Arad escreve: "Quando as portas se abriram, todos os cadáveres estavam de pé, devido ao número de gente e à maneira como as pessoas tinham se agarrado umas às outras, como se fossem um único bloco de carne" (op. cit.). Rachjman, que foi um dos Totenjuden, escreve: "Essa compressão resultava do fato de as pessoas serem aterrorizadas e comprimidas umas contra as outras quando estavam sendo forçadas a entrar

Alguém, talvez um velho sábio, afirma, com esforço: "Calma, é o fim". Alguém grita uma maldição terrível... E talvez essa santa maldição se cumpra... Num esforço sobre-humano, uma mãe tenta abrir espaço para seu filhinho; que sua respiração de morte seja minimamente facilitada pelo derradeiro cuidado maternal. Uma moça pergunta, com a língua entorpecida: "Mas por que estão me sufocando, por que não posso amar e ter filhos?". E a cabeça roda, a asfixia toma a garganta. Que imagens surgem nos olhos vítreos e moribundos? Da infância, dos felizes dias de paz, da última e penosa jornada? Diante de alguém surgiu o rosto zombeteiro do homem da ss na primeira praça, em frente à estação. "Eis por que ele sorria." A consciência fica turva, e chega o momento da última e terrível agonia... Não, é impossível imaginar o que aconteceu na câmara. Os corpos estão de pé, mortos, esfriando gradualmente. Os testemunhos mostram que as crianças mantinham a respiração por mais tempo do que os outros.[54] Depois de vinte, vinte e cinco minutos, os auxiliares de Schmidt olhavam pelas vigias. Era chegada a hora de abrir a porta da câmara que dava para a plataforma. Detentos de macacão, ruidosamente incitados pela ss, procediam à descarga. Como o chão era inclinado para o lado da plataforma, muitos corpos caíam por si sós. Gente que trabalhou na descarga da câmara me disse que os rostos dos defuntos ficavam bastante amarelos e que saía sangue do nariz e da boca de cerca de 70% dos assassinados. Os fisiologistas poderão explicar isso.

Conversando, os homens da ss examinavam os cadáveres. Se alguém desse sinais de estar vivo, gemesse ou se movesse, levava um tiro de pistola. Em seguida, um comando armado com boticão arrancava os dentes de platina e de ouro daqueles que jaziam à espera do embarque. Os dentes eram selecionados de acordo com seu valor, encaixotados e mandados para a Ale-

---

na câmara de gás. Prendiam a respiração para se espremer. Depois do sufocamento e da agonia da morte, os corpos inchavam, de modo que os cadáveres formavam uma massa única" (op. cit.). (Nota da edição inglesa)

[54] Em Auschwitz, pelo menos, onde os alemães usavam Zyklon B em vez de monóxido de carbono, as crianças e pessoas mais fracas caíam no chão, enquanto os mais fortes subiam nelas, pisando-as e esmagando-as à medida que instintivamente tentavam abrir caminho na direção do ar mais respirável na parte de cima. (Nota da edição inglesa)

manha. Se por qualquer razão alguém da ss achasse mais vantajoso ou conveniente arrancar os dentes de uma pessoa viva, isso era feito sem hesitação, do mesmo modo como era tirado o cabelo das mulheres vivas. Pelo visto, porém, era mais fácil e mais simples arrancar os dentes de um morto.

Os cadáveres eram embarcados nos vagonetes e levados para as enormes valas funerárias. Lá, eram dispostos em fileiras, apertados uns contra os outros. A vala não estava completa, ainda aguardava. Enquanto isso, mal as vítimas do gás haviam sido descarregadas, o Scharführer que trabalhava no transporte recebia uma breve ordem por telefone. Então soprava o apito do Scharführer, como sinal para o maquinista, e vinte novos vagões aproximavam-se lentamente da plataforma da estação de faz de conta de Ober-Majdan. Mais três, quatro mil pessoas, carregando malas, trouxas e pacotes de comida, saíam à praça da estação.

As mães levavam os filhos pelas mãos, as crianças mais velhas se agarravam aos pais, olhando ao redor com atenção. Havia algo de perturbador e sinistro naquela praça pisada por milhões de pés. E por que a ferrovia acabava logo atrás da plataforma da estação, a grama era amarela, e uma cerca de arame farpado de três metros de altura...

A recepção do novo grupo ocorria de acordo com um cálculo severo, de modo que os condenados entravam no "caminho sem volta" exatamente no momento em que os últimos cadáveres das vítimas do gás eram levados às valas. A vala não estava completa, ainda aguardava.

Passado algum tempo, voltava a soar o apito do Scharführer, e vinte vagões voltavam a sair da floresta, aproximando-se lentamente da plataforma. Outros milhares de pessoas, carregando malas, trouxas e pacotes de comida, saíam à estação, olhando ao redor. Havia algo de perturbador e sinistro naquela praça pisada por milhões de pés...

E o comandante do campo, sentado no centro de operações, cercado de papéis e esquemas, telefonava para a estação de Treblinka e, pela via de resguardo, rangendo e fazendo estrondo, punha-se em movimento um novo trem de sessenta vagões, cercado por guardas da ss armados com metralhadoras e fuzis automáticos, deslizando pela estreita trilha entre fileiras de pinheiros.

As imensas escavadeiras trabalhavam, rosnavam, abrindo novas valas dia e noite, imensas, de centenas de metros de comprimento e muitos metros escuros de profundidade. E as valas não estavam completas. Aguardavam. Mas não por muito tempo.

2

No final do inverno de 1943, Himmler chegou a Treblinka, acompanhado de um grupo de funcionários importantes da Gestapo.[55] O grupo de Himmler fora de avião até a região do campo, para depois cruzar os portões principais em dois carros. A maioria dos chegados envergava uniforme militar, mas alguns, provavelmente especialistas, pareciam civis, de casaco de pele e chapéu. Himmler inspecionou o campo pessoalmente, e um dos que o viram nos disse que o ministro da morte foi até a imensa vala e ficou um longo tempo observando. Os acompanhantes guardaram alguma distância e esperaram, enquanto Heinrich Himmler contemplava a tumba colossal, ainda pela metade de cadáveres. Treblinka era a maior fábrica do consórcio de Himmler. Naquele mesmo dia, o avião do Reichsführer partiu. Ao abandonar Treblinka, Himmler deu uma ordem ao comando do campo que desconcertou a todos — o Hauptsturmführer,[56] barão Von Pfein, Karol, seu adjunto, e o capitão Franz: proceder sem demora à incineração de todos os cadáveres enterrados, até o último, tirar as cinzas do campo e espalhá-las pelos prados e estradas. Como já havia centenas de milhares de cadáveres enterrados, tal tarefa parecia extraordinariamente complexa e dura. Além disso, ordenava-se que as vítimas de gás não deviam ser enterradas, mas imediatamente incineradas.

---

[55] Himmler visitou o quartel-general da Aktion Reinhardt e os campos de extermínio de Sobibor e Treblinka no final de fevereiro ou começo de março de 1943. Nessa época, quase todos os judeus da Polônia tinham sido aniquilados, e Auschwitz-Birkenau, de toda forma, aumentara enormemente sua capacidade mortífera. Sobibor e Treblinka haviam fracassado nesse propósito. (Nota da edição inglesa)

[56] Patente nazista equivalente à de capitão (em alemão escrito em cirílico no original). (N. T.)

A que se deviam a visita de inspeção de Himmler e sua ordem categórica e significativa, que ele dera em pessoa? O motivo era um só: a vitória do Exército Vermelho em Stalingrado. Pelo visto, a força do golpe russo no Volga fora tremenda. No decorrer de alguns dias, pela primeira vez, em Berlim, começaram a pensar em responsabilidade, em represália, em ajuste de contas; Himmler em pessoa tomou um avião para Treblinka e ordenou que apagassem com urgência os sinais dos crimes cometidos a sessenta quilômetros de Varsóvia. Tal foi o eco do tremendo golpe que os russos aplicaram nos alemães no Volga.[57]

A princípio houve grande dificuldade com o processo de cremação; os cadáveres recusavam-se a queimar. Ao perceber que os corpos femininos queimavam melhor, os alemães tentaram usá-los para queimar os dos homens... Gastou-se uma enorme quantidade de gasolina e óleo na incineração, porém o custo era alto e o efeito, insignificante. A questão parecia ter chegado a um beco sem saída. Mas acabaram encontrando um jeito. Um membro da ss veio da Alemanha, um homem corpulento, de cinquenta anos, um especialista e um mestre. A que tipo de mestres o regime de Hitler deu origem: mestres no assassinato de crianças pequenas, em estrangulamento, na construção de câmaras de gás, na organização científica da destruição de grandes

---

[57] Parece que o desejo de Himmler sempre fora o de que os cadáveres fossem cremados e que, durante essa visita, meramente reiterou uma ordem prévia, que o comando do campo não conseguira levar a cabo (Arad, op. cit., p. 167). Em um sentido mais amplo, contudo, Grossman pode ter razão. Arad também escreve: "Em janeiro de 1944, a questão de esconder seus crimes começou a incomodar Globocnik, enquanto um ano e meio antes, em agosto de 1942, perguntado por oficiais da ss de visita se não seria melhor, para manter o segredo, cremar os cadáveres, em vez de enterrá-los [...] Globocnik respondeu: 'Pelo contrário, devíamos encher de tabuletas de bronze dizendo que fomos nós que tivemos a coragem de levar a cabo essa tarefa gigantesca'" (ibid., p. 376). Já se aventou que foi a descoberta alemã das valas comuns de Katyn que fez Himmler decidir encobrir os traços dos crimes nazistas. (Em 1940, o NKVD soviético fuzilou cerca de 22 mil oficiais poloneses e outros membros da elite do país. A Wehrmacht encontrou as valas em 1943 e tentou explorar a descoberta para fazer propaganda antissoviética.) Tal hipótese, contudo, é insustentável: Himmler visitou Treblinka em meados de março de 1943, e o massacre de Katyn foi descoberto apenas em abril de 1943. (Nota da edição inglesa)

cidades em um dia. Encontrou-se também um especialista em desenterrar e incinerar cadáveres humanos.[58]

Sob sua direção, procederam à construção de fornos. Tratava-se de um tipo especial de forno, já que nem Lublin nem o maior crematório do mundo estava em condições de queimar, em curto espaço de tempo, uma quantidade tão gigantesca de corpos. A escavadeira abriu uma vala de duzentos e cinquenta a trezentos metros de comprimento, vinte a vinte e cinco metros de largura e seis metros de profundidade. No fundo da vala, em toda sua extensão, foram fixadas três fileiras de colunas de concreto com espaçamento regular, cada uma com cem a cento e vinte centímetros de altura. Tais colunas serviam de base para vigas de aço, dispostas ao longo de toda a vala. Sobre essas vigas, transversalmente, foram assentadas grelhas, à distância de cinco a sete centímetros umas das outras. Dessa forma foi erigido um forno gigantesco, colossal, ciclópico. Abriu-se uma nova trilha com bitola estreita, levando das valas funerárias à vala do forno. Logo construíram um segundo e terceiro fornos, com as mesmas dimensões. Cada forno-grelha queimava de 3500 a 4 mil cadáveres de uma vez.

Foi trazida uma segunda escavadora colossal, e logo uma terceira. Trabalhava-se dia e noite. As pessoas que participavam da tarefa de incinerar os cadáveres contam que esses fornos lembravam vulcões gigantescos; o calor terrível abrasava o rosto dos trabalhadores, a chama se elevava a uma altura de oito a dez metros, colunas de fumaça negra e espessa chegavam ao céu e pairavam no ar em um véu pesado, imóvel. Os habitantes das aldeias próximas viam as chamas, à noite, a trinta, quarenta quilômetros

---

[58] Mazower escreve que "o Standartenführer Paul Blobel, que tinha [...] sido responsável pelo esquadrão da morte da ss que organizou os massacres de Babi Iar, nas cercanias de Kiev, foi o homem que Himmler escolheu para o trabalho. Começando com Auschwitz e Chelmno, Blobel ordenou que as grandes valas funerárias fossem destapadas e seus restos queimados, fosse em crematórios especiais ou fogueiras enormes. Emitiu instruções similares para Bełżec, Sobibor e Treblinka, e seus subalternos visitaram os campos para se assegurar de que a incineração de centenas de milhares de corpos estava acontecendo de acordo com as instruções (op. cit., p. 410). Grossman podia, contudo, ter em mente um desses "subalternos", o Scharführer Herbert Floss, que serviu sucessivamente em Bełżec, Sobibor e Treblinka como "especialista" em cremação (Arad, op. cit., p. 173). (Nota da edição inglesa)

de distância; elas se erguiam acima dos bosques de pinheiros que cercavam o campo.[59] O cheiro de carne humana queimada dominava a atmosfera. Quando o vento soprava na direção do campo polonês, a três quilômetros dos fornos, as pessoas que lá trabalhavam sufocavam com o horrendo fedor. Oitocentos detentos participavam da incineração dos cadáveres, um número maior que o de operários empregados nos altos-fornos ou nos fornos Martin de qualquer gigante da metalurgia.[60] Essa oficina monstruosa trabalhou dia e noite, de modo ininterrupto, ao longo de oito meses, e nem assim conseguiu dar conta das centenas de milhares de corpos humanos. É bem verdade que novos grupos de vítimas para o gás chegavam o tempo todo, e também eram queimados.

Chegavam trens da Bulgária;[61] os homens da ss e Wachmänner alegravam-se com sua chegada: enganada pelos alemães e pelo governo fascista búlgaro, essa gente, que não fazia a menor ideia de seu destino, trazia uma grande quantidade de bens de valor, muitos víveres saborosos e pão branco.[62] Então co-

---

[59] Comparar com as palavras de Richard Glazar, judeu tcheco que sobreviveu a Treblinka: "De repente [...] as chamas irromperam. Bem alto. Em um instante, toda a região, o campo inteiro, parecia em fogo. [...] Naquela noite, ficamos sabendo que os mortos não seriam mais enterrados, seriam queimados" (Lanzmann, *Shoah: The Complete Text*, p. 9). (Nota da edição inglesa)

[60] Conforme o que já foi notado, os *Totenjuden* eram na verdade cerca de duzentos. (Nota da edição inglesa)

[61] Não houve judeus deportados da Bulgária propriamente dita. É possível que se tratasse de judeus gregos, da Trácia. A Trácia foi ocupada pela Bulgária, e os judeus eram deportados de lá. Agradeço muito a Jean-Marc Dreyfus pela sugestão. (Nota da edição inglesa)

[62] Em *Shoah*, Richard Glazar descreve como, depois de um período em que houvera poucos transportes e, como resultado, bem pouca comida no campo, começaram a chegar transportes dos Bálcãs: "Era gente rica; os vagões de passageiros estavam abarrotados de coisas. Fomos daí tomados por uma sensação horrenda, todos nós [...] uma sensação de impotência, de vergonha. Pois nos atiramos em cima de sua comida. [...] Os trens dos Bálcãs nos levaram a uma compreensão terrível: éramos os operários da fábrica de Treblinka, e nossas vidas dependiam do processo de fabricação como um todo, ou seja, do processo de matança de Treblinka" (Lanzmann: *Shoah: The Complete Text*, p. 137; também Sereny, op. cit., pp. 212-14). (Nota da edição inglesa)

meçaram a chegar trens de Hrodna e Białystok; depois, do gueto rebelde de Varsóvia, um trem com insurretos poloneses: camponeses, operários, soldados. E também um grupo de ciganos da Bessarábia, duzentos homens e oitocentas mulheres e crianças. Os ciganos vieram a pé, com um comboio a cavalo se arrastando na rabeira; também tinham sido enganados, e vinham escoltados por apenas dois guardas, sendo que nenhum deles fazia ideia de que estava levando gente para a morte. Conta-se que as ciganas erguiam os braços de admiração ao ver o belo edifício da câmara de gás, sem adivinhar até o último minuto o destino que as aguardava. Isso divertia sobremaneira os alemães.

Os homens da ss foram especialmente cruéis com aqueles que vinham da rebelião do gueto de Varsóvia. Separaram do grupo as mulheres e crianças, levando-as não para as câmaras de gás, mas para os locais de incineração de cadáveres. Mães enlouquecidas de terror eram forçadas a conduzir os filhos para o meio das grelhas incandescentes, onde milhares de corpos mortos retorciam-se nas chamas e na fumaça, onde os cadáveres se agitavam e crispavam como se estivessem vivos, onde as barrigas das defuntas grávidas rebentavam com o calor, e os filhos mortos antes de nascer ardiam no ventre aberto das mães. Um tal espetáculo era capaz de perturbar a razão de qualquer um, mesmo da mais enrijecida das pessoas, mas os alemães calcularam, acertadamente, que teria um impacto centenas de vezes maior sobre mães tentando cobrir os olhos dos filhos com as mãos. As crianças agarravam as mães com gritos ensandecidos: "Mamãe, o que vai acontecer conosco, vamos ser queimados?". Nem Dante viu um quadro assim em seu inferno.

Depois de se divertirem com o espetáculo, os alemães realmente queimavam as crianças.

Isso é infinitamente duro até de ler. Espero que o leitor entenda que escrever a respeito não é menos duro. Talvez alguém pergunte: "Então, para que escrever, para que recordar tudo isso?".

O dever do escritor é contar a terrível verdade, e o dever de cidadão do leitor é conhecê-la. Aquele que dá as costas, fecha os olhos e passa adiante insulta a memória dos mortos. Aquele que não conhece a verdade por inteiro jamais vai entender contra que tipo de inimigo, contra que tipo de monstro nosso grande e sagrado Exército Vermelho travou um combate mortal.

A ss começou a se sentir entediada em Treblinka. A procissão dos condenados à câmara de gás perdeu a graça. Tinha se tornado rotina. Quando a cremação dos cadáveres começou, os homens da ss passavam horas na grelha; a nova visão os divertia. O especialista recém-chegado da Alemanha costumava passear por entre as valas de manhã até a noite, sempre animado e falante. As pessoas dizem que nunca o viram carrancudo, nem sequer sério; estava sempre sorridente. Quando os cadáveres eram arremessados nas grades do forno, ele repetia: "Inocente, inocente". Era sua palavra favorita.[63]

Às vezes a ss organizava uma espécie de piquenique nas valas; sentavam-se no sentido contrário do vento, bebendo vinho, comendo e vendo as chamas. A "enfermaria" também foi reequipada. Antes, os doentes eram levados para um grande espaço cercado de galhos, onde um "médico" fictício ia a seu encontro e os matava. Os corpos dos velhos e doentes mortos eram transportados em macas para as valas comuns. Agora tinha sido aberta uma escavação circular. Em volta dela, como em volta de um estádio esportivo, havia banquinhos baixos, tão próximos da borda que quem se sentasse ali ficava à beira da cova. No fundo da escavação haviam sido colocadas grelhas, nas quais os cadáveres eram queimados. Os doentes e velhos decrépitos eram levados à "enfermaria", depois "enfermeiros" os colocavam sentados nesses banquinhos, com a cara virada para a fogueira de corpos humanos. Após se divertir com o espetáculo, os canibais atiravam na nuca grisalha e nas costas arqueadas das pessoas sentadas: mortos e feridos caíam na fogueira.

Sabemos como o humor alemão é pesado, e nunca lhe demos muito valor. Mas poderia alguém na face da Terra ima-

---

[63] Grossman entendeu errado a palavra alemã *tadellos*. Ela não quer dizer "sem culpa" no sentido de "inocente", mas "sem culpa" no sentido de "nada a recriminar", ou, de modo mais coloquial, "de primeira classe". Rachel Auerbach nota que um documento oficial alemão afirmava: "A queima dos corpos recebeu o incentivo adequado apenas depois que um instrutor veio de Auschwitz". Ela prossegue dizendo que os judeus apelidaram esse instrutor de Tadellos, já que essa era sua expressão favorita: "Graças a Deus, agora o fogo está perfeito (*tadellos*)", dizia ele "quando [...] a fila de cadáveres finalmente ardia" (Donat, op. cit., p. 38). (Nota da edição inglesa)

ginar o humor da ss em Treblinka, seus entretenimentos, suas piadas?

Criaram competições futebolísticas entre os condenados à morte, obrigaram-nos a brincar de pega-pega, organizaram um coro de condenados. Perto do alojamento dos alemães foi construído um zoológico: as feras inofensivas da floresta — lobos, raposas — estavam atrás das grades, enquanto os predadores mais vis e horrendos sobre a Terra caminhavam em liberdade, sentavam-se em banquinhos de bétula e ouviam música. Chegou-se até a escrever um hino especial para os condenados, com as seguintes palavras:

> *Für uns giebt heute nur Treblinka,*
> *Das unser Schicksal ist...*[64]

Pessoas sangrando, a alguns minutos da morte, eram obrigadas a aprender a cantar em coro canções sentimentais alemãs idiotas:

> *... Ich brach das Blumlein*
> *Und schenkte es dem Schonsten*
> *Geliebten Madlein...*[65]

O comandante em chefe do campo escolheu algumas crianças de um grupo, matou seus pais, vestiu as crianças com as melhores roupas, empanturrou-as de doces, brincou com elas e, depois de alguns dias, quando o passatempo o enfadou, mandou que fossem mortas.[66] Ao lado do banheiro, os alemães puseram

---

[64] Hoje, para nós, existe apenas Treblinka/ Que é o nosso destino (em alemão no original, com erros de ortografia). Por ordem de Kurt Franz, o hino foi composto pelo judeu tcheco Walter Hirsch, com letra do polonês Artur Gold. (N. T.)

[65] Eu colhi a florzinha/ E a dei à mais bela/ Amada donzela (em alemão no original, novamente com erros de ortografia). A edição inglesa levanta a hipótese de que Grossman, ao cometer esses erros de ortografia, pudesse estar tentando reproduzir as palavras do jeito que as ouviu pronunciadas. (N. T.)

[66] Grossman não é o único a fazer tal acusação, mas Sereny argumenta, de modo convincente, que ela é falsa (op. cit., p. 259). (Nota da edição inglesa)

um velho com um xale de oração, ordenando-lhe que cuidasse para que aqueles que entravam no banheiro não ficassem mais do que três minutos. Em seu peito, penduraram um despertador. Os alemães olhavam para o xale do homem e riam. Às vezes, forçavam os anciãos judeus a celebrar ofícios divinos e organizar funerais em separado para os que haviam sido assassinados, observando todos os rituais religiosos e a instalação de lápides; depois de um tempo, abriam essas tumbas, desenterravam os corpos e destruíam as lápides.[67] Uma das principais diversões era violentar e zombar de mulheres e moças bonitas escolhidas entre os grupos de condenados. Pela manhã, os próprios estupradores conduziam-nas até o gás. Assim se entretinha em Treblinka a ss, baluarte do regime de Hitler e orgulho da Alemanha fascista.

Cabe assinalar aqui que essas criaturas não estavam simplesmente satisfazendo de forma mecânica vontades alheias. Todas as testemunhas destacam como traços comuns a todos eles o amor por elaborações teóricas, pela filosofia. Todos tinham um fraco por proferir discursos diante dos condenados, por se vangloriar perante eles, explicando a grande ideia e o significado para o futuro daquilo que ocorria em Treblinka. Todos estavam profunda e sinceramente convictos de que faziam algo justo e necessário. Explicavam em pormenores a superioridade de sua raça sobre todas as outras, proferiam tiradas sobre o sangue alemão, o caráter alemão, a missão dos alemães. Sua fé estava exposta nos livros de Hitler, Rosenberg, nas brochuras e artigos de Goebbels.

Depois de trabalhar e de se divertir da forma como descrevemos, dormiam o sono dos justos, livre de visões ou pesadelos. A consciência jamais os perturbava, talvez por nenhum deles possuir consciência. Faziam ginástica, cuidavam

---

[67] Grossman parece ter acrescentado este parágrafo mais tarde. Embora não esteja no manuscrito nem nas publicações soviéticas, está incluído no texto russo do *Livro negro* —<jhistory.nfurman.com/shoa/grossman005. htm>. Seu relato é confirmado por Willenberg: "Kurt Franz ordenou que os capatazes fossem ao depósito e procurassem dois trajes negros de rabino e um par de chapéus negros com pompons. Dois prisioneiros foram equipados com chicotes e ordenados a envergar essa vestimenta. [...] Tinham despertadores pendurados no pescoço. Eram chamados de Scheisskommando — o Comando da Merda" (Willenberg, op. cit., p. 117). (Nota da edição inglesa)

ciosamente da saúde, tomavam leite de manhã, zelavam pelo conforto do dia a dia, construindo em torno de suas vivendas jardinzinhos, suntuosos canteiros de flores, caramanchões. Várias vezes por ano partiam de licença para a Alemanha, pois a chefia considerava sua "oficina" extremamente insalubre e protegia sua saúde com desvelo. Em casa, andavam com a cabeça orgulhosamente erguida, calando-se a respeito do seu trabalho não por se envergonharem dele, mas simplesmente por questão de disciplina e por não ousarem infringir o compromisso assumido e o juramento solene. E quando iam de braço dado com as esposas ao cinema, à noite, e gargalhavam alto, batendo os cravos das botas, era difícil distingui-los dos homens mais comuns. Mas tratava-se de animais, na mais terrível acepção do termo: animais da ss.[68]

O verão de 1943 foi excepcionalmente quente. Nem chuva, nem nuvens, nem vento ao longo de muitas semanas. O trabalho de incineração dos cadáveres estava no auge. Os fornos já ardiam há cerca de seis meses, mas apenas pouco mais da metade dos mortos haviam sido queimados.

Os detentos que trabalhavam na incineração dos cadáveres não suportavam os terríveis tormentos morais e corporais, e todo dia de quinze a vinte homens cometiam suicídio. Muitos buscavam a morte infringindo deliberadamente as regras disciplinares.

---

[68] Comparar: "A grande maioria dos alemães que serviam em Treblinka eram jovens com idade entre vinte e seis e trinta anos, em sua maioria casados e com filhos pequenos. Consideravam-se seres humanos especiais, que haviam recebido do Führer uma missão difícil, e de responsabilidade. Membros da ss debatiam com o engenheiro Galewski, o 'decano do campo' [...] a superioridade da raça alemã [...] a sofisticação de sua cultura e a futura nova ordem europeia. Obrigavam os prisioneiros a organizar coros e orquestras, a dançar, a jogar futebol e a lutar boxe. Os comandantes sentiam compaixão por seu trabalho duro, e eles eram mandados de licença para a Alemanha com frequência. Os trabalhadores alemães do campo preocupavam-se com o seu próprio bem-estar, e constantemente trabalhavam no aperfeiçoamento das condições de vida. Tentavam manter a boa aparência de suas barracas, cultivando e cuidando de jardins de flores" (Chrostowski, op. cit., p. 41; também Willenberg, op. cit., pp. 114-15). (Nota da edição inglesa)

"Levar bala era um luxo", disse-me um padeiro de Kosiv, fugitivo do campo. Ouvi de muitas pessoas que, em Treblinka, ser condenado à vida era muitas vezes pior do que ser condenado à morte.

As cinzas e os resíduos eram levados para fora do campo. Camponeses da aldeia de Wólka foram convocados para carregá-los em suas carroças e despejá-los na estrada entre o campo de extermínio e o campo penal polonês. Em seguida, crianças presas espalhavam as cinzas de maneira mais uniforme, com o auxílio de pás. Por vezes, encontravam em meio às cinzas moedas e dentes de ouro fundido. Eram chamadas de "crianças da estrada negra". As cinzas tinham transformado a estrada negra em uma faixa fúnebre. As rodas dos carros faziam um barulho peculiar nessa estrada, e, quando eu a percorria, ouvia o tempo todo um murmúrio triste sob as rodas, baixinho, como um lamento tímido.[69] Essa faixa fúnebre negra que ia do campo de extermínio até o campo penal polonês, por entre bosques e campos, era um símbolo trágico do terrível destino que unia os povos caídos sob o machado da Alemanha de Hitler.

Os camponeses carregaram cinzas e resíduos da primavera de 1943 até o verão de 1944. Todo dia, vinte carroças saíam para o trabalho, e cada uma delas levava, de seis a oito vezes por dia, uns sete, oito puds de cinzas.[70]

Na canção "Treblinka", que os alemães obrigavam as oitocentas pessoas que trabalhavam na incineração dos cadáveres a cantar, há palavras que apelam à submissão e à obediência dos detentos; em troca disso, promete-se a eles uma "felicidade pequenina, pequenina, que brilha em um, um minutinho".[71] Coisa

---

[69] Rachel Auerbach descreve a estrada como sendo coberta de "uma mistura esquisita de carvão e cinzas das piras em que os cadáveres dos detentos eram cremados" (Donat, op. cit., p. 70). Auerbach pode estar enganada com relação ao carvão, que não é mencionado em nenhum outro relato. (Nota da edição inglesa)

[70] Uma boa parte das cinzas era devolvida às valas. Camadas alternadas de areia e cinzas eram cobertas por uma camada de areia de dois metros (Rajchman, op. cit.). (Nota da edição inglesa)

Medida russa equivalente a aproximados dezesseis quilos. (N. E.)

[71] Como já foi dito, os *Totenjuden* — judeus que trabalhavam e moravam na área de extermínio — eram na realidade cerca de duzentos. A "felicidade pequenina" à qual deviam aspirar era um tiro na nuca — uma morte rápida. (Nota da edição inglesa)

espantosa: na vida do inferno de Treblinka realmente houve um dia feliz. Os alemães, porém, estavam errados: não foram a submissão e a obediência que deram esse presente aos condenados à morte. Foi graças à audácia insana que esse dia nasceu. Eles não tinham nada a perder. Eram todos condenados à morte, e cada dia de sua vida era um dia de sofrimento e tortura. Os alemães não poupariam nenhum deles, testemunhas de crimes hediondos; a câmara de gás a todos aguardava — eram enviados para lá depois de alguns dias de trabalho, substituídos por gente nova, do grupo recém-chegado. Apenas algumas dezenas de pessoas viviam não dias nem horas, mas semanas e meses; artesãos qualificados, carpinteiros, pedreiros e prestadores de serviço, como padeiros, alfaiates, barbeiros. Eles formaram um comitê de rebelião.[72] Claro que apenas condenados à morte e gente tomada por um sentimento feroz de sede de vingança e ódio devorador podiam conceber um plano de rebelião tão insano. Eles não queriam fugir até que tivessem aniquilado Treblinka. E aniquilaram. Nas barracas dos trabalhadores começaram a surgir armas: machados, facas, porretes. A que preço, a que risco insano estava ligada a obtenção de cada machado e faca! Que admirável paciência, astúcia e esperteza eram necessárias para esconder tudo isso das buscas! Fizeram estoques de gasolina para embeber e queimar os prédios do campo. Como juntaram essa gasolina e como a fizeram desaparecer sem deixar rastros, como se tivesse evaporado? Para isso era necessário um esforço sobre-humano, uma pressão da inteligência e da vontade, uma tremenda ousadia. Cavou-se um grande túnel embaixo do depósito de munição dos alemães. E aqui a ousadia operou milagres; o deus da audácia estava do lado dos conspiradores. Tiraram do arsenal vinte granadas de mão, metralhadoras, carabinas, pistolas. Tudo isso sumiu em lugares

---

[72] O campo era dividido em três zonas: a área de habitação (*Wohnlager*), a área de recepção (*Auffanglager*) e a área de extermínio (*Totenlager*). As áreas de habitação e recepção eram conhecidas como "Campo Baixo", e, a de extermínio, "Campo Alto". Um comitê de organização foi formado no Campo Baixo no final de fevereiro ou começo de março de 1943; um comitê de organização foi formado pelos *Totenjuden* no Campo Alto no final de maio ou começo de junho. (Nota da edição inglesa)

secretos escavados por eles.[73] Os participantes da conspiração se dividiram em grupos de cinco. O enorme e complexo plano de rebelião foi elaborado nos menores detalhes. Cada grupo de cinco possuía uma tarefa específica. E cada tarefa, matematicamente precisa, era insana. Um grupo devia assaltar as torres nas quais havia Wachmänner com metralhadoras. Um segundo tinha que atacar de repente as sentinelas que percorriam as passagens entre as praças do campo. Um terceiro deveria atacar os carros blindados. Um quarto cortaria as linhas telefônicas. Um quinto se lançaria contra o prédio da caserna. Um sexto abriria passagem em meio ao arame farpado. Um sétimo baixaria pontes por cima das valas antitanque. Um oitavo deitaria gasolina nos prédios do campo e os queimaria. Um nono destruiria tudo passível de ser facilmente destruído. Foi previsto até o fornecimento de dinheiro para os fugitivos.[74] Mas por pouco o médico de Varsóvia que coletava esse dinheiro não pôs tudo a perder. Certa vez, o Scharführer notou um grosso maço de cédulas no bolso de sua calça; era uma parcela do dinheiro vindo da "bilheteria", que o médico juntara para guardar no esconderijo. O Scharführer fez de conta que não viu, informando Kurt Franz na mesma hora. Tratava-se, naturalmente, de um fato extraordinário. Franz foi interrogar o médico pessoalmente. Logo suspeitou haver algo errado; afinal, por que um condenado à morte iria querer dinheiro? Começou o interrogatório tranquilo e sem pressa; era improvável que houvesse na Terra torturador mais hábil do que ele; tinha certeza de que não havia na Terra quem fosse capaz de suportar a tortura do célebre Hauptmann[75] Kurt Franz. O médico de Varsóvia, porém, foi mais esperto que o Hauptmann da ss. Tomou veneno. Um dos participantes da rebelião me contou que jamais em Treblinka tentaram salvar uma vida humana com tamanho afã. Franz evidentemente compreendeu, de modo intuitivo, que o médico

---

[73] Muitas das diversas fontes da história do levante indicam que o depósito de munição foi aberto com a ajuda de uma chave que os prisioneiros copiaram. E, ao que tudo indica, as armas provavelmente foram tiradas do depósito apenas na tarde do levante. (Nota da edição inglesa)

[74] Os prisioneiros cuja tarefa era selecionar as roupas e pertences dos mortos muitas vezes encontravam dinheiro e valores. Não era difícil ocultar parte disso. (Nota da edição inglesa)

[75] Capitão (em alemão escrito em cirílico no original). (N. T.)

moribundo guardava um segredo importante. Só que o veneno alemão fez seu trabalho, e o segredo permaneceu um segredo.[76]

No final de julho, o calor era sufocante. Quando abriram as tumbas, elas exalavam vapor, como caldeiras gigantescas. O fedor monstruoso e o calor dos fornos matavam. Extenuadas, as pessoas que carregavam os mortos caíam mortas nas grelhas. Bilhões de moscas pesadas e empanturradas rastejavam pela terra e zumbiam no ar. A última centena de milhares de cadáveres estava sendo queimada.

O começo da rebelião foi planejado para 2 de agosto. Foi deflagrado por um tiro de revólver.[77] A bandeira da vitória cobria a causa sagrada. No céu ergueu-se uma nova chama, não pesada e cheia de fumaça densa, como a chama dos cadáveres incinerados, mas o fogo ardente, abrasador e desenfreado de um incêndio. Os prédios do campo estavam em chamas, e os insurgentes tiveram a impressão de que o próprio sol, rompendo seu corpo, ardia em Treblinka, guiando a festa da liberdade e da honra.

Tiros cortaram o ar, metralhadoras crepitaram nas torres tomadas pelos rebeldes. Explosões de granadas ribombavam triunfantes como sinos da verdade. O ar se agitava com estrépitos e estrondos, prédios ruíam, o silvo das balas abafava o zumbido das moscas sobre os cadáveres. Machados vermelhos de sangue brilharam no ar claro e límpido. Em 2 de agosto, o sangue maléfico da ss foi vertido no solo do inferno de Treblinka, e o magnífico céu azul-celeste celebrou e festejou o momento do revide.[78]

---

[76] Todas as versões ligeiramente diferentes da história concordam que o Scharführer entrou na barraca de modo inesperado, pegando o dr. Chorazycki de surpresa, que Chorazycki tomou veneno, e que Franz ficou irado com o fracasso de outro prisioneiro médico em salvar a vida de Chorazycki. (Nota da edição inglesa)

[77] O levante começou trinta minutos antes do planejado. Temendo que o comandante do Campo Baixo tomasse conhecimento dos planos, um dos conspiradores atirou nele. Assim, o levante começou antes que os conspiradores tivessem terminado de retirar as armas do depósito e distribuí-las. (Nota da edição inglesa)

[78] Muito disso, infelizmente, é um exagero. Apesar de todo seu heroísmo — Sereny (op. cit., p. 236) se refere com justiça ao levante como "um dos esforços mais heroicos da guerra, no Leste ou no Oeste" —, os rebeldes não conseguiram capturar nenhuma torre. Nem mataram membro

E aqui se repetia uma história antiga como o mundo: criaturas que se comportavam como representantes de uma raça superior, criaturas que bradavam de modo tonitruante "*Achtung! Mützen ab!*",[79] criaturas que tiraram os habitantes de Varsóvia de suas casas e os levaram à execução brandindo o comando "*Alle r-r--r-raus unter-r-r-r*" em sua voz retumbante,[80] essas criaturas tão convictas de seu poder quando se tratava de executar milhões de mulheres e crianças revelaram-se míseros covardes, deploráveis, rastejando e implorando por clemência assim que se configurou um autêntico cenário de vida ou morte. Ficaram desnorteadas, agitando-se como ratazanas, esqueceram-se do diabólico sistema de defesa de Treblinka, do fogo previamente organizado, com poder para destruir tudo, de suas próprias armas. Mas preciso falar mais sobre isso? Alguém ainda se espanta? Passados dois meses e meio, em 14 de outubro de 1943, houve uma rebelião na fábrica de morte de Sobibor, organizada por um prisioneiro de guerra soviético, o instrutor político de Rostov Aleksandr Petcherski.[81]

---

algum da ss, embora tenham matado de doze a quinze Wachmänner. Várias barracas foram queimadas, mas o campo recebeu outros três transportes naquele mês. O último deles — o último transporte de Treblinka — chegou em 19 de agosto. Cerca de trezentos prisioneiros escaparam durante o levante, mas dois terços deles foram rapidamente recapturados ou mortos. (Nota da edição inglesa)

[79] Atenção! Tirem os chapéus! (em alemão no original). (N. T.)

[80] Todos para fora (em alemão no original). (N. T.)

[81] Ao ser levado a Sobibor, Petcherski disse: "Quantos círculos havia no Inferno de Dante? Parece que eram nove. Quantos já passaram? Ser cercado, ser capturado, campos em Viazma, Smolensk, Boríssov, Minsk... E finalmente aqui estou. Qual é o próximo?" (*Argumenty i fakty*, Moscou, 10 de agosto de 2008). Por mais de um ano, após ter escapado de Sobibor, Petcherski lutou como guerrilheiro. Quando o Exército Vermelho libertou a Bielorrússia, porém, ele e seus companheiros de guerrilha — como a maioria dos soldados do Exército Vermelho que caíram prisioneiros dos alemães — foram conscritos em batalhões penais especiais para suspeitos de traição, e usados como bucha de canhão para liberar campos minados. Petcherski sobreviveu também a isso, foi promovido a capitão e chegou a receber uma medalha de bravura. Horrorizado com o relato de Petcherski sobre Sobibor, o comandante de seu batalhão arriscou a própria vida, infringindo os regulamentos ao enviar Petcherski a Moscou para testemunhar perante o Comitê Antifascista Judaico. "Rebelião em Sobibor", artigo de Pavel Antokolsi e Veinamin Kavêrin baseado no testemunho de

Lá se repetiu o mesmo que em Treblinka — gente meio morta de fome conseguiu superar centenas de canalhas da ss empapuçados de sangue inocente.[82] Os rebeldes venceram os carrascos com o auxílio de machados caseiros forjados nas ferrarias do campo, com ordens de Petcherski para encherem os bolsos de areia e cegarem os olhos dos guardas... Alguém ainda se espanta com isso?

Enquanto Treblinka ardia e os insurretos, despedindo-se em silêncio das cinzas de seu povo,[83] cruzavam o arame farpado, unidades policiais e da ss saíram atrás deles, vindas de todos os lados. Centenas de cães policiais foram mandados em seu encalço. Os alemães mobilizaram a aviação. Houve combates na floresta, nos pântanos, e poucos rebeldes estão hoje vivos. Mas o que importa? Morreram lutando, de arma na mão.[84]

Depois de 2 de agosto, Treblinka cessou de existir. Os alemães incineraram os cadáveres restantes, desmantelaram os edifícios de pedra, tiraram o arame farpado, queimaram as barracas de madeira dos insurretos que haviam ficado intactas. O equipamento do edifício da morte foi explodido, carregado e levado embora; os fornos, destruídos, as escavadeiras, retiradas, as imensas e incontáveis valas, enchidas de terra, o prédio da estação, demolido até a última pedra; por fim, foram desmontados os caminhos de ferro e removidos os dormentes. No território do campo semeou-se lupino, e o colono Streben construiu uma casinha para si. Agora não existe nem essa casinha, que foi quei-

---

Petcherski, foi publicado na *Známia* em abril de 1945; também foi incluído no não publicado *Livro negro*. Em 1948, Petcherski foi demitido de seu emprego de administrador de teatro e preso; apenas depois da morte de Stálin, em 1953, e de crescente pressão internacional, foi solto. Morreu em 1990, sem jamais ter recebido medalha ou recompensa por seu heroísmo em Sobibor. Em 2007, uma pequena placa memorial foi colocada junto ao prédio em que ele morou. (Nota da edição inglesa)

[82] Como se não pudesse acreditar na pequena quantidade de membros da ss nos campos, Grossman volta a exagerar seu número. (Nota da edição inglesa)

[83] Em "Um ano em Treblinka", Jankiel Wiernik escreve que, nos minutos imediatamente anteriores ao levante, "despedimo-nos em silêncio do lugar onde estavam as cinzas de nossos irmãos" (Donat, op. cit., p. 187). (Nota da edição inglesa)

[84] As últimas duas frases estão presentes no manuscrito, mas omitidas em todas as versões publicadas. (Nota da edição inglesa)

mada.[85] O que pretendiam os alemães com tudo isso? Esconder os vestígios da matança de Treblinka? Mas é concebível fazer isso? É concebível obrigar a se calar milhares de pessoas que testemunharam os trens de condenados à morte vindo de toda a Europa a um lugar de execução com esteira rolante? É concebível esconder aquela chama morta e pesada, e a fumaça que durante oito meses pairou no céu, vista dia e noite pelos habitantes de dezenas de aldeias e vilarejos? É concebível arrancar do coração e obrigar a esquecer o horrendo clamor de mulheres e crianças, prolongado por treze meses, que até hoje permanece nos ouvidos dos camponeses da aldeia de Wólka? É concebível obrigar a se calar os camponeses que, durante um ano, transportaram cinzas humanas do campo para as estradas vizinhas?

É concebível obrigar a se calar as testemunhas dos trabalhos no abatedouro de Treblinka que continuam vivas, desde o primeiro dia de seu surgimento até 2 de agosto de 1943, o último dia de sua existência, testemunhas que descrevem cada ss e Wachmann com precisão e sem discrepância, testemunhas cuja reconstituição passo a passo e hora a hora forma o diário de Treblinka? Não é mais possível gritar-lhes *"Mützen ab"*, não é mais possível levá-las ao gás. Himmler não tem mais poder sobre seus auxiliares, que, baixando a cabeça, revirando as abas do paletó com dedos trêmulos, narram com voz rouca e cadenciada a história aparentemente louca e absurda de seus crimes. Um oficial soviético, com a fita verde da medalha de Stalingrado, registra folha após folha os testemunhos dos assassinatos. À sua porta há um guarda de lábios comprimidos, com a mesma medalha de Stalingrado no peito, e sua face magra e enegrecida pelo vento é severa. É a face da justiça do povo. E não é um símbolo notável que tenha chegado a Treblinka, perto de Varsóvia, um dos exércitos vitoriosos de Stalingrado? Não foi em vão que Heinrich Himmler ficou inquieto em fevereiro de 1943, não foi em vão que tomou um avião para Treblinka, não foi em vão que mandou construir fornos, queimar, destruir os vestígios. Não foi em vão — mas não serviu para nada! As tropas de Stalingrado chegaram a Treblinka, o caminho do Volga ao Vístula

---

[85] O sobrenome do ucraniano era Strebel (Arad, op. cit., p. 373). (Nota da edição inglesa)

revelou-se curto. E agora a própria terra de Treblinka não quer ser cúmplice dos crimes cometidos pelos canalhas, expelindo os ossos e pertences dos assassinados que nela os hitleristas tentaram ocultar.

Chegamos ao campo de Treblinka no início de setembro de 1944, ou seja, treze meses depois da insurreição. O abatedouro havia funcionado por treze meses. Por treze meses, os alemães tentaram esconder os vestígios de seu trabalho...

Está calmo. As copas dos pinheiros junto à estrada de ferro mal se mexem. Esses são os pinheiros, a areia, os velhos cepos que milhões de olhos humanos fitaram de seus vagões a se aproximar lentamente da plataforma. As cinzas e os resíduos triturados farfalham tranquilamente na estrada negra, cercada com precisão germânica por pedras pintadas de branco. Entramos no campo e percorremos a terra de Treblinka. As vagens do lupino se abrem ao menor toque e com um leve ruído; milhões de pequenas ervilhas se espalham sobre o solo. O som das ervilhas a cair e o som das vagens a se abrir combinam-se em uma melodia contínua e abafada. Parece o dobre fúnebre de pequenos sinos, vindo das profundezas da terra, quase inaudível, triste, amplo, calmo. E a terra oscila sob os pés, fofa, gorda, como se estivesse cheia de óleo de linhaça, a insondável terra de Treblinka, instável como a voragem.[86] Esse terreno baldio cercado de arame farpado tragou mais vidas humanas do que todos os oceanos e mares do globo terrestre desde o surgimento do gênero humano.

---

[86] Franz Suchomel disse que, quando esteve em Treblinka pela primeira vez, em agosto de 1942, "o solo ondulava como o mar, por causa do gás [...]. Tenha em mente que as tumbas tinham talvez uns cinco ou seis metros de profundidade, e estavam todas abarrotadas de corpos! Uma camada fina de areia, e o calor. Entendeu?" (Lanzmann, *Shoah: The Complete Text*, p. 46). Grossman, contudo, esteve em Treblinka em setembro de 1944, mais de um ano depois de os corpos terem sido queimados. A instabilidade que ele descreve pode ter outras causas. O solo era arenoso, e as grandes valas funerárias podem não ter sido assentadas com a devida firmeza. Também sabemos que camponeses locais tinham escavado o solo em busca de valores que os alemães não conseguiram recuperar. (Nota da edição inglesa)

A terra expulsa de si pedaços de ossos, dentes, objetos, papéis — ela não quer guardar segredos.

E as coisas escapam da terra fendida, de suas feridas não cicatrizadas. Ei-las: camisas semidecompostas dos mortos, calças, sapatos, cigarreiras esverdeadas, engrenagens de relógio de pulso, canivetes, pincéis de barbear, castiçais, sapatinhos infantis com pompom vermelho, uma toalha com bordado ucraniano, roupa de baixo de renda, tesouras, dedais, espartilhos, ataduras. E mais adiante, das fendas da terra, afloram à superfície montes de louça: frigideiras, canecas de alumínio, xícaras, panelas, caçarolas, potes, bidões, marmitas, xícaras infantis de plástico. E mais adiante, da terra insondável e inchada, como se uma mão estivesse a empurrar na direção da luz o que os alemães sepultaram, sobem à superfície passaportes soviéticos semidecompostos, blocos com anotações em búlgaro, fotos de crianças de Varsóvia e Viena, cartas redigidas com garranchos de criança, um livrinho de versos, uma oração escrita em uma folhinha amarela, cartões de racionamento da Alemanha... E por toda parte centenas de frascos e minúsculas garrafinhas brilhantes de perfume: verde, rosa, azul... Acima disso tudo paira um terrível odor de putrefação, que não foi vencido nem pelo fogo, nem pelo sol, nem pela chuva, nem pela neve, nem pelo vento. E centenas de pequenas moscas da floresta arrastam-se por entre os objetos, papéis, fotografias semidecompostas.

Avançamos sempre pela insondável e oscilante terra de Treblinka para, subitamente, nos deter. Cabelos louros de mulher, de um ondulado espesso, fino, leve, encantador, se acendem sobre o solo, e, ao lado, cachos igualmente claros, e mais adiante pesadas tranças negras sobre a areia clara, e, ainda mais adiante, e mais, e mais. Isso, evidentemente, é o conteúdo de um único saco de cabelo esquecido! E é tudo verdade! A última e selvagem esperança de que fosse tudo um sonho ruiu. E as vagens de lupino tilintam, tilintam, as ervilhas martelam, como se de baixo da terra viesse o som fúnebre de incontáveis sininhos minúsculos. E o coração parece que vai parar, tomado por tamanha tristeza, tamanho pesar, tamanha angústia, que a pessoa não aguenta...[87]

---

[87] No manuscrito fica claro que essa é a conclusão original, e que os parágrafos restantes foram acrescentados mais tarde. (Nota da edição inglesa)

Cientistas, sociólogos, criminalistas, psiquiatras, filósofos refletem: o que foi isso? O quê? Hereditariedade, educação, o meio, as condições internas, predeterminação histórica, vontade criminosa dos dirigentes? O que foi isso? Como foi acontecer? Traços embrionários de racismo, que pareciam cômicos ao serem exprimidos por professores-charlatães de segunda linha e míseros teóricos de província da Alemanha do século passado, o desprezo do pequeno-burguês alemão pelo "porco russo", pelo "gado polaco", pelo "judeu fedorento", pelo "francês devasso", pelo "inglês vendilhão", pelo "grego afetado", pelo "tcheco papalvo" — todo esse mesquinho buquê embolado e barato a respeito da superioridade dos alemães sobre os outros povos da Terra, facilmente ridicularizável por publicistas e humoristas —, tudo isso, subitamente, no decorrer de alguns anos, converteu-se de "infantilidade" em ameaça mortal à humanidade, à vida e à liberdade, tornou-se fonte de sofrimentos, sangue e crimes improváveis e jamais vistos. Temos aqui no que pensar!

Guerras como a de agora são terríveis. Os alemães derramaram uma quantidade imensa de sangue inocente. Hoje, porém, não basta falar da responsabilidade da Alemanha com relação ao que ocorreu. Hoje, é necessário falar da responsabilidade de todos os povos e de cada cidadão do mundo com relação ao futuro.

Hoje, cada pessoa é obrigada perante sua consciência, perante seu filho e sua mãe, perante a pátria e a humanidade, a responder, com toda a força de sua inteligência, à seguinte pergunta: o que deu origem ao racismo, o que é necessário para que o nazismo, o fascismo, o hitlerismo jamais renasçam, nem desse, nem do outro lado do oceano, jamais, e para todo o sempre?

A ideia imperialista de excepcionalidade nacional, de raça e de qualquer outro tipo foi a lógica que levou os hitleristas a construir Majdanek, Sobibor, Bełżec, Auschwitz, Treblinka.

Devemos nos lembrar de que o racismo, o fascismo vão emergir dessa guerra não apenas com o amargor da derrota, mas com a doce lembrança da facilidade de cometer assassinatos em massa. Matar nações inteiras revelou-se algo não realmente muito difícil. Dez pequenas câmaras — com o equipamento adequado, um espaço que mal dá para alojar cem cavalos —, dez câmaras dessas mostraram-se suficientes para matar três milhões de pessoas.

Matar revelou-se extremamente fácil; não requer nenhuma despesa fora do comum.[88]

É possível construir quinhentas câmaras dessas em apenas alguns dias. Não é mais difícil do que construir um prédio de cinco andares.

Apenas com um lápis, é possível demonstrar que qualquer grande empresa de construção, com experiência no uso de concreto armado, pode, ao longo de seis meses, e com uma força de trabalho adequadamente organizada, erigir câmaras de gás suficientes para toda a população da Terra.[89]

Devem se lembrar disso com rigor, e todos os dias, todos que têm apreço pela honra, pela liberdade e pela vida de todos os povos, de toda a humanidade.

---

[88] Sereny cita Glazar: "Sabe, isso é algo que o mundo nunca entendeu; quão perfeita era a máquina. Foi apenas a falta de transporte, devido às necessidades alemãs de guerra, que nos impediram de lidar com números muito maiores; sozinha, Treblinka poderia ter dado conta de seis milhões de judeus, e muito mais. Com transporte ferroviário adequado, os campos de extermínio alemães na Polônia poderiam ter matado todos os poloneses, russos e outros povos europeus do Leste que os nazistas planejavam matar" (op. cit., p. 214). (Nota da edição inglesa)

[89] Os três parágrafos e meio acima, de "cometer assassinatos em massa" a "população da Terra", foram omitidos de todas as versões publicadas do artigo. Não se sabe quem foi responsável pela omissão. (Nota da edição inglesa)

A Madona Sistina, *de Rafael*.

A Madona Sistina

1

As tropas vitoriosas do Exército soviético, depois de destruir e aniquilar o Exército da Alemanha fascista, levaram para Moscou quadros da Galeria de Arte de Dresden. Em Moscou, os quadros ficaram trancafiados por cerca de dez anos.

Na primavera de 1955, o governo soviético decidiu restituir as pinturas a Dresden. Antes do retorno dos quadros à Alemanha, porém, resolveu-se exibi-los por noventa dias.

E eis que, na fria manhã de 30 de maio de 1955, depois de passar, na Volkhonka, por corredores de policiais moscovitas, que organizavam o movimento da multidão de milhares de pessoas que desejavam ver as obras dos grandes artistas, entrei no Museu Púchkin, subi ao segundo andar e fui até a *Madona Sistina*.

Ao primeiro olhar, e antes de tudo, uma coisa fica evidente: ela é imortal.

Entendi que, até ver a *Madona Sistina*, empregara levianamente essa palavra de poder tremendo — imortal —, confundindo a poderosa existência de algumas obras humanas especialmente grandes com a imortalidade. E, cheio de reverência por Rembrandt, Beethoven e Tolstói, entendi que, de todas as criações do pincel, do buril e da pena que fulminaram meu coração e minha mente, apenas esse quadro de Rafael não morrerá enquanto o ser humano viver. E, ainda que o ser humano pereça, as criaturas que ocuparem seu lugar sobre a Terra — lobos, ratazanas e ursos, andorinhas — hão também de se aproximar, andando ou voando, para ver essa Madona.

Contemplaram esse quadro doze gerações humanas, a quinta parte das pessoas que viveram na Terra desde o começo das cronologias até os dias de hoje.

Ela foi contemplada por velhas mendigas, imperadores da Europa e estudantes, milionários do além-mar, papas e príncipes russos, virgens puras e prostitutas, coronéis do estado-maior, ladrões, gênios, tecelões, pilotos de bombardeiros e mestres-escolas; foi contemplada pelos maus e pelos bons.

Durante o tempo de vida desse quadro, os impérios coloniais europeus se formaram e ruíram, surgiu o povo americano e as fábricas de Pittsburgh e Detroit, ocorreram revoluções, a estrutura geral do mundo se modificou... Durante esse tempo, a humanidade deixou para trás as superstições dos alquimistas, as rodas de fiar manuais, os barcos a vela e *tarantasses*[1] postais, mosquetes e alabardas, entrando na era dos geradores, motores elétricos e turbinas, dos reatores atômicos e da fusão nuclear. Durante esse tempo, formulando o entendimento do Universo, Galileu escreveu seu *Diálogo*, Newton os *Princípios*, Einstein a *Eletrodinâmica dos corpos em movimento*. Durante esse tempo, Rembrandt, Goethe, Beethoven, Dostoiévski e Tolstói entranharam-se em nossa alma e embelezaram nossa vida.

Vi uma jovem mãe com o filho no braço.

Como transmitir o encanto de uma macieira fina e delicada ao dar sua primeira maçã, pesada e alva; de um jovem pássaro descobrindo as primeiras crias; de uma jovem corça que acabou de dar à luz? A maternidade e o desamparo de uma menina, quase uma criança.

Depois da *Madona Sistina*, é impossível chamar esse encanto de inefável, de misterioso.

Em sua Madona, Rafael revelou o segredo da beleza maternal. Mas não é aí que reside a vitalidade inesgotável de seu quadro. Ela reside no fato de que o corpo e o rosto da jovem mulher são a sua alma — por isso a Madona é tão maravilhosa. Nessa representação visual da alma materna há algo de inacessível à consciência humana.

Conhecemos as reações termonucleares, durante as quais a matéria é transformada em uma poderosa quantidade de energia, mas ainda não conseguimos conceber um processo contrário: a materialização da energia; aqui, porém, uma força espiritual, a maternidade, foi cristalizada e convertida em uma dócil Madona.

---

[1] Espécie de carroça rústica de quatro rodas usada na Rússia. (N. T.)

A beleza da Madona está solidamente ligada à vida terrena. Ela é democrática, humana; com uma beleza inerente à humanidade — de rosto amarelo, de olhos vesgos, corcundas de narizes pálidos e compridos, rostos negros de cabelos encaracolados e lábios grossos —, universal. É a alma e o espelho da humanidade, e todos que contemplam a Madona veem seu caráter humano; ela é a imagem da alma materna, e por isso sua beleza está eternamente entrelaçada, fundida à beleza que se esconde, indestrutível e profunda, em todo lugar em que a vida nasce e existe — nos porões, sótãos, palácios e calabouços.

Tenho a impressão de que essa Madona é a expressão mais ateia de vida, de humanidade, sem a participação divina.

Por instantes, pareceu-me que a Madona expressava não apenas a humanidade, mas também o que existe nos círculos mais amplos da vida terrestre, no mundo animal, em toda parte; nos olhos castanhos de uma égua amamentando, de uma vaca, de uma cadela, seria possível reconhecer, visualizar a sombra miraculosa da Madona.

O bebê em seus braços me dá a impressão de ser ainda mais terreno. Seu rosto parece mais adulto que o da mãe.

Dá para sentir que um olhar tão triste e sério, dirigido ao mesmo tempo para a frente e para dentro de si, está vendo o destino.

Ambos os rostos são tranquilos e tristes. Talvez estejam vendo o monte Gólgota, o empoeirado caminho de pedras que leva a ele, e a cruz vil, curta, pesada, grosseira, a pesar sobre esses ombrinhos que agora só sentem o calor do peito materno...

Nem angústia nem dor, porém, oprimem o coração. Surge um novo sentimento, jamais experimentado, humano e novo, como se emergisse das profundezas salgadas e amargas do mar, e o coração se põe a bater, graças a seu caráter inesperado e inusitado.

Eis aí outra particularidade do quadro.

Ele dá origem a algo de novo, como se às sete cores do espectro fosse acrescida uma oitava, que o olho desconhece.

Por que não há medo no rosto da mãe e seus dedos não se enredam em torno do corpo do filho com tal força que a morte não possa descerrá-los, por que ela não quer arrancar o filho ao destino?

Ela empurra o bebê na direção do destino, em vez de ocultá-lo.

E o menino não oculta o rosto no peito da mãe. Logo, logo vai sair de seus braços e partir na direção do destino, com os pés descalços.

Como explicar isso, como compreender? São um só, e estão separados. Veem, sentem e pensam juntos, fundidos, mas todo mundo diz que vão se separar, que não podem não se separar, que a essência de sua comunhão e sua fusão reside no fato de que vão se separar um do outro.

Há instantes amargos e pesados nos quais as crianças deixam os adultos espantados com sua sensatez, tranquilidade, resignação. Isso se manifestou nas crianças camponesas que pereceram durante os anos inférteis e de fome, nos filhos judeus dos merceeiros e artesãos na época do pogrom de Kichiniov,[2] nos filhos dos mineiros quando a sirene da mina anunciava à vila enlouquecida uma explosão subterrânea.

O que é humano no homem vai ao encontro de seu destino, e, para cada época, há um destino específico, diferente do da época precedente. O que há em comum entre esses destinos é que eles são sempre duros...

Porém, o que há de humano no homem continua a existir quando ele foi pregado na cruz ou torturado na prisão.

Sobreviveu nas pedreiras, na atividade de cortar madeira na taiga, com frio de cinquenta graus negativos, nas trincheiras inundadas de Przemyśl e Verdun.[3] Sobreviveu na existência monótona dos funcionários, na miséria das lavadeiras e faxineiras, em sua luta fatigante e inútil contra a necessidade, no trabalho triste das operárias de fábrica.

A Madona com o menino nos braços é o que há de humano no homem; aí reside sua imortalidade.

---

[2] Em abril de 1903, na cidade agora conhecida como Chișinău (capital da Moldávia), esse pogrom foi decisivo para convencer dezenas de milhares de judeus russos a emigrar. (Nota da edição inglesa)

[3] Em 1914-15, os russos sitiaram as forças austríacas na fortaleza de Przemyśl (hoje no sudeste da Polônia) por 133 dias; em *Stepan Koltchúguin*, um soldado diz a um camarada que os buracos causados pelos projéteis haviam se tornado lagos de sangue, pois a terra não tinha mais como absorvê-lo. A Batalha de Verdun, travada entre os exércitos francês e alemão, perdurou pela maior parte do ano de 1916, resultando em mais de 250 mil mortes. (Nota da edição inglesa)

Ao contemplar a *Madona Sistina*, nossa época reconhece seu próprio destino. Cada época examina essa mulher com um bebê nos braços, e uma fraternidade terna, tocante e amargurada surge entre gente de distintas gerações, povos, raças e eras. A pessoa toma consciência de si, de sua cruz, e de repente compreende a maravilhosa ligação entre os tempos, a ligação entre quem vive hoje e tudo que houve e viveu, e tudo que ainda será.

2

Mais tarde, enquanto caminhava pela rua, pasmado e desconcertado pelo poder dessa impressão repentina, não tentei me orientar em meio à confusão de sentimentos e ideias.

Não comparo essa confusão de sentimentos nem com os dias de lágrimas e felicidades que, aos quinze anos, experimentei ao ler *Guerra e paz*, nem com o que senti ao ouvir, em dias especialmente soturnos e difíceis de minha vida, a música de Beethoven.

Compreendi, então, que a representação de uma jovem mãe com um bebê nos braços não me aproximava nem de um livro nem de uma música, mas de Treblinka...

> Esses são os pinheiros, a areia, os velhos cepos que milhões de olhos humanos fitaram de seus vagões a se aproximar lentamente da plataforma. [...] Entramos no campo e percorremos a terra de Treblinka. As vagens do lupino se abrem ao menor toque e com um leve ruído. [...] O som das ervilhas a cair e o som das vagens a se abrir combinam-se em uma melodia contínua e abafada. Parece o dobre fúnebre de pequenos sinos, vindo das profundezas da terra. [...] Ei-las: camisas semidecompostas dos mortos, calças, sapatos, cigarreiras esverdeadas, engrenagens de relógio de pulso, canivetes, pincéis de barbear, castiçais, sapatinhos infantis com pompom vermelho, uma toalha com bordado ucraniano, roupa de baixo de renda, [...] potes, bidões, marmitas, xícaras infantis de plástico [...] cartas redigidas com garranchos de criança, um livrinho de versos...
> Avançamos sempre pela insondável e oscilante terra de Treblinka para, subitamente, nos deter. Cabelos louros de

mulher, de um ondulado espesso, fino, leve, encantador, se acendem sobre o solo, e, ao lado, cachos igualmente claros, e mais adiante pesadas tranças negras sobre a areia clara, e, ainda mais adiante, e mais, e mais [...]. E as vagens de lupino tilintam, tilintam, as ervilhas martelam, como se de baixo da terra viesse o som fúnebre de incontáveis sininhos minúsculos. E o coração parece que vai parar, tomado por tamanha tristeza, tamanho pesar, tamanha angústia, que a pessoa não aguenta...

A lembrança de Treblinka aflorou à minha alma, e a princípio não entendi...

Foi ela que caminhou com os ligeiros pés descalços pela terra oscilante de Treblinka, do lugar de descarga do trem à câmara de gás. Reconheci-a pela expressão do rosto e dos olhos. Vi seu filho e o reconheci pela expressão estranha e nada infantil. Eram assim as mães e filhos ao avistar as paredes brancas da câmara de gás de Treblinka contra o fundo escuro de pinheiros verdes, assim eram suas almas.

Quantas vezes examinei por entre as brumas os que chegavam de trem, mas sempre os via de forma indefinida; ora os rostos humanos pareciam deformados por um terror desmedido, e tudo se extinguia em um grito horrendo, ora a prostração física e espiritual e o desespero nublavam os rostos com uma indiferença apática e obstinada, ora um sorriso leviano de insanidade turvava o rosto das pessoas que saíam do trem rumo ao gás.

E eis que eu via a verdade desses rostos, eles tinham sido desenhados por Rafael quatro séculos antes — é assim que a pessoa vai ao encontro de seu destino.

A Capela Sistina... A câmara de gás de Treblinka...

Em nossa época, uma jovem mãe dá à luz seu bebê. É terrível ter o filho contra o coração e ouvir o rugido do povo saudando Adolf Hitler. A mãe contempla o rosto do recém-nascido e ouve o barulho e o estalido do vidro partido, o bramido das sirenes dos automóveis, o coro de lobos a entoar, nas ruas de Berlim, a canção de Horst Wessel.[4] E a batida surda do machado em Moabit.[5]

---

[4] Marcha escrita por Horst Ludwig Wessel (1907-30), ativista nazista morto em uma rixa com um grupo de comunistas. A canção virou o hino do Partido Nazista. (Nota da edição inglesa)

[5] A Gestapo usava a prisão de Moabit, em Berlim, como centro de detenção. (Nota da edição inglesa)

A mãe dá o peito à criança, enquanto milhares de milhares constroem muros, esticam o arame farpado, erguem barracas... E, em gabinetes tranquilos, projetam-se câmaras de gás, caminhões para sufocar, fornos crematórios...

Chegou o tempo dos lobos, o tempo do fascismo. Nesse tempo, a gente leva vida de lobo, e os lobos levam vida de gente.

Nesse tempo, uma jovem mãe deu à luz e criou seu bebê. E o pintor Adolf Hitler parou diante dela no prédio da Galeria de Arte de Dresden; decidia seu destino. O soberano da Europa, porém, não conseguiu encará-la, não conseguiu encarar o olhar de seu filho. Pois eles eram gente.

Sua força humana suplantou a violência dele; a Madona caminhou até o gás com seus ligeiros pés descalços, carregando o filho na terra oscilante de Treblinka.

O fascismo germânico foi arrasado; a guerra levou dezenas de milhões de pessoas, cidades imensas foram reduzidas a ruínas.

Na primavera de 1945, a Madona viu o céu do norte. Veio até nós não como visita, como viajante estrangeira, mas na companhia de soldados e motoristas, pelas estradas destruídas pela guerra; ela é parte de nossa vida, nossa contemporânea.

Ela já conhece tudo: nossa neve, o lodo frio do outono, a marmita amassada do soldado com sua sopa de aveia turva e a cebola murcha com uma crosta de pão preto.

Ela veio com eles, andou por um mês e meio num trem a ranger, tirando piolhos do cabelo macio e sem lavar do filho.

Ela é contemporânea dos tempos da coletivização geral.

E ei-la aqui, descalça, com o filho pequeno, embarcando num trem de transporte. Como é longa a jornada que tem à frente — de Oboian, na região de Kursk, na terra negra de Vorôniej, até a taiga, até as florestas pantanosas para além dos Urais, até a areia do Cazaquistão.[6]

E onde está seu pai, pequenino? Onde morreu? Em alguma cratera de bomba? Cortando madeira na taiga? De disenteria em alguma barraca?

---

[6] Mãe e filho evidentemente foram presos como cúlaques — isto é, camponeses que supostamente exploravam os outros — e estavam sendo deportados. (Nota da edição inglesa)

Vânitchka, Vânia,[7] por que tem o rosto tão triste? Depois que você e sua mãe saíram, o destino fez o sinal da cruz na janela da isbá vazia. Qual é a grande jornada que têm pela frente? Será que vão conseguir chegar? Ou será que, esgotados, vão morrer em algum lugar no meio do caminho, em uma estação de bitola estreita, na floresta, na margem pantanosa de um riacho além dos Urais?

Sim, é ela. Eu a vi em 1930, na estação Konotop,[8] chegando ao vagão do trem expresso, enegrecida de sofrimento, erguendo os olhos miraculosos e dizendo sem voz, apenas com os lábios: "Pão...". Vi seu filho, já com trinta anos, usando botas militares tão gastas que nem valeria a pena tirá-las dos pés de um defunto, com um sobretudo acolchoado rasgado no ombro branco como leite; caminhava por uma vereda em um pântano, com uma nuvem de mosquitos pairando acima de si, mas não conseguia afugentar os bilhões de auréolas vivas e cintilantes dos insetos, pois suas mãos seguravam um tronco pesado e úmido sobre o ombro. Ergueu a cabeça inclinada e vi seu rosto, com uma barba encaracolada de orelha a orelha, lábios entreabertos, vi seus olhos e imediatamente os reconheci: era ele, seus olhos fitando desde o quadro de Rafael.

Encontramos sua mãe em 1937, em seu quarto, segurando as mãos do filho pela última vez, despedindo-se, contemplando seu rosto, para depois descer pela escada deserta do prédio mudo de vários andares... Um lacre foi colocado na porta do quarto, um automóvel do Estado a aguardava lá embaixo... Como era estranho o silêncio tenso daquela hora matinal gris e cinzenta, como os andares altos estavam mudos.

E da penumbra da alvorada surge sua nova realidade: um trem, um transporte, sentinelas nas torres de madeira do campo, arame farpado, trabalho noturno nas oficinas, água quente em vez de chá, e tarimbas, tarimbas, tarimbas...

Com um passo lento e suave, usando botas de cabrim e salto baixo, Stálin aproximou-se do quadro, olhou, olhou bastante para os rostos de mãe e filho, acariciando o bigode grisalho.

---

[7] Diminutivos de Ivan. (N. T.)

[8] Konotop é uma cidade no norte da Ucrânia. Grossman estava vendo a própria mãe em um trem para Odessa. Ele descreveu o incidente em 1930, em uma carta ao pai. (Nota da edição inglesa)

Será que a reconheceu? Ele a encontrou em seus anos na Sibéria Oriental, no degredo em Nóvaia Udá, Turukhansk e Kureika, encontrou-a nas prisões temporárias, nos transportes...[9] Teria pensado nela em seu tempo de grandeza?

Só que nós, pessoas, a reconhecemos, e reconhecemos seu filho; ela é nós, seu destino é o nosso; mãe e filho são o que há de humano no homem. E se o futuro levar a Madona à China, ao Sudão, em todos os lugares as pessoas irão reconhecê-la, do mesmo jeito que hoje a reconhecemos.

A força miraculosa e tranquila desse quadro também reside no fato de ele falar sobre o que é estar vivo na Terra.

O mundo inteiro, toda a imensidão do Universo, é a escravidão submissa da matéria inanimada; apenas na vida existe o milagre da liberdade.

E esse quadro também diz quão preciosa, quão maravilhosa a vida deve ser, e que não há no mundo força que possa obrigar a vida a se transformar em outra coisa que, apesar da semelhança exterior com a vida, já não é vida.

A força da vida, a força do que é humano no homem, é muito grande, e nem a violência mais poderosa e mais perfeita pode subjugá-la; pode apenas matá-la. Eis por que os rostos de mãe e filho são tão tranquilos: eles são invencíveis. Na época de ferro da destruição da vida, sua derrota não existe.

Paramos diante dela, jovens e grisalhos que moramos na Rússia. São tempos de desassossego... As feridas não cicatrizaram, os locais incendiados continuam negros, os outeiros das sepulturas compartilhadas por milhões de soldados, nossos filhos e irmãos, permanecem por assentar. Álamos e cerejeiras chamuscados e mortos continuam montando guarda nas aldeias queimadas vivas, uma erva daninha melancólica cresce sobre os corpos incinerados de tios, mães, rapazes e moças das vilas guerrilheiras. A terra ainda cede e se move em suas fendas onde jazem os corpos

---

[9] Stálin foi exilado diversas vezes na Sibéria Oriental. Em 1903, foi mandado para a aldeia de Nóvaia Udá, na província de Irkutsk. Chegou lá em 17 de novembro, mas escapou em 5 de janeiro de 1904. Em junho de 1913, foi exilado em Turukhansk e, no começo de março de 1914, transferido para a pequena aldeia de Kureika, no norte do Círculo Ártico. (Nota da edição inglesa)

das crianças e mulheres judias assassinadas. À noite, ainda há o pranto das viúvas em um número incontável de isbás russas, de khatas bielorrussas e ucranianas. A Madona padeceu tudo isso conosco, porque ela somos nós, porque seu filho somos nós.

É terrível, é vergonhoso, é doloroso: por que a vida foi tão horrenda, será que não temos culpa disso, eu e você? Por que estamos vivos? Uma pergunta terrível e dura, que só os mortos podem fazer. Mas os mortos estão calados, não fazem perguntas.

De tempos em tempos, contudo, o silêncio do pós-guerra é quebrado pelo estrondo de explosões, e uma nuvem radiativa se estende pelo céu.

E a Terra em que todos vivemos treme: em lugar da bomba atômica, temos a bomba de hidrogênio.

Logo vamos nos despedir da *Madona Sistina*.

Ela passou nossa vida conosco. Julguem-nos, todos nós — e também a Madona e seu filho. Logo deixaremos a vida, nossas cabeças estão brancas. Mas ela, uma jovem mãe, levando o filho nos braços, seguirá ao encontro de seu destino e, com uma nova geração de pessoas, verá no céu uma luz poderosa, cegante: a primeira explosão de uma bomba superpotente de hidrogênio, anunciando o início de uma nova guerra global.

Diante do julgamento do passado e do futuro, o que poderemos dizer nós, gente da época do fascismo? Não temos justificativa.

Diremos que não houve tempo mais duro do que o nosso, mas não deixamos perecer o que há de humano no homem.

Ao olhar para a *Madona Sistina*, preservamos a fé de que a vida e a liberdade são uma coisa só, de que não há nada acima do que é humano no homem.

É isso que vai viver para sempre e triunfar.

PARTE 3
Histórias tardias

Na Armênia, final de 1961.

Introdução
Robert Chandler e Yury Bit-Yunan

Na segunda metade da década de 1950, Grossman desfrutou de sucesso público. Três edições distintas de *Por uma causa justa* foram publicadas — em 1954, 1955 e 1959 —, e ele foi laureado com uma condecoração de prestígio, a "Bandeira Vermelha do Trabalho". Enquanto isso, escrevia *Vida e destino* — geralmente considerado sua obra-prima e uma continuação de *Por uma causa justa*.[1]

A vida pessoal de Grossman, contudo, andava conturbada. Ele vinha se afastando da mulher, Olga Mikháilovna, e estava profundamente apaixonado por Iekaterina Vassílievna Zabolótskaia, mulher do poeta Nikolai Zabolotski. Os Grossman e os Zabolotski eram vizinhos, e as famílias — pais e filhos — se viam bastante. Os primeiros estágios da relação entre Zabolótskaia e Grossman foram descritos de modo convincente por Nikita, filho único dos Zabolotski. Depois de dizer que a sinceridade política de Grossman muitas vezes o deixava em situação embaraçosa, Nikita Zabolotski continua: "Nessas horas, [Grossman] ficava particularmente tocado pela sensibilidade e simpatia inatas de Iekaterina, por sua prontidão em vir socorrê-lo sempre que precisava de apoio moral. Por um longo tempo, suas relações ficaram restritas a reuniões familiares, mas depois eles começaram a caminhar sozinhos pelo Jardim Neskútchny e pelas ruas da cidade. Zabolotski viu que a amizade de Grossman com sua mulher estava evoluindo para um sentimento mais profundo."[2]

---

[1] A relação entre os dois romances é difícil de definir. *Vida e destino* já foi chamado de "continuação" e "semicontinuação" de *Por uma causa justa*; por vezes, também é classificado como a segunda parte de um díptico. (Nota da edição inglesa)

[2] Nikita Zabolotski, *The Life of Zabolotsky* (Cardiff: University of Wales Press, 1994), p. 321. Ver também pp. 323-24 e 336. (Nota da edição inglesa)

A história da relação é complexa. No final de 1956, Grossman deixou Olga Mikháilovna e se mudou, com Zabolótskaia, primeiro para um quarto alugado por ele e, depois, para um quartinho — oficialmente, um "estúdio" — que obteve do Fundo Literário. Por cerca de dois anos, Grossman e Zabolótskaia moraram juntos a maior parte do tempo, nesse quartinho ou em um apartamento na avenida Lomonóssov. No início de setembro de 1958, voltaram ambos para seus parceiros, provavelmente planejando que o retorno fosse permanente. Em 14 de outubro de 1958, contudo, Nikolai Zabolotski morreu inesperadamente de ataque cardíaco, e, um ano depois, Grossman e Zabolótskaia estavam mais uma vez morando juntos; Korotkova lembra-se de apresentar seu futuro marido a eles em 1959, no quarto na avenida Lomonóssov. E, em 1961, Grossman obteve um pequeno apartamento no novo bloco da União dos Escritores, perto da estação de metrô do aeroporto; Zabolótskaia era uma vizinha próxima, morava na mesma parte do prédio, e eles se viram todo dia até o fim da vida de Grossman.

O outro pesar que pairou sobre os últimos anos de Grossman foi o "arresto" — como os russos ainda o chamam — de *Vida e destino*. Em outubro de 1960, contra os conselhos de Lípkin e Zabolótskaia, Grossman entregou o manuscrito do livro aos editores da revista *Známia*. Era o auge do "degelo" de Khruschov, e Grossman parece ter acreditado que *Vida e destino* podia ser publicado, embora um de seus temas centrais seja a identidade entre nazismo e stalinismo. Costuma-se pensar que Grossman teve um comportamento ingênuo, mas ele era lúcido o suficiente para tomar precauções. Censurou por iniciativa própria cerca de 15% do texto que entregou.[3] Deixou uma cópia datilografada completa com Lípkin e confiou o manuscrito original a Liôlia Klestova,[4] amiga dos tempos de estudante,

---

[3] Gúber, op. cit., p. 99. (Nota da edição inglesa)

[4] A maioria das fontes publicadas se refere a essa mulher como Liôlia Dominikina. Korotkova explica a origem da confusão. Korotkova se lembra de Liôlia Klestova como uma das quatro pessoas — além dela mesma, Zabolótskaia e Grossman — presentes ao funeral do pai de Grossman, em 1956. Algum tempo depois da morte de Grossman, Zabolótskaia contou a Korotkova que Klestova havia preservado o manuscrito de *Vida e destino*

sem ligação com o mundo literário. Em fevereiro de 1961, três oficiais do KGB foram ao apartamento de Grossman. Confiscaram o texto datilografado e tudo relacionado a ele, até mesmo o papel carbono e as fitas da máquina de escrever. Esta foi uma das duas únicas ocasiões em que as autoridades soviéticas "arrestaram" um livro deixando o autor em liberdade; nenhum outro livro, à exceção de *Arquipélago Gulag*, jamais foi considerado tão perigoso.[5] Grossman se recusou a assinar um compromisso de não falar dessa visita. Concordou em levar os oficiais do KGB às duas datilógrafas e a seu primo, Viktor Cherentsis, para que confiscassem as outras cópias do texto, mas pode muito bem ter feito isso para desviar atenção das cópias que havia deixado com Lípkin e Klestova.[6] De qualquer forma, o KGB não encontrou as cópias restantes, embora evidentemente tenha feito esforços consideráveis. De acordo com Tatiana Menaker, parente distante e

---

em um apartamento comunal, em uma mala trancada, embaixo de sua cama. Críticos e jornalistas que escreviam sobre Grossman ficaram sabendo por Zabolótskaia e Korotkova que o manuscrito fora preservado por uma mulher chamada "Liôlia", mas confundiram essa Liôlia com outra Liôlia, a sobrinha (ou possivelmente filha de um casamento anterior) de uma amiga da família Dominika que fora casada com o pai de Grossman. Em suas cartas, contudo, Grossman se refere a essa outra Liôlia não como "Liôlia Dominikina", mas como "Liôlia dos Dominika" (*Dominikina Liôlia*). Nunca existiu uma Liôlia Dominikina. Simbolicamente, contudo, parece adequado que a preservação do manuscrito de Grossman seja atribuída a uma figura mítica (ver também Korotkova, "O moiom ottse", p. 48). (Nota da edição inglesa)

[5] A OGPU confiscou duas cópias do manuscrito de *Um coração de cachorro* no apartamento de Mikhail Bulgákov, em 1926; dois anos mais tarde, contudo, elas foram devolvidas. Uma comparação do tratamento dado pelas autoridades a *Vida e destino* com o tratamento dado a *Doutor Jivago* é reveladora. Pasternak mostrou *Doutor Jivago* a amigos e editores, e até confiou o manuscrito ao serviço postal soviético; seu delito não foi escrever o romance, mas publicá-lo no exterior. (Nota da edição inglesa)

[6] Antes de morrer, Grossman fez arranjos para que Klestova desse sua cópia para outro velho amigo, Viatcheslav Lobodá, que morava em uma cidade a cerca de 150 quilômetros de Moscou. Em 1988, a viúva de Lobodá deu essa cópia a Fiódor Gúber, e ela foi usada para corrigir as lacunas textuais antes da publicação, em Moscou, do texto estabelecido por Etkind e Márkich. (Nota da edição inglesa)

mais jovem de Grossman, os agentes foram até a casa de Viktor Cherentsis e escavaram toda sua horta.[7]

Em 1975, mais de dez anos após a morte de Grossman, Lípkin pediu ajuda ao escritor Vladímir Voinóvitch para publicar *Vida e destino* no Ocidente. Depois de fazer o que se revelou um microfilme inadequado, Voinóvitch pediu a Andrei Sákharov que fizesse um segundo microfilme, que mandou para o exterior. O microfilme chegou a Vladímir Maksímov, editor-chefe do jornal de emigrados *Kontinent*, mas Maksímov publicou apenas alguns capítulos do livro, selecionados de modo um tanto aleatório; sua falta de interesse possivelmente tinha a ver com seu antissemitismo. Em 1977, Voinóvitch fez um terceiro microfilme, que confiou — junto com o primeiro microfilme, de qualidade ruim — a uma professora austríaca, Rosemarie Ziegler. Ambos os microfilmes chegaram a Iefim Etkind, professor e acadêmico, então radicado em Paris. Com a ajuda de um colega, Chimon Márkich, Etkind estabeleceu um texto quase completo; isso não foi fácil, uma vez que os dois microfilmes eram defeituosos. Em seguida, várias editoras de emigrados rejeitaram o romance. Vladimir Dimitrijevic — sérvio que trabalhava para a editora L'Âge d'Homme, em Lausanne — afinal aceitou o romance e, em 1980, publicou um texto russo quase completo. Em 2003, em uma conferência sobre Grossman em Turim, Dimitrijevic disse ter sentido imediatamente que Grossman retratava "um mundo em três dimensões", e que era um dos raros escritores cujo objetivo "não era provar uma coisa, mas fazer as pessoas vivenciarem algo".

Grossman, contudo, não viveu para ver nada disso; não sabia que seus manuscritos seriam preservados, que dirá publicados. De acordo com Lípkin: "Grossman envelhecia diante de nossos olhos. Seu cabelo encaracolado ficou grisalho, e a calvície começou a aparecer. Sua asma [...] retornou. Seu passo se tornou vacilante".[8] O próprio Grossman disse: "Eles me estrangularam em um canto escuro".[9]

Tatiana Menaker nos forneceu outro vislumbre de Grossman nesses anos, embora a primeira de suas lembranças, na

---

[7] "Possviassháietsia Vassíliu Gróssmanu", em *Narod moi*, 18, 30 de setembro de 2007. (Nota da edição inglesa)

[8] Lípkin, op. cit., p. 582. (Nota da edição inglesa)

[9] Ibid., p. 575. (Nota da edição inglesa)

verdade, seja de 1959, dois anos antes do "arresto" de *Vida e destino*: "Um misterioso muro de pedra de coisas não ditas e segredos estava sempre a cercá-lo. Minha primeira recordação dessa tristeza e segredo vem do ano de 1959, quando passei férias de inverno na casa de Viktor Cherentsis em Moscou. Grossman visitava todo dia, e eu vivia sendo expulsa para o corredor, lotado de livros. Não era de surpreender: como minha avó sempre repetia, 'até o gato trabalha para a OGPU'.[10] Eu sabia que Grossman era um escritor famoso. Tínhamos aqueles romances enormes, que eram publicados em milhões de cópias, mas jamais me explicaram aquela aura de tristeza e tragédia enquanto ele estava vivo. Mais tarde, compreendi que as pessoas que vinham ao nosso apartamento compartilhavam com Grossman suas memórias dos campos de prisioneiros. Lembro-me vividamente de ter sentido, na presença delas, a veracidade da observação de Grossman, de que essas pessoas estavam 'congeladas no tempo'."[11]

A partir do final de 1961, Grossman estava sempre seriamente doente. Ele não percebeu, mas padecia dos primeiros estágios de um câncer. Um médico atribuiu seus sintomas à ingestão de comida apimentada demais em uma viagem à Armênia, em novembro e dezembro de 1961. Lípkin também se lembra de Grossman contando para ele, no final de 1962, que havia sangue em sua urina; parece não ter seguido o conselho médico de visitar um urologista.[12] Em maio de 1963, passou por uma operação para remover um dos rins — o local inicial de seu câncer.

Mais tarde, em 14 de setembro de 1964, depois de um período de vários meses no hospital, Grossman morreu de câncer no pulmão.[13]

Apesar de todas as provações de Grossman, os três anos e meio entre o "arresto" de *Vida e destino* e sua morte consti-

---

[10] "Kochka slujit v GPU", em russo. (Nota da edição inglesa)

[11] E-mail de Tatiana Menaker. Korotkova sugere que a sensação de Menaker de tensão e tristeza de Grossman pode ao menos em parte ser creditada à tensão (da qual Korotkova veio a saber apenas muito depois da morte de Grossman) entre Grossman e Viktor Cherentsis. Suas próprias lembranças do pai são bastante diferentes. (Nota da edição inglesa)

[12] Lípkin, op. cit., p. 615. (Nota da edição inglesa)

[13] De acordo com Korotkova, John e Carol Garrard estão errados ao atribuir a morte de Grossman a câncer no estômago. (Nota da edição inglesa)

tuem um notável período de criatividade. Nesse intervalo, além de *Tudo de bom!* — relato vívido de seus dois meses na Armênia —, ele escreveu seus melhores contos e cerca de metade de *Tudo flui*, incluindo o julgamento dos quatro Judas, o relato do Terror da Fome e os capítulos sobre Lênin, História da Rússia e a alma russa que possivelmente constituem a melhor passagem da escrita histórico-política em russo. Esse grau de criatividade lança dúvidas sobre o ponto de vista amplamente difundido segundo o qual Grossman estava severamente deprimido em seus últimos anos. O próprio Grossman escreveu à mulher, em outubro de 1963: "Estou de bom humor e trabalhando avidamente. Isso muito me surpreende — de onde vem esse bom humor? Sinto que devia ter largado as mãos em desespero muito tempo atrás, mas elas insistem em ficar estupidamente esticadas, querendo mais trabalho".[14]

Se *Vida e destino* tem algo em comum com uma sinfonia de Chostakóvitch, *Tudo flui*, *Tudo de bom!* e os contos que Grossman escreveu nesses últimos anos se parecem mais com os quartetos de cordas desse compositor. Em termos estilísticos, estruturais e até mesmo filosóficos, são obras mais ousadas do que *Vida e destino*. Suas qualidades ficam especialmente evidentes se as comparamos com duas histórias de meados da década de 1950. "Abel" (1953) fala da tripulação do avião que lançou a primeira bomba atômica, em Hiroxima; "Tiergarten" (1955) é sobre um funcionário de zoológico misantropo de Berlim nos últimos dias da guerra. Embora importantes no desenvolvimento do pensamento político e filosófico de Grossman, ambas têm algo de forçado. Um pouco como os animais enjaulados que descreve em "Tiergarten", Grossman repetidamente pisa o mesmo solo, asseverando o valor da liberdade mas fracassando em alcançá-la. Nas obras derradeiras, contudo, ele consegue — como na segunda parte de "A Madona Sistina" — conciliar verdade moral, artística e até mesmo factual. Essas últimas obras não apenas exaltam a liberdade, elas também a encarnam. O tema é na maior parte sombrio, mas o caráter vivo da inteligência de Grossman torna as obras surpreendentemente encorajadoras.

* * *

---

[14] Ibid., p. 189. (Nota da edição inglesa)

O primeiro conto desta seção é "O alce", provavelmente escrito em 1954 ou 1955. Em fevereiro de 1958, Grossman anotou, em uma carta: "Visitei a fortaleza de Pedro e Paulo e estive no aposento em que Andrei Jeliábov foi confinado antes de sua execução. Quero escrever sobre ele".[15] Andrei Jeliábov era uma figura importante da organização terrorista conhecida como A Vontade do Povo e foi executado em 1881, por seu papel no assassinato do tsar Alexandre II. Na verdade, Grossman jamais escreveu um conto em que Jeliábov tenha desempenhado um papel central, mas ele é uma importante presença de fundo em "O alce". Aleksandra Andrêievna, a heroína da história, é obcecada pela Vontade do Povo. Como arquivista, estuda as várias organizações revolucionárias do período, e tem um retrato de Jeliábov pendurado na parede do quarto que divide com o marido. Grossman até lhe deu um nome que une os prenomes do tsar assassinado e do terrorista executado.

"O alce" pode ser lido de diversas formas. É uma evocação realista da miséria de uma doença terminal; contém uma crítica implícita da violência do homem contra os animais — tema recorrente na obra de Grossman —;[16] e insinua as formas como a violência se repete, em ciclos complexos. Assim como Jeliábov ajuda a assassinar o tsar e é executado, Dmitri Petróvitch observa o alce fêmea pela mira do rifle para, muitos anos mais tarde, ser observado pelos olhos vítreos do animal, quando jaz,

---

[15] Gúber, op. cit., p. 41. Grossman continuou, provavelmente até o final da vida, a reverenciar Jeliábov e A Vontade do Povo. Em 1961, em carta à velha amiga Ievguênia Taratuta, escreveu: "Agora estou ficando velho, meu cabelo está embranquecendo, mas meus sentimentos pelos membros da Vontade do Povo não envelhecem. Meus sentimentos por eles são os mesmos de meus dezesseis anos. Há neles algo de divino e sagrado, mesmo que estivessem empenhados em uma tarefa sangrenta e terrível" (Botcharov, op. cit., p. 318). (Nota da edição inglesa)

[16] Nos seus "Pensamentos e contos sobre animais e pessoas", Grossman ataca a caça, a pesca e nosso tratamento aos animais domésticos (*Raduga* [Kiev: 1988, outubro], pp. 122-23). Grossman nutria um profundo amor pelos animais. De acordo com Korotkova: "Sempre havia cães e gatos na casa dele, e [meu pai] tinha um jeito maravilhosamente engraçado de falar com eles. Eu sempre ficava fascinada ao ouvi-lo conversar com o gato Micha" ("O moiom ottse", pp. 48-50). (Nota da edição inglesa)

moribundo. Também é possível que a obsessão de Aleksandra Andrêievna com A Vontade do Povo esteja a ponto de levá-la à sua própria execução: os primeiros bolcheviques veneravam os terroristas revolucionários da década de 1870, mas, em meados dos anos 1930, tais terroristas tinham voltado a se tornar figuras suspeitas. Temendo que A Vontade do Povo pudesse inspirar uma nova geração de terroristas, e talvez assustado por seu nome, Stálin aos poucos fechou os jornais e museus associados a ela, e removeu de lugares públicos toda menção à organização e a seus membros. Rebatizar o barco a vapor do Volga — de *Sófia Peróvskaia* (revolucionária famosa) para *Valéria Bársova* (célebre cantora) — foi apenas um dos exemplos do segundo silenciamento da Vontade do Povo. É característico que Aleksandra Andrêievna se queixe do novo nome do barco a vapor — e mais significativo ainda que um colega mais jovem, que bem pode estar a serviço do NKVD, a critique em público pelo interesse excessivo nos anos 1870. No final da história, Aleksandra Andrêievna não consegue voltar para casa quando é esperada. Nem seu marido nem o leitor jamais ficam sabendo o que lhe aconteceu.

"Mamãe" — o conto seguinte da seção — também é ambientado nos anos 1930. É baseado na história verídica de uma órfã que foi adotada por Nikolai Iejov e sua mulher, Ievguênia; Iejov foi o chefe do NKVD entre 1936 e 1938, no auge do Grande Terror. A órfã, Natália Khaiutina, ainda está viva enquanto concluímos esta introdução [2010] e, ao longo dos últimos vinte anos, vem dando diversas entrevistas a jornalistas. Sua história é interessante independentemente do tratamento dado a ela por Grossman, e é discutida em um apêndice. Seu próprio relato dos vinte primeiros anos, contudo, diverge pouco do de Grossman. Assim como nos artigos sobre a guerra e a Shoah, Grossman parece ter feito todo o possível para averiguar a verdade histórica, empregando sua capacidade de imaginação para criar uma realidade alternativa, entrando porém de modo mais profundo na realidade histórica.

Todos os políticos soviéticos mais proeminentes daquela época, inclusive o próprio Stálin, visitavam a casa de Iejov — bem como muitos artistas importantes, músicos, cineastas e escritores, entre os quais Isaac Bábel. Vemos essas figuras, contudo, apenas pelos olhos de Nádia, como Grossman chama a órfã, ou de sua afável babá camponesa. Grossman nos leva ao mais escuro dos mundos, porém com compaixão, e de uma perspectiva de peculiar inocência — a babá é descrita como a única pessoa do apartamento "com olhos tranquilos". A evocação de Grossman da ambivalência de Bábel, sua incerteza quanto a qual mundo ele pertence, é especialmente tocante. Na maior parte, Nádia não tem dificuldade em distinguir entre os políticos que vêm visitar seu pai e os artistas que vêm visitar a mãe. Bábel, contudo, a confunde; aparentemente, veio para ver sua mãe, mas se parece mais com os convidados do pai, e Nádia talvez sinta que na verdade é seu pai que interessa Bábel de modo mais profundo.

Grossman escreveu a história cerca de vinte e cinco anos após o fuzilamento de Bábel. Admirava o escritor, e provavelmente teria considerado errado fazer qualquer crítica pública de uma figura tão trágica. Em conversa, contudo, era mais direto. Lípkin lembra-se de contar a Grossman que, em 1930, ouvira Bábel dizer: "Acredite em mim [...], agora aprendi a observar tranquilamente pessoas sendo fuziladas". Lípkin cita a resposta de Grossman: "Que pena eu tenho dele, não por ter morrido tão jovem, não por ter sido assassinado, mas por ter proferido palavras tão insanas — logo ele, um homem inteligente, talentoso, um espírito elevado. O que aconteceu a esse espírito? Como podia celebrar o Ano-Novo com os Iejov? Por que gente tão rara — ele, Maiakóvski, seu amigo Bagritski — se sentia tão atraída pela OGPU? Qual é o fascínio da força, do poder? [...] Eis aí uma coisa em que realmente precisamos pensar. Não é brincadeira, é um fenômeno terrível".[17] Não há tais críticas em "Mamãe", mas Grossman delicadamente insinua a extrema curiosidade de Bábel em uma frase que apagou de um de seus esboços: "Sua [de Marfa Demêntievna] mente calma, justa e clara tinha percebido muitas coisas que o perceptivo e sensível Isaac Bábel, que ela considerava o mais bondoso dos convidados de Nikolai Ivánovitch, ansiaria por saber".[18]

Em "Na cidade de Berdítchev", escrito antes, Grossman faz uma crítica implícita a Bábel; em "Mamãe", evoca-o com

---

[17] Lípkin, op. cit., p. 589. (Nota da edição inglesa)
[18] RGALI, fond 1710, opis 3, ed. Khr. 23. (Nota da edição inglesa)

respeito e afeto. Entretanto, as duas histórias têm muito em comum. Em "Mamãe", assim como em "Na cidade de Berdítchev", Grossman justapõe o mundo da violência masculina e o mundo da maternidade. Korotkova escreveu com grande sensibilidade a respeito desse aspecto de "Mamãe": "Há tantas mães na história que você começa a pensar que, se olhar mais de perto, vai encontrar ainda mais, talvez até no orfanato.[19] O tema da 'mãe' perpassa toda a história — rostos dóceis, olhos bondosos, gaivotas e um rebentar de ondas que pode ser de um filme, ou das profundezas desconhecidas chamadas de subconsciente. É muito estranho. Um conto aterrador e desesperado sobre solidão, sobre talento esmagado e gente destruída, transmite não apenas um sopro de frio mortal, como a respiração cálida do amor materno".[20]

Várias das últimas histórias de Grossman podem ser lidas como respostas à obra de Andrei Platônov, o único escritor dentre seus contemporâneos que Grossman realmente admirava.[21]

Platônov era seis anos mais velho do que Grossman, mas Grossman era uma figura mais estabelecida, e houve pelo menos uma ocasião em que ele conseguiu ser de real ajuda ao amigo; em 1942, pediu a David Ortenberg, editor-chefe do *Estrela Vermelha*, para tomar Platônov sob sua proteção, dizendo que "esse bom escritor" era "indefeso" e "sem posição estabelecida".[22] Ortenberg imediatamente admitiu Platônov como correspondente de guerra. Mais tarde, Grossman convidou o amigo para colaborar com o *Livro negro*; em algum momento de 1945, Platônov recebeu a responsabilidade por todo o material relativo ao gue-

---

[19] De fato, no manuscrito de Grossman há menção a mais uma mãe. Ver nota 9 à p. 225. (Nota da edição inglesa)

[20] Iekaterina Korotkova-Grossman, "Neozhidanny Grossman", em *Almanakh*, número 7-9, tomo I. Ver <almanah-dialog.ru/archive/archive_7--8_i/pri3>. (Nota da edição inglesa)

[21] Gúber, Korotkova e Lípkin escreveram sobre a amizade entre os dois escritores e sua admiração mútua. (Nota da edição inglesa)

[22] D. Ortenberg, "Andrei Platônov — Frontovoi Korrespondent", em N. V. Kornienko e E. D. Shubina (orgs.), *Andrei Platônov: Vospominánia sovremênnikov* (Moscou: Sovrêmenny pissátiel, 1994), p. 105. (Nota da edição inglesa)

to de Minsk.[23] Durante a doença final de Platônov, Grossman visitava-o quase todo dia,[24] e fez um dos principais discursos de seu funeral. Em uma transmissão radiofônica de 1960 baseada nesse discurso, Grossman descreveu Platônov como "um escritor que queria entender os fundamentos mais complexos — o que na verdade quer dizer os mais simples — da existência humana". Lípkin se refere a essa transmissão como "as primeiras palavras dignas e sensíveis ditas na Rússia sobre Platônov".[25]

Platônov e Grossman são bastante diferentes em muitos aspectos. A prosa de Platônov com frequência está próxima da poesia, enquanto a de Grossman talvez seja tão próxima do jornalismo quanto a grande prosa pode ser. Contudo, ambos evidentemente encontraram muita coisa em comum. Em suas lembranças dos tempos de guerra, Ortenberg escreve: "Grossman, assim como seu amigo Andrei Platônov, não era falante. Às vezes vinham os dois ao *Estrela Vermelha*, instalavam-se nos sofás [...] e ficavam lá uma hora inteira, sem dizer nada. Sem palavras, pareciam estar entabulando uma conversa que só eles entendiam".[26] Lípkin, de sua parte, descreve Platônov como "mais independente em seus juízos" e Grossman como um escritor "mais tradicional". Ele conta como ficava sentado, com Platônov e Grossman, na rua oposta ao apartamento de Platônov. Os três se revezavam, inventando histórias a respeito dos passantes. As de Grossman eram detalhadas e realísticas; as de Platônov eram "sem trama",

---

[23] Platônov não costuma ser listado entre os colaboradores do *Livro negro*. Nina Malýguina, contudo, descobriu um documento dos arquivos do Comitê Antifascista Judaico confirmando a transmissão a Platônov de uma variedade de materiais relativos ao gueto de Minsk. Malýguina transcreve o documento (GARF, fond 8114, opis 1, delo 945, p. 164) em seu artigo "O tema judaico na obra de Andrei Platônov", (em *Poética semântica da literatura russa. Pelo jubileu da professora Naum Lazárevitch Leiderman*, Ekaterimburgo, 2008), pp. 128-39. Ver também Shimon Redlich, *War, Holocaust and Stalinism* (Harwood Academic Publishers, 1995), pp. 353-54. (Nota da edição inglesa)

[24] Lípkin, op. cit., p. 527. A nora de Platônov, Tamara Grigórievna Platônova, confirmou isso em conversa com Nina Malýguina (e-mail de Malýguina). (Nota da edição inglesa)

[25] Ibid., p. 528. (Nota da edição inglesa)

[26] Botcharov, op. cit., p. 323. (Nota da edição inglesa)

mais focadas na vida interior da pessoa, que era "ao mesmo tempo incomum e simples, como a vida de uma planta".[27]

Ainda mais interessante, contudo, é o quanto Grossman, do período da morte de Platônov, em 1951, até sua própria morte, em 1964, parece ter absorvido algo do estilo e da visão idiossincrática do amigo — quase como se estivesse tentando manter o espírito de Platônov vivo. "A cachorra" é sobre uma vira-lata chamada "Pestruchka" — a primeira criatura viva a sobreviver a uma viagem espacial. Com sua capacidade para a devoção, sua vida passada como errante sem-teto e sua compreensão rápida da tecnologia, Pestruchka tem muita coisa em comum com os heróis rústicos de Platônov. Em outro conto, "A estrada", Grossman se parece mais com Platônov do que o próprio Platônov. Este com frequência mostra como gente sem instrução lida com questões filosóficas difíceis; Grossman nos apresenta uma mula que não apenas resolve o dilema de Hamlet sobre ser ou não ser como chega inclusive ao conceito de infinito.

Como Platônov, Grossman transita com liberdade entre ideias abstratas e o aspecto físico, expresso de modo intenso. A descrição, no final de "Em Kislovodsk", de um marido beijando a lingerie e os chinelos da esposa remete a uma passagem de *Moscou feliz*, de Platônov: "Ela lhe deu os sapatos para carregar. Sem que notasse, ele os cheirou, e até chegou a tocá-los com a língua; agora, nem a própria Moscou Tchestnova, nem nada referente a ela, por mais sujo que fosse, poderia fazer Sartorius se sentir enojado, e ele poderia ter olhado para os dejetos de seu corpo com o maior dos interesses, visto que, pouco tempo antes, haviam feito parte de uma pessoa esplêndida".[28] Um momento ainda mais platonoviano acontece em "Tiergarten", quando um funcionário misantropo de zoológico beija seu querido gorila nos lábios.

---

[27] Lípkin, op. cit., p. 527. (Nota da edição inglesa)

[28] Fiódor Gúber escreve que Grossman "estava em êxtase (*byl v vostôrguie*) com relação à obra do amigo, e conhecia sua parte subterrânea (ou seja, não publicada)" (op. cit., p. 41). E Lípkin ouviu Platônov ler em voz alta *Alma* (*Djan*), que só foi publicado quinze anos após sua morte (op. cit., p. 524). Não há, contudo, relatos de Platônov mostrando ou lendo *Moscou feliz* a ninguém. Não é impossível que Grossman conhecesse a passagem sobre Sartorius, mas é improvável. (Nota da edição inglesa)

Grossman e Platônov compartilhavam uma admiração pela gente trabalhadora, simples, não intelectual. Lípkin sugere que, no caso de Grossman, isso vinha das crenças populistas em que havia sido embebido pelos pais, enquanto, no caso de Platônov, era simplesmente parte de uma reverência panteísta pela vida, em todas as suas manifestações.[29] No final da carreira de Grossman, tal diferença cessara de existir; suas últimas narrativas estão imbuídas de uma reverência panteísta bastante similar à de Platônov.

Assim como "A cachorra", "A inquilina" (escrito em 1956) é uma resposta a um evento histórico importante — nesse caso, a libertação de centenas de milhares de prisioneiros do Gulag entre 1953 e 1956. Em 1956, no aniversário da morte de Stálin, a poeta Anna Akhmátova disse: "Agora aqueles que foram presos retornarão, e duas Rússias voltarão a se olhar nos olhos — a Rússia que mandou gente para os campos e a Rússia que foi mandada para os campos".[30] A velha heroína de Grossman, porém, volta a Moscou depois de dezenove anos nos campos para encontrar nada mais — nada menos — que indiferença. Logo após se mudar para um apartamento comunal com o que os outros inquilinos veem como uma quantidade absurdamente pequena de pertences, ela morre. Pouco se sabe dela, exceto que foi alguém importante, e logo é esquecida. Certa manhã de domingo, os inquilinos estão jogando baralho quando o carteiro traz uma carta para a velha. Só uma pessoa, uma adolescente, chega a reconhecer seu nome. É uma carta oficial importante: o finado marido da mulher, que morreu na cadeia, em 1938, foi reabilitado "por falta de evidências". A princípio, ninguém sabe o que fazer com a carta, até que os inquilinos concordam que ela deve ser entregue à direção do condomínio.

O conto termina com um jogo de palavras assustador e infelizmente intraduzível. Um dos jogadores pergunta: "*Komú sdavat?*". Isso pode ser entendido tanto como "Quem dá as cartas?" como "Quem entrega o documento?". A resposta — "*Kto ostálssia, tomú i sdavat*" — pode ser entendida como "Quem

---

[29] Lípkin, op. cit., p. 526. (Nota da edição inglesa)

[30] Lídia Tchukóvskaia, *Notas sobre Anna Akáhmtova* (Moscou: 1997), vol. 2, p. 190. (Nota da edição inglesa)

perdeu dá as cartas" ou como "Quem sobreviveu entrega o documento". Anatoli Botcharov interpreta esse denso pacote de significados díspares como uma expressão, por parte de Grossman, da preocupação de que "aqueles que sobreviveram não devem se permitir ser enganados".[31]

As três últimas histórias da coleção — "A estrada", "A cachorra" e "Em Kislovodsk" — contêm repetições pontuais da expressão "vida e destino". Essas palavras são como marcadores, ou badaladas de sino, que dizem ao leitor o quanto a perda do romance dominava os pensamentos de Grossman.[32]

"A estrada" (1961-62) pode ser lido como uma destilação de *Vida e destino*, uma recriação em miniatura. Pode até representar uma tentativa, por parte de Grossman, de compensar o "arresto" do romance, de obter o melhor do desespero que isso lhe havia ocasionado. Nem mesmo em *Vida e destino* ele evoca de forma tão poderosa o caráter inexorável da campanha de inverno, que culminou na Batalha de Stalingrado. As evocações do horror da guerra e o milagre do amor parecem ainda mais universais devido ao ponto de vista inesperado a partir do qual a história é contada — o de uma mula de um regimento italiano de artilharia.

"Em Kislovodsk", último conto de Grossman, também se passa no primeiro ano da guerra. Nikolai Víktorovitch, médico soviético muito bem estabelecido, com um amor talvez excessivo

---

[31] Botcharov, op. cit., p. 336. (Nota da edição inglesa)

[32] "A avalanche" — de 1963, não incluído aqui — pode ser lido como uma expressão da ansiedade de Grossman sobre o que aconteceria com seu legado. Uma velha acaba de morrer. Seus filhos e netos dividem seus pertences com dificuldade; uns são rudes e gananciosos, outros hipócritas. A história termina com um toque de graça inesperada: Irina, a neta mais nova, vem descendo a rua em uma ensolarada manhã de domingo. Do outro lado da rua, alguém assobia a ária do toureiro, de *Carmen*; um homem, caminhando ao lado de Irina, junta-se a ele, murmurando a mesma ária, de forma esquisita. Os dois homens se entreolham. Irina pensa: "A herança de Bizet parece tão fácil de dividir!". Pode-se pensar que Grossman, assim como Irina, sentia inveja e pasmo com relação a Bizet. Um compositor, pelo menos em alguns aspectos, tem mais sorte que um romancista. Um romance longo, complexo e subversivo, no final das contas, não tem como ser passado de pessoa a pessoa, no meio da rua. (Nota da edição inglesa)

pelo conforto e a beleza, não é uma pessoa má, nem completamente egoísta — mas sempre esteve disposto demais a fazer acordos. A história termina com uma nota de redenção. Quando os nazistas pedem que ele facilite o assassinato dos soldados soviéticos que são seus pacientes, Nikolai comete suicídio. Sua mulher junta-se a ele. Em seus últimos momentos, marido e mulher, normalmente de gosto impecável, permitem-se um comportamento "vulgar", dançando de modo "vulgar", dando beijos de despedida em sua querida porcelana e um no outro, como se fossem jovens amantes.

Uma fonte importante do texto é "Os alemães em Kislovodsk", artigo do *Livro negro* baseado nas recordações de um velho judeu, Moisei Samuílovitch Ievenson, que, protegido por sua esposa russa, sobreviveu à ocupação alemã. Suas memórias foram preparadas para o *Livro negro* pelo acadêmico e teórico da literatura Viktor Chklovski.[33] O artigo inclui uma breve menção a dois médicos judeus que cometeram suicídio com suas esposas — embora eles, diferentemente de Nikolai Víktorovitch, o tivessem feito apenas por saberem que, de qualquer modo, seriam fuzilados. É interessante que Grossman tenha escolhido, no último ano de vida, regressar a material do *Livro negro*, mas não é menos interessante que tenha decidido cortar da narrativa quaisquer referências aos judeus e à Shoah. Isso lança pelo menos algum grau de dúvida sobre a visão defendida por Lípkin e pelos Garrard, de que Grossman, em seus últimos anos, estava obcecado por questões de sofrimento judaico e identidade judaica.

Em resposta às exigências dos nazistas, Nikolai Víktorovitch mostra uma força moral que jamais havia demonstrado. Pelos padrões da maioria das pessoas, Grossman mostrou grande força moral ao longo de sua vida — mas seus próprios padrões eram severos, e não há dúvida de que ele se criticava pelos diversos acordos que havia feito ao longo das décadas. Até o "arresto" de *Vida e destino*, Grossman tentara trabalhar dentro do sistema; apenas nos últimos três anos parou de fazer acordos. Essa nova intransigência lhe custou muito. Em dezembro de 1962, por exemplo, ele preferiu não publicar *Tudo de bom!* na *Nóvy Mir* em vez de concordar com a supressão de um breve parágrafo so-

---

[33] Iliá Ehrenburg e Vassili Grossman, op. cit., pp. 219-22. (Nota da edição inglesa)

bre a Shoah e o antissemitismo russo. Lípkin, considerando que uma nova publicação seria de grande ajuda a Grossman, tanto do ponto de vista financeiro quanto de sua posição pública, pediu--lhe que concordasse, mas em vão. Grossman parece ter achado melhor se tornar uma não pessoa do que trair a si mesmo, a seu povo e à memória de sua mãe.

A intensidade da determinação de Grossman a se comportar de forma honrada e sua consciência do quão difícil é não se curvar às pressões são ilustradas por uma passagem das memórias de Anna Berzer, a editora da *Nóvy Mir* responsável pela publicação de vários de seus textos no começo dos anos 1960. Berzer era uma das visitas mais regulares de Grossman em seus últimos meses no hospital, e uma das únicas quatro pessoas a quem ele mostrou *Tudo flui*. Ela relata uma ocasião em que Grossman despertou do sono em sua presença. Ainda no mundo dos sonhos, disse: "Eles me levaram para interrogatório à noite. Eu não traí ninguém, certo?".[34]

---

[34] Anna Berzer, *Despedida* (Moscou: Kniga, 1990), p. 251. (Nota da edição inglesa)

O alce

Aleksandra Andrêievna, ao sair para o trabalho, colocava na cadeira, coberta por um guardanapo, um copo de leite e um pires com açúcar branco, e beijava Dmitri Petróvitch na têmpora quente e cavada.

À noite, ao voltar para casa, imaginava o sofrimento do doente solitário. Ao vê-la, ele se erguia sobre um cotovelo, e seus olhos vazios ganhavam vida.

Certa vez, disse:

— Quanta gente você encontra no metrô, no trabalho, enquanto eu, tirando essa cabeça carcomida pelas traças, não vejo ninguém.

E apontou, com o dedo pálido, para a cabeça castanha de alce pendurada na parede.

Os colegas se compadeciam de Aleksandra Andrêievna, por saberem que seu marido estava gravemente doente e que ela velava por ele, inclusive à noite.

— Aleksandra Andrêievna, a senhora é uma verdadeira mártir — diziam-lhe.

Ela respondia:

— Que nada, isso não é nada difícil, muito pelo contrário...

Porém, essa carga horária de vinte horas, no trabalho e em casa, estava acima das forças da mulher envelhecida e adoentada, e, devido à vigília constante, sua pressão subiu, e começaram as dores de cabeça.

Aleksandra Andrêievna escondia do marido sua indisposição; mas, às vezes, ao andar pelo quarto, parava subitamente e, como se tentasse lembrar-se de algo, colocava a mão na parte inferior da testa e dos olhos.

— Sacha,[1] descanse, tenha pena de si mesma — dizia ele.

---

[1] Diminutivo de Aleksandra. (N. T.)

Tais pedidos, porém, deixavam-na amargurada, até mesmo zangada. Quando chegava ao trabalho, na seção de arquivo da Biblioteca Central, ela se esquecia da noite dura, e Zoia, a loirinha que pouco tempo antes concluíra o instituto e era estagiária do arquivo, dizia:

— Sente-se, suas pernas estão inchadas.

— Não me queixo — respondia Aleksandra Andrêievna com um sorriso.

Em casa, contava ao marido dos manuscritos e documentos que analisara no trabalho; adorava os anos 1870-1880, achava preciosas quaisquer ninharias referentes não apenas a Ossinski, Kovalski, Khaltúrin, Jelvakov, Jeliábov, Peróvskaia, Kilbátchitch, mas também a dezenas de revolucionários esquecidos na órbita próxima ou distante do Círculo de Tchaikovski, do Círculo de Ischútin, da Repartição Negra e da Vontade do Povo.[2]

Dmitri Petróvitch não compartilhava do entusiasmo da mulher. Explicava tal fervor pelo fato de ela vir de uma família revolucionária. O álbum de família estava cheio de fotografias de moças de cabelo curto com rostos severos, vestidos de cintura estreita, mangas compridas e colarinhos negros altos, e estudantes de cabelo comprido e mantas nos ombros. Aleksandra Andrêievna se lembrava de seus nomes, de seus destinos tristes, nobres e esquecidos por todos: esse morreu no degredo, de tuberculose, essa se afogou no Ienissei, aquela pereceu trabalhando na província de Samara na época de uma epidemia de cólera, uma terceira perdeu a razão e faleceu em um hospital da prisão.

---

[2] Tchaikovski: sociedade literária criada em 1869, devia seu nome ao subversivo Nikolai Tchaikovski (1850-1926), que se opôs aos bolcheviques em 1917. Também conhecida como Grande Sociedade de Propaganda, era contrária à violência pregada por Serguei Netcháev (1842-87). Círculo de Ischútin: seguidores de Nikolai Ischútin (1840-79), revolucionário preso em 1866 por tentativa de assassinato do tsar Alexandre II. Repartição Negra: organização criada em 1879 a partir de um cisma da Terra e Liberdade (da qual Herzen fora um dos fundadores), e que se opunha ao uso da violência. Vontade do Povo: organização responsável pelo assassinato do tsar Alexandre II, em 1881, da qual fez parte a maioria dos revolucionários citados na frase, à exceção de Ossinski (bolchevique morto nos expurgos stalinistas de 1938) e Kovalski (executado por subversão em 1878). (N. T.)

Dmitri Petróvitch, engenheiro especialista em turbinas, achava tudo aquilo distinto, mas não muito necessário. Não havia como conseguir lembrar os sobrenomes duplos dos populistas: Íllitch-Svítytch, Serno-Soloviévitch, Petrachevski-Butachevitch, Debagori-Mokrievitch... Ficava confuso com a abundância de nomes; só de Mikháilov havia três: Adrian, Aleksandr e Timofei. Confundia o tchaikovskiano Sinegub com Lizogub, da Vontade do Povo...

Não entendia por que a mulher tinha ficado tão aflita, em uma viagem de verão no Volga, ao encontrar, perto de Vassilsursk, um barco a vapor que antes se chamava *Sófia Peróvskaia* e que, depois de reparos e uma nova pintura, fora rebatizado de *Valéria Bársova* — afinal, Bársova tinha uma voz notável.

Certa vez, em uma viagem a Kiev, disse a Aleksandra Andrêievna:

— Olha só, tem uma farmácia grande com o nome de Jeliábov!

Brava, ela gritou:

— Deviam dar o nome de Jeliábov não a uma farmácia, mas à Kreschátik![3]

— Ah, Churotchka,[4] que exagero — disse Dmitri Petróvitch.

Estranhava o ascetismo da Vontade do Povo, o fanatismo quase religioso de seus membros.

Tinham passado, as novas gerações os haviam esquecido.

Dmitri Petróvitch apreciava coisas bonitas, vinho, ópera, era um aficionado da caça. Mesmo na idade madura, gostava de usar o terno da moda, combinando com uma gravata bem ajustada.

Poderia parecer que Aleksandra Andrêievna, que era indiferente a trajes e objetos caros, não apreciava tais inclinações.

Mas ela gostava de tudo nele, de todas as suas fraquezas e paixões. Compartilhava com ele suas ideias sobre os tempos que lhe causavam admiração, a trágica luta da Vontade do Povo.

E agora que ele jazia doente na cama, ela lhe contava suas amarguras.

— Sabe, Mítia,[5] na reunião, Zoia, nossa estagiária, uma jovem encantadora, me criticou; diz que eu a sobrecarrego com trabalho desnecessário ligado aos anos 1870 e 1880...

---

[3] Principal rua de Kiev. (N. T.)

[4] Diminutivo de Aleksandra. (N. T.)

[5] Diminutivo de Dmitri. (N. T.)

Ao ouvir a mulher, e vendo suas faces corarem de raiva, Dmitri Petróvitch pensou que ela era a única criatura indissoluvelmente ligada a ele em pensamento, sentimento, cuidados constantes; os demais, mesmo a filha, só tinham dele uma recordação, não se lembravam de verdade.

Era estranha a ideia de que naqueles momentos em que Aleksandra Andrêievna, arrebatada pelo trabalho, deixava de pensar nele, ninguém se lembrava de Dmitri, de que não estava ligado nem pelo mais tênue fiozinho a nenhuma das pessoas de quaisquer cidades, aldeias ou trens...

Falou disso a Aleksandra Andrêievna, que retrucou:

— As suas turbinas, o seu método de cálculo de resistência das pás, tudo isso existe. Gênia[6] é muito ligada a você; escreve pouco, mas isso não quer dizer nada. E os amigos por acaso o esqueceram? Ficam muito cansados com as agitações da vida, mas lembre-se de quanta atenção lhe mostraram quando você caiu de cama...

— Sim, sim, sim, sim, Sacha — respondeu, anuindo com a cabeça, fatigado.

Ela também compreendia, contudo, que a questão ali não era apenas o cansaço de um homem doente.

Claro que seus amigos já estavam com uma certa idade, e encontravam dificuldade em ir para o trabalho em ônibus e trólebus lotados. Além disso, tinham suas próprias preocupações, trabalho árduo de verão na dacha, contrariedades no serviço. Mesmo assim, doía-lhe que os velhos amigos pouco perguntassem por ele, e que não o visitassem por um interesse real, nem para fazê-lo se sentir melhor, mas apenas por causa de si mesmos, para não serem atormentados pela consciência.

No começo de sua doença, os colegas traziam-lhe presentes, flores, doces, mas logo deixaram de visitá-lo... O curso de sua doença não lhes interessava, e a vida do instituto deixou de interessá-lo.

A filha, que se mudara para Kúibichev depois do casamento, a princípio lhe enviava cartas detalhadas, mas agora só escrevia à mãe. Na última carta, Gênia acrescentara um pós-escrito: "Como está papai? Nenhuma mudança, imagino".

---

[6] Diminutivo de Ievguênia. (N. T.)

A filha ficava ofendida com Aleksandra Andrêievna; zangava-se pelo fato de a mãe desperdiçar todo seu tempo com aqueles inúteis da Vontade do Povo da década de 1870, e agora também com ele, igualmente esquecido e inútil.

Verdade: por que Chura era tão ligada a ele? Talvez aquilo não fosse apenas amor, mas também senso de dever. Afinal, quando ela fora deportada, em 1929, ele, que idolatrava Moscou, largou tudo — o amado trabalho, o confortável apartamento no centro e os amigos — e passou três anos em Semipalatinsk, morando em uma casinha de madeira e trabalhando em uma pequena fábrica de tijolos.

Chura sempre dizia: "As suas turbinas, o seu método de cálculo de resistência das pás estão vivos" etc. Não havia turbinas construídas por ele, aquilo era um exagero de Chura, e seus métodos de cálculo de resistência não eram mais empregados; tinham sido substituídos por novos.

Não era possível ficar para sempre entre os doentes; era necessário ou se curar, ou passar para os mortos. Quando os colegas lhe davam doces, era como se dissessem: "Queremos ajudá-lo a vencer a doença!". E quando Afanassi Mikháilovitch — Afonka —, seu amigo de infância, contava de caçadas, estava subentendido: "Voltarei a estar com você, Mítia, caminharemos juntos pelos bosques e pântanos...". A filha também, nas primeiras semanas de sua doença, acreditava que o pai iria sarar, passar o verão com ela no Volga, tomar conta do neto, ajudar seu marido com seus conselhos e contatos de engenheiro, participar de sua vida de diversas formas... Só que o tempo passou, e na vida de Dmitri Petróvitch já não ocorria o que acontecia com as pessoas saudáveis que trabalhavam, cortejavam os colegas atraentes, discutiam nas reuniões, recebiam salário, incentivos e censuras, dançavam nos dias do santo dos amigos, tomavam chuva, corriam atrás de uma caneca de cerveja depois do trabalho...

O que o preocupava era se o remédio que trariam da farmácia viria em cápsulas ou em pó, se a injeção seria aplicada por uma enfermeira afável, de dedos leves e delicados, ou por uma enfermeira soturna, desleixada, com gélidas mãos de pedra e uma agulha obtusa; o que preocupava Dmitri Petróvitch era o que mostraria o próximo eletrocardiograma... E isso não interessava a seus amigos e colegas.

Certo dia, os colegas e amigos deixaram de acreditar no restabelecimento de Dmitri Petróvitch e, por isso, perderam interesse nele. Se uma pessoa não pode sarar, deve morrer. Que cruel! Para quem está ao redor, o sentido da existência de um doente desenganado consiste apenas na morte; a morte preocupa as pessoas saudáveis, enquanto a vida de um doente condenado já não preocupa ninguém. Os interesses de um doente terminal não têm como coincidir com os interesses dos saudáveis.

Sua vida não podia provocar quaisquer acontecimentos, atos, condutas, nem no trabalho, nem entre os caçadores, nem entre os amigos habituados a discutir e a tomar vodca com ele, nem na vida de sua filha. Sua morte, porém, podia ser o motivo de alguns atos, mudanças e até choque de paixões. Por isso, a notícia de que o doente desenganado está se sentindo melhor é sempre menos interessante do que a notícia de que o doente desenganado está se sentindo pior.

A morte iminente de Dmitri Petróvitch interessava a um círculo amplo de pessoas: vizinhos de apartamento, o diretor do condomínio, a filha, que inconscientemente associava à sua morte a possibilidade de se mudar para Moscou, a encarregada dos registros da policlínica regional, os caçadores, com sua curiosidade desinteressada sobre o destino de sua rara espingarda de caça, e a faxineira que vinha limpar as dependências duas vezes por semana.

Sua existência desenganada interessava apenas a uma pessoa: Aleksandra Andrêievna. Sentia-o de modo infalível, sem sombra de dúvida, via no rosto dela a alegria dando lugar à preocupação se ele dizia que estava com menos dispneia e não sofrera de dores no peito durante o dia ou se tivera espasmos e tomara nitroglicerina. Mesmo na condição de doente terminal, ele lhe era necessário; mais do que necessário, totalmente indispensável! Sentia que a ideia de sua morte a horrorizava, e nesse horror estava o fio de vida que o salvava.

Era uma tranquila tarde de sábado, daquelas que os vizinhos normalmente passavam na dacha.

Dmitri Petróvitch ficava feliz aos domingos. Eram os dias em que via a mulher de manhã até à noite, em que ouvia sua voz e o rumor de seus chinelos pela casa.

Entreabriu os olhos e suspirou; já era hora de Aleksandra Andrêievna estar em casa. Lembrou-se, porém, de que, ao sair para trabalhar, ela tinha se preparado para passar na farmácia e na mercearia.

Tentou cochilar; no sono, experimentava o passar do tempo com menos penar, e, no final do dia, com uma força equivalente à da fome, sentia a necessidade de ouvir o som conhecido da chave, depois a voz da mulher, e ver em seus olhos o que para ele era mais importante do que a cânfora: um interesse vivo em sua vida, da qual ninguém mais necessitava.

— Sabe — dissera, alguns dias antes —, quando você vem até mim, desperta uma sensação que é como se mamãe estivesse a meu lado, comigo pequenininho, no berço.

— Eu estava com saudades — respondera Aleksandra Andrêievna.

Abriu os olhos nas trevas da noite, iluminada apenas pelas lâmpadas da rua, com a mulher deitada na cama em frente, e lembrou-se de que Chura tinha chegado do trabalho, lhe dado chá, e ele havia adormecido.

Ficou deitado na penumbra por alguns instantes, com uma sensação obscura e inquieta de silêncio. Então entendeu: percebeu que a sensação de silêncio vinha da cama em que Aleksandra Andrêievna estava deitada...

O medo o abrasava. Tinha se enganado! Tivera a impressão de que a mulher chegara em casa, dera-lhe chá e pingara as gotas de seu remédio em um cálice. Aquilo tinha sido ontem, anteontem, sempre, mas não hoje.

O suor cobriu-lhe o peito e as mãos... Dmitri Petróvitch havia se equivocado ao se considerar a criatura mais infeliz do mundo; morrer no calor do amor da esposa agora lhe parecia a felicidade. Pois Chura não estava a seu lado.

Seus dedos tardaram a chegar ao interruptor; a escuridão era uma esperança, a escuridão era uma defesa.

Ainda assim, acendeu a luz, e viu a cama que Aleksandra Andrêievna havia feito pela manhã. Ela não estava em casa, estava morta!

O que havia nesse seu último pânico? Pesar pela finada, cuja respiração, pensamento e cada olhar eram a coisa mais preciosa do mundo? Ou a força ardente de seu desespero residia no fato de que, ao morrer a única pessoa que o amava, ele ficava indefeso e solitário?

Tentou descer da cama, bateu com os dedos ressequidos na porta, ficou momentaneamente inconsciente, voltou a bater com o punho.

O apartamento, porém, estava vazio; os vizinhos só voltariam da dacha no domingo à noite... A enfermeira da policlínica regional viria na segunda-feira de manhã. Domingo à noite... Segunda de manhã... Prazos inimaginavelmente longos.

Onde estava Chura? Um ataque cardíaco... Chura fora atropelada por um automóvel e talvez tivesse acabado de dar o último suspiro, e seu corpo estava sendo levado de maca para a sala de autópsia.

Dmitri Petróvitch não tinha mais dúvidas sobre a morte da mulher. No instante em que acendeu a luz e viu sua cama vazia, ele continuava a existir, mas tinha a impressão de ter se tornado indiferente a todas as pessoas da Terra.

A reverência de Chura pela Vontade do Povo... Que força tamanha a atraíra para aqueles rapazes e moças e para sua breve trajetória, que terminara no cadafalso... Porém ele, seu marido doente, Aleksandra Andrêievna não amara devido a um coração piedoso, nem a uma consciência e pureza de alma, mas apenas assim... E esse "assim" ele jamais conseguira entender.

Os pensamentos surgiam das trevas e davam origem a trevas ainda maiores.

Chura, Chura...

Se tivesse forças para chegar até a janela, teria se jogado lá embaixo, na rua.

Mas a morte não apenas o atraía; também o atemorizava.

Tudo ao redor era silêncio; a luz elétrica fria, a toalha sobre a mesa, o rosto formoso e pensativo de Jeliábov.

O coração doía, queimava, transpassado por uma agulha incandescente e grossa. Dmitri Petróvitch buscava o pulso com os dedos trêmulos, impotente diante do pavor da morte que evocava.

E subitamente seus olhos encontraram outros olhos, lentos e atentos.

Via aquela cabeça na parede há muitos anos, e há muito tempo cessara de lhe dar atenção.

Quando trouxera a cabeça de alce fêmea do taxidermista do museu zoológico, tivera a impressão de que preencheria todo o espaço.

Na pressa da manhã, quando já estava à porta, de casaco e chapéu, antes de sair, dava uma olhada na cabeça de alce e, de repente, no bonde, se lembrava dela...

Quando vinham os conhecidos, contava como tinha matado o animal. Aleksandra Andrêievna não suportava aquela história cruel.

Passaram-se os anos, a cabeça animal cobriu-se de pó, e os olhos de Dmitri Petróvitch percorriam-na com indiferença cada vez maior. Por fim, aquela cabeça comprida e poderosa, de goela estreita, a respirar, separou-se completamente do sombrio bosque no outono, do cheiro de mofo e musgo, entrando no domínio dos objetos domésticos, e Dmitri Petróvitch, lembrando-se dela apenas na hora da faxina do apartamento, dizia: "Precisa borrifar DDT na cabeça do alce, acho que ela está com percevejo".

E eis que, neste momento de terror, seus olhos voltavam a se encontrar com os olhos vítreos do animal.

Em uma fria manhã de outubro, saíra à orla do bosque e a avistara... Era bem perto da aldeia em que Dmitri Petróvitch pernoitava, e ele ficou até desnorteado com o inesperado do encontro, em um lugar onde aparentemente não poderia haver animais, já que, da orla, dava para ver a fumaça das isbás.

Viu o alce fêmea com absoluta clareza, examinou seu focinho castanho-escuro de narinas dilatadas, os dentes grandes e largos, habituados a partir galhos e arrancar cascas de árvore, sob um lábio superior erguido e alongado.

O alce também o viu: de japona de couro, botas austríacas e grevas verdes, forte, magro, de espingarda na mão. O animal estava junto de um filhote cinza, deitado em meio a arbustos de mirtilo.

Dmitri Petróvitch começou a fazer mira com a espingarda, e houve um segundo em que tudo ao redor desapareceu: o mirtilo negro, o céu de granito sobre sua cabeça. Restavam apenas os olhos em sua direção. Eles o fitavam, pois Dmitri Petróvitch era o único ser vivo a testemunhar a infelicidade que se abatia sobre a mãe alce naquela manhã...

E, com uma sensação de força e felicidade, com o infalível pressentimento de caçador de que viria um tiro maravilhoso, apertou o gatilho devagar, suavemente, para não estragar a delicada teia de sua mira.

Depois, ao se aproximar do alce morto, Dmitri Petróvitch entendeu o que havia acontecido: o filhote tinha quebrado a pata dianteira — que ficara presa num tronco caído de amieiro — e estava evidentemente com muito medo de ser abandonado; mesmo quando sua mãe caiu com o tiro, continuou tentando convencê-la a não abandoná-lo, e ela não o abandonou...

Agora Dmitri Petróvitch, tranquilizado, jazia junto ao animal, como o filhote mutilado que ele degolara naquela manhã de outono. O alce fêmea olhava atentamente para baixo, para o homem de pernas ressequidas encolhidas no cobertor, pescoço fino e testa calva e proeminente.

Os olhos vítreos do alce se cobriram de um líquido azulado e nebuloso, e Dmitri Petróvitch teve a impressão de que lágrimas haviam aflorado àqueles olhos maternos, e de que, de seus cantos, escorriam veios negros do pelo que havia sido arrancado pelas pinças do taxidermista...

Olhou para a cama da esposa, para seus dedos ressequidos, depois para o rosto aflito e inflexível de Jeliábov, soltou um ruído rouco e ficou em silêncio.

E os olhos maternos continuavam a fitá-lo de cima para baixo, bondosos e cheios de compaixão.

Mamãe

1

O orfanato estava agitado desde de manhã. O diretor discutiu com a médica, gritou com o chefe do almoxarifado; ordenou encerar o chão, providenciar com urgência lençóis e fraldas novas para as crianças de peito. As babás tiveram que vestir aventais engomados, de médico. O diretor convocou a médica e a enfermeira-chefe a seu gabinete. Em seguida, foram os três inspecionar as crianças.

Logo após a refeição diurna dos bebês de peito, um homem de meia-idade chegou ao orfanato de automóvel e uniforme militar, acompanhado de dois jovens do exército. O homem de meia-idade olhou para a chefia do orfanato, que vinha ao seu encontro, e entrou no gabinete do diretor; sentou-se, tomou alento e pediu à doutora permissão para fumar. Ela assentiu com a cabeça e foi buscar um cinzeiro.

Ele fumou, jogou a cinza em um pires e ouviu relatos da vida das crianças cujos pais eram inimigos do povo, vítimas da repressão. Eram relatos sobre coceiras, gritos e sono, crianças glutonas e crianças indiferentes às garrafas de leite; sobre quem preferia adotar meninos e quem preferia adotar meninas. Enquanto isso, os jovens militares, trajando aventais de médico, caminhavam pelos corredores do orfanato, espiando as salas de serviço e almoxarifados; dava para ver as calças azuis e diagonais sob os aventais curtos. O coração das babás ficava congelado com os olhares e perguntas chatas desses rapazes: "Essa porta dá aonde?", "Cadê a chave do sótão?".

Tirando os aventais, os jovens entraram no gabinete do diretor, e um deles disse:

— Camarada comissário de segurança do Estado de segunda classe, permissão para relatar.

O chefe anuiu.

Depois, colocando um avental nos ombros, foi para a ala das crianças de peito, acompanhado do diretor e da médica.

— Aqui está — disse o diretor, apontando para a cama que ficava no espaço entre duas janelas.

A médica falava com a mesma pressa com que oferecera o cinzeiro.

— Sim, sim, estou segura com relação a esta menina, ela é completamente normal, uma criança de desenvolvimento correto. Nos conformes, totalmente nos conformes, em todos os aspectos.

Depois as enfermeiras e babás, grudadas na janela, viram o corpulento comissário de segurança do Estado partir. Os jovens militares permaneceram no orfanato e se puseram a ler o jornal.

E na travessa — para além do rio Moscou — em que se localizava o orfanato, jovens de casaco de inverno e galochas altas diziam aos passantes, em tom convincente: "Vamos, liberem a calçada". E os passantes rapidamente desciam da calçada para a rua.

Às seis da tarde, quando despontava o crepúsculo de novembro, um automóvel parou na frente do orfanato. Um homenzinho de casaco de outono e uma mulher se aproximaram da entrada. O diretor abriu pessoalmente a porta.

O homenzinho aspirou o aroma ácido e lácteo, deu uma tossida e disse à mulher:

— Talvez seja melhor não fumar aqui — e esfregou as mãos congeladas.

A mulher deu um sorriso culpado e escondeu as *papiróssi* na bolsa. Tinha um rosto bonito, cansado, com um nariz um tanto grande e certa palidez.

O diretor conduziu os visitantes até a cama que ficava no espaço entre as janelas, e em seguida recuou. Fazia silêncio; as crianças dormiam depois da refeição da tarde. Com um gesto, o diretor mandou a babá sair do quarto.

O homenzinho de paletó da Moskvochvei[1] e a mulher examinaram o rosto da menina adormecida. Talvez por sentir os

---

[1] As roupas produzidas por essa fábrica eram notoriamente feias. Um esquete dos satiristas russos Ilf e Petrov descreve um rapaz e uma moça que se elogiam ao se encontrar em uma praia, depois, vestem suas roupas da Moskvochvei e daí fogem, horrorizados, chocados com a feiura um do outro. (Nota da edição inglesa)

olhares, a menina sorriu sem abrir os olhos, para depois franzir o cenho, como se recordando algo triste.

Sua memória de cinco meses não conseguira reter a imagem dos automóveis rugindo na neblina, mamãe segurando-a nos braços na plataforma de uma estação de trem em Londres, e uma mulher de chapéu dizendo, triste: "Agora quem é que vai cantar para nós nas reuniões do pessoal da embaixada?". Porém, ainda que não soubesse, todos esses sons e imagens — a estação, a neblina de Londres, o barulho das ondas no canal da Mancha, o grito das gaivotas, o rosto do pai e da mãe no compartimento do vagão de luxo, inclinados sobre ela à medida que o expresso se aproximava da estação de Negoréloie — de alguma maneira esconderam-se em sua cabecinha.[2] E, em algum momento, quando já era uma velha grisalha, certas imagens surgiriam, de modo incompreensível, diante dela: álamos ruivos de outono, cálidas mãos maternas, dedos finos, unhas rosadas por fazer e dois olhos cinzentos a fitar amplamente os campos da pátria.

A menina abriu os olhos, estalou a língua e imediatamente voltou a dormir.

O homenzinho parecia intimidado, e olhou para a mulher. Ela enxugou uma lágrima com o lenço e disse:

— Está decidido, está decidido... Que estranho, que espantoso, sabe, ela tem os seus olhos.

Logo cruzaram a porta do orfanato. Uma babá carregava o bebê em uma manta, atrás deles. Sentado ao lado do chofer, o homenzinho disse, em voz baixa:

— Para casa.

A mulher tomou a criança nos braços de modo desajeitado e disse à babá:

---

[2] De 1921 a 1939, a pequena cidade de Negoréloie, cinquenta quilômetros a oeste de Minsk, ficava na fronteira polonês-soviética. Durante o Grande Terror, houve muitos casos de cidadãos soviéticos sendo chamados de capitais estrangeiras apenas para serem levados de trem para Negoréloie e fuzilados pelo NKVD. Ao fazer os pais de Nádia se inclinarem em sua direção, provavelmente dando seu último adeus, Grossman sugere que eles podem ter antevisto seu destino. O primeiro esboço inclui uma forma mais explícita: "O rosto pálido de sua mãe, com os olhos úmidos de lágrimas, e o rosto sombrio de seu pai, que já conhecia seu implacável destino" (RGALI, fond 1710, opis' 3, ed. Khr. 23). (Nota da edição inglesa)

— Obrigada, camarada — e lamentou: — Tenho medo não só de segurá-la, mas até de olhar para ela. Parece que está tudo errado.

E, um minuto depois, o grande automóvel negro partiu, desapareceram os militares que estavam lendo jornal no saguão, evaporaram os rapazes de casaco de inverno e galochas altas que vigiavam a rua.

Campainhas soaram no Portão Spasski, acenderam-se lâmpadas de sinalização, e o enorme carro negro do comissário geral de Segurança do Estado, o fiel companheiro de armas do grande Stálin, Nikolai Ivánovitch Iejov, passou voando pela guarda, como um turbilhão, sem diminuir a velocidade, e entrou no Kremlin.

E nas ruelas para além do rio Moscou correu o boato de que o orfanato fechado fora declarado de quarentena, de que eclodira lá uma peste ou um surto de antraz maligno.

2

Ela morava em um quarto espaçoso e claro. Se tinha algum desarranjo intestinal ou dor de garganta, uma enfermeira do Kremlin vinha ajudar a babá, Marfa Demêntievna, e um médico passava duas vezes por dia.

Quando ficava resfriada, era examinada por um vovô de mãos quentes, boas e trêmulas e duas médicas.

Via mamãe todos os dias, embora ela não ficasse muito tempo por perto; quando davam a Nádia o mingau da manhã, mamãe dizia:

— Coma, filhinha, coma, que eu vou para a redação.

À noite, vinham os amigos da mamãe. Às vezes, havia convidados do papai. Daí a babá punha um lenço engomado e, da sala de jantar, ouviam-se vozes, barulho de garfos, e a voz arrastada do papai: "O que é isso, vamos beber".

Em certas ocasiões alguma das visitas vinha dar uma olhada nela. Deitada na cama, ela às vezes fingia estar dormindo, mas mamãe sabia que Nadiucha[3] não estava dormindo, e

---

[3] Diminutivo de Nádia, que, por seu turno, é diminutivo de Nadiejda. (N. T.)

dizia, com voz risonha: "Silêncio". Daí o convidado do papai olhava para Nadiucha, e ela sentia o cheiro de vinho. Mamãe dizia: "Durma, filhinha, durma", dava-lhe um beijo na testa, e a menina voltava a sentir um leve cheiro de álcool.

Marfa Demêntievna era mais alta do que todos os convidados do papai. Do lado dela, papai parecia um menino. Todos lhe tinham medo: os convidados, papai e mamãe, especialmente papai; por causa disso, ele tentava ficar menos em casa.

Nádia não tinha medo da babá. De vez em quando, Marfa Demêntievna tomava Nádia nos braços e dizia, arrastando as palavras:

— Minha filhinha, minha pobrezinha infeliz.

Ainda que Nádia soubesse o significado destas palavras, nem assim compreenderia por que a babá a considerava pobre e infeliz; tinha muitos brinquedos, morava em um quarto ensolarado, mamãe a levava para passear, homens com belos bonés vermelhos e azuis saltavam da guarita para abrir o portão da dacha para o automóvel.

Porém, a voz calma e carinhosa da babá dava um aperto no coração da menina, que tinha vontade de derramar um pranto doce, bem doce, e queria esconder-se, como um ratinho, nos braços grandes da babá.

Conhecia os amigos mais importantes da mamãe e os convidados mais importantes do papai; sabia que, quando vinham os convidados do papai, jamais havia amigos da mamãe.

Havia uma ruiva, que era chamada de amiga de infância, com a qual mamãe ficava sentada, ao lado da cama de Nádia, e dizia: "Loucura, loucura". Havia um careca de óculos com um sorriso que sempre fazia Nádia sorrir; Nádia não sabia se era amigo ou convidado. Parecia um convidado, mas era mamãe e suas amigas que vinha visitar. Quando ele vinha, mamãe respondia seu sorriso com um sorriso e dizia: "Bábel chegou".

Certa vez, Nádia passou a mão em sua cabeça careca e testuda. Era quente e agradável, como as faces da babá ou da mamãe.

Havia os convidados do papai; um homem risonho que estava sempre fungando e tinha uma voz gutural; um outro que cheirava a vinho, de ombros largos e voz estridente; um magricela de olhos negros, sempre com uma pasta, que normalmente chegava e partia antes do jantar; um negro barrigudo, de lábios vermelhos e úmidos; certa vez, tomou Nádia nos braços e lhe cantou uma cançoneta.[4]

Uma vez ela viu um convidado grisalho e corado, de uniforme militar. Ele bebeu vinho e cantou. Em outra ocasião, viu um convidado de óculos pequenos, testa grande e gago, diante do qual mamãe ficou intimidada. Não usava túnica, camisa ou qualquer outro tipo de roupa militar, apenas terno e gravata. Disse a Nádia, em tom carinhoso, que também tinha uma filha pequena.[5]

Marfa Demêntievna confundia Betal Kalmýkov com Béria, e nem sabia que quem chegava para relatar era o magricela Malenkov... Kaganóvitch, Mólotov e Vorochílov ela conhecia dos retratos.

Nádia não sabia o nome de nenhum dos convidados. Mas sabia as palavras "mamãe", "babá" e "papai".

Mas eis que, certa vez, chegou um novo convidado. Não foi porque todo mundo ficou nervoso antes de sua chegada que Nádia o distinguiu, nem porque a babá fez o sinal da cruz quando papai foi abrir a porta para ele em pessoa, nem porque o convidado andava de modo tão silencioso quanto o gato preto de olhos verdes da dacha, nem porque tinha um rosto bexiguento e inteligente, bigodes escuros e grisalhos e movimentos suaves...

Todo mundo que Nádia conhecia tinha a mesma expressão nos olhos. Tal expressão era a mesma nos olhos castanhos da mamãe, nos olhos cinza-esverdeados do papai, nos olhos amarelos da cozinheira, nos olhos de todos os convidados do papai, nos olhos daqueles que abriam o portão da dacha e nos olhos do velho médico.

Esses novos olhos que por alguns segundos fitaram Nádia lentamente, sem curiosidade, eram no entanto completamen-

---

[4] O homem risonho de voz gutural era Viatcheslav Mólotov, presidente do Conselho de Comissários do Povo (equivalente a primeiro-ministro) entre 1930 e 1941. Os três outros homens, em ordem de aparição, eram Betal Kalmýkov, chefe do partido em Kabardino-Balkária, república autônoma no norte do Cáucaso; Gueorgui Malenkov, oficial de quadros do Comitê Central; e Lazar Kaganóvitch ("Lazar de Ferro"), comissário do povo de Transportes. (Nota da edição inglesa)

[5] Esses dois convidados são Klementi Vorochílov, marechal da União Soviética, e Lavrenti Béria, que, em 1938, substituiria Iejov na chefia do NKVD. (Nota da edição inglesa)

te tranquilos; neles não havia loucura, inquietude, tensão, nada além de uma morosa tranquilidade.

Afora Marfa Demêntievna, ninguém tinha olhos tranquilos na casa de Iejov.

Marfa Demêntievna tinha visto e percebido muita coisa.[6]

Betal Kalmýkov, alegre e de ombros largos, não mais fazia barulho na casa de Nikolai Ivánovitch.[7] A patroa andava à noite pelos quartos, ficava junto a Nádia adormecida, sussurrava, tintilava frascos de remédio na escuridão, acendia todos os lustres, voltava a ir até Nádia, sussurrava, sussurrava. Ora rezava, ora lia versos. De manhã, Nikolai Ivánovitch chegava grisalho e macilento. Tirando o casaco, punha-se a fumar antes de tudo, e dizia, irritado: "Não vou tomar café da manhã, nem quero chá". A patroa perguntou alguma coisa a Nikolai Ivánovitch e soltou um grito repentino e amedrontado — e a amiga ruiva de infância parou de vir e de telefonar para a patroa.[8]

Certa vez, Nikolai Ivánovitch foi até Nádia e sorriu, mas ela, ao fitá-lo nos olhos, soltou um grito.

---

[6] No manuscrito e na cópia datilografada, seguem-se duas frases que Grossman depois apagou:

Marfa Demêntievna compreendia que jamais, por palavras ou olhares, devia mostrar o quanto tinha visto ou percebido — nem para a faxineira, nem para a cozinheira de olhos amarelos, nem para os guardas que lhe abriam a porta.
Sua mente calma, justa e clara tinha percebido muitas coisas que o perceptivo e sensível Isaac Bábel, que ela considerava o mais bondoso dos convidados de Nikolai Ivánovitch, ansiaria por saber.

(RGALI, fond 1710, opis'3, ed. Khr. 23.) (Nota da edição inglesa)
[7] Kalmýkov permaneceu no cargo de primeiro-secretário do Partido Comunista na República Autônoma Socialista Soviética de Kabardino-Balkária até novembro de 1938. Em 1940, por ordem de Béria, foi torturado e fuzilado. (Nota da edição inglesa)
[8] A amiga de infância era Zinaída Guilkina, que foi colega de escola de Ievguênia em Gômel. Guilkina foi presa em 15 de novembro de 1937. Ievguênia e o marido devem ter entendido que Béria foi o responsável por essa prisão e pela de outra amiga próxima de Ievguênia (Jansen e Petrov, op. cit., pp. 123, 168 e 191; ver também Vitali Chentalinski, *Donos na Sokrata* [Moscou: Formkia-S, 2001], p. 418). (Nota da edição inglesa)

— Está doente? — perguntou.

— Ficou assustada — disse Marfa Demêntievna.

— Com o quê?

— Vai saber, é uma criança.

Quando a babá voltava com Nadiucha do passeio, o segurança olhava atentamente para ela, para o rostinho de Nádia, e Marfa Demêntievna esforçava-se para que a menina não visse aquele olhar cortante como a garra suja de sangue de um falcão.

Era possível que Marfa Demêntievna fosse a única pessoa no mundo a ter pena de Nikolai Ivánovitch; agora, até a mulher tinha medo dele. Reparara no seu medo quando ouvia o som do carro e Nikolai Ivánovitch, de cara cinza e pálida, entrava em seu gabinete, acompanhado de duas ou três pessoas de cara cinza e pálida.

Marfa Demêntievna, entretanto, lembrava-se do patrão principal, o tranquilo e bexiguento camarada Stálin, e tinha pena de Nikolai Ivánovitch, cujos olhos lhe pareciam lastimosos e perdidos.

Era como se ela não soubesse que o olhar de Iejov congelava de terror toda a grande Rússia.

Dia e noite havia interrogatórios na Prisão Interna do NKVD, em Lefórtovo e Butirka, dia e noite partiam trens para Komi, Kolymá, Norilsk, Magadan, para a enseada de Nagáevo. Ao amanhecer, caminhões cobertos levavam os corpos dos fuzilados nos porões das cadeias.

Será que Marfa Demêntievna desconfiava que o terrível destino de um jovem consultor da embaixada de Londres e de sua formosa esposa, assim como o de sua filhinha, que ela ainda não tinha deixado de amamentar, como não tinha terminado o curso de canto do Conservatório, fora decidido com a assinatura, no final de uma longa lista de nomes, de seu patrão, o operário de São Petersburgo Nikolai Ivánovitch? Ele continuava a assinar dezenas dessas imensas listas de inimigos do povo, e uma fumaça negra saía das chaminés do crematório de Moscou.

3

Certa vez, Marfa Demêntievna ouviu a cozinheira, pitando uma *papiróssa*, cochichar pelas costas da patroa:

— É o fim do seu reinado.

Pelo visto, a cozinheira já sabia o que a babá ignorava. Daqueles últimos dias, Marfa Demêntievna recordaria o silêncio da casa. O telefone não tocava. Não vinham convidados. De manhã, o patrão não convocava seus adjuntos, secretários, auxiliares, ajudantes, encarregados. A patroa não saía para o trabalho; ficava deitada no sofá, de avental, lendo um livro, bocejando, meditando, sorrindo, e caminhava pelos quartos com silenciosos chinelos noturnos.

Na casa, apenas Nadiucha se fazia ouvir: chorava, ria, batia seus brinquedos.

Certa manhã, a patroa recebeu uma visita — uma velha. O aposento ficou em silêncio, como se a patroa e a visita estivessem sentadas, sem falar.

A cozinheira foi até a porta para escutar.

Então a patroa e a velha foram até Nádia. A velha usava roupas remendadas e gastas, e estava tão intimidada que parecia ter medo não apenas de falar, mas até de olhar.

— Marfa Demêntievna, apresento-lhe minha mãe — disse a patroa.[9]

Três dias depois, a patroa disse a Marfa Demêntievna que seria operada no hospital do Kremlin. Falava rápido e alto, com uma voz falsa. Ao se despedir de Nadiucha, lançou-lhe um olhar distraído, dando-lhe um breve beijo. À porta, olhou na direção da cozinha, abraçou Marfa Demêntievna e cochichou em seu ouvido:

---

[9] Outra passagem que Grossman optou por encurtar. O manuscrito e a primeira versão datilografada dizem:

— Marfa Demêntievna, apresento-lhe minha mãe — disse a patroa.

E Marfa Demêntievna imediatamente achou que mãe e filha tinham nariz e olhos semelhantes.

Marfa Demêntievna podia ver que a velha sentia-se intimidada por ela e por Nádia, temia tocar os brinquedos de Nádia e tinha medo da cozinheira.

A velha contemplava a filha com amor e compaixão. Quando Marfa Demêntievna era apenas uma garotinha de aldeia, quando as pessoas chamavam-na de "Marfutka", sua mãe a contemplava do mesmo jeito.

(Nota da edição inglesa)

— Babazinha, lembre-se de que, se acontecer alguma coisa comigo, você é a única pessoa que ela tem. Ela não tem ninguém no mundo, ninguém.

Como se entendesse que a conversa era a seu respeito, a menina ficou sentada na cadeirinha, em silêncio, fitando com olhos cinzentos.

O marido não levou a patroa ao hospital; vieram buscá-la uns encarregados, um general corpulento com um buquê de rosas vermelhas e o segurança pessoal de Nikolai Ivánovitch.

Nikolai Ivánovitch só voltou do trabalho pela manhã. Não foi ver Nádia. Fumou no gabinete, chamou o carro e voltou a sair.

A partir desse dia, fatos que abalariam e posteriormente destruiriam a vida da casa aconteceram em grande número, e se embaralharam na memória de Marfa Demêntievna.

A mãe de Nádia, a esposa de Nikolai Ivánovitch Iejov, morreu subitamente no hospital. Não era uma mulher má ou raivosa, e se preocupava com a menina; mesmo assim, era estranha.[10] Nesse dia, Nikolai Ivánovitch chegou em casa bem cedo. Pediu a Marfa Demêntievna que levasse Nádia a seu gabinete. Pai e filha deram chá ao porquinho de plástico e colocaram a boneca e o urso para dormir. Depois, Iejov ficou andando pelo gabinete até o amanhecer.

Logo o homenzinho de olhos verde-acinzentados, Nikolai Ivánovitch Iejov, não mais voltaria para casa.

A cozinheira se sentou na cama da finada patroa, depois fez uma longa chamada telefônica no gabinete do patrão e fumou as *papiróssi* dele.

Vieram homens em trajes civis e militares, andando pelos aposentos de capote e casaco, pisando com suas botas e galochas imundas os tapetes e o corredor iluminado que dava no quartinho de Nádia, a órfã.

À noite, Marfa Demêntievna sentou-se ao lado da menina adormecida e não tirou os olhos dela. Decidira levar Nádia

---

[10] O manuscrito contém uma crítica mais direta: "Não era má nem indelicada, e se preocupava com a menina; mesmo assim, era estranha e fraca (*stránnaia, nessosltoiátelnaia*)". Não está claro se a crítica é do narrador ou de Marfa Demêntievna. (Nota da edição inglesa)

à aldeia, e ficava imaginando como, a partir de Ielets, poderiam chegar em casa, de carroça, e como Nádia iria gritar de alegria ao ver os gansos, o bezerro e o galo.

"Vou cuidar da alimentação e da educação", pensava Marfa Demêntievna, e um sentimento materno preencheu sua alma virginal.

Os militares fizeram barulho a noite toda, tirando livros, roupa de baixo e louça dos armários — era uma busca.

Os olhos dessas novas pessoas eram tensos e loucos, como Marfa Demêntievna já estava acostumada a ver nos últimos tempos.

Apenas Nadiucha, que acordara e cuidava de seus pequenos afazeres, bocejava tranquila, pois Stálin, sem a menor curiosidade, e apertando os olhos com calma, observava, de seu retrato, aquilo que devia ser realizado, e estava de fato sendo realizado.

Pela manhã, chegou um homem de rosto vermelho e gordo como um pião, que a cozinheira chamava de "major". Foi direto para o quarto da criança — onde Nádia, de avental engomado, com um galo vermelho bordado, tomava seu mingau de aveia de modo solene e sem pressa — e ordenou:

— Coloque uma roupa mais quente na menina e arrume suas coisas.

Marfa Demêntievna, vencendo o nervosismo, perguntou lentamente:

— Por quê? Para onde vão levá-la?

— Vamos colocá-la no orfanato. E a senhora também deve se preparar para ir embora; receberá seu pagamento, uma passagem de trem, e retornará à sua aldeia.

— Mas cadê a mamãe? — perguntou Nádia subitamente, parando de comer e empurrando o pratinho de borda azul.

Mas ninguém respondeu; nem Marfa Demêntievna, nem o major.

4

No albergue das trabalhadoras da fábrica estatal de rádio, observava-se uma limpeza exemplar nos quartos e dependências de uso comum; as camas das moças estavam cobertas com mantas engomadas, os travesseiros estavam dentro das fronhas e as janelas tinham cortinas de renda, compradas com o dinheiro de uma vaquinha.

Ao lado de muitas camas havia, no criado-mudo, vasinhos com belas flores artificiais — rosas, tulipas e papoulas.

À noite, as trabalhadoras liam revistas e livros no canto vermelho,[11] participavam de círculos corais e de dança, viam filmes e espetáculos amadores no Palácio da Cultura. Algumas moças faziam cursos noturnos de corte e costura, ou preparatórios para a universidade, enquanto outras estudavam à noite na escola técnica de eletromecânica.

As trabalhadoras raramente passavam suas férias anuais na cidade — o comitê da fábrica dava a quem se destacava no trabalho viagens gratuitas para as casas de repouso do sindicato, e muitas iam passar as férias na aldeia dos pais.

Diziam que, nas casas de repouso, algumas moças saíam da linha, passeavam à noite, descuidavam da saúde, enquanto nos aposentos masculinos os homens enchiam a cara, ignoravam a sesta e jogavam desenfreadamente.

Contava-se que alguns rapazes em férias da fábrica mecânica tinham invadido um quiosque à noite e subtraído uma caixa de cerveja e seis garrafas de vodca, bebendo tudo isso na sala de música. Em seguida, cobriram de xingamentos o médico-chefe, que fora até eles por causa do barulho. Foram expulsos da casa de repouso antes do prazo, e sua conduta relatada ao comitê do Partido na fábrica. Quanto aos três jovens que haviam liderado a invasão ao quiosque, foram processados e tiveram que pagar com dois meses de trabalhos forçados na própria fábrica mecânica.

Nunca aconteceu nada parecido no albergue da fábrica de rádio.

---

[11] A palavra russa *krásny* quer dizer tanto "vermelho" quanto "belo". O "canto vermelho", originalmente, era o canto do aposento em que os ícones eram pendurados, na diagonal. No período soviético, era a área da fábrica, dormitório ou prédio público separada para a leitura em silêncio. Ele podia sediar discussões, e tinha notícias penduradas nas paredes. (Nota da edição inglesa)

A comandante do lugar, Uliana Petrovna, distinguia-se pela severidade. Certa vez, uma moça trouxe um conhecido a seu quarto e, com a concordância das demais inquilinas, deixou-o passar a noite.

Uliana Petrovna cobriu a moça de vergonha e, no dia seguinte, expulsou-a da habitação.

Uliana Petrovna, porém, não era apenas severa; sabia demonstrar carinho. Aconselhavam-se com ela como se fosse uma pessoa próxima, um parente; ela era uma militante e inspirava confiança; não à toa, fora eleita mais de uma vez deputada do soviete regional. Com ela não havia nem bebedeira, nem libertinagem, nem acordeão tocando à noite.

Depois dos modos severos e cruéis do orfanato, a montadora Nádia Iejova gostava muito desse albergue exemplar.

Os anos passados no orfanato tinham sido os mais duros de sua vida. Especialmente difícil fora a vida no orfanato de Penza, durante a guerra: mesmo as crianças que não tinham sido mimadas engoliam a contragosto a sopa de farinha podre de milho que era oferecida no almoço e no jantar. A roupa de cama e a roupa de baixo raramente eram trocadas; havia pouca, e não dava para lavar com frequência, devido à falta de lenha e sabão. Uma resolução do soviete da cidade estabelecia que as crianças do orfanato fossem às casas de banho duas vezes por mês, só que tal resolução era infringida, já que as duas casas de banho estavam sempre ocupadas por militares das unidades de reserva, e a casa de banho antiga, localizada atrás da estação, tinha filas silenciosas e raivosas desde o amanhecer. E mesmo esse banho não dava muita alegria a ninguém: um ventinho gelado penetrava por rachaduras na parede, a lenha úmida fazia mais fumaça que calor e a água mal esquentava.

Em Penza, Nádia passava frio o tempo todo: à noite, no quarto de dormir, na sala de aula, onde costuravam camisas para o front e eram realizadas atividades escolares, e até mesmo na cozinha, onde ela às vezes ajudava a cozinheira a retirar vermes da farinha de milho. Tão duras quanto o frio e a fome eram a brutalidade dos educadores, a maldade das crianças, a roubalheira que reinava nos dormitórios. Bastava um minuto de desatenção para desaparecerem rações de pão, lápis, calcinhas, lenços. Uma menina recebeu um pacote, trancou-o no criado-

-mudo e foi para a aula; ao voltar, a tranca estava intacta, mas o pacote havia sumido.

Alguns meninos batiam carteira nas mercearias e pontos de ônibus, e um rapaz, Gênia[12] Pankrátov, chegou até a participar de um assalto à mão armada a um cobrador.[13]

Claro que, depois da guerra, a vida no orfanato ficou mais fácil; mas quando Nádia terminou o período de sete anos e foi enviada pela comissão para trabalhar na fábrica, teve a impressão de ter ido parar no paraíso.

Agora, a própria Nádia se espantava ao lembrar que, em vez de ficar alegre, tinha chorado a noite inteira ao saber que a comissão a enviaria para aquela fábrica. Fora por causa da professora de canto que ficara tão chateada. "Com uma voz dessas, você vai acabar no conservatório e no teatro", dissera-lhe a professora. A princípio, a comissão de classificação realmente tivera a intenção de encaminhar Nádia à escola de música; inesperadamente, porém, chegou um pedido de explicações da central, e, depois disso, Nádia foi encaminhada para a fábrica.

Ao chorar em sua última noite de orfanato, Nádia se considerava a mais infeliz das internas. Jamais estivera em orfanatos de Moscou ou Leningrado; sempre fora mandada para os lugares mais remotos. Muitas meninas recebiam pacotes e cartas de parentes. Nádia, porém, jamais recebera uma carta sequer em sua vida, nem uma vez ganhara maçãs ou biscoitos.

Devia ser por isso que se tornara taciturna, e o pessoal do orfanato a apelidara de muda.

Agora, morando no albergue, começava a entender que não era tão azarada.

Tinha um trabalho bom, limpo, relativamente leve e bem pago; o comitê do Komsomol[14] prometera enviá-la para cursos de aperfeiçoamento. Tinha um bom casaco de inverno e vários vestidos bonitos. Tinha até um vestido de crepe-cetim

---

[12] Diminutivo de Ievguêni. (N. T.)

[13] Pessoa que recolhia dinheiro de lojas e outras instituições para levar ao banco. Não havia sistema de compensação de cheques na União Soviética; os cheques só podiam ser usados para retirar dinheiro da própria conta. (Nota da edição inglesa)

[14] Juventude comunista. (N. T.)

feito sob medida no ateliê de moda, com autorização de Uliana Petrovna. As moças da oficina e do albergue respeitavam-na, consideravam-na independente. Com as moças do albergue, ia ao cinema e ao clube, para dançar. Gostava de um rapaz, Micha,[15] com o qual dançava de muito bom grado. Era tão calado quanto ela, e, ao acompanhá-la depois do baile, normalmente ficavam ambos em silêncio até chegar à habitação coletiva. Ele morava longe, para os lados da estação de carga, e trabalhava como mecânico de vagões no depósito de locomotivas.

Quase não se lembrava mais de sua vida de outrora, e tinha a impressão de que o automóvel negro e reluzente, as florezinhas exuberantes da dacha, os passeios com a babá pelas colinas do Kremlin, o rosto carinhoso e distraído da mamãe, os risos e as vozes dos convidados do papai não viviam em sua memória por si, mas eram recordações de uma outra recordação ainda mais remota, como um eco reiterado a se extinguir na neblina.

Este ano estava sendo especialmente bom para Nádia Iejova.

Entrara na escola noturna de eletromecânica, fora premiada com um salário de um mês e meio por superar sua meta. O chefe do serviço de vagões prometera a Micha um lugar no edifício que estava sendo construído pelo Ministério das Vias de Comunicação, e eles resolveram se casar. Nádia queria muito ter um bebê, e se alegrava por virar mãe.

Certa vez, alguns dias antes de sair de férias para a casa de repouso, Nádia teve um sonho; uma mulher, que não era mamãe, mas uma outra, tinha nos braços um bebê, que tanto podia ser Nádia como podia não ser; tentava proteger a criança do vento, havia muitos ruídos em volta, as ondas marulhavam, o sol brilhava sobre a água e sumia nas nuvens rápidas e baixas, pássaros brancos voavam em todas as direções, gritando com voz de gato.

O dia inteiro, na oficina, na cozinha da fábrica, enquanto preenchia formulários do comitê de fábrica para a casa de repouso, Nádia ficou se lembrando do belo e triste rosto da mulher que apertava o bebê contra o peito; de repente, entendeu por que havia tido aquele sonho.

---

[15] Diminutivo de Mikhail. (N. T.)

Certa vez, no orfanato de Penza, a diretora levara as crianças para ver um filme que mostrava a viagem marítima de uma jovem mãe; era aquela imagem semiesquecida que retornara e lhe aparecera em sonho, justamente na época em que ela mais pensava em sua futura maternidade.

A inquilina

A velhinha Anna Boríssovna, ao receber do soviete regional de Dzerjinski um lugar para morar, divertiu os outros inquilinos do apartamento porque, à sua chegada, não tinha móveis, nem utensílios de cozinha, nem vestidos, nem mesmo roupa de cama. Não ficou muito tempo no quarto. Oito dias depois de receber a moradia, enquanto caminhava pelo corredor, de repente soltou um grito e caiu no chão.

Uma vizinha ligou para a emergência. Uma médica deu uma injeção na velha, dizendo que tudo ficaria bem, e partiu. Anna Boríssovna, porém, piorou bastante à noite. Depois de uma breve discussão, os vizinhos ligaram para o pronto-socorro. A ambulância do Instituto Sklifossovski chegou rápido, seis minutos depois da chamada, mas já encontrou a velha morta. O médico examinou as pupilas da falecida, deu o suspiro de praxe e partiu.

Naqueles poucos dias em que Anna Boríssovna Lômova morou em seu quarto no sudoeste de Moscou, os inquilinos ficaram sabendo alguma coisa a seu respeito. Quando jovem, tinha participado da Guerra Civil, possivelmente como comissária de um trem blindado; depois havia morado na Pérsia, em Teerã, depois em Moscou, onde desempenhara alguma tarefa de responsabilidade, talvez até no Kremlin; em conversa com a estudante Svetlana Kolotirkina sobre o ensino de literatura russa, dissera: "Cheguei a ser amiga de Fúrmanov[1] e Maiakóvski". E à mãe de Svetlana, que trabalhava no controle de qualidade de uma

---

[1] Dmitri Andrêievitch Fúrmanov (1891-1926), comissário do Exército Vermelho durante a Guerra Civil e autor do romance *Tchapáev*, adaptado para o cinema em 1934, cujo herói é um personagem real, um comandante bolchevique da Guerra Civil. Sua cidade natal, Sereda, foi rebatizada como Fúrmanov em 1941. (N. T.)

fábrica de automóveis de pequena cilindrada, contara ter sido presa em 1936, passando dezenove anos no cárcere e nos campos. Há bem pouco tempo, o Supremo Tribunal a reabilitara, reconhecendo sua completa inocência. Então, recebera moradia e permissão para residir em Moscou.

Obviamente, na época em que vagava pelos campos, perdera contato com parentes e amigos, sem conseguir criar laços com a coletividade em Moscou; ninguém foi ao crematório quando seu corpo foi cremado. Logo depois da morte de Lômova, seu quarto foi ocupado pelo condutor de trólebus Jutchkov, um homem bastante nervoso, com mulher e filho.

Com uma rapidez surpreendente, todos os inquilinos esqueceram que, alguns dias antes, uma velha reabilitada morara em seu apartamento.

Certa manhã de domingo, quando os habitantes do apartamento, depois de tomar chá no desjejum, jogavam *durak*[2] na cozinha, a carteira trouxe a correspondência dominical: os jornais *A Verdade de Moscou*, *Rússia Soviética* e *Caminho de Lênin*, as revistas *Mulher Soviética* e *Saúde*, as programações da rádio e da televisão e uma carta endereçada à cidadã Lômova, Anna Boríssovna.

— Não tem ninguém aqui com esse nome — disseram várias vozes masculinas e femininas.

E o condutor Jutchkov, levando a carteira até a porta, disse:

— Não tem, nem nunca teve.

Então Svetlana Kolotyrkina disse subitamente:

— Como não teve? O senhor está morando no quarto dela.

E todos, de repente, se lembraram de Anna Boríssovna Lômova, e ficaram surpresos de terem-na esquecido completamente.

Após uma breve discussão, os inquilinos abriram o envelope e leram em voz alta o texto da carta, escrito a máquina.

"Devido a circunstâncias recém-descobertas, e por resolução do Colegiado Militar do Supremo Tribunal da URSS, de 8/5 de 1960, o seu marido, Terenti Gueórguevitch Ardachelia,

---

[2] Jogo russo de baralho em que o objetivo de cada participante é se desfazer de todas as cartas. O último a ficar com cartas na mão é o *durak* (bobo). (N. T.)

morto em detenção em 6/7 de 1937,[3] é reabilitado post-mortem, e a sentença pronunciada pelo Colegiado Militar do Supremo Tribunal em 3/9 de 1937 é revogada, e o caso encerrado por falta de evidências."

— E agora, para onde vamos mandar esse papel?

— Para onde? Para lugar nenhum. Vamos devolver.

— Acho que temos que entregar à direção do condomínio, já que essa mulher tinha um registro regular aqui.

— É verdade. Mas hoje não tem ninguém na direção.

— De qualquer maneira, para que a pressa?

— Deem para mim. Posso entregá-lo quando for lá falar das torneiras quebradas.

Por algum tempo ficaram todos calados, até que uma voz masculina disse:

— Por que está todo mundo sentado? Quem dá as cartas?

— Quem sobrou.

---

[3] Possível lapso do autor, que provavelmente tinha em mente 1936. (Nota da edição russa)

A estrada

A guerra atingiu todos os seres vivos da Península Itálica.

Giu, uma jovem mula que servia em um comboio do regimento de artilharia, sentiu imediatamente inúmeras mudanças em 22 de junho de 1941, embora, naturalmente, não soubesse que o Führer convencera o Duce a entrar em guerra contra a União Soviética.

As pessoas ficariam surpresas se soubessem em quanta coisa a mula reparou no dia do começo da guerra do Leste: no rádio que tocava sem parar, na música, nas portas escancaradas da estrebaria, nas multidões de mulheres com crianças junto à caserna, nas bandeiras sobre a caserna, no cheiro de vinho naqueles que antes não cheiravam a álcool, e nas mãos trêmulas do boleeiro Niccolò ao tirar Giu do boxe e colocar-lhe a coelheira.

O boleeiro não gostava de Giu; atrelava-a à esquerda, para que fosse mais fácil fustigá-la com a mão direita. Fustigava Giu na barriga, não no traseiro de pele grossa, e tinha a mão pesada, marrom, com unhas tortas — a mão de um camponês.

Giu era indiferente a seu companheiro de parelha. Era um animal grande, forte, esforçado, macambúzio; o pelo do peito e dos flancos estava gasto pela coelheira e pelos tirantes, e a calva cinzenta reluzia com um brilho oleoso de grafite.

Havia uma névoa azulada nos olhos da outra mula, e seu focinho, com a dentadura deteriorada e amarelada, guardava expressão indiferente e sonolenta, tanto quando subia a colina no asfalto amolecido pelo calor como quando repousava à sombra das árvores. Mesmo quando estava em uma passagem, num vale, entre montanhas, com vista para os jardins e vinhedos abaixo, para a faixa cinzenta do asfalto já percorrido, mesmo quando o mar brilhava ao longe e o ar cheirava a flores, iodo, frescor da serra e, ao mesmo tempo, à poeira quente e seca da estrada, mesmo nesses momentos os olhos da parelha permaneciam indiferentes, suas narinas permaneciam imóveis, uma baba comprida e transparente pendia de seu lábio inferior, ligeiramente saliente; de vez em quando, aguçava os ouvidos, ao escutar os passos do boleeiro Niccolò. Porém, quando os canhões praticavam exercícios de tiro, a velha mula parecia dormir, sem sequer mexer a orelha comprida.

Giu chegou a dar um tranco na mula velha, de brincadeira, mas esta apenas deu um coice tranquilo e sem raiva na mula nova e se virou; por vezes, Giu parava de puxar os tirantes, fitando de esguelha a mula velha, que não arreganhava os dentes nem contraía as orelhas — apenas dava um puxão com toda a força e resfolegava, mexendo rápido a cabeça.

Pararam de reparar uma na outra, embora puxassem todo dia a telega cheia de caixas de munição, bebessem do mesmo baldezinho e, à noite, Giu ouvisse a respiração pesada da velha mula na baia vizinha.

Os desejos, o poder, o cnute, as botas e a voz rouca do boleeiro não inspiravam em Giu uma reverência servil.

A parelha ia à sua direita; às suas costas, a telega tilintava e o boleeiro gritava; diante de seus olhos se estendia a estrada. Às vezes o boleeiro parecia parte da telega; às vezes, parecia o principal, e a telega um apêndice. O cnute? Bem, as moscas também lhe fustigavam as pontas das orelhas até sangrar, mas moscas eram apenas moscas. O cnute também. O boleeiro também.

Quando Giu foi atrelada pela primeira vez, ficou secretamente com raiva da falta de sentido do longo asfalto; não dava para mastigá-lo nem bebê-lo enquanto, de um lado e de outro, cresciam folhas e ervas comestíveis, e a água pairava em lagos e poças.

O asfalto parecia o maior inimigo, mas, depois de algum tempo, Giu passou a se incomodar mais com o peso da telega, as rédeas, a voz do boleeiro.

Daí Giu fez as pazes com a estrada, e às vezes pensava que ela a libertaria da telega e do boleeiro. A estrada subia pela colina, adejava por entre laranjeiras, e a telega troava de maneira monótona e incessante às suas costas, com a coelheira de couro a bater nos ossos do peito.

O trabalho forçado e sem sentido a fazia ter vontade de dar uns coices na telega e romper os tirantes com os dentes; Giu não esperava nada mais da estrada, e não queria mais percorrê-la.

Em sua cabeça grande e vazia apareciam o tempo todo imagens de cheiro e gosto de comida, visões enevoadas que a deixavam agitada: o aroma das eguinhas, a doçura suculenta das folhas, o calor do sol depois de uma noite fria, o frescor após a canícula siciliana...

De manhã, enfiava a cabeça na coelheira ajustada pelo boleeiro e sentia no peito o habitual calafrio da pele morta e lustrosa. Agora fazia que nem sua velha parelha: não erguia a cabeça nem arreganhava os dentes — a coelheira, a telega, a estrada haviam se tornado parte de sua vida.

Tudo se tornara habitual, quer dizer, legítimo, e se interligava, transformando-se na natureza da vida: o trabalho, o asfalto, os bebedouros, o cheiro do lubrificante, o estrépito dos canhões fedidos de cano longo, o cheiro de tabaco e couro dos dedos do boleeiro, o baldezinho com grão de milho, à noite, a braçada de feno que beliscava...

Aconteceu de a monotonia ser quebrada. Sentiu pavor quando, amarrada em cordas, foi içada em um guindaste para dentro de um vapor; enjoou, o chão de madeira escapava-lhe sob os cascos, e perdeu a vontade de comer. Daí veio um calor que superava o da Itália, assentaram-lhe um chapéu de palha, veio o obstinado talude das estradas vermelhas e de pedra da Abissínia, as palmeiras cujas folhas não dava para alcançar com os lábios. Ficou muito espantada certa vez com um macaco em uma árvore, e muito assustada com uma grande cobra na estrada. As casas eram comestíveis, e ela às vezes ingeria suas paredes de cana e telhados de grama. Os canhões disparavam com frequência, e o calor do fogo era constante. Quando o comboio se detinha na orla escura do bosque, ouvia à noite sons funestos, rumores; alguns deles davam medo, e Giu tremia, roncava.

Depois voltou a sentir enjoo, o chão de tábuas escapava-lhe sob os cascos; ao redor, havia uma planície azulada, e, sem entender nada, já que mal havia se movido, subitamente aparecia uma estrebaria na qual, no boxe ao lado, sua parelha respirava pesadamente, à noite.

E logo depois do dia marcado pela música e pelo tremor das mãos do boleeiro, a estrebaria sumiu, apareceu o chão de tábuas, batidas, batidas, batidas, sacudidas e rangidos, e de repente a escuridão e o aperto do boxe que rangia se converteram em uma planície espaçosa e sem fim.

Sobre a planície pairava uma poeira suave e cinzenta, nem italiana, nem africana, e, pela estrada, caminhões, tratores, canhões de cano longo e curto deslocavam-se incessantemente para o levante, com colunas de boleeiros a marchar, a pé.

A vida ficou especialmente difícil; tudo tinha virado movimento, a telega estava sempre cheia de carga, a parelha respirava pesado, e sua respiração se fazia ouvir apesar do barulho da estrada cinzenta e empoeirada.

Começou a mortandade dos animais derrotados pela imensidão do espaço. Os corpos das mulas eram arrastados para fora da estrada; jaziam com os ventres inchados, com as pernas dilaceradas de tanto caminhar. As pessoas eram infinitamente indiferentes a elas, e as mulas também pareciam não reparar em seus mortos, abanando a cabeça e se arrastando, mas era só aparência: as mulas viam, sim, seus mortos.

Nessa terra de planície, a comida era especialmente saborosa. Era a primeira vez que Giu comia grama tão tenra e suculenta. Pela primeira vez na vida comia feno tão tenro e perfumado. A água desse país de planície também era mais gostosa e mais doce, e os feixes dos galhos de árvore praticamente não tinham amargor.

Na planície, o vento quente não queimava como na África e na Sicília, e o sol aquecia a pele de modo suave e delicado — não era implacável como o sol africano.

E mesmo a poeira fina e cinza que pairava no ar dia e noite parecia mais sedosa e macia em comparação com a areia vermelha do deserto, que picava.

Porém, a própria vastidão dessa planície era de uma crueldade inabalável. Ela não tinha fim; por mais que as mulas trotassem, dobrando as orelhas, a planície era mais forte do que elas. As mulas andavam a passo rápido à luz do sol e à luz da lua, mas a planície não parava de se estender. As mulas corriam, batiam os cascos no asfalto, levantavam poeira nas estradas, e a planície se estendia, e seguia a se estender. Não tinha termo nem sob o sol, nem sob a lua e as estrelas. Não dava origem a colinas, nem a montes.

Giu não reparou no começo da estação de chuvas; ela chegou aos poucos. Caíram chuvas geladas, e, de cansaço monótono, a vida se converteu em um sofrimento dilacerante, em prostração.

Tudo em que consistia a vida da mula ficou mais difícil: a terra ficou mais viscosa, conversava, resmungava; a estrada ficou lamacenta, por isso, mais comprida; cada passo equivalia agora ao esforço de inúmeros passos, e a telega ficou insuportavelmente preguiçosa e teimosa. Giu e sua parelha tinham a impressão de estar arrastando não uma, mas muitas telegas. Agora o boleeiro gritava sem parar, batendo o chicote de forma dolorosa e frequente; a telega parecia não ter apenas um boleeiro, mas muitos. Os chicotes também eram muitos, e todos golpeavam com a língua solta, raivosos, frios e quentes ao mesmo tempo, cortantes, corrosivos.

Puxar a carroça no asfalto era mais fácil que na grama e no feno, mas as patas passavam dias inteiros sem vê-lo.

As mulas conheceram o frio, o tremor na pele umedecida pela chuva de outono. As mulas tossiam e pegavam pneumonia. Era cada vez mais frequente que tirassem do caminho aquelas para as quais a estrada havia terminado e não havia mais movimento.

A planície se ampliava; sua vastidão agora era sentida não com os olhos, mas com todas as quatro patas... As patas afundavam cada vez mais na terra amolecida, torrões viscosos se agarravam teimosamente às pernas, e a planície, pesada devido à chuva, alargava-se de modo mais imenso, amplo e poderoso.

No grande e espaçoso cérebro da mula, no qual haviam brotado visões enevoadas de aromas, formas e cores, nascera a imagem de uma ideia completamente diferente, criada pela mente de filósofos e matemáticos, a imagem do infinito: a enevoada planície russa e a fria chuva de outono, a cair sobre ela sem cessar.

E eis que no lugar do escuro, turvo e pesado chega uma nova imagem: branca, seca, movediça, a chamuscar as narinas e queimar os lábios.

O inverno devorara o outono, mas isso não aliviou o fardo, que ficou ainda mais pesado. Um predador mais cruel e voraz devorara um predador menos forte...

Ao longo da estrada, ao lado dos corpos das mulas, jazia gente morta: o frio os havia privado da vida.

A sobrecarga ininterrupta de trabalho, o frio, o peito deixado em carne viva pela coelheira, as feridas sangrando na crina, a dor nas pernas, as patas gastas e esfaceladas, as orelhas congeladas, a dor nos olhos, as pontadas no estômago devido à comida e à água congelada foram aos poucos exaurindo as forças musculares e espirituais de Giu.

Ocorria nela uma enorme ofensiva da indiferença. Um mundo colossal e indiferente se abatia sobre ela. Até a maldade do boleeiro se interrompeu; ele se contraía, não brandia o chicote, não dava com a bota no ossinho sensível da pata dianteira...

A guerra e o frio esmagavam a mula de modo lento e inexorável, e Giu respondeu à enorme ofensiva da indiferença que se preparava para aniquilá-la com uma indiferença própria e desmedida.

Tornou-se uma sombra de si mesma, e essa sombra viva de cinzas não sentia mais seu próprio calor, nem satisfação com comida e repouso. Era-lhe indiferente se estava se movendo pela estrada congelada, remexendo as pernas mecanicamente, ou se estava parada, de cabeça baixa. Mascava o feno com indiferença, desprovida de alegria, e com a mesma indiferença suportava a fome, a sede e o vento seco do inverno. A brancura da neve machucava o globo ocular, mas a escuridão e a penumbra eram-lhe indiferentes: não as desejava, nem esperava.

Andava ao lado de sua velha parelha, agora já completamente igual a si mesma; a indiferença de uma pela outra era tão grande quanto sua indiferença por si mesma.

Essa indiferença por si mesma era sua derradeira revolta.

Para Giu, ser ou não ser tornara-se indiferente; era como se uma mula tivesse resolvido o dilema de Hamlet.

Submetera-se de modo tão indiferente à existência e à inexistência que perdera a noção do tempo; dia e noite se apagaram em sua consciência, o sol frio e a escuridão sem lua tornaram-se para ela a mesma coisa.

Quando começou a ofensiva russa, o frio não estava especialmente forte.

No momento da arrasadora descarga de artilharia, Giu não foi tomada pela loucura. Não arrancou os tirantes nem saiu pulando quando o clarão da artilharia se inflamou no céu nublado, a terra se pôs a vibrar e o ar, rasgado pelo bramido e pelo rugido do aço, encheu-se de fogo, fumaça, pedaços de neve e barro.

O fluxo da debandada não a levou de roldão; continuou de pé, com cabeça e cauda baixas, enquanto, a seu lado, saíam correndo, caíam, erguiam-se de um salto e voltavam a correr, arrastavam-se pessoas, arrastavam-se tratores, passavam caminhões narigudos.

A parelha soltou um grito estranho, que parecia humano, caiu, remexeu as pernas, depois emudeceu, e a neve a seu redor ficou vermelha.

O cnute jazia na neve, bem como o boleeiro Niccolò. Giu não ouvia mais o rangido de sua bota, não sentia o cheiro de tabaco, vinho, couro não curtido.

A mula estava indiferente e submissa, sem aguardar a concretização do destino; era igualmente indiferente a seu novo e a seu velho destino.

Veio o crepúsculo. Fez-se silêncio. A mula seguia de cabeça baixa, descendo o açoite da cauda. Não olhava para o lado, não apurava o ouvido. Na cabeça vazia e indiferente, a descarga de artilharia, que se calara há muito tempo, continuava a ribombar. De vez em quando, bem de vez em quando, mudava o peso de uma perna para a outra e voltava a ficar imóvel.

Ao redor jaziam os corpos de gente e de animais, caminhões derrubados e destruídos, um fio de fumaça aqui e ali.

E mais ao longe, sem começo, sem fim, a planície nebulosa, soturna, coberta de neve.

A planície engolira toda a vida pregressa: o calor, as estradas vermelhas e escarpadas, o cheiro das eguinhas, o barulho dos ribeirões. Giu mal se distinguia da imobilidade à sua volta; ligava-se a ela, unia-se à planície enevoada.

Mas, quando o silêncio foi quebrado pelos tanques, Giu ouviu-os, pois o som de ferro, ao encher o ar, penetrou nos ouvidos mortos das pessoas e animais, penetrando também nos ouvidos da mula desalentada e viva.

E quando a imobilidade da planície foi rompida, e carros com canhões e lagartas, em formação aberta, percorreram a neve fresca do norte para o sul, rangendo, Giu os viu; refletindo-se nas janelas de vidro e nos espelhos dos veículos destruídos, refletiram-se nos olhos da mula, que estava junto à telega virada. Só que ela não saltou de banda, embora o ferro das lagartas passasse bem perto, exalando um calor amargo e odor de óleo.

Então figuras humanas brancas se destacaram da planície branca, movendo-se em silêncio e rápido, não como gente, mas como ferozes predadores; sumiram, dissolveram-se, engolidas pela imobilidade da neve fresca.

Depois veio o ruído de uma torrente de gente, veículos e armas prorrompendo do norte, e comboios começaram a ranger...

A torrente vinha pela estrada, e a mula mal virava os olhos enquanto o movimento passava a seu lado; mas logo ficou tão grande que transbordou para as beiras da estrada.

E eis que um homem de cnute aproximou-se de Giu. Examinou-a, e a mula sentiu o cheiro de tabaco e couro não curtido que vinha dele.

Exatamente como Niccolò fazia, o homem cutucou-a nos dentes, nas maçãs do rosto, nos flancos.

Tomou o freio e se pôs a falar com voz rouca; a mula lançou um olhar involuntário na direção do boleeiro Niccolò, que jazia na neve, mas este continuou em silêncio.

O homem voltou a puxar o freio, mas a mula não se moveu.

Então o homem se pôs a gritar e a fazer ameaças, e suas exortações ameaçadoras não se distinguiam das do italiano pelo grau de ameaça, apenas pelos sons que as transmitiam.

Daí o homem deu com a bota no ossinho de sua perna dianteira; a perna doeu; era o mesmo ossinho, bastante sensível, em que Niccolò batia com sua bota.

Giu seguiu o boleeiro. Chegaram a umas carroças atreladas. À sua volta, boleeiros barulhentos agitavam os braços, riam, batiam no lombo e nos flancos de Giu. Deram-lhe feno, e ela comeu. Pares de cavalos de orelha curta e olhos raivosos estavam atrelados às telegas. Não havia mulas.

O boleeiro levou Giu a uma telega à qual estava atrelado um cavalo sem parelha.

O cavalo era escuro e pequeno; a mula alta era maior do que ele. Olhou para a mula, contraiu as orelhas, depois ergueu-as e sacudiu a cabeça. Então se virou e ergueu a pata traseira, preparando o coice.

Era magro, e, quando tomava ar, as costelas ondulavam sob sua pele, na qual, assim como na pele de Giu, viam-se escoriações em sangue.

Giu ficou de cabeça baixa, tão indiferente quanto antes à questão de ser ou não ser, tranquilamente indiferente ao mundo, pois o mundo da planície a aniquilava com indiferença.

Casualmente, enfiou a cabeça na coelheira, como já fizera centenas de vezes; não era de couro, mas tocava seu peito fatigado do mesmo jeito, exalando um cheiro estranho, raro, de cavalo. Tal cheiro, porém, não fazia a menor diferença para a mula.

O cavalo estava a seu lado, mas Giu era igualmente indiferente ao calor que vinha de seu flanco encovado.

O cavalo contraía as orelhas bem junto à cabeça, e seu focinho era raivoso, predatório, nada parecido com o de um herbívoro. Arregalava os olhos, erguia o lábio superior e mostrava os dentes, pronto para morder, mas Giu, em sua indiferença, oferecia-lhe o rosto e o pescoço indefeso. E quando ele começava a recuar, puxando os arreios, para lhe dar as costas e desferir um coice, Giu tampouco se preocupava; baixava a cabeça, do mesmo modo como havia feito junto à telega destruída, à parelha morta, ao defunto Niccolò, ao cnute que jazia na neve. O boleeiro, porém, gritava e batia no cavalo com o chicote, e depois, com o mesmo chicote — irmão do cnute que jazia na neve —, batia na mula: o boleeiro, pelo visto, estava zangado com o desalento do animal, e sua mão era como a de Niccolò: a mão pesada de um camponês.

E Giu subitamente lançou um olhar para o cavalo, e o cavalo olhou para Giu.

Logo depois, o comboio partiu. A carroça voltou a ranger como de hábito, e a estrada estava de novo diante dos olhos, e às costas o peso, o boleeiro, o cnute, mas Giu sabia que não se livraria do peso com a ajuda da estrada. Marchava a trote curto, e a planície coberta de neve não tinha começo nem fim.

O estranho é que, em sua habitual movimentação pelo mundo da indiferença, sentia que o cavalo que ia a seu lado não lhe era indiferente.

Ele jogava a cauda para o lado de Giu, e aquela cauda sedosa a deslizar em nada lembrava o cnute, nem a cauda de sua antiga parelha: deslizava carinhosamente sobre o pelo da mula.

Passava um tempo e o cavalo voltava a jogar a cauda, embora na planície coberta de neve não houvesse moscas, mosquitos ou moscardos.

E Giu olhou de esguelha para o cavalo que ia a seu lado e que, exatamente no mesmo instante, olhou de esguelha em sua direção. Agora seus olhos não tinham mais raiva, somente um pouquinho de malícia.

Na sólida massa do mundo da indiferença esgueirava-se uma pequena fenda, serpenteante.

Com o movimento, o corpo esquentava, e Giu sentia o odor do suor do cavalo, e sua respiração, cheirando a umidade e à doçura do feno, tocava-a de modo cada vez mais forte.

Sem saber por quê, puxou os tirantes, e os ossos de sua caixa torácica sentiram o peso e a tensão, mas a coelheira do cavalo ficou mais leve, e ele teve mais facilidade para levar a telega.

Passaram um longo tempo assim, até que o cavalo começou a relinchar de repente. Relinchava baixinho, tão baixo que nem o boleeiro nem a planície ao redor ouviam.

Relinchava baixo para que apenas a mula a seu lado ouvisse.

Giu não respondeu, mas, com um inflar súbito das narinas, deixou claro que o relincho do cavalo tinha chegado a ela.

E por muito, muito tempo, até que o comboio parasse para descansar, eles correram lado a lado, de narinas infladas, e os cheiros da mula e do cavalo que puxavam a telega tornaram-se um só.

E quando o comboio parou, e o boleeiro os desatrelou, eles comeram juntos e tomaram água do mesmo baldezinho; o cavalo foi até a mula e colocou a cabeça no seu pescoço, seus lábios trêmulos e suaves tocaram a orelha dela, que fitou com confiança os olhos tristes do cavalinho do colcoz, e sua respiração se misturou com a cálida e bondosa respiração dele.

Aquele calor bondoso despertou o que estava adormecido, fez reviver o que há muito tempo morrera: a doçura do leite materno, do qual o filhote tanto gostava, o primeiro talo de erva, a cruel pedra vermelha das estradas escarpadas da Abissínia, o forte calor das videiras, as noites enluaradas nos laranjais e a terrível sobrecarga de trabalho que parecia tê-la matado com o peso de sua indiferença, mas, no fim, acabou não matando.

A vida da mula Giu e o destino do cavalo de Vólogda transmitiam-se com clareza de um para o outro através do calor da respiração, da fadiga dos olhos, e havia um certo encanto singular naquelas criaturas confiantes e carinhosas, lado a lado em meio à planície da guerra, sob o céu cinzento de inverno.

— O asno, quer dizer, a mula, parece ter virado russa — riu-se um boleeiro.

— Não, veja: estão os dois chorando — disse um outro.

E era verdade: estavam chorando.

A cachorra

1

Sua infância fora sem teto e sem comida, mas a infância é a época mais feliz da vida.

Especialmente boa foi a primeira primavera, os dias de maio na periferia da cidade. O cheiro de terra e grama fresca enchia a alma de felicidade. A sensação de alegria era aguda, quase insuportável; quase não tinha vontade de comer, de tão feliz que estava. Passava o dia inteiro com uma névoa verde e quente na cabeça e nos olhos. Parava com as patas dianteiras na frente de um dente-de-leão e, com alegre voz infantil, convidava a flor a participar da correria, dando risada e ficando brava e espantada com a imobilidade de sua pata verde e grossa.

Então, de repente, começava a abrir uma cova, freneticamente, e pedaços de terra saíam voando debaixo de sua barriga, e os dedinhos e patinhas rosa-escuros ficavam em brasa, queimados pela terra pedregosa. Nessa hora, sua carinha ficava preocupada, como se, em vez de brincar, estivesse escavando um abrigo para salvar a vida.

Era rechonchuda, de pança rosada, patas gordas, embora, nessa época boa, comesse pouco. Dava a impressão de engordar de felicidade, de alegria de viver.

Daí se acabaram os doces dias de infância. O mundo se encheu de outubro e novembro, de hostilidade e indiferença, de chuva gelada, misturada com neve, de sujeira, de restos de comida viscosos e asquerosos que davam nojo até em um cachorro faminto.

Mas mesmo em sua vida sem teto havia coisas boas: um compassivo olhar humano, uma noite passada junto a um cano quente, um osso açucarado. Sua vida de cachorro também tinha paixão, amor canino, e a luz da maternidade.

Era uma vira-lata sem família, pequena, testuda e manca. Mas vencia as forças hostis por amar a vida e ser muito inteligente. Sabia onde o mal espreitava, sabia que a morte não fazia barulho, nem gestos, não atirava pedras nem batia os saltos das botas; não, ela preferia se aproximar com um sorriso insinuante, oferecendo um pedaço de pão e segurando um saco às costas.

Conhecia a força assassina de caminhões e carros, sabia exatamente as suas diferentes velocidades, tinha paciência para esperar o fluxo do tráfego e atravessar apressadamente a via quando os automóveis paravam no sinal vermelho. Conhecia o poder demolidor dos trens elétricos, bem como sua rigidez e incapacidade de esmagar um camundongo que estivesse a meio metro dos trilhos. Distinguia o rugido, o assobio e o ronco dos aviões a hélice e a jato, o matraquear dos helicópteros. Conhecia o odor das tubulações de gás, sabia reconhecer o calor dos canos de aquecimento escondidos na terra. Conhecia o ritmo de trabalho dos caminhões de lixo, era capaz de penetrar em qualquer contêiner e cesto de lixo e diferenciar na mesma hora o invólucro de celofane dos produtos de carne da embalagem encerada do bacalhau, do sorvete e da perca.

Um cabo elétrico negro saindo de baixo da terra inspirava-lhe mais medo que uma víbora; certa vez, pusera a pata molhada em um cabo cujo isolante estava partido.

Provavelmente sabia mais sobre tecnologia do que uma pessoa inteligente e bem-informada de dois, três séculos antes.

Não era apenas inteligente, mas instruída. Se não tivesse conseguido aprender sobre a tecnologia de meados do século xx, teria morrido. Afinal, os cachorros do campo que iam parar na cidade por acaso tinham as horas contadas, logo pereciam.

Para a sua luta, porém, experiência e conhecimento tecnológico contavam pouco; o indispensável era entender a vida como ela é, ter uma sabedoria mundana.

A vira-lata testuda e anônima sabia que a base de sua existência residia na errância, na eterna mudança.

De vez em quando, uma pessoa sensível manifestava compaixão pela criatura errante de quatro patas, dando-lhe de comer e arrumando-lhe um lugar para dormir debaixo de uma escada escura. Mas, se traísse seus modos errantes, pagaria com a vida. Se virasse sedentária, acabaria dependente de um bom coração humano e cem ruins. E logo a morte viria, com movimentos insinuantes, um pedaço de pão em uma das mãos e um saco na outra. Cem corações ruins eram mais fortes do que um bom.

As pessoas achavam que a cachorra errante era incapaz de estabelecer laços, que tinha sido pervertida pela errância.

Estavam enganadas. Não era que as vicissitudes da vida tivessem endurecido a cachorra errante, o que acontecia era que ninguém precisava do bem que nela habitava.

2

Certa noite, enquanto dormia, a cachorra foi pega. Não a mataram; em vez disso, levaram-na para um instituto científico. Foi banhada em uma solução quente e fétida, e as pulgas pararam de incomodá-la. Passou alguns dias em um porão, em uma jaula. Era bem alimentada, mas não tinha vontade de comer. Um pressentimento constante de morte a atormentava; padecia com a falta de liberdade. Só agora, na jaula, com uma cama de palha macia e comida gostosa, em uma tigela limpa, dava valor à vida livre.

Irritava-se com o latido besta dos vizinhos. Era longamente examinada por pessoas de avental branco, uma das quais, magra, de olho claro, deu-lhe um piparote no nariz e um tapinha na cabeça; foi logo levada para um recinto silencioso.

Estava para conhecer a etapa mais avançada da tecnologia do século XX; começaram a prepará-la para uma ocasião grandiosa.

Recebeu o nome Pestruchka.[1]

Provavelmente, nem os imperadores e primeiros-ministros mais doentes foram submetidos a tantos exames. Aleksei Gueórguievitch, o magro de olhos claros, sabia tudo que havia para saber sobre o coração, pulmões, fígado, trocas de gás e a composição do sangue de Pestruchka, suas reações nervosas e sucos gástricos.

Ela entendeu que nem as faxineiras, nem os funcionários do laboratório, nem os generais condecorados eram os senhores de sua vida, morte e liberdade, de sua derradeira agonia.

---

[1] Malhada. (N. T.)

Compreendeu isso, e seu coração dirigiu a Aleksei Gueórguevitch todo o amor que ainda tinha guardado, e nem todo o horror passado e presente podia endurecê-la contra ele.

Compreendeu que as injeções, punções, as jornadas nauseantes e atordoantes nas centrífugas e câmeras de vibração, a angustiante sensação de falta de peso que repentinamente prorrompia em sua consciência, nas patas dianteiras, na cauda, no peito, nas patas traseiras, tudo isso vinha de Aleksei Gueórguevitch, seu amo.

Mas essa compreensão prática não fazia diferença. Estava sempre esperando pelo amo que tinha encontrado, angustiava-se em sua ausência, alegrava-se com seus passos, e, quando ele partia, à noite, os olhos castanhos dela pareciam se umedecer com lágrimas.

Normalmente era depois do treino matinal, especialmente duro, que Aleksei Gueórguevitch entrava no viveiro; de língua de fora, respirando pesadamente, com a cabeça testuda repousando nas patas, Pestruchka fitava-o com um olhar dócil.

De um modo estranho e incompreensível, associava aquele que se tornara o senhor de sua vida e destino à sensação da neblina esverdeada da primavera, um sentimento de liberdade.

Olhava para o homem que a condenara à jaula e ao sofrimento e o que surgia em seu coração era esperança.

Aleksei Gueórguevitch não notou imediatamente que Pestruchka, para além do habitual interesse prático do planejamento, despertava-lhe dó e compaixão.

Certa vez, enquanto olhava para a cobaia, pensava como era comum que milhares e milhares de tratadores de aves e suínos se afeiçoassem — de forma absurda, insensata — aos animais que preparavam para a morte. Igualmente absurdos e insensatos eram aqueles bondosos olhos caninos, aquele focinho úmido que se lançava com confiança nas mãos do assassino.

Passavam-se os dias, aproximava-se o cumprimento da missão para a qual Pestruchka estava sendo preparada. Ela era submetida a experimentos na cápsula espacial, no contêiner; a longa jornada do ser de quatro patas era um ensaio para o maior e mais longo voo do homem.

Aleksei Gueórguevitch gozava da aversão unânime de seus subordinados. Alguns colaboradores científicos tinham muito medo dele; era irascível, e às vezes tomava medidas disciplinares cruéis contra os funcionários do laboratório. Seus superiores também não gostavam dele, por ser dado a disputas e rancores.

Tampouco em casa era uma pessoa fácil; tinha dores de cabeça frequentes, e mesmo o menor ruído o irritava. Padecia de azia por falta de ácido e tinha a impressão de não ser devidamente alimentado, de que a esposa era negligente com ele, enquanto, em segredo, fazia tudo que podia para ajudar seus inúmeros parentes.

Com os amigos, as relações também não eram fáceis; estava sempre estourando e desconfiando de indiferença e inveja da parte deles. Discutia com um amigo, sofria, e depois afligia-se para fazer as pazes.

Aleksei Gueórguevitch não tinha adoração ou admiração nem por si mesmo. Resmungava de vez em quando, azedo: "Ah, todo mundo está de saco cheio de mim, eu mesmo em primeiro lugar".

A vira-lata manca não participava das intrigas do serviço, não fazia pouco caso de sua saúde, nem tinha inveja.

A exemplo de Cristo, pagava seu mal com o bem, e o sofrimento que lhe trazia com amor.

Examinava os eletrocardiogramas, os dados de sua pressão sanguínea e reflexos, e os olhos castanhos da cachorra fitavam-no com devoção. Certa vez, pôs-se a lhe explicar que as pessoas também passavam por um treinamento semelhante, igualmente difícil; era verdade que os riscos aos quais ela estava sendo submetida eram maiores que os riscos aos quais um ser humano seria exposto, mas sua situação não podia ser comparada à da cadela Laika, cuja morte fora decidida de antemão.

E, em outra ocasião, disse a Pestruchka que ela seria a primeira criatura, desde o começo da vida no globo terrestre, a contemplar a real profundidade do cosmo. Coubera-lhe um destino maravilhoso! Penetrar no espaço, ser o primeiro enviado da razão livre rumo ao Universo.

Tinha a impressão de que a cachorra o entendia.

Era de uma inteligência fora do comum — claro que de seu jeito, canino. Funcionários do laboratório e serventes brincavam: "A nossa Pestruchka fez a escola técnica elementar". Vivia com facilidade em meio aos equipamentos científicos; parecia compreender os princípios dos dispositivos e, assim, orientava-se com destreza nesse mundo de terminais, cunhos, telas, válvulas eletrônicas, alimentação automática.

Aleksei Gueórguevitch sabia como ninguém sugar, espremer, obter o quadro completo das funções vitais de um organismo vivo voando no espaço vazio, a milhares de quilômetros do laboratório terrestre.

Era um dos fundadores de uma nova ciência: a biologia cósmica. Dessa vez, porém, não estava arrebatado pela complexidade da tarefa. Com a Pestruchka de pernas tortas, tudo estava saindo do comum.

Examinou os olhos da cachorra. Aqueles bondosos olhos caninos, e não os olhos de Niels Bohr, seriam os primeiros a ver o espaço não limitado pelo horizonte da Terra. Um espaço em que não há vento, só a força da gravidade, um espaço sem nuvens, andorinhas, chuvas, um espaço de fótons e ondas eletromagnéticas.

E Aleksei Gueórguevitch teve a impressão de que os olhos de Pestruchka iriam lhe contar o que tinham visto. Poderia ler e entender o mais secreto dos cardiogramas, o arcano cardiograma do universo.

A cachorra parecia sentir, instintivamente, que o homem a estava iniciando na maior coisa que ocorrera na história da Terra em todos os tempos, que lhe estava a conceder uma enorme primazia.

Superiores e subordinados de Aleksei Gueórguevitch, amigos e pessoas de sua casa repararam que ele estava passando por estranhas mudanças: jamais fora tão condescendente, suave, triste.

A nova experiência seria especial. Diferenciava-se das anteriores não apenas porque a cápsula cósmica desprezaria a órbita circular e se lançaria no espaço, a centenas de milhares de quilômetros da Terra.

O principal na nova experiência era que um animal invadiria o cosmos com sua psique. Não! Pelo contrário! O cosmos invadiria a psique de um ser vivo. A questão aí não era de sobrecarga, nem de vibrações, nem de sensação de falta de peso.

Diante daqueles olhos, a retidão da Terra começaria a se entortar, os olhos do animal confirmariam a clarividência de

Copérnico. O globo! O geoide! E mais, muito mais... Um sol rejuvenescido, despido de dois bilhões de anos, se ergueria no espaço negro, diante dos olhos da cadelinha de patas tortas. O horizonte da Terra ficaria para trás em chamas laranja, lilases, violeta. O miraculoso globo de neve e areias escaldantes, repleto de vida maravilhosa e inquieta, desapareceria não apenas de seus pés, como escaparia de sua percepção vital. Então as estrelas ganhariam corpo, ganhariam carne termonuclear, substância ardente e brilhante.

A psique do ser vivo seria invadida por um reino que não estava coberto pelo calor da Terra, pela suavidade das nuvens, pela força úmida do flogisto. Pela primeira vez, olhos vivos veriam o abismo sem ar, o espaço de Kant, o espaço de Einstein, o espaço dos filósofos, astrônomos e matemáticos, não em especulação, não em fórmulas, mas assim, como ele é, sem montanhas e árvores, arranha-céus e isbás de aldeia.

As pessoas ao redor de Aleksei Gueórguevitch não entendiam o que estava acontecendo com ele.

Tinha a impressão de descobrir um novo conhecimento, mais elevado do que aquele que nasce das equações diferenciais e das indicações dos aparelhos. O novo conhecimento ia de alma a alma, de olho a olho. E tudo que o perturbava, zangava, suscitava sua desconfiança e raiva deixou de ter significado.

Tinha a impressão de que uma nova qualidade se preparava para entrar na vida das criaturas terrestres, enriquecendo-a e elevando-a, trazendo o perdão e a justificativa de Aleksei Gueórguevitch.

3

E o voo aconteceu.

O animal penetrou no espaço, como se abrisse um buraco no gelo. As luzes e telas haviam sido dispostas de forma que o animal, para onde quer que voltasse a cabeça, visse apenas o espaço e perdesse a sensação do que era terrestre e familiar. O universo invadia o cérebro de um cachorro, de uma cadelinha.

Aleksei Gueórguevitch estava convicto de que sua ligação com Pestruchka não se rompera, sentia-a mesmo quando a nave estava centenas de milhares de quilômetros distante da Terra. Não era uma questão de telemetria nem do rádio automático, registrando a aceleração frenética do pulso de Pestruchka e os saltos de sua pressão sanguínea.

Pela manhã, o assistente de laboratório Apressian relatou a Aleksei Gueórguevitch:

— Ela uivou, uivou bastante. — E acrescentou, em voz baixa: — Que horror, um cão solitário uivando no Universo.

Os instrumentos funcionaram com uma precisão nada menos que ideal, fantástica. O grão de areia que saíra para o espaço encontrou o caminho de volta para a Terra, o grão de areia que lhe dera origem. Os freios funcionaram de modo impecável, a cápsula aterrissou no ponto estabelecido da superfície terrestre.

Rindo, o assistente de laboratório Apressian disse a Aleksei Gueórguevitch:

— Os golpes das partículas cósmicas reestruturaram os genes de Pestruchka; suas crias terão capacidades notáveis nas mais elevadas áreas da álgebra e da música sinfônica. Os descendentes de nossa Pestruchka vão compor sonatas como as de Beethoven, vão construir máquinas cibernéticas; serão os novos Faustos.

Aleksei Gueórguevitch não comentou a piada de Apressian.

Aleksei Gueórguevitch foi em pessoa ao lugar onde a cápsula espacial havia aterrissado. Devia ser a primeira pessoa a ver Pestruchka. Desta vez, nenhum adjunto ou auxiliar podia ir em seu lugar.

Encontraram-se do jeito que Aleksei Gueórguevitch tinha desejado.

Ela se atirou em sua direção, abanando timidamente a ponta da cauda caída.

Por muito tempo, ele foi incapaz de ver os olhos que traziam o universo dentro de si. A cachorra lambia suas mãos em sinal de submissão, em sinal de renúncia eterna à vida de peregrina livre, em sinal de resignação diante de tudo que era e viria a ser.

Por fim, ele conseguiu ver seus olhos: os olhos nebulosos e impenetráveis de uma criatura miserável, de razão perturbada e coração submisso e cheio de amor.

Em Kislovodsk

Nikolai Víktorovitch já estava tirando o jaleco e se preparando para voltar para casa quando Anna Aristarkhovna, famosa por ter o jardim com os melhores morangos da cidade, disse, ofegante:

— Nikolai Víktorovitch, acaba de chegar um coronel de carro.

— Bem, coronel é coronel — disse Nikolai Víktorovitch, voltando a colocar o jaleco.

Sabia que o espanto na face de Anna Aristarkhovna devia-se a seu bocejo de tranquilidade. A chegada do coronel, porém, o assustava e perturbava tanto quanto a Anna Aristarkhovna. Planejava ir ao teatro com a esposa; isso poderia atrasá-lo.

Mas era assim, na presença de mulheres sempre tentava parecer melhor do que realmente era. Agradara as mulheres a vida toda e, por delicadeza, para manter a aura, não mostrava a elas que em muitos aspectos não correspondia à aparência exterior.

Ainda por cima, mesmo grisalho, continuava belo; esbelto, alto, de movimentos leves, sempre com roupas de bom gosto, um rosto formoso com a expressão que os retratistas tentam conferir aos grandes vultos cuja vocação é embelezar este mundo.

As mulheres se apaixonavam por ele, e não passava pela cabeça de nenhuma delas que Nikolai Víktorovitch não tinha nada a ver com o que aparentava, sendo um homem bem comum, indiferente aos problemas do mundo, pouco versado em literatura e música, um homem que adorava roupas elegantes, conforto e pesados anéis amarelos, cor de açafrão, com enormes pedras preciosas; não apreciava muito seu trabalho de médico, gostava mesmo era de um bom jantar em um restaurante, de viajar a Moscou de primeira classe nas férias e desfilar com sua

Elena Petrovna, tão bela, alta e elegante quanto ele, na plateia do teatro, suscitando olhares de admiração: "Olha que casal!".

Devido ao apego ao fausto e à vida mundana, não foi trabalhar em uma clínica universitária por motivos cotidianos; em vez disso, tornara-se o médico-chefe do suntuoso sanatório governamental de Kislovodsk. Claro que não realizava trabalho científico, mas sempre lhe agradara caminhar por entre as colunas de mármore, rodeado de oficiais médicos, e, com fátuo refinamento, um misto de respeito e descaso, cumprimentar pessoas conhecidas, os chefes do Estado...

Seu herói favorito era Athos, de *Os três mosqueteiros*. "Esse livro é a minha bíblia", dizia aos amigos.

Na juventude, apostava alto no pôquer e era tido como conhecedor de cavalos de corrida. Quando estava em Moscou, por vezes telefonava a pacientes célebres cujos nomes estavam inscritos na História do Partido, e cujos retratos saíam no *Pravda*, alegrando-se pela gentileza deles para consigo.

O amor por sua confortável poltrona de marroquim, pela mobília confortável e luxuosa, e o horror ao desconforto dos vagões de carga, aos fogareiros fumacentos, às chaleiras de lata com água fervente, fizeram com que não participasse da evacuação quando as unidades mecanizadas e regimentos de montanhistas da Wehrmacht alemã começaram a se aproximar de Kislovodsk.

Elena Petrovna, que, assim como ele, não experimentava nenhuma simpatia pelos alemães, aprovou sua resolução. A exemplo do marido, gostava muito das velhas mesas incrustadas de pedras preciosas, dos sofás de mogno, da porcelana, do cristal, dos tapetes.

Elena Petrovna adorava trajes estrangeiros, e tinha especial apreço por aqueles que causavam inveja de mulheres famosas, casadas com políticos soviéticos da alta-roda. Ao envergar raridades têxteis jamais vistas entre eles, fazia cara de modéstia e enfado, indiferente à vaidade e à ostentação...

Quando Nikolai Víktorovitch viu uma patrulha motorizada alemã nas ruas de Kislovodsk, foi tomado por angústia e ansiedade. Os rostos dos soldados alemães, suas armas automáticas em forma de chifre e capacetes com a suástica pareciam asquerosos, insuportáveis.

Talvez tenha sido a primeira noite de insônia de sua vida... Que a escrivaninha do tempo de Paulo I e o tapete do Turcomenistão ficassem com Deus; obviamente, não participar da evacuação fora uma conduta leviana.

Passou a noite inteira se lembrando de Volódia[1] Gladetski, camarada de infância, que fora voluntário na Guerra Civil... Magro, de faces encovadas e pálidas, usando seu velho casaquinho amarrado em um cinto, Gladetski saiu pela rua, claudicando na direção da estação e deixando para trás tudo que amava e lhe era caro: a casa, a mulher, os filhos. Não se viam fazia muito tempo, mas chegavam a Nikolai Víktorovitch ecos do destino de Gladetski.

Naquela noite, era como se visse dois caminhos: o seu e o do camarada. Como eram diferentes!

Durante o tsarismo, Gladetski fora expulso da última classe do ginásio, depois exilado, depois retornara à pátria. Foi convocado quando começou a guerra, em 1914, e, no final de 1915, depois de um ferimento, voltou para casa... E sua alma bolchevique fora sempre mais forte do que seus afetos cotidianos, e tudo que ocorresse de mais severo e sangrento na vida do país se tornava sua vida e destino...

Nikolai Víktorovitch, entrementes, não participara da clandestinidade bolchevique, não fora submetido a perseguição por parte da polícia, não comandara batalhões de ataque no front de Kotchak, não fora, a exemplo de Gladetski, comissário de gêneros alimentícios em 1921, não desmascarara, com a alma em sangue e os dentes cerrados, os amigos de juventude, oposicionistas de esquerda e de direita, não passara noites de vigília nas grandes obras dos Urais, nem entrara correndo à noite para relatar em um gabinete do Kremlin com luz elétrica...

Com a ajuda de conhecidos, Nikolai Víktorovitch se liberou de servir no 1º Exército de Cavalaria; estudou na faculdade de medicina; ficou louco com a beleza de Lena[2] Ksenofôntova, que posteriormente se tornaria sua mulher; foi à aldeia, onde trocou peliças, casacos e botas de caça do pai por farinha, toucinho e mel, que sustentaram sua mãe e a velha tia... Nos anos

---

[1] Diminutivo de Vladímir. (N. T.)
[2] Diminutivo de Elena. (N. T.)

românticos das grandes agitações, viveu de modo nada romântico; verdade que, às vezes, junto com o toucinho e o mel, trazia da aldeia aguardente de fabricação caseira, e então, à luz de uma lamparina a óleo, faziam-se festinhas com canto, dança, charadas e beijos em cozinhas geladas e antessalas escuras, enquanto, do outro lado das janelas cobertas com mantas, ouviam-se tiros e o estrondo de botas pesadas...

O país vivia a sua vida, mas a vida de Nikolai Víktorovitch não coincidia com suas tormentas, desgraças, dificuldades, guerras... E acontecia de, em dias de vitória no front e nas obras, ser tomado pelo desespero, porque uma mulher o rejeitara; ou de um ano terrível e horripilante ser para ele um ano de luz e amor...

E ei-lo junto à porta escura de seu quarto, ouvindo o barulho da guerra, o rangido das esteiras dos tanques, as ordens gritadas em voz gutural, e contemplando as fagulhas das lanternas elétricas dos suboficiais...

Um ano antes da guerra, Nikolai Víktorovitch reconhecera em um homem grisalho, enrugado e extenuado, com bolsas verde-oliva debaixo dos olhos, seu amigo de ginásio, Volódia Gladetski...

Foi um encontro estranho: estavam alegres e alertas; um atraía e repelia o outro; tinham vontade e medo de uma conversa franca; a confiança infantil, dos tempos de ginásio, de repente surgiu em ambos, como se tivesse voltado o tempo em que eles cochichavam sem reservas sobre delitos escolares no banheiro masculino; e, ao mesmo tempo, abrira-se um abismo entre Nikolai Víktorovitch e o oficial adoentado do Partido.

A cada estação do ano, alguém conhecido vinha se tratar no sanatório. Moscou informava os médicos com antecedência, e um quarto luxuoso era preparado para o visitante; depois de sua partida, os funcionários passavam a dizer coisas do tipo: "Foi naquele ano em que Budionny[3] esteve conosco". Naquele ano antes da guerra, esse visitante era um velho bolchevique, um célebre acadêmico, amigo de Lênin, o mesmo Savva Feofílovitch que, na juventude, em um campo de trabalhos forçados, compusera uma maravilhosa canção revolucionária...

---

[3] Semion Mikháilovitch Budionny (1883-1973), comandante do 1º Exército de Cavalaria na Guerra Civil. (N. T.)

Gladetski esteve bastante com ele; passeavam e passavam as tardes juntos e, às vezes, quando o velho não estava se sentindo bem, jantavam em seu quarto.

Certa vez, quando Savva Feofílovitch e Gladetski passeavam pelo parque, depararam com Nikolai Víktorovitch. Estavam sentados em um banco, junto a arbustos de louro. Nikolai Víktorovitch experimentou uma sensação familiar, mas sempre estranha, uma sensação ao mesmo tempo agradável e aflitiva, que ao mesmo tempo combinava o poder de ser o primeiro médico do sanatório, com direito a entrar sem ser anunciado no coração de qualquer doente importante, e o espanto de estar sentado junto àquele velho grisalho, careca, corpulento e de cabeça grande, cuja grande mão branca apertara muitas vezes a mão de Lênin.

Gladetski disse:

— Fui colega de ginásio de Nikolai Víktorovitch; fique sabendo, Savva Feofílovitch, que uma vez tivemos uma desavença relacionada ao senhor.

O velho se espantou, e Gladetski narrou um caso que Nikolai Víktorovitch tinha esquecido: nos velhos tempos do ginásio, Gladetski chamou Nikolai Víktorovitch para a reunião de um círculo em que se aprenderiam canções revolucionárias. Quando Gladetski perguntou a Nikolai Víktorovitch por que ele não tinha ido, sua resposta foi de que havia sido convidado para a festa de dia do santo de uma conhecida do ginásio. Aparentemente, foi aí que terminou sua atividade conspiratória.

A canção ficou famosa, e fora escrita na cadeia por Savva Feofílovitch.

O velho deu um sorriso bonachão e afirmou:

— O senhor disse que isso foi dois anos antes da guerra, não é? Nessa época eu estava na cidadela de Varsóvia.

Em um exame médico de rotina, Nikolai Víktorovitch disse a Gladetski:

— É impressionante: Savva Feofílovitch tem um coração melhor e mais jovem do que muitos jovens. Ele bate forte!

Gladetski, subitamente, pôs-se a falar com franqueza, com a velha confiança do ginásio:

— Ele é um super-homem, tem uma superforça! Pode acreditar, não digo isso porque ele aguentou a prisão central de

Oriol, a cidadela de Varsóvia, a fome na clandestinidade, o exílio gelado em Iakutsk, a vida miserável no exílio... Falo de superforça por outra razão; foi ela que lhe permitiu, em nome da revolução, proferir um discurso exigindo a execução de Bukhárin, de cuja inocência estava convicto; além de expulsar do instituto jovens cientistas de talento, só porque constavam de listas negras. Você acha que é fácil para um amigo de Lênin fazer esse tipo de coisa? Você acha que é fácil acabar com a vida de crianças, mulheres, velhos, tendo pena deles, e, com um frêmito na alma, fazer grandes crueldades em nome da revolução? Pode acreditar, sei por experiência própria que é aí que se verificam a força e a debilidade do espírito.

Esse encontro de antes da guerra veio à memória de Nikolai Víktorovitch na noite de chegada dos alemães, e ele, sentindo-se miserável e débil, disse à sua Elena Petrovna, tão jovem e espantosamente bela como antes:

— Lena, o que nós fomos fazer? Fomos cair nas mãos dos alemães!

Ela disse, com seriedade:

— Reconheço que não há nada de bom nisso. Mas não há de ser nada, Kólia.[4] Venha quem vier — alemães, italianos, romenos —, nossa salvação reside em uma coisa: não desejamos mal às pessoas, queremos permanecer como somos. Vamos sobreviver...

— Ah, mas você sabe, é um horror, são os alemães, e nós só ficamos por causa dos nossos trastes.

Ele não contou à esposa, porém, que Gladetski, entre risos, informara um velho amigo de Lênin do dia do santo de uma garota do ginásio que Nikolai Víktorovitch preferira à reunião do círculo revolucionário. A garota do ginásio se chamava Lena Ksenofôntova.

Elena Petrovna disse, brava:

— Por que você chama de trastes? Nesses trastes estão anos de nossas vidas! Nossa porcelana, as tulipas de cristal, as conchas marinhas cor-de-rosa, o tapete que você mesmo disse que tem cheiro de primavera e foi tecido nas cores de abril. Nós somos assim! Seremos assim, passamos a vida assim... O que será de nós se não amarmos aquilo que amamos a vida toda?

---

[4] Diminutivo de Nikolai. (N. T.)

Bateu algumas vezes na mesa com a mão fina, comprida e muito branca, repetindo obstinadamente a cada batida:

— Sim, sim, sim, sim. Nós somos assim, o que fazer? É como somos.

— Minha sábia — disse ele. Poucas vezes falavam da vida a sério, e as palavras dela o tranquilizaram.

E seguiram a viver, e a vida seguiu. Nikolai Víktorovitch foi convocado ao comando municipal e designado médico no hospital para feridos do Exército Vermelho. Deram-lhe um bom cartão de racionamento; Elena Petrovna recebeu um cartão um pouco pior, e eles tinham acesso a pão, açúcar e ervilha. Em casa, havia estoques de leite condensado, manteiga fervida e mel, que, acrescidos à cota alemã, permitiam a Elena Petrovna preparar pratos fartos e bem gostosos. Assim como antes, continuaram a tomar, pela manhã, o café ao qual haviam se habituado por longos anos. Seu estoque de café era bem grande, e a leiteira continuava a trazer leite tão bom como antes da chegada dos alemães, que nem custava mais caro; só a moeda era outra.

No mercado também dava para comprar galinha boa, ovos frescos e verduras temporãs, e os preços nem eram tão terríveis. Quando estavam a fim de se esbaldar, comiam sanduíche de caviar prensado; no período de ausência de poderes, Nikolai Víktorovitch trouxera duas latas de caviar do depósito do sanatório.

Abriram-se cafés na cidade. Os cinemas exibiam filmes alemães — alguns dos quais insuportavelmente chatos — sobre como o Partido Nacional-Socialista reeducara a juventude, e os jovens sem ideais, dissolutos e inúteis transformaram-se em cidadãos conscientes, enérgicos e combativos. Alguns filmes, porém, eram bons; Nikolai Víktorovitch e Elena Petrovna gostaram particularmente de *Rembrandt*. Foi aberto um teatro russo, no qual se apresentavam atores notáveis; especialmente talentoso era o célebre Blumenthal-Tamárin. A princípio, a única montagem da companhia era *Intriga e amor*, de Schiller, depois passou a encenar Ibsen, Hauptmann, Tchékhov — de modo geral, era bem possível ir ao teatro. No fim das contas, a cidade continuava tendo uma comunidade de gente inteligente: médicos, artistas, bem como um homem muito gentil e instruído, um cenógrafo de Leningrado. E desse modo a vida seguia, com suas pequenas emoções, e, assim como antes da guerra, reuniam-se na casa de

Nikolai Víktorovitch convidados que sabiam dar o devido valor ao encanto da porcelana, do cristal e aos fascinantes meandros da mobília antiga, gente que entendia o admirável desenho do tapete persa, e verificou-se que essas pessoas tentavam se manter à distância dos coronéis e generais do estado-maior do Grupo de Exércitos B, do comandante e da câmara municipal, e que, em vez de se enraivecer, ficavam felizes se não recebiam convites para as recepções organizadas pelo coronel-general List, o mestre do Cáucaso. Claro que, se recebessem convites, vestiam suas melhores roupas, preocupavam-se em não destoar dos vestidos elegantes das esposas e em não parecer ridículos e provincianos.

O hospital em que Nikolai Víktorovitch trabalhava consistia em três pequenas enfermarias, na qual trabalhavam duas enfermeiras e duas auxiliares.

Os doentes eram alimentados de forma razoável, pois havia víveres em boa quantidade no depósito, e os medicamentos e curativos eram suficientes, de modo que a principal preocupação de Nikolai Víktorovitch era não lembrar as autoridades alemãs da existência do hospital; temia que os feridos leves fossem levados aos campos e, por isso, mantinha-os de cama.

A casinha instalada nos fundos do parque sanatório parecia ter sido completamente esquecida pelos alemães. Os feridos leves jogavam *durak*, andavam de amores com as enfermeiras matronas e endeusavam Nikolai Víktorovitch; tinham a impressão de dever a ele sua vida tranquila e paradisíaca.

Quando Nikolai Víktorovitch voltava para casa, a mulher perguntava:

— E aí, como andam nossos meninos?

Como eles não tinham filhos, era assim que designavam os jovens soldados vermelhos feridos. Entre risos, ele contava à mulher ocorrências engraçadas do pequeno hospital.

Os alemães, porém, não tinham se esquecido completamente da ala dos fundos do parque. Certa feita, Nikolai Víktorovitch foi convocado ao departamento de saúde sanitária da municipalidade com o pedido de apresentar uma lista dos feridos do hospital. Ao compor a lista, ficou nervoso, mas o burocrata do departamento que a recebeu mal chegou a lê-la, colocando-a em uma pasta, com desdém: pelo visto, a lista era necessária para alguma prestação de contas, uma formalidade.

Os alemães continuavam a avançar no front, seus boletins militares estavam cheios de júbilo, e Nikolai Víktorovitch se esforçava para não lê-los...

Já começavam a dizer que o sanatório logo seria aberto, e que se tratariam nele não apenas coronéis e generais, mas também a intelligentsia do Reich.

Aparentemente, algumas pessoas alojavam em seus apartamentos alemães bem instruídos, que, aparentemente, tinham medo de Hitler e Himmler e, aparentemente, não aprovavam os horrores relatados por aqueles que viviam perto da Gestapo. No geral, a vida de alguma forma se parecia com a anterior, e, assim como antes, Nikolai Víktorovitch alegrava-se com o conforto de sua casa, com os encantos de Elena Petrovna, e acreditou que tinha feito bem ao trocar a reunião do círculo revolucionário pelo dia do santo de Lena Ksenofôntova.

E eis que, quando Nikolai Víktorovitch estava se preparando para voltar para casa, para, depois de jantar e descansar, ir com a mulher ao teatro, para uma apresentação de *O sino submerso*,[5] chegara à pequena casa dos fundos um carro, farfalhando pela grama, do qual desceu um homem gordo, de zigomas salientes, nariz arrebitado, olhos cinzentos e cabelos claros, com toda a aparência de um agrônomo soviético da região, ou um gerente de loja, ou um palestrante que daria para um comitê de trabalhadores domésticos uma conferência sobre temas de seguro social.

O quepe, a farda cinza com dragonas, a braçadeira, a insígnia do Partido com a suástica e a cruz de ferro no peito confirmavam que se tratava de um membro da Gestapo, cujo posto no departamento de segurança correspondia à patente militar de coronel da Wehrmacht.

Nikolai Víktorovitch — alto, bem cuidado, com seu belo rosto corado, de um grisalho elegante, e olhos de uma expressividade excessiva, até torpe — parecia, ao lado daquele plebeu pequeno, barrigudo, construído e moldado com esterco e material alemão vulgar e vil, um nobre e feliz proprietário de terras, um grande fidalgo russo ou um duque estrangeiro.

Mas era só aparência.

---

[5] *Die versunkene Glocke* (1897), do alemão Gerjhard Hauptmann (1862-1946), prêmio Nobel de literatura em 1912. (N. T.)

— *Sie sprechen Deutsch?*

— *Ja vohle*[6] — respondeu Nikolai Víktorovitch, que, na primeira infância, aprendera alemão com Augusta Kárlovna.

"Ah", pensou, a respeito de si mesmo, "quanta graça, prontidão, dengo e desejo apaixonado de ser agradável, obediente e bom colocara naquele arrulho: *Ja vohle.*"

E o alemão, ao ouvir a voz do belo senhor grisalho e medindo-o de passagem com seu olhar de uma onisciência quase divina, o olhar de um ser cujos atos se realizavam nas alturas divinas, onde só havia vida e morte, rapidamente determinou com quem estava tratando.

O membro gordo e baixo do Sicher Dinst[7] tinha o dever de destruir uma enorme massa humana.

Arruinara, arrasara, fendera, vergara e despedaçara milhares de almas, incluindo católicos, ortodoxos, aviadores militares, príncipes monarquistas, funcionários do Partido, poetas inspirados que pisavam nos cânones, freiras em frenesi que se haviam apartado do mundo. Diante da ameaça de morte, tudo ruía e rachava, ficava de pernas para o ar, ora teimando, com persistência, ora com uma facilidade improvável e anedótica. O resultado, porém, era um só, e as exceções confirmavam a regra. Como crianças em frente à árvore de Natal, as pessoas empurravam e puxavam o brinquedo simples e rústico que o Papai Noel do "Sicher Dinst" ora oferecia, ora ameaçava retirar... Todo mundo quer viver, seja Wolfgang Goethe, seja um Schmulik de gueto... A coisa não era complicada, e o burocrata a expunha em palavras breves e claras, sem uma única expressão rude ou cínica, chegando a proferir frases supérfluas a respeito daquilo que gente civilizada entendia muito bem; que, quando se trata de assuntos de importância histórica mundial, existe apenas uma moral para exércitos e Estados: a utilidade para o Estado. Os médicos alemães já tinham entendido aquilo há tempos.

Nikolai Víktorovitch ouviu, aquiescendo apressado e submisso, e em seus belos olhos havia uma subserviência de

---

[6] "— O senhor fala alemão?/ — Sim." (Em alemão no original.) O alemão do personagem é truncado: o correto seria *Jawohl*. (N. T.)

[7] "Segurança." Novamente, em alemão truncado. A grafia certa seria *Dienst*. No regime nazista, o serviço secreto se chamava SD — Sicherheitsdienst. (N. T.)

aluno, uma busca escrupulosa por memorizar da melhor forma possível tudo que o professor estava dizendo. Essa busca por memorizar e assimilar da melhor forma possível exprimia não a sede do aluno de entender o professor, e sim a força de sua fidelidade servil.

E, fitando aquele médico de balneário, aquele aristocrata bem-vestido, o funcionário da Gestapo pensou, com bonomia, que não tinha motivo para rir: a tentação era muito forte, aquele homem estava há muitos anos escravizado pela doce vida no maravilhoso clima do balneário, entre canteiros de flores e murmúrios e bolhas da água medicinal russa. Claro que tinha vários ternos muito bem cortados, mobília antiga e cara em seu apartamento, estocara gêneros alimentícios calóricos e preciosos, provavelmente guardava em casa caviar russo furtado do depósito do sanatório, devia ser um colecionador de cristais, ou de piteiras de âmbar, ou de bengalas com castão de marfim... E claro que sua mulher era linda...

O baixinho de pescoço gordo, feito de estrume e material vulgar, não era nada bobo: seu trabalho tocava o mais secreto dos segredos da alma humana; em termos de perspicácia, e alguma outra coisa, poderia rivalizar com Deus.

Saíram juntos do hospital, e Nikolai Víktorovitch viu que duas sentinelas alemãs estavam à porta da casinha: ninguém podia mais entrar ou sair livremente do hospital.

O funcionário da Gestapo propôs a Nikolai Víktorovitch uma carona até em casa, e, sentados nas almofadas duras do automóvel do estado-maior do exército, contemplaram em silêncio as agradáveis ruelas e as casas confortáveis do balneário mundialmente conhecido.

Antes de se despedir de Nikolai Víktorovitch, repetiu de modo sucinto o que havia dito.

— Amanhã um carro virá buscar o senhor. Todos os funcionários do hospital deverão sair por um breve período, e, depois que o senhor, Nikolai Víktorovitch, tiver realizado a parte médica da coisa, e os furgões sanitários fechados tiverem partido, será necessário explicar aos funcionários que todos os doentes graves e inválidos, por determinação do comando germânico, foram levados para um hospital especial, localizado fora da cidade. Naturalmente, toda discrição é necessária, Nikolai Víktorovitch:

talvez o senhor seja o maior interessado em que o assunto não seja levado a público.

Depois que Nikolai Víktorovitch contou tudo a Elena Petrovna e disse "perdoe-me", eles ficaram em silêncio.

— E eu tinha preparado o seu terno e passado o meu vestido para o teatro — disse ela, por fim.

Ele continuou em silêncio, e ela prosseguiu:

— Não há o que fazer. Você está certo.

— Sabe, acabei de pensar uma coisa: nos últimos vinte anos, não fui ao teatro nenhuma vez sem você.

— E hoje eu também vou com você. Iremos juntos mais uma vez.

— Você está louca! — ele gritou. — Por que isso?

— Você não pode ficar aqui. Ou seja, eu também não.

Ele se pôs a beijar suas mãos; ela o pegou pelo pescoço, beijou seus lábios e se pôs a beijar sua cabeça grisalha.

— Meu lindo — disse. — Quantos órfãos vamos deixar para trás.

— Pobres meninos, mas não posso fazer nada por eles, só isso.

— Eu não estava falando deles, estava falando dos nossos órfãos.

Comportaram-se de forma bastante vulgar. Vestiram-se com as roupas com que iriam ao teatro, ela passou perfume francês, então jantaram, comeram caviar prensado, tomaram vinho, e ele brindou com ela e beijou seus dedos, como se fossem apaixonados em um restaurante. Depois ligaram o gramofone e dançaram entre lágrimas ao som de uma canção vulgar de Vertinski, porque idolatravam Vertinski.[8] Em seguida se despediram de seus filhos, e isso foi ainda mais vulgar: deram beijos de despedida nas xícaras de porcelana, nos quadros, acariciaram os tapetes e o mogno... Abriram o armário, beijaram a roupa de baixo e os sapatos...

Depois, com uma voz áspera, ela disse:

— E agora me envenene, como um cão raivoso, e envenene-se!

---

[8] Aleksandr Nikoláievtich Vertinski (1889-1957), artista de cinema e de cabaré, autor de canções como "Tango Magnólia" e "Cruzador brasileiro", deixou a URSS em 1920, voltando em 1943. (N. T.)

PARTE 4
Três cartas

Grossman com a mãe, provavelmente 1913-14.

Introdução
Robert Chandler e Yury Bit-Yunan

Grossman dedicou *Vida e destino* à mãe. A morte de Iekaterina Savêlievna, a culpa de Grossman e as subsequentes recriminações entre ele e a esposa estão todas refletidas no livro. Grossman evidentemente sentia que a mãe permanecia viva em seu romance, e essa sensação da presença contínua da mãe parece tê-lo levado a ver *Vida e destino* quase como um ser vivo. Sua carta a Khruschov, em 1961, termina assim: "Não há sentido ou verdade na minha posição presente, na minha aparente liberdade, se o livro ao qual dei minha vida está preso. Pois eu o escrevi, não renunciei nem estou renunciando a ele. Doze anos se passaram desde que comecei a trabalhar no livro. Ainda creio ter escrito a verdade, e que escrevi essa verdade por amor e compaixão pelo povo, por fé no povo. Peço liberdade para meu livro".[1]

Talvez não haja lamento maior pelos judeus do Leste Europeu do que o capítulo de *Vida e destino* hoje frequentemente chamado de "A última carta" — a carta que Anna Semiônovna, retrato ficcional da mãe de Grossman, escreve a seu filho e consegue contrabandear para fora do gueto. Embora provavelmente sempre tenha sido pensada como um capítulo de *Vida e destino*, a carta é mencionada pela primeira vez em *Por uma causa justa*, que contém uma série de relatos comoventes de Viktor a respeito da morte de sua mãe. O primeiro deles é baseado em um sonho de Grossman, em setembro de 1941, por volta da época do massacre de Berdítchev:

> À noite, Viktor sonhou ter entrado em um quarto cheio de travesseiros e lençóis jogados no chão. Foi até uma poltrona que ainda parecia preservar o calor de alguém que estivesse

---

[1] Fiódor Gúber, op. cit., p. 102. (Nota da edição inglesa)

sentado nela recentemente. O quarto estava vazio; as pessoas que moravam lá evidentemente tinham partido às pressas, no meio da noite. Ficou olhando longamente para o lenço pendurado na cadeira, quase tocando o chão — e compreendeu que sua mãe tinha dormido naquela cadeira. Agora a cadeira estava vazia, em meio a um quarto vazio.[2]

A segunda passagem aparece mais adiante, depois que Viktor Chtrum recebeu a carta da mãe e não mais duvida de sua morte.

Ao entrar no avião para Tcheliábinsk, pensou: "Ela se foi. E agora estou voando para o leste, vou ficar ainda mais longe de onde ela está". No caminho de volta de Tcheliábinsk, quando o avião se aproximava de Kazan, pensou: "E ela jamais saberá que estamos aqui em Kazan". Em meio à alegria e à animação por rever a esposa, disse a si mesmo: "Quando vi Liudmila pela última vez, achava que voltaria a ver mamãe quando a guerra acabasse".

Como uma raiz forte, o pensamento em sua mãe entrava em cada evento de sua vida, grande ou pequeno. Provavelmente sempre fora assim, só que aquela raiz que alimentara sua alma desde a infância era então transparente, elástica e submissa, e ele não a notara, enquanto agora ele a via e sentia o tempo todo, dia e noite.

Agora que não estava mais embebido no amor que havia recebido da mãe, e sim regurgitando-o em confusão e angústia, agora que sua alma não estava mais absorvendo o sal e a umidade da vida, mas devolvendo-os sob a forma de lágrimas, Chtrum sentia uma dor constante, incessante.

Quando releu a última carta da mãe; quando divisou, em meio a suas linhas calmas e contidas, o terror das pessoas indefesas e condenadas, que haviam sido confinadas ao arame farpado; quando sua imaginação preencheu o quadro dos últimos minutos da vida de Anna Semiônovna, no dia da execução em massa que ela sabia ser iminente, que tinha adivinhado das histórias de um punhado de gente dos outros

---

[2] Vassili Grossman, *Sobránie sotchinêni* [Obras reunidas], vol. 1, p. 133. (Nota da edição inglesa)

shtetls que por milagre sobrevivera; quando se obrigou, com teimosia implacável, a imaginar a intensidade do sofrimento de sua mãe diante de uma metralhadora da ss, à beira de uma cova, em meio a uma multidão de mulheres e crianças; quando fez isso, foi tomado por uma sensação de força aterrorizante. Era impossível, porém, alterar o que tinha acontecido, o que havia sido fixado para sempre pela morte. [...]

Chtrum não tinha vontade de mostrar a carta a ninguém da família. Várias vezes por dia, levava a palma da mão ao peito, passando-a por cima do bolso da jaqueta em que a carta estava guardada. Certa vez, tomado de uma dor insuportável, pensou: "Se eu a guardar em outro lugar, em algum lugar mais distante, vou começar a me sentir gradualmente mais calmo. Do jeito que está, é como uma sepultura aberta na minha vida — uma sepultura jamais preenchida".

Mas sabia que seria mais fácil dar cabo de si mesmo do que se separar da carta que havia chegado a ele de forma tão miraculosa.[3]

Grossman não apenas escreveu a carta de despedida que gostaria de ter recebido de sua mãe, como também respondeu a ela. Depois de sua morte, foi encontrado entre seus papéis um envelope; nele havia duas cartas, escritas para a mãe em 15 de setembro de 1950 e 15 de setembro de 1961, no nono e vigésimo aniversários de sua morte, ao lado de duas fotografias. Uma foto mostra a mãe com Vassili, na infância; a outra, tirada por Grossman do bolso de um oficial morto da ss, mostra centenas de mulheres e garotas nuas mortas, em uma grande cova. Incluímos a primeira dessas fotografias, mas não a segunda. Tanto em seu tratamento ficcional quanto jornalístico da Shoah, Grossman sempre faz todo o possível para restaurar a dignidade dos mortos, e tornar possível ao leitor vê-los como indivíduos. Ele não parece ter mostrado a fotografia aos amigos e à família, e é improvável que quisesse mostrá-la aos leitores. Muito provavelmente, teria concordado com Claude Lanzmann, que descartou essas fotos como "imagens sem imaginação [...] relatos visuais inexatos que permitem ao observador entregar-se a um espetáculo repulsivo e

---

[3] Ibid., vol. 1, p. 413. (Nota da edição inglesa)

enganador, às custas de um passado que só pode ser apreendido com um esforço tenaz de ouvir, aprender e imaginar".[4]

Grossman dedicou muitos anos precisamente a esse "esforço tenaz de ouvir, aprender e imaginar". Incluímos ambas as cartas à mãe na íntegra.

---

[4] *Shoah* (encarte do DVD do filme, lançado pela Eureka em 2007), p. 76. (Nota da edição inglesa)

Querida mamãe,

Fiquei sabendo da sua morte no inverno de 1944. Cheguei a Berdítchev, entrei na casa em que você morou, e da qual partiram tia Aniuta, tio David e Natacha,[5] e compreendi que você não estava mais entre os vivos. Porém, já em setembro de 1941, eu sentia em meu coração que você não existia. À noite, no front, tive um sonho: entrei em um quarto, sabendo claramente que era o seu, e vi uma poltrona vazia, sabendo claramente que você dormira nela; da poltrona pendia um lenço, com o qual você cobrira as pernas. Fiquei contemplando longamente a poltrona vazia e, ao acordar, sabia que você não estava mais na Terra. Não sabia, porém, de que morte horrenda tinha morrido; disso fiquei sabendo ao chegar a Berdítchev e interrogar as pessoas que sabiam da execução em massa ocorrida em 15 de setembro de 1941. Dezenas, talvez centenas de vezes, tentei imaginar como você morreu, como caminhou até a morte, tentei imaginar o homem que a matou. Ele foi a última pessoa a vê-la. Sei que você pensava muito em mim — o tempo todo.

Agora já faz mais de nove anos que não lhe escrevo, que não lhe conto mais da minha vida, das minhas coisas. Nesses nove anos, acumulou-se tanta coisa na minha alma

---

[5] David e Aniuta Cherentsis, tio materno de Grossman e sua esposa, o ajudaram na infância. David Cherentsis era um médico rico, empreendedor e filantropo, e Grossman e sua mãe viveram por muitos anos na casa dele e da mulher. Aniuta morreu de causas naturais, em meados dos anos 1930. David Cherentsis foi preso em 1938, como "especulador"; é provável que tenha morrido, ou sido executado, no ano seguinte. Natacha (jovem parente com retardo mental que morava com David e Aniuta) estava, junto com a mãe de Grossman, entre os doze mil judeus de Berdítchev fuzilados pelos nazistas em 15 de setembro de 1941; em *Vida e destino*, é retratada como Natacha Karássik. (Nota da edição inglesa)

que resolvi escrever, contar e, evidentemente, me queixar, já que ninguém leva em consideração minhas tristezas. Você era a única que se importava.

Serei franco com você, e contarei tudo o que sinto, mas talvez não seja tudo verdade, já que meus sentimentos não são apenas verdadeiros e provavelmente há neles muito de mentira e vazio. Antes de tudo, porém, quero lhe contar que, ao longo desses nove anos, pude verificar de verdade que a amo; meu sentimento por você não diminuiu nem um pouco, eu não a esqueço, não sossego, não me consolo, o tempo não me cura. Hoje eu a sinto tão viva como no dia em que nos vimos pela última vez, ou quando eu era pequenininho e a ouvia ler em voz alta. E minha dor é a mesma daquele dia em que a vizinha da rua Utchílischnaia me disse que você não estava, e que não havia esperança de encontrá-la entre os vivos. E eu pensei: tenho a impressão de que meu amor e esse terrível pesar não vão mudar até o fim de meus dias.

15 de setembro de 1950

A segunda carta foi escrita por Grossman em 1961, cerca de vinte anos depois do falecimento da mãe. Em fevereiro daquele ano, o KGB confiscou o romance *Vida e destino*, e ele não podia deixar de compartilhar com a mãe morta, porém viva em sua alma, suas pesadas aflições:[6]

> Querida mãe,
>
> Passaram-se vinte anos desde o dia de sua morte. Eu a amo, lembro-me de você todos os dias, e o pesar tem estado comigo incessantemente ao longo desses vinte anos. Escrevi para você dez anos atrás. E há dez anos, quando lhe escrevi a primeira carta depois da sua morte, você era a mesma de quando estava viva: minha mãe na carne e no coração. Eu sou você, minha mãe. Enquanto eu viver, você viverá. E, quando eu morrer, você viverá nesse livro que lhe dediquei, e cujo destino é análogo ao seu.
>
> Ao longo desses vinte anos, muita gente que a amava morreu; você não está mais no coração de papai, no coração de Nádia, de tia Lisa — eles não estão mais sobre a Terra.[7]
>
> Tenho a impressão de que meu amor por você é ainda maior e mais importante, já que são tão poucos os corações em que você ainda vive. Durante meu trabalho, nos últimos dez anos, pensei em você quase o tempo inteiro; esse meu trabalho deve-se ao meu amor, à minha devoção às pessoas, e por isso é dedicado a você. Para mim, você é a humanidade, e o seu terrível destino é o destino, o fado que toca ao homem em tempos desumanos.

---

[6] Observações de Fiódor Gúber.

[7] O pai de Grossman, Semion Óssipovitch, morreu em 1956. Tia Lisa foi outra tia materna de Grossman. Para a importância de sua filha, Nádia Almaz, na vida de Grossman, ver p. 13 da Introdução à Parte 1. (Nota da edição inglesa)

Por toda a vida, acreditei que tudo que tenho de bom e honrado — tudo que é amor — vem de você. Tudo de mau que existe em mim — e que não é pouco — não vem de você. Mas você me ama, mamãe, mesmo com tudo de mau que há em mim.

Hoje, como já há muitos anos, releio algumas de suas cartas para mim, aquelas que sobraram dentre as centenas e centenas que você me enviou, e releio também suas cartas a papai. E hoje voltei a chorar ao reler suas cartas. Chorei quando você escreveu: "Além disso, Zioma,[8] acho que não vou durar muito. Acho que alguma coisa sorrateira virá de um canto. Mas e se eu padecer de uma doença grave e prolongada, o que meu pobre menino vai fazer comigo? Que dureza vai ser!".

Choro quando você, sozinha e achando que a única luz da sua vida era viver sob o mesmo teto que eu, escreve a papai: "Pensando bem, acho que, se aparecer um espaço extra para o Vássia, você deveria ir morar com ele. Repito-lhe isso porque agora não estou mal. Quanto à minha vida interior, não se preocupe; sei proteger o mundo de dentro do de fora".

Choro em cima das cartas porque você está nelas; sua bondade, sua pureza, sua vida amarga, bem amarga, sua equanimidade, sua dignidade, seu amor por mim, sua preocupação com as pessoas, sua mente maravilhosa.

Não tenho medo de nada, pois seu amor está comigo, e meu amor estará com você para sempre.

15 de setembro de 1961

---

[8] O pai de Grossman. (Nota de Fiódor Gúber)

PARTE 5
Descanso eterno

Grossman perto de seu apartamento em Moscou (poucos meses antes de sua morte).

Introdução
Robert Chandler e Yury Bit-Yunan

"Descanso eterno" é uma meditação sobre cemitérios e a relação entre vivos e mortos. Muito da primeira parte diz respeito às batalhas que as pessoas frequentemente têm que travar para conseguir que um ente querido seja enterrado em um cemitério específico. É irônico, à luz do entendimento delicado de Grossman dos sentimentos suscitados por tais batalhas, que tenha havido profundas desavenças a respeito de onde ele queria ser enterrado.

O desejo original de Olga Mikháilovna era de que as cinzas de Grossman fossem enterradas em Vagánkovo, o grande e bem-estabelecido cemitério que ficava em frente ao apartamento do escritor, e que ele descreve em "Descanso eterno".[1] Grossman tinha enterrado o pai em Vagánkovo, oito anos antes, e ela queria que Grossman fosse sepultado a seu lado. Seu requerimento, contudo, foi recusado; considerou-se que era cedo demais para perturbar o túmulo do pai dele. Diante disso, Olga Mikháilovna tentou conseguir que Grossman fosse enterrado em Novodévitch, o mais famoso cemitério da Rússia. Desejando que fosse homenageado como um grande escritor, convocou Lípkin

---

[1] Seguimos aqui o relato de Fíodor Gúber. Lípkin, contudo, lembra-se de Novodévitch como a primeira escolha de Olga Mikháilovna: "Os parentes de Grossman, Zabolótskaia e eu queríamos enterrar a urna com as cinzas de Grossman no cemitério de Vagánkovo, ao lado da tumba do pai dele. [...] Olga Mikháilovna, porém, insistiu — obstinadamente — em Novodévitch, o cemitério de maior prestígio do país" (op. cit., p. 624). Não está claro quais dos parentes de Grossman Lípkin tem em mente aqui. Gúber insiste que Vagánkovo foi a primeira escolha de Olga Mikháilovna; ele sugere que Lípkin pode ter ouvido o desejo dela de que as cinzas fossem enterradas em Novodévitch apenas depois de ter fracassado com relação a Vagánkovo. (Nota da edição inglesa)

para brigar por ele na União dos Escritores. As autoridades, porém, não permitiram que Grossman — uma não pessoa em seus últimos anos — fosse sepultado em um lugar tão prestigioso. Por fim, as cinzas de Grossman foram enterradas no cemitério de Troekúrovo; era longe do centro da cidade, mas fora designado para ser uma filial do de Novodévitch. Embora atrasos nessa reorganização administrativa tenham levado a um período no qual Troekúrovo foi negligenciado, ele é hoje um dos cemitérios mais importantes de Moscou.

Esse quadro, contudo, é complicado por um pós-escrito que Lípkin acrescentou, em janeiro de 1989, ao livro de memórias sobre Grossman que publicara inicialmente em 1984. Nele, Lípkin acusa Olga Mikháilovna de fracassar em honrar os desejos do marido, afirmando que Grossman teria dito a ele e a Iekaterina Zabolótskaia, pouco antes de morrer, que não queria cerimônia oficial na União dos Escritores, desejando ser enterrado no Cemitério Judaico de Vostriakovo.[2] É difícil interpretar

---

[2] Lípkin, op. cit., p. 632. John e Carol Garrard (op. cit., pp. 305-8) expandem o relato de Lípkin, sugerindo que Grossman talvez quisesse ser enterrado em solo judaico para estar unido, pelo menos simbolicamente, a sua mãe e outras vítimas da Shoah. Para eles, o comportamento de Olga Mikháilovna foi em parte motivado pelo amor ao prestígio e, em parte, pelo desejo de ser enterrada ao lado do marido. Inconscientes, ao que tudo indica, de que os principais cemitérios de Moscou eram administrados por autoridades seculares, os Garrard supõem, equivocadamente, que, se Grossman fosse enterrado em um cemitério judaico, seria impossível para Olga, uma não judia, ser sepultada a seu lado. Grossman foi muitas vezes comparado a Tolstói; o papel de Olga Mikháilovna em sua vida parece estranhamente similar, pelo menos em alguns aspectos, ao de Sófia Andrêievna na vida de Tolstói. Olga Mikháilovna não apenas mandava na casa, mas também, pelo menos a partir de 1945, datilografou mais de uma vez os manuscritos do marido — mesmo os capítulos de *Vida e destino* a respeito de Viktor Chtrum e seu caso com Mária Sokolova. De acordo com Gúber, ela datilografou novamente *Por uma causa justa*; *Vida e destino*; *Tudo de bom!*; *Tudo flui*; todos os contos de Grossman do pós-guerra; os artigos "O assassinato dos judeus de Berdítchev", "A Madona Sistina" e "Descanso eterno"; e a carta de Grossman a Khruschov. Junto com Korotkova, também datilografou suas anotações da guerra, que Grossman leu em voz alta. E, a exemplo de Sófia Andrêievna, Olga Mikháilovna costuma ser escalada para o papel de esposa de mente trivial, indigna do marido. (Nota da edição inglesa)

esse pós-escrito. Nem a filha de Grossman nem seu enteado têm qualquer recordação de seu pai exprimindo tal desejo. De acordo com Gúber: "Se Lípkin tivesse sugerido Vostriakovo, acho que minha mãe teria feito o máximo para conseguir". E Lípkin não diz uma palavra sobre isso no texto de seu livro. Ao contrário, mais de uma vez, com certo pesar, ele menciona a falta de interesse de Grossman na história e na cultura judaica.

É possível que Lípkin estivesse fantasiando, que tenha acrescentado esse pós-escrito porque seu próprio sentimento judaico se fortalecera nos seis anos desde a publicação do livro, e quisesse estabelecer que seu admirado amigo compartilhava seus sentimentos. É possível que Grossman realmente tenha exprimido esse desejo, que Olga Mikháilovna não tenha conseguido satisfazê-lo, que Lípkin tenha escolhido não criticá-la em vida, e que o falecimento de Olga Mikháilovna, em 1988, o tenha liberado para dizer o que pensava. Também é possível, contudo, que o próprio Lípkin, por alguma razão, tenha falhado em comunicar o desejo e que, relutante em admiti-lo, tenha preferido culpar Olga Mikháilovna.

Parece provável que "Descanso eterno" tenha sido escrito alguns anos depois da morte do pai de Grossman, em 1956. De acordo com Gúber: "Grossman caminhava com frequência no cemitério de Vagánkovo, que ficava bem perto do nosso apartamento. Depois da morte do pai, ele começou a ir lá com mais frequência ainda, para visitar seu túmulo. Acho que o ensaio foi inspirado por uma ocasião, em maio de 1959, que ele relata em uma carta para Olga Mikháilovna, então na Crimeia: 'Ontem visitei o túmulo de papai — era aniversário dele. Um padre veio até mim, com suas vestes, e disse: "Imagino que seja o túmulo de seu pai. Permita-me rezar por ele". Respondi: "Meu pai é judeu". Ele disse: "Não importa. Somos todos iguais perante Deus". E recitou uma oração memorial. Não acho que papai vá ficar zangado, embora não fosse crente. Plantei uns amores-perfeitos e margaridas. Como esqueci de trazer uma faca, abri os buracos com os dedos'".[3]

---

[3] Gúber, op. cit., p. 154, e e-mail de 30 de março de 2010.

Descanso eterno

1

Perto do cemitério de Vagánkovo ficam as vias de acesso à estrada de ferro da Bielorrússia, e, por trás dos troncos dos bordos do cemitério, é possível ver os trens partindo para Varsóvia e Berlim, o brilho das janelas dos vagões-restaurante, a velocidade dos expressos azuis Moscou-Minsk, o chiado dos trens elétricos; a terra treme com os trens de carga pesada.

Perto do cemitério fica a rodovia que vai para Zvenígorod, com carros e caminhões cheios de trastes correndo para as dachas. Perto do cemitério fica o mercado de Vagánkovo. Helicópteros crepitam no céu, a voz nítida do operador se propaga pelo ar, comandando a formação dos comboios ferroviários.

No cemitério, porém, o descanso é eterno, a paz é eterna.

Aos domingos, na primavera, é difícil conseguir lugar sentado nos ônibus que vão para os lados do cemitério de Vagánkovo; multidões se deslocam a pé a partir da Porta Présneskaia e pela rua 1905, passando por prédios novos e edificações desmanteladas de madeira, pela escola técnica de rádio e pelos armários do mercado de Vagánkovo. Passa gente com pás, regadores, baldes de tinta, pincéis, sacos de corda cheios de comida; começou o período das reformas de primavera, de pintura das cercas, de plantação de flores nos túmulos.

Enquanto isso, torrentes de pessoas acorrem aos portões do cemitério; uma Babilônia viva dificulta que os novos moradores transponham os muros do local nos carros fúnebres. Aqui há muito sol primaveril, frescor, verde, muitos rostos animados, muitas conversas cotidianas, e bem pouca tristeza. Isso, pelo menos, é o que parece.

Cheiro de tinta, batida de martelo, ranger de carrinhos de mão e carrocinhas levando areia, grama, cimento: o cemitério trabalha.

Pessoas de manguitos de cetim trabalham com diligência e entusiasmo; alguns cantam baixo, outros conversam aos brados com os vizinhos.

Mamãe pinta a cerca de papai, enquanto a filhinha pequena pula em uma perna só, tentando contornar o túmulo sem tocar o solo com a outra perna.

— Ah, que menina, tem tinta na manga toda!

Enquanto isso, por lá, já acabaram tudo: a cerca e a lápide foram pintadas de um dourado estúpido. Uma toalha foi colocada no banquinho, as pessoas petiscam e, evidentemente, não ficam só nisso: suas vozes já estão bem animadas, as faces simplórias se encheram de tinta e, subitamente, ouve-se uma gargalhada geral. Será que caíram em si e deram uma olhada nas tumbas? Não, não deram. Os defuntos não ficam ofendidos: estão satisfeitos com o serviço dos pintores.

É gostoso trabalhar ao ar livre, plantar flores, arrancar os brotos de plantas inúteis que vararam a terra da sepultura.

Aonde ir no domingo? Ao jardim zoológico, ao Sokólniki? Ao cemitério é mais agradável: dá para trabalhar sem pressa e respirar um ar fresco.

A vida é poderosa, cruza a cerca do cemitério e o subjuga, tornando-o parte de si.

Aqui, as agitações e paixões cotidianas não são menores do que no serviço, no apartamento comunal ou no mercado que fica perto.

— Claro que o nosso Vagánkovo não é Novodévitch, mas aqui também jazem pessoas importantes: o pintor Súrikov, o dicionarista Dal, o professor Timiriázeve, Essênin... Há também generais e velhos bolcheviques: Bauman está aqui, o que não é brincadeira, pois toda uma região da capital leva seu nome... Um herói da Guerra Civil, o legendário comandante de divisão Kikvidze, também está conosco. E no tempo do tsarismo não eram só negociantes; acontecia de enterrarem aqui até mesmo bispos.

Não é fácil conseguir um lugar no cemitério de Vagánkovo — tão difícil quanto vir da província e obter uma permissão de residência em Moscou.

E os argumentos levados pelos parentes dos defuntos ao homem de rosto vermelho-escuro, gorro de pele, botas e casaco de couro com zíper são os mesmos ouvidos diariamente pelos funcionários da seção de passaportes da polícia de Moscou.

— Camarada diretor, veja, a velha mãe dele está aqui, o irmão mais velho também, então como é que pode mandá-lo para Vostriákovo?

E o diretor fornece a mesma resposta da seção de passaportes.

— Não dá. Compreenda, recebi uma instrução especial do Soviete de Moscou: passamos do limite, não dá para colocar todo mundo em Vagánkovo, alguém tem que ir para Vostriákovo.

Vagánkovo esteve sob um regime especialmente severo às vésperas do Festival Internacional da Juventude, em 1957. Correu o boato de que as pessoas de fé que participariam do festival fariam um passeio por lá, e os funcionários do cemitério deram o sangue para colocar tudo em ordem, preparando-se para o evento.

Foi uma época especialmente dura para os mendigos: os que cantavam, os corcundas, os que sussurravam, os que tremiam, os inválidos da Grande Guerra Patriótica,[1] os cegos, os atoleimados... A polícia os levou embora de Vagánkovo em viaturas. Havia instruções especiais. Nesse período, no escritório do cemitério, diziam aos visitantes:

— Voltem depois do festival.

Passou o festival, e a vida no cemitério enfeitado entrou nos eixos.

E voltaram a pedir ao diretor e seus auxiliares próximos:

— Será que tem um lugarzinho...

Mas o que fazer? Os lugares em Vagánkovo eram poucos, e os defuntos "iam chegando e se acumulando". E ninguém queria ir para Vostriákovo.

As pessoas argumentam, ameaçam, choram.

Trazem certificados e requerimentos de institutos, de organizações sociais: o finado era um especialista insubstituível, um militante maravilhoso, recebera pensão especial devido à sua relevância para a República, possuía condecorações militares, fora membro do Partido desde antes da Revolução.

Outros tentam dar golpes, trapacear, mas são desmascarados no escritório:

---

[1] Segunda Guerra Mundial. (N. T.)

— O senhor disse que deseja enterrá-la ao lado do marido, só que esse foi o primeiro marido dela, que depois se casou duas vezes. O senhor não tem vergonha?

Outros tentam o suborno com bebidas finas. Uns tentam molhar a mão da chefia, outros buscam adular a gente simples, que carrega as pás.

Há ainda aqueles que procuram enterrar a pessoa na cara dura, com atrevimento, como alguém que invade um quarto sem autorização e só depois dá entrada no longo e enfadonho processo de obter a papelada.

Há uma ordem de liquidar os túmulos abandonados e colocar novas sepulturas em seu lugar. Pois bem: as paixões em torno desse assunto não são em nada menores do que aquelas em torno da área de habitação ocupada por uma velha que não morre nunca.

Daí, finalmente, chega a permissão para utilizar um túmulo abandonado, e acontece de um caixão ficar em cima de outro, e embaixo do segundo haver ainda um terceiro. Jazem ali: um mercador cujo nome se perdeu; um comuna romântico, impiedoso contra a burguesia, de fita vermelha semidecomposta, também esquecido por todos; e um funcionário de carreira, diretor da seção secreta. Quem vai ser o quarto?

Por que tanta gente gosta de ir ao cemitério?

Claro que não é só por causa do verde, nem porque é gostoso plantar flores, aplainar e pintar.

Esses motivos são colaterais, superficiais; o motivo principal, como na maioria dos casos, é oculto, jaz nas profundezas.

Exauridas pelo pesar, pelas noites de insônia e por remorsos frequentes e insuportáveis, as pessoas vão ao cemitério para batalhar um espaço para a sepultura.

É uma batalha dura e humilhante. Por vezes, provoca um sentimento ruim com relação ao falecido: para ele está tudo bem, mas e nós? E o nosso sofrimento? E as noites que passamos sem dormir enquanto ele jazia morto? Quantas noites saímos correndo até a farmácia atrás de balões de oxigênio, tivemos que chamar o atendimento de emergência, buscar remédios, frutas? E não há perspectiva de fim: a pessoa morre, mas para nós os tormentos continuam.

No cemitério, porém, pessoas sábias dizem:

— Não se aflija, vai dar tudo certo. Embora sejam burocratas, vão acabar enterrando; não existe quem não tenha sido enterrado.

E é verdade: acabam enterrando.

E nos corações inflamados e pesarosos, junto com as pancadas de terra na tampa do caixão, entram os raios luminosos do sossego e do alívio. Foi enterrado...

A diminuta e tênue sensação de alívio contém o embrião a partir do qual vão se desenvolver novas relações: as relações entre os vivos e os mortos. E desse tênue raio nascem também as multidões animadas que cruzam o portão do cemitério, o alegre trabalho de decoração e jardinagem das tumbas.

Como esse embrião se desenvolve?

Para acompanhar esse desenvolvimento e entender como a dilacerante separação eterna dos entes queridos se converte nas prezadas alegrias do cemitério, é preciso sair temporariamente da necrópole e ir até a cidade.

As relações com os entes queridos raramente são abertas e claras, para não dizer de uma só camada e lineares.

Na maior parte das vezes são como um prédio com portas grossas, porões profundos, quartos escuros e quentes, andares suplementares e anexos.

O que não acontece nesses quartinhos, porões, corredores e sótãos! O que não viram e ouviram as paredes incorpóreas ocultas nas estruturas do coração! Luz, recriminações implacáveis, eterna cobiça, saciedade nauseante, verdade, um desejo frenético de se livrar de tudo, mesquinharias que se prolongam por anos, a preocupação de ter que contar cada copeque, um terrível ódio secreto, rixas, sangue, submissão.

De repente, acontece de todo mundo ficar estarrecido ao ouvir falar de um filho e uma nora que matam a mãe para ter mais espaço. Duas filhas, por pura cobiça, enfiaram a mãe em um canapé e meteram-lhe água fervente goela abaixo. Um operário ganhou um empréstimo de vinte e cinco mil rublos, correu para contar a alegria à mulher e, quando entraram em casa, viram que a filha de três anos tinha queimado, transformado em cinzas os títulos ganhos; com a razão turvada pelo violento desespero, o pai pegou um machado e cortou a mão da menina. São deformidades terríveis e raras, mas mesmo as deformidades são filhas da vida.

E às vezes parece que os aspectos silenciosos da vida são ainda mais terríveis.

Um marido vive com a mulher no mesmo quarto por décadas, e por décadas ele sai ora de dia, ora à tarde, ora nas folgas, ora à noite: tem uma segunda família. A mulher se cala, o marido se cala, mas como é duro o reproche silencioso dela, seu sorriso sofredor, suas tentativas de enganar as crianças e os conhecidos, sua resignada preocupação com eles. Por vezes ele é tomado pelo horror, mas o que pode fazer com seu coração? Lá onde está o seu amor também há um sorriso sofredor, culpado e desamparado, a censura e a preocupação em economizar cada copeque.

A sogra tem com a nora uma relação boa, tranquila, equilibrada. A base da tranquilidade é que a velha cedeu seu quarto à jovem, mudando-se para a passagem, depois cedeu a cama, dormindo em um leito dobrável, tirou seus pertences do armário para colocá-los em uma caixa de madeira compensada no corredor, cedendo o armário à nora; a nora não gostava de flores devido a seu cheiro forte, então a velha se separou de seus agaves e fícus de muitos anos; disseram à nora que o gato de Svetotchka[2] podia ter lombrigas, e a velha teve que se separar de seu velho gato, tão velho que o pai de Svetotchka ainda era o pequeno Andriucha quando o gato apareceu em casa. A velha o embrulhou em um lenço limpo e levou-o até o posto. Ficou especialmente dilacerada de sofrimento porque o gato, confiando plenamente nela, cochilava tranquilo em seus braços durante sua última viagem. A velha se calava, e o filho também. Via que ele tinha medo de ficar a sós com ela, que notava seu desamparo, mas compreendia a lamentável impotência do filho e, abaixando resignadamente a trêmula cabeça branca, ficava por horas ouvindo sua apressada bajulação da esposa: "Queridinha, queridinha, queridinha...". E há o velho que sustentou a família a vida inteira, fez hora extra, trocou as férias por compensação financeira e ficou de serviço nos feriados e dias de folga — até no Ano-Novo — por pagamento extra, evitando sair com os amigos e tomar uma caneca de cerveja. "Está na cara que você precisa disso mais do que todos nós", os amigos lhe diziam. "É a família", respon-

---

[2] Diminutivo de Svetlana. (N. T.)

dia, culpado. E, de fato, a família era grande, mas estavam todos bem alimentados, calçados, terminaram o instituto, tornaram-se alguém. Daí o velho teve paralisia. Filhos e filhas, em vão, escreveram para tudo que foi lugar: o hospital não aceita quem tem paralisia crônica. Os filhos lhe dão de comer com uma colher, arrumam a cama, tiram a comadre. Ele fica imóvel e privado da fala, mas conserva a audição e a visão; pode ver os rostos e ouvir a conversa dos filhos. Um neto perguntou ao pai, o filho mais velho: "Por que brotam lágrimas dos olhos do vovô o tempo todo?" — "Ele tem olhos grandes". O velho reza em silêncio pela morte, mas a morte não vem.

A família do operário tem um filho único — um deficiente mental. Tem dezesseis anos, mas ainda não sabe se vestir, pronuncia as palavras mais simples indistintamente, com dificuldade, e passa o dia com um sorriso dócil e calmo. Que medo os pais têm de que seu filho insano sobreviva a eles! Para onde poderá ir seu Sáchenka,[3] do qual ninguém precisa? Imediatamente, porém, horrorizam-se com a ideia de serem deixados para sempre por aquela criatura mísera e débil, que amam com um amor especial, amargo e terno. Por medo de que fique sozinho nesse mundo, desejam sua morte, e, ao mesmo tempo, horrorizam-se com esse desejo.

Daí os médicos dizem: é câncer no estômago, são metástases. Meu Deus, meu Deus, que morte horrível, fica uivando dia e noite, delirando, amaldiçoando a irmã mais velha, que não sai de perto da sua cama!

Tudo isso é a dor da vida, o terror. Mas a vida não é só terror.

Só que, às vezes, a confusão habitual da vida cotidiana, que acontece no trabalho, no amor, na amizade, parece tão dura quanto o terror da vida.

Uma família vive em tranquila abundância, mas quanta coisa em sua vida é desesperadora, complicada, emaranhada. O pai fica ofendido com o espírito prático dos rebentos; com os êxitos presunçosos do filho, suas relações e amizades com gente importante e conhecida, sua indiferença aos livros e à natureza, seus cálculos sobre as vantagens e desvantagens do dia a dia; como era humilhante o casamento calculado e premeditado da

---

[3] Diminutivo de Aleksandr. (N. T.)

filha, no mundo probo da aristocracia soviética no qual ela entrara; como ela parecia banal e simples, como um animal em sua nova família, com seus apartamentos, dachas, automóveis; e ele, na infância, chamava-a de Aliônuchka,[4] reconhecendo nela a consciência exaltada de Sófia Peróvskaia. Sua mulher, porém, admirava os êxitos das crianças. "Você envenenou a minha vida com seus disparates, mas agora vejo que nossos filhos vivem como gente normal, de bem". Ele tudo vê e tudo compreende, sua vida entrou em um beco sem saída, e não tem mais vontade de viver. Que belo casal: ambos trabalham com ciência, dirigem carros, praticam alpinismo, levam uma vida harmoniosa e interessante.

Ela é doutora em ciências, ele é licenciado; do convite para a recepção no Kremlin consta "com o cônjuge". Eles riram, os amigos também. O presidente da Academia mandou-lhe um telegrama felicitando-a pelo aniversário, e, em todos os lugares em que estão juntos, as pessoas manifestam interesse nela, no interesse dele por ela. No final das contas, a autoconfiança dela começou a zangá-lo; ela evidentemente estava convencida de que ele era feliz por viver a seu lado. Sentiu-se ofendido, mas claro que não foi por isso que começou um romance com uma moça bonita, uma doutoranda. Estava realmente apaixonado! A esposa não percebeu nada, estava segura de sua fidelidade. Mas, meu Deus, o que aconteceu com ela ao ler um bilhete que o marido esqueceu? Como chorou; queria se envenenar com luminal. Ele também chorou, pediu perdão, e ela se pôs a dizer: "Entendi, entendi, sou uma estúpida, não sou digna do seu dedo mindinho, você é a coisa mais importante da minha vida". Mas é claro que agora achava que o marido não tinha como amar a outra, que estava se vingando por se sentir humilhado. Evidentemente, o que mais a incomodava era a ideia de que o marido, que não tinha nada especial, pudesse trocar uma mulher como ela por aquela outra, e que a amasse! No começo ele ficou confuso, arrependeu-se, depois o sofrimento da esposa pareceu-lhe sórdido e ofensivo. Não dá para ver direito o que vem pela frente; pela frente vem uma barafunda sem esperança.

Ela está no segundo marido; o primeiro morreu na guerra. Cria a filha do primeiro casamento. O padrasto é hostil à

---

[4] Diminutivo de Aliona. (N. T.)

menina. Em sua presença, fica em silêncio. Passaram-se os anos, a menina virou adulta, casou-se, tem um filho. O padrasto recrimina a mãe por encontrar a filha e o neto, desconfia que amam o neto porque ele é parecido com o falecido avô; quando sai de casa, não diz quando vai voltar, para pegar a esposa de surpresa — de repente ela chama a filha e o neto para passar a noite em casa. Ele fica com ciúmes, atormenta-se e atormenta os outros. E a força vai diminuindo, os cabelos vão ficando grisalhos, e tudo desesperadamente complexo.

Novamente, porém, dá para dizer: as relações pessoais nem sempre são tão complexas e contraditórias. Sim, é claro. Mas, meu Deus, como é impiedoso o tédio que por vezes sufoca a alma no tranquilo e luminoso âmbito familiar!

Ele é patrão, marido, pai. Vai chegando em casa, e repara na escadaria gasta, nos degraus partidos, no cheiro empoeirado de velharia e de bacalhau frito em óleo de girassol, nos restos de sabão no lavatório, numa toalha úmida, que não deu para secar, pendurada nos pregos. Almoçam; o cardápio da refeição é imutável, como tudo: o encerado da mesa, o prato com borda azul gasta, o garfo de dentes grudados. Nunca discute com a esposa, um não mente para o outro, encaram a vida em conformidade, do mesmo jeito. Mas Deus, que tédio! Ficam em silêncio por horas, sem vontade de falar; e de que falar? Quando estão separados, sentem tédio de pensar um no outro, e, quando saem para passear, as flores do bulevar, as nuvens do poente, tudo fica insuportavelmente tedioso, porque estão caminhando lado a lado. À noite, também é um tédio acordar ouvindo, do lado, os resmungos e fungadas do sono.

"O que você comeu antes de dormir? À noite você empesteou o ar."

"Mas eu não comi nada."

"Então eu digo que não era nada de mais."

Será que a irrupção da morte eterna não é mais leve do que o tédio eterno?

E eis o montículo da sepultura; a mulher planta pequenos tufos de não-me-esqueças na tumba do marido. Agora ele não vai mais atrás da amante. Tudo está tão calmo. Sua preocupação: não seria melhor plantar amores-perfeitos? Ela perdoou, e esse perdão a engrandece.

Ao lado, jovens cônjuges pintam uma cerca com amor. Conversam com a viúva, que já sabe que a finada velha gostava de gatos e fícus, e fazia tudo pelo filho e sua querida esposa. Tranquilidade, singeleza, céu azul, um jovem pardal chilreia sobre a tumba, com a voz limpa; sua gargantinha ainda não foi estragada pelo ar de janeiro. E não há mais os olhos insanos e amargurados da velha.

Também não há mais os olhos chorosos do velho imobilizado pela paralisia.

E o montículo acima do menino louco que morreu também está calmo; cessaram o angustiante tormento e os medos de seus pais. Amores-perfeitos, margaridas, não-me-esqueças.

"Como ela sofreu, coitada", diz a mulher madura, sobre a irmã.

Ela examina o túmulo, o sol chega por entre as folhinhas das árvores, alojando-se com brilho no chão. Como são calmas, leves e tranquilas as relações com os mortos.

"Daqui a um tempo planto umas capuchinhas; vão crescer bem."

E já não há uma parede entre os amados consortes, seu amor não é atrapalhado por ciúme, medo, aversão pelo filho do primeiro marido, o neto que a avó ama desesperadamente. "Durma em paz, amigo inesquecível."

O cemitério é bom. Tudo que era confuso e tortuoso ficou fácil.

O ente querido leva aqui uma vida especial, boa, luminosa, e as relações com ele se tornam muito afetuosas.

O marido que voltava do serviço para casa com tédio e angústia agora ama a companhia da esposa; sua alegria é ir ao cemitério nos dias de folga. Como é boa a natureza, como são agradáveis as tarefas leves, como são agradáveis os visitantes frequentes dos túmulos vizinhos! Ele conta da mulher e pensa nela. Lembrar-se dela, pensar nela, não dá tédio. Suas relações se renovaram.

Quem disse que não há nada mais belo do que a vida, quem assegurou às pessoas que a morte é terrível?

Ei-los com pás, serras, martelos, pincéis, multidões de gente construindo uma vida nova e melhor. Seus olhos estão voltados para a frente. Como a cidade é dura e difícil, e como o cemitério é radiante!

Teria havido uma saída, teria sido possível acabar com o abismo que havia entre o pai e seus filhos mesquinhos e bem--sucedidos? Bem, tal abismo não mais existe. "Durma em paz, nosso querido mestre, pai, amigo..."

Enquanto trabalhavam no cemitério, os filhos contavam de seus assuntos, viagens, conhecidos. Ele, o pai, está ali, ao lado, e muito bem, tranquilo, já não os fita com o olhar angustiado, doloroso e envergonhado de antes.

Multidões de vivos cruzam os portões do cemitério; a cidade os empurra pelas costas. E quando as pessoas, cheias de desespero e prostração, veem o verde tranquilo dos túmulos em que dormem seus maridos, mães, pais, esposas e filhos, a esperança lhes entra no coração. As pessoas estabelecem relações novas e melhores com seus entes queridos, constroem uma vida nova e melhor do que a que lhes martirizava o coração.

2

Em muitas lápides estão gravadas informações sobre o finado, sobre seus graus acadêmicos ou militares, cargos e anos de militância partidária.

Até 1917, aparecia escrito que o falecido tinha sido um mercador da primeira ou segunda guilda, um conselheiro de Estado efetivo.

Existe ainda uma outra categoria de inscrições, falando dos sentimentos das pessoas próximas ao falecido. Tais epitáfios são por vezes extremamente prolixos, em verso ou prosa. Muitas vezes, são de um ridículo improvável, estúpidos, vulgares e com erros gramaticais monstruosos, mas isso não tem importância para a nossa discussão.

O que importa é que as inscrições que se referem ao cargo do finado, a suas patentes, e os epitáfios que falam do amor que os próximos têm por ele servem apenas à finalidade de informar aos forasteiros; as inscrições não têm relação com o que reside nas profundezas dos corações.

Essas inscrições são declarações cotidianas, similares às que se fazem na admissão a um emprego, no noivado, na entrega de um prêmio.

Tais epitáfios jamais falam de profissões simples: "Aqui jaz um barbeiro, um carpinteiro, um encerador, um condutor"...

A profissão do defunto normalmente aparece quando ele é professor, ator, escritor, piloto de caça, médico, artista plástico.

Se falam de cargos, normalmente aparecem patentes elevadas: coronel, almirante, conselheiro de justiça do primeiro grau. As lápides não costumam mencionar auxiliares de laboratório e tenentes.

O Estado e a sociedade perseguem a pessoa até no cemitério. O aspecto humano fica intimidado até aqui.

As inscrições de segundo tipo — sobre amor, eterno pesar, lágrimas amargas —, independentemente de serem comoventes ou vulgares, em versos belos ou ridículos e cheios de erros, servem à mesma finalidade fútil e vaidosa de informar o exterior.

De qualquer forma, o epitáfio não é dirigido ao morto, que, obviamente, não tem como ler. E tampouco é feito para os que ficam; mesmo sem ele, a pessoa sabe o que se passa em seu coração.

A inscrição é feita para ser lida. A informação é dirigida aos passantes.

Um lamento, um choro se espalha pelo cemitério: a esposa pranteia o marido. Por que está gritando tão alto? Afinal, o defunto não ouve. Afinal, a angústia da alma não precisa ser berrada com toda a força que um cantor emprega no palco. A viúva sabe por que grita; ela tem que ser ouvida pelos passantes, está fazendo uma declaração e informando.

Aqueles que vão regularmente ao cemitério em trajes de luto e sentam-se nos bancos junto aos túmulos com rosto contrito também estão fazendo declarações e informando.

Eles não têm nada a ver com os que vão aos cemitérios para construir uma vida nova, para refazer suas relações em bases mais felizes e racionais.

As pessoas que fazem declarações acham que o mais importante da vida é demonstrar sua superioridade, a superioridade de seus sentimentos, a profundidade de seus corações.

Sim, as pessoas vão aos cemitérios por motivos diversos, bem diversos.

Um funcionário do NKVD, que enlouqueceu no terrível ano de 1937, caminha por entre as sepulturas, grita, faz ameaças com o punho; as sepulturas ficam em silêncio, levando ao desespero o ensandecido juiz de instrução — os casos não estão encerrados, e não há como forçar os defuntos a falar.

As pessoas vão aos cemitérios por motivos diversos, bem diversos.

Amantes marcam encontros nos cemitérios. Vai-se ao cemitério para passear, para tomar ar fresco.

3

O cemitério vive uma vida intensa, cheia de paixão.

Canteiros, pintores, serralheiros, coveiros, limpadores de túmulo, motoristas de caminhão que entregam grama e areia, trabalhadores dos depósitos em que se alugam pás e regadores, vendedores de flores e mudas — essas são as pessoas que determinam a vida material do cemitério.

Quase todas essas profissões têm um equivalente no mundo do mercado negro. É como, na física moderna, existir ao mesmo tempo em dois espaços.

O mercado negro tem suas listas de preços não escritas e normas de trabalho; seus comerciantes cobram mais caro que o Estado, mas possuem materiais melhores e um estoque mais rico.

O cemitério faz parte do Estado, e é gerido com a mesma hierarquia.

A gestão do cemitério é centralizada; o poder fica concentrado nas mãos do diretor, e o sistema de centralização, como de hábito, oprime até a chefia, que cumpre diretrizes, em vez de elaborá-las.

A Igreja é separada do Estado.

A Igreja tem seus próprios quadros, superiores e inferiores: o coro, os vendedores de velas e pão eucarístico. Não é apenas no enterro de velhos que se recorre a Deus; acontece de até mesmo membros do Partido serem transferidos para o cemitério com um sacerdote. Um jovem com a mais moderna das profissões — físico nuclear, construtor de foguete, funcionário de uma loja de conserto de televisão —, ao morrer, terá um membro da Igreja participando de seu funeral.

Em meio ao clero também há uma bifurcação: ao lado dos patriarcas oficiais, há dezenas de sacerdotes privados, separados da Igreja e do Estado. Usam trajes civis, mas, pelos cabelos compridos, rostos bondosos e amassados e magníficos narizes vermelhos, é possível identificá-los como sacerdotes privados.

A Igreja oficial não gosta muito deles; são sacrilegamente desleixados nos rituais e, além disso, aceitam qualquer coisa como pagamento — na maioria das vezes, o equivalente a uma ou algumas doses de vodca.

Certa vez, a polícia, para satisfação do arcipreste de Vagánkova, deu uma batida, atrás dos sacerdotes privados. De longe, parecia muito engraçado os cabeludos correndo entre os túmulos, rastejando, pulando as cercas ao som dos apitos dos policiais.

Porém, de perto, essa gente velha, seus olhos em lágrimas, sua respiração pesada e angustiada, a expressão de medo e vergonha em seu rosto, não tinha nada de engraçada.

4

O cemitério tem a mesma vida do país, do povo, do Estado.

No verão de 1941, as vias de acesso à estrada de ferro da Bielorrússia foram submetidas a bombardeios alemães especialmente fortes. Bombas pesadas caíram no solo de Vagánkovo, que estava ao lado dos trilhos. As bombas destruíram as árvores, espalharam tufos de terra em forma de leque, fragmentos de granito, pedaços de cruzes. Às vezes, caixões e defuntos saíam voando pelo ar, expelidos pela força das explosões.

Nos anos da fome, na Guerra Civil, as pessoas vinham pegar azedas e folhas de tília do cemitério. Cortavam galhos para alimentar as cabras. Mesmo os crimes cometidos na necrópole tinham uma sólida ligação com os tempos e as condições de vida do povo.

Nos primeiros anos da Revolução, contava-se de um vigia do cemitério que vendia porcos: engordava os suínos com carne humana obtida em escavações noturnas nos túmulos. Os investigadores ficaram abalados com o aspecto dos porcos: enormes, selvagens, raivosos.

Contava-se de uma cooperativa que, nos tempos da NEP,[5] abastecia mercearias privadas com uma linguiça caseira picante,

---

[5] Nova Política Econômica, em vigor entre 1921 e 1928, introduziu na URSS uma espécie de capitalismo com direção do Estado. (N. T.)

com alho; descobriu-se que a tal linguiça era feita com carne de cadáveres.

Nos anos em que "a vida melhorou, a vida ficou mais alegre", os assaltantes de túmulos passaram a se interessar por bens de valor, dentes de ouro, pelas roupas dos defuntos.

Depois da Grande Guerra Patriótica, cresceu o afluxo de artigos estrangeiros, e os assaltantes de túmulo começaram a caça a roupas e calçados de fora.

Um coronel que serviu nas tropas de ocupação na Alemanha trouxe uma boneca falante para a filha pequena. Logo depois ela morreu, e, como amava muito a boneca, os parentes colocaram-na no caixãozinho da menina. Algum tempo depois, a mãe viu uma mulher vendendo a boneca. A mãe desmaiou.

Mas casos desse tipo são extraordinários, peculiares.

Hoje em dia, a delinquência nos cemitérios diminuiu, estando ligada, na maioria dos casos, à pilhagem de canteiros de flores, ao roubo de molduras de retratos, vasinhos, cercas metálicas.

5

Parafraseando Von Clausewitz, pode-se dizer que o cemitério é a continuação da vida. Os túmulos expressam o caráter das pessoas e o caráter do tempo.

Claro que há um bom número de túmulos sem graça. Afinal, há um bom número de pessoas sem sal e sem graça.

Há um abismo entre os monumentos dos conselheiros privados e mercadores de antes da Revolução e os funerais de hoje.

Não apenas esse abismo, porém, é instrutivo. Há uma similaridade assombrosa entre os túmulos populares do passado e os túmulos populares do século dos foguetes e reatores nucleares.

Como é grande a força da estabilidade! Uma cruz de madeira, um montículo de terra, uma pequena grinalda de papel... E, se você der uma olhada em mil sepulturas de aldeia, tudo isso fica ainda mais claro, mais visível.

"Tudo flui, tudo muda", disse o grego.

Isso não está evidente no montículo com a cruz cinza. Se alguma coisa muda, então é de forma bem imperceptível.

E aqui a dedução vai longe; não é só o caso da estabilidade das tradições funerárias, é o caso da estabilidade e imobilidade do espírito da vida, da essência da vida.

Que persistência! Afinal, tudo mudou como em um conto de fadas, e seria banal contar as incontáveis modificações que vieram com a nova ordem — a energia elétrica, química, atômica.

E essa pequena cruz cinza, tão parecida com a cruz cinza colocada cento e cinquenta anos atrás, surge como um símbolo da inutilidade das grandes revoluções, das reviravoltas científicas e técnicas, incapazes de mudar as profundezas da vida. Contudo, quanto mais imutáveis as profundezas da vida, mais abruptas as modificações na superfície do oceano.

E é evidente: as tormentas vêm e vão, mas as profundezas do mar permanecem.

Eis os traços das tormentas revolucionárias: monumentos estranhos e incomuns em meio à grama alta do cemitério. Um bloco negro com uma bigorna em cima. Um mastro de ferro coroado com uma foice e um martelo. Um lingote pesado e rude de metal. Um globo terrestre de granito bruto e áspero sob uma estrela de cinco pontas, colocada sobre oceanos e continentes. Eis o novo!

As inscrições revolucionárias semiapagadas são mais difíceis de ler do que os epitáfios em granito polido dos mercadores, príncipes e industriais.

Contudo, que ardente entusiasmo emana de cada palavra semiapagada escrita pela Revolução. Que fé, que chama, que força apaixonada!

E como são poucos os monumentos dos que acreditavam na comuna mundial. Há que buscá-los durante muito tempo em meio à densa floresta de cruzes e granitos, cercas de ferro e lajes de mármore, ervas daninhas e grama.

Oh vítimas da ideia insensata,
Vocês tinham esperança, talvez,
De que o seu escasso sangue
Derretesse o polo eterno.
Fumegando de leve, ele brilhou,
Contra a secular massa de gelo,

O inverno deu um sopro de ferro
E não restou nem vestígio.[6]

Certa vez, ao falar da cultura soviética, Stálin disse: é socialista no conteúdo e nacional na forma. Revelou-se o contrário.

O Vagánkovo, o Cemitério Alemão e o Cemitério Armênio,[7] embora reflitam o caráter profundo da vida, refletem mal a superfície da vida, o cotidiano soviético entre a Revolução de Outubro e 1934, ano do assassinato de Kírov. Nesse período, o elemento nacional ainda não saíra completamente do âmbito da forma para se tornar o conteúdo da vida soviética, e o elemento socialista não fora completamente relegado ao âmbito da forma. Era um período em que o Partido estava sob o domínio da intelligentsia revolucionária, de gente que tinha atuado na clandestinidade.

Tal período está refletido no cemitério atrás do crematório de Moscou. Quantos casamentos mistos! Que maravilhosa igualdade entre as nacionalidades! Quantos sobrenomes alemães, italianos, franceses, ingleses! Em algumas lápides, as inscrições estão em línguas estrangeiras. E quantos letões, judeus, armênios, quantos lemas de combate nas lápides!

Aqui, nesse cemitério cercado por muros vermelhos, parece arder a fama do bolchevismo jovem, ainda não governamental, ainda imbuído das paixões de juventude, do espírito da Internacional, do doce delírio da Comuna, das canções ébrias da Revolução.

6

A coisa mais maravilhosa do mundo é o coração vivo do homem. Sua capacidade de amar, crer, perdoar, sacrificar tudo

---

[6] Segunda estrofe do poema "14 de dezembro de 1825", de Fiódor Ivánovitch Tiútchev (1803-73), sobre a rebelião dezembrista. (N. T.)

[7] Em 1918, todos os três cemitérios foram secularizados, passando a aceitar mortos de todas as nacionalidades e credos. O cemitério de Vvedenskoie, ou Alemão, foi, do começo da década de 1770 até 1918, o principal terreno para o sepultamento de católicos e protestantes. O Cemitério Armênio, estabelecido em 1804, fica perto de Vagánkovo. (Nota da edição inglesa)

em prol do amor é maravilhosa. Porém, na terra do cemitério, os corações vivos dormem um sono eterno.

Não é possível ver, nem observar a alma do morto, seu amor e pesar nos túmulos, nas inscrições das lápides, nas flores nos montículos das sepulturas. A pedra, a música, o pranto em sua memória, as orações são impotentes para transmitir seus mistérios.

Diante do caráter sagrado desse mistério silencioso, são desprezíveis todos os tambores e trombones do Estado, a sabedoria da história, a pedra dos monumentos, o clamor das palavras e as orações memoriais. Eis a morte.

APÊNDICES

Grossman e Treblinka
Robert Chandler

Grossman escreveu esse artigo longo e poderoso com velocidade notável. O Exército Vermelho chegou a Treblinka no começo de agosto de 1944; o artigo data de setembro de 1944, e foi publicado em novembro do mesmo ano.

Grossman ficou estupefato com o que chegou a seu conhecimento em Treblinka; sabemos que sofreu uma espécie de colapso nervoso ao voltar a Moscou, no final do outono.[1] Contudo, "O inferno de Treblinka" é claro, bem cuidado e meticulosamente estruturado. O tom é constantemente modulado; o horror dá lugar à ironia, a fúria, à piedade, a paixão, à lógica matemática — e até mesmo, perto do fim, a um momento de lirismo surpreendente. A perspectiva a partir da qual Grossman escreve não é menos variada. Muitas passagens são escritas do ponto de vista daqueles que estão prestes a ir para o gás. Outras são escritas da perspectiva dos guardas, dos camponeses poloneses que moram na vizinhança, de um soldado do Exército Vermelho ou do próprio Grossman.

Tendo estabelecido desde o início que quase todas as vítimas são judias, Grossman abre mão do uso da palavra "judeus"; em vez disso, repete insistentemente a palavra "pessoas". Em parte, isso pode ser um raro caso de Grossman se curvando às demandas das autoridades soviéticas, antissemitas. Porém, a repetição de "pessoas" é eficiente do ponto de vista retórico. Primeiro, Grossman só se refere aos judeus como "pessoas"; ele se refere aos membros da ss simplesmente como "ss" ou "animais" — palavra que os nazistas, evidentemente, usavam para os judeus. Em segundo lugar, em vez de permitir ao leitor não judeu que fique de fora, imaginando que esses horrores eram infligidos apenas a

---

[1] Ver *Um escritor na guerra: Vassili Grossman com o Exército Vermelho, 1941-1945* (Rio de Janeiro: Objetiva, 2008), p. 405.

membros de outra nacionalidade, Grossman convida-nos todos a nos identificarmos com as vítimas; tanto nós, os leitores, como eles, as vítimas, somos — simplesmente — "pessoas".

Uma dificuldade enfrentada por todos que escrevem sobre a Shoah é a "estetização" dos campos de extermínio. Não é preciso dizer que poucos escritores que abordam a Shoah preparam-se conscientemente para criar algo belo. Todavia, a maioria deles deseja escrever de forma clara, vívida e poderosa. Se um escritor alcança esses objetivos, seu trabalho terá uma certa beleza, começando uma vida própria. Há, assim, um perigo de que o assunto — não importa quão terrível — seja de alguma forma transcendido, deixado para trás e esquecido. O medo da transcendência é a força que impulsiona muito da obra tardia de Paul Celan.

Uma segunda dificuldade surge de uma sensação de que as únicas testemunhas verdadeiras, as únicas testemunhas que experimentaram por completo a verdade dos campos, são os mortos, aqueles que não podem mais nos falar. Primo Levi exprimiu tal preocupação mais de uma vez. E, a respeito do Gulag, Aleksandr Soljenítsin escreveu: "Todos aqueles que beberam disso mais fundo, que apreenderam seu significado de forma mais completa, já estão na tumba, e não vão nos contar. Ninguém jamais vai nos contar a coisa mais importante a respeito desses campos".

Conscientemente ou não, Grossman chega tão perto de resolver tais dilemas quanto é provável que qualquer outro escritor chegue. Passagens de quase poesia, passagens com vívido apelo a nossos sentidos, são seguidas de passagens naquela que parece ser a mais prosaica de todas as formas literárias: a lista, o catálogo de objetos. Só que essas listas de objetos, de antigos pertences de antigas pessoas, fazem mais do que nos trazer à terra — àquela à qual Grossman se refere como a "terra oscilante e insondável de Treblinka". Elas são também as mais fiéis testemunhas das vidas que foram destruídas. Grossman sabe que esses objetos dizem mais do que ele mesmo pode dizer.

Grossman escreveu "O inferno de Treblinka" durante a guerra, e com poucas fontes. Evidentemente, teve acesso a uma cópia de "Um ano em Treblinka", de Jankiel Wiernik, mas é improvável que tenha tido qualquer outra fonte escrita. Conversou com poloneses dos arredores. Entrevistou antigos internos de Treblinka, que escaparam no levante de 1943 e se esconderam na floresta. Estava presente quando oficiais soviéticos tomaram os testemunhos de ex-Wachmänner que foram capturados. Seus blocos contêm fatos, nomes e números, embora haja pouca indicação de como chegou a eles. O manuscrito ocupa trinta e nove páginas de papel pautado; há trechos apagados e modificações, mas, no geral, é claro e limpo. Ele também desenhou um pequeno mapa, que corresponde, de modo geral, aos mapas desenhados pelos ex-detentos, e anotou os versos de duas canções que os prisioneiros eram frequentemente obrigados a cantar: "Edelweiss" e "Lied für Arbeiter Treblinka".[2]

Cerca de setenta pessoas sobreviveram a Treblinka, algumas das quais escreveram sobre suas experiências. O primeiro relato é "Dezoito dias em Treblinka", de Abraham Krzepicki — que foi deportado para Treblinka em agosto de 1942, mas escapou para o Gueto de Varsóvia. Lá, o historiador Emanuel Ringelblum pediu a Rachel Auerbach que recolhesse seu testemunho. Krzepicki foi morto em abril de 1943, durante o Levante do Gueto, e o manuscrito ficou enterrado nos escombros até dezembro de 1950. Foi publicado pela primeira vez, em iídiche, em 1956.

O primeiro relato publicado foi o de Jankiel Wiernik, "Um ano em Treblinka". Wiernik escapou durante o levante de 2 de agosto de 1943. Sua descrição foi impressa em uma oficina clandestina de Varsóvia e publicada em polonês em maio de 1944. Um emissário da Resistência Polonesa levou a Londres uma cópia em microfilme, e, no final do ano, foi publicada em Nova York, em iídiche e inglês. As notas de Grossman deixam claro que ele possuía uma tradução russa, e há pelo menos uma ocasião em que ele segue Wiernik bem de perto.

Outro testemunho extraordinário é *Sobrevivente de Treblinka*, de Samuel Willenberg. Foi escrito em polonês, em 1945, mas publicado em hebraico apenas em 1986; uma tradução inglesa foi publicada em 1989.[3] Dotado de extraordinária força e

---

[2] Respectivamente, "Edelvais" e "Canção para os trabalhadores de Treblinka". Em alemão no original. (N. T.)

[3] O texto original pode ser encontrado no Instituto Histórico Judaico de Varsóvia (número 247); muita coisa é omitida nas edições em hebraico e em inglês (e-mail de Timothy Snyder). (Nota da edição inglesa)

coragem, Willenberg lutou contra os russos quando eles invadiram o leste da Polônia, em 1939, sobreviveu treze meses em Treblinka, participou do levante de Treblinka e da rebelião de Varsóvia, em 1944, para então entrar para um grupo guerrilheiro, combatendo *ao lado* dos russos. Willenberg é provavelmente o único sobrevivente de Treblinka ainda vivo. Sua filha, uma célebre arquiteta, projetou a embaixada de Israel em Berlim.

Foram necessárias muitas décadas até que começássemos a saber a verdade a respeito de Treblinka. Richard Glazer, outro sobrevivente do levante de 1943, escreveu suas recordações em tcheco, logo depois da guerra, mas não conseguiu encontrar uma editora. O livro só apareceu pela primeira vez em 1992, editado pela Fischer Verlag, traduzido para o alemão pelo próprio Glazer. O testemunho de Chil Rajchman, escrito em iídiche, em 1944, levou ainda mais tempo para surgir. Rajchman parece ter escolhido não publicá-lo em vida, instruindo a família a editá-lo depois de sua morte. Ele morreu em 2004; traduções para o francês e o alemão apareceram em 2009, e uma tradução inglesa, intitulada *Treblinka*, saiu em 2012.[4] Rajchman escreve sem desperdício de palavras, e com absoluta clareza. Seu relato soa como uma visão medieval do Inferno; registra as ações da ss com a mesma objetividade de um monge medieval registrando a conduta de demônios malignos.

Nossas notas também se baseiam no trabalho de uma série de historiadores, jornalistas e antologistas. Rachel Auerbach (1903-76), uma das cronistas mais dedicadas do Gueto de Varsóvia, esteve em um grupo de doze (quatro dos quais sobreviventes de Treblinka) que, por iniciativa da "Comissão Central do Estado para Investigação dos Crimes Alemães na Polônia", fez uma inspeção oficial em Treblinka em 7 de novembro de 1945 — provavelmente, cinco ou seis semanas depois de Grossman terminar seu artigo. Seu relato da visita, "Nos campos de Treblinka" (publicado pela primeira vez em iídiche, em 1946), inclui um quadro inesquecível: "Os veteranos de Treblinka [...] queriam fazer alguma coisa, algum gesto extravagante que finalmente refletiria suas emoções, de tão ligados que estavam a

---

[4] No Brasil, foi lançado com o título *Eu sou o último judeu — Treblinka (1942-1943)* (Rio de Janeiro: Zahar, 2010). (N. E.)

este lugar. Queriam recolher ossos. Pulavam nas valas, enfiavam as mãos nuas nas massas de cadáveres putrefatos para mostrar que não tinham nojo. Eles fizeram a coisa certa. Éramos como aqueles sectários muçulmanos que levavam os mortos em suas caravanas para Meca, considerando um dever sagrado suportar com paciência e amor o cheiro dos mortos, conforme iam pela estrada. Sentíamo-nos assim naqueles campos em que jazem os restos mortais de nossos mártires".[5]

Aleksander Donat (1905-83) foi um sobrevivente do Gueto de Varsóvia que publicou, entre outras coisas, *O campo de extermínio de Treblinka*, antologia que inclui versões completas, em inglês, dos testemunhos de Krzepicki e Wiernik, assim como excertos de outros. Yitzhak Arad, membro da resistência judaica e de grupos guerrilheiros soviéticos na Lituânia ocupada pelos nazistas, foi diretor, entre 1972 e 1993, do Yad Vashem, a Autoridade de Lembrança do Holocausto de Israel; seu *Bełżec, Sobibor, Treblinka: Os campos de extermínio da Operação Reinhardt* provavelmente continua sendo a descrição mais completa desses campos. *Na escuridão*, de Gitta Sereny, baseado em entrevistas em uma prisão da Alemanha Ocidental com Franz Stangl, o comandante de Treblinka, é uma investigação sobre como uma pessoa aparentemente comum pode ser capaz do que parece ser um mal inconcebível. Witold Chrostowski é o autor de *Campo de extermínio de Treblinka*, um relato claro que, infelizmente, não revela as fontes. Também utilizei dois sites excelentes: o do Museu Memorial do Holocausto, dos EUA — <www.ushmm.org> —, e também <www.deathcamps.org/treblinka/treblinka.html>.

Traduções anteriores de "O inferno de Treblinka" para o inglês fizeram várias omissões. Particularmente, omitiram muitas das referências à Batalha de Stalingrado, talvez por vê-las como propaganda. Tais passagens, contudo, servem a um propósito. Primeiro, nos ajudam a lembrar quanto Grossman testemunhou em apenas poucos anos; estava preenchendo relatórios na margem direita de Stalingrado apenas dezoito meses antes de escrever "O inferno de Treblinka". Depois — como Grossman nos conta —, Himmler visitou Treblinka semanas após a derrota alemã em Stalingrado, ordenando que os corpos dos mortos

---

[5] Donat, op. cit., p. 73. (Nota da edição inglesa)

fossem desenterrados e queimados. Tendemos a ver os líderes nazistas como possuídos de uma fé inquebrantável em sua própria justiça. Esse episódio indica que pelo menos Himmler imaginou rapidamente como o mundo veria seus crimes.

Natália Khaiutina e os Iejov
Robert Chandler

No final dos anos 1930, a vida cultural soviética era de uma intensidade frenética; sexo, arte e poder estavam misturados de modo mórbido, perigoso e frequentemente fatal. Havia uma série de salões culturais em Moscou, e o mais glamoroso era o de Ievguênia Solomônovna Iejova, mulher do chefe do NKVD. Enquanto Ievguênia Solomônovna trabalhava como subeditora de uma revista de prestígio, *A URSS em construção*, e presidia seu salão, Nikolai Iejov, seu marido, presidia o Grande Terror. Entre o final de setembro de 1936 e abril de 1938, ele foi o responsável por cerca de metade das prisões e fuzilamentos entre a elite política, militar e intelectual soviética. Também foi responsável pela morte de 380 mil cúlaques e cerca de 250 mil membros de diversas minorias nacionais.

Entre os membros da elite soviética que visitaram o salão de Ievguênia Iejova estavam o ator iídiche Solomon Mikhoels; o líder de banda de jazz Leonid Utiôssov; o diretor de cinema Serguei Eisenstein; o jornalista e editor Mikhail Koltsov; o poeta e tradutor Samuil Marchak; o explorador do Ártico Otto Schmidt; e os escritores Isaac Bábel e Mikhail Chôlokhov, com os quais Iejova teve casos. Isaac Bábel, cujo relacionamento com Ievguênia começou em Berlim, em 1927, teria dito a ela: "Olha só, nossa garota de Odessa virou a primeira-dama do reino!".[1]

---

[1] Ver Simon Sebag Montefiore, *Stalin, the Court of the Red Tsar* (Londres: Orion, 2004), p. 283. Bábel, por seu turno, era uma das estrelas do salão de Ievguênia. De acordo com a mulher de Bábel, Antonina Pirojkova, "se você convidasse pessoas 'em nome de Bábel', todas elas viriam" (Ibid., p. 272). (Nota da edição inglesa) [No Brasil, o livro foi publicado pela Companhia das Letras em 2006 com o título *Stálin: A corte do czar vermelho*.]

Pelo menos em alguns aspectos, Iejova parece ter sido de uma ousadia impressionante; o filho de Otto Schmidt se lembra dela como a única pessoa que veio falar com seu pai depois que Stálin o criticou em público, em uma recepção no Kremlin.

Não surpreende que Mikhail Chôlokhov tenha visitado o salão de Iejova. Chôlokhov se movia em círculos poderosos; era membro do Soviete Supremo desde 1937 e admirado por Stálin. Parece ter sido destemido; em 1937, durante o Terror da Fome, e em 1938, perto do fim do Grande Terror, escreveu a Stálin com críticas surpreendentemente diretas a suas políticas assassinas. A presença de Isaac Bábel tampouco surpreende; Bábel era fascinado por violência e poder. O escritor Dmitri Fúrmanov registra em seu diário que Bábel queria escrever um romance sobre a Tcheká.[2] E Nadiejda Mandelstam registra seu marido perguntando a Bábel por que ele era atraído por gente como os Iejov: "Era desejo de ver a loja exclusiva onde a mercadoria era a morte? Queria apenas tocá-la com seus dedos?". "Não", replicou Bábel. "Não quero tocá-la com meus dedos — quero apenas aspirá-la e ver qual é seu cheiro."[3] É impossível estabelecer com segurança se Grossman visitou os Iejov. Sabemos apenas que ele tinha relações amistosas com pelo menos dois visitantes do salão, Bábel e Mikhoels, e que, em 1938, escreveu a Iejov, pedindo-lhe que libertasse da prisão sua mulher, Olga Mikháilovna.

Em 1960, mais de vinte anos depois da morte de Nikolai Iejov e sua esposa, Grossman escreveu um conto baseado na vida de uma órfã adotada pelo casal. Grossman muda o nome da menina — ele a chama de Nádia, que quer dizer "esperança" — e faz os Iejov adotarem-na em 1936-37, embora eles possam ter

---

[2] De acordo com Fúrmanov, Bábel prosseguiu: "Não sei, porém, se vou conseguir — minha visão da Tcheká é muito unilateral. O motivo é que os funcionários da Tcheká que eu conheço são, bem, eles são gente simplesmente santa, mesmo aqueles que atiraram com as próprias mãos... Temo que [o livro] acabe sendo adocicado demais" (Gregory Freidin, *The Enigma of Isaac Babel* [Stanford: Stanford University Press, 2009], p. 229, n. 65). É improvável que Bábel tenha dito isso sem ironia. (Nota da edição inglesa)

[3] Nadieja Mandelstam, *Hope Against Hope* (Londres: Penguin, 1975), p. 385. (Nota da edição inglesa)

adotado a Nádia real antes disso, em 1933.[4] Em muitos aspectos, contudo, Grossman é factualmente preciso; ele sem dúvida sabia muita coisa sobre a vida de Nádia e de seus pais adotivos.[5]

Natália — que, no momento em que escrevo, ainda está viva — tentou localizar seus pais biológicos, mas não obteve sucesso; outros pesquisadores não tiveram maior sorte. A primeira página do conto de Grossman, ambientada em Londres, insinua a possibilidade de que Natália seja a filha de Ievguênia Iejova com seu marido anterior, o jornalista e diplomata Aleksandr Gladun. No final de 1926 e início de 1927, Ievguênia e Aleksandr moraram em Londres; ela era datilógrafa contratada pela embaixada soviética. Em 1927, como resultado do rompimento das relações diplomáticas entre a Grã-Bretanha e a URSS, ambos foram expulsos. Aleksandr regressou a Moscou, mas Ievguênia foi trabalhar na embaixada soviética em Berlim; durante os vários meses que passou lá, começou sua relação com Bábel. Logo depois de voltar à URSS, conheceu Iejov em Sukhumi, balneário no mar Negro. Iejov se apaixonou por ela; Ievguênia e Aleksandr se divorciaram; e, no verão de 1930, Ievguênia e Nikolai Iejov se casaram.

No final da primeira parte de "Mamãe", contudo, Iejova diz ao marido que o bebê que estão prestes a adotar tem olhos como os dele. Isso aponta para uma possibilidade bem diferente: de que a menina fosse filha ilegítima de Iejov — como alega a irmã dele.[6] Grossman, porém, apenas insinua ambas as possibilidades, sem insistir em nenhuma.

---

[4] As datas de nascimento e adoção de Natália Khaiutina são obscuras. De acordo com a certidão de nascimento, nasceu em 1º de maio de 1936, mas para ela isso é uma invenção de Iejov; uma das razões seria que o próprio Iejov fazia aniversário em 1º de maio (Shur, op. cit.). (Nota da edição inglesa)

[5] A descrição mais completa da vida da Natália Khaiutina é de G. Jávoronkov, na revista *Sintaksis* (1992, n. 32). Todas as informações não referenciadas sobre a vida de Khaiutina são tiradas dali e de Erik Shur, "Reabilitiruiut li Iejova?" (<www.sovsekretno.ru/magazines/article/166>, ou <news.ntv.ru/31837>). (Nota da edição inglesa)

[6] Natália cresceu acreditando que os Iejov eram seus pais biológicos. Apenas ao conhecer a irmã de Iejov, na década de 1960, ficou sabendo que era adotada. Continuou, porém, pelo menos de modo intermitente, apegada à ideia de que Iejov era seu pai biológico (Jávoronkov, op. cit.,

Os russos frequentemente se referem ao Grande Terror como *Iejóvschina*. Com um metro e meio de altura, Iejov era conhecido como "o anão sangrento". Um trocadilho conhecido com seu nome era *iejóvye rukavitsy* — "vara de ferro" ou, mais literalmente, "luvas de couro de ouriço".[7] A ironia de Grossman com relação a Iejov é sutil e penetrante; a sugestão de que sua figura aterradora ficava assustada diante da babá da filha — a única pessoa no apartamento cujos olhos estão livres de loucura, ansiedade e tensão — é tão convincente quanto inesperada.

A Natália real, contudo, recorda-se de Iejov com amor. Disse, em uma entrevista: "Ele passava muito tempo comigo, mais até do que minha mãe. Fez raquetes de tênis para mim. Fez patins e esquis. Fazia tudo para mim". E os autores da primeira biografia de Iejov em inglês escrevem: "Na dacha, Iejov ensinou--a a jogar tênis, andar de patins e de bicicleta. É lembrado como um pai amoroso e gentil, cobrindo-a de presentes e brincando com ela à noite, depois de voltar da Lubianka".[8]

O retrato de Grossman coincide com o de Natália. Até o "porquinho de plástico" ao qual pai e filha dão um gole de chá é evidentemente baseado em um protótipo real. Só uma vez, quando Iejov começa a cair do poder, Grossman macula esse idílio. Nádia fita Iejov nos olhos e de súbito, sem razão aparente, começa a gritar. Iejov pergunta se ela está doente, e a babá responde: "Ficou assustada". Iejov pergunta: "Com o quê?", e a babá responde: "Vai saber, é uma criança". Aqui, assim como em outras partes do conto, Grossman escolhe fazer uma alusão, em vez de uma afirmação explícita. Na primeira versão, a alusão era mais clara; ao "Com o quê?" de Iejov, seguia-se a frase: "Ela quis responder, mas, em vez de dar a resposta que desejava, disse: 'Vai saber, é uma criança'".

---

p. 47; também Zenkovitch, *Elita: entsiklopédia biografii: sámie sekrétnye ródstvenniki* [Moscou: Olma Medis Group, 2005], pp. 125-6). (Nota da edição inglesa)

[7] Stálin, porém, costumava chamá-lo pelo nome afetuoso de *Iejevitchka*, ou "Amorinha", e Lavrenti Béria, a partir disso, referia-se a ele por vezes como *Iojik*, ou "Ouricinho". (Nota da edição inglesa)

[8] Marc Jansen e Nikita Petrov, *Stalin's Loyal Executioner: People's Commissar Nikolai Ezhov 1895-1940* (Stanford: Hoover Institution Press, 2002), p. 121. (Nota da edição inglesa)

Nenhuma das versões fornece explicação séria para o súbito terror da menina. Isso deixa abertas pelo menos duas possibilidades: de que ela percebeu o terror do próprio Iejov ou de que, de alguma forma incompreensível, percebeu o terror ao qual ele submetera o país. É possível que esse episódio seja uma versão refinada de um incidente que a própria Natália relatou em uma entrevista, mais de sessenta anos depois. Durante uma brincadeira de esconde-esconde, Natália ao que parece se esgueirou para o estúdio do pai, escondendo-se no peitoril da janela, atrás das persianas. Lá, abriu um álbum muito bem organizado que estava cheio de fotos de crianças mortas. No final das contas, ela contou à mãe o que acontecera — e, dali por diante, Iejov tomou o cuidado de trancar direito o estúdio. Natália, porém, continuou com medo até de passar pela porta; tinha a impressão de que as crianças mortas não estavam no álbum de fotos, e sim atrás dela.

Tal descrição tem características de pesadelo. É possível que tenha sido de fato isto — talvez um pesadelo que Natália teve anos mais tarde, e do qual se lembrava como real.[9] Não há, porém, dúvida a respeito da conduta macabra de Iejov. O capitão do NKVD que fez a busca no apartamento de Iejov no Kremlin logo depois de sua prisão, em abril de 1939, encontrou quatro balas usadas de revólver em uma gaveta de sua escrivaninha. Em seu relatório, o capitão escreveu: "Cada bala estava embrulhada em um papel, com as palavras *Zinóviev*, *Kámeniev* e *Smirnov* escritas em cada um deles, a lápis, e duas balas no papel que dizia *Smirnov*. Aparentemente, essas balas foram enviadas a Iejov depois das execuções de cada um deles. Tomei posse do pacote".[10] O que quer que ela tenha realmente visto na realidade, ou pressentido, o fato é que Natália chegou a uma compreensão muito clara de algo bastante obscuro. Uma série de entrevistas com ela foi publicada nos últimos dez anos, e a história sobre as crianças mortas é mencionada em apenas uma delas. Na maior parte do tempo, ela é persistentemente positiva em seu retrato de Iejov; parece ter deixado escapar a história quase à sua revelia.

---

[9] Sou grato a Leigh Kimmel por essa sugestão, e por me mostrar um esboço de "A filha do ouriço", seu tratamento ficcional da vida de Natália Khaiutina. Ver <www.leighkimmel.com>. (Nota da edição inglesa)

[10] Ver <skoblin.blogspot.com/2009/03/yezhov-file-iv.html>. (Nota da edição inglesa)

O auge aparente da carreira de Iejov foi em 20 de dezembro de 1937, quando o Partido deu uma grande festa de gala no teatro Bolshoi para comemorar o vigésimo aniversário do NKVD; Stálin, porém, de maneira explícita, não brindou nem parabenizou Iejov. A partir do começo de 1938, foi deixando cada vez mais óbvio que Iejov caíra em desgraça. Iejov, que sempre havia bebido muito, e tido muitos casos com homens e mulheres, voltou-se ao sexo e ao álcool com mais desespero do que nunca. Quanto a Ievguênia, foi ficando cada vez mais emocionalmente perturbada. Em maio de 1938, demitiu-se da revista *A URSS em Construção* e se mudou para a dacha da família. Em meados de setembro de 1938, Iejov lhe disse que queria o divórcio. Talvez desejasse renegá-la por temer que, tendo morado em Londres e Berlim, fosse vulnerável a acusações de espionagem, ou simplesmente por ciúmes de seu recente caso com Mikhail Chôlokhov. Como chefe do NKVD, Iejov vinha monitorando Chôlokhov, tendo recebido recentemente um relatório minucioso sobre uma visita de Ievguênia ao quarto de hotel do escritor. Não apenas Ievguênia estava sendo infiel; não apenas Iejov estava sendo forçado a notar uma infidelidade que teria preferido ignorar; pior de tudo, Ievguênia estava sendo infiel com um dos mais destemidos críticos de seu marido. Em uma audiência recente com Stálin e Iejov, Chôlokhov criticara Iejov e implorara a Stálin para colocar um fim nos expurgos.[11]

Iejov abandonou os procedimentos do divórcio, mas, no final de outubro, Ievguênia foi hospitalizada, com depressão. Em 19 de novembro, aos trinta e quatro anos, morreu de overdose de pílulas para dormir; Iejov lhe fornecera as pílulas, e é provável que o casal tenha feito um acordo para ela cometer suicídio, em vez de consentir em ser presa. Lavrenti Béria, rival de Iejov, já tinha prendido quase todo mundo próximo a ela. De acordo com Vladímir Konstantínov, amigo e amante de Iejov, este disse, mais tarde: "Tive que sacrificá-la para me salvar".[12] Em 25 de novembro de 1938, bem depois de ter perdido todo poder efetivo,

---

[11] Rayfield, op. cit., p. 322. (Nota da edição inglesa)
[12] Para as circunstâncias que levaram à morte de Ievguênia, ver Rayfield, op. cit., p. 327; Simon Sebag Montefiore, op. cit., p. 289; e Jansen e Petrov, op. cit., pp. 166-71. (Nota da edição inglesa)

Iejov foi formalmente sucedido por Béria e, em abril de 1939, foi preso. Acusado de conspirar contra a vida de Stálin, foi fuzilado na noite de 3 para 4 de fevereiro de 1940.

Após a morte de Ievguênia, Natália ficou aos cuidados de sua babá, Marfa Grigórievna. Depois da prisão de Iejov, contudo, quando tinha seis anos, foi levada a um orfanato em Penza, cidade que fica cerca de setecentos quilômetros a sudeste de Moscou. A mulher que a acompanhou na viagem tentou ensinar a ela que seu sobrenome agora era "Khaiutina" (as autoridades, sem saber o que fazer com a menina, e embaraçadas por sua existência, tinham-lhe dado o sobrenome do primeiro marido de sua mãe adotiva, Lazar Khaiutin — Gladun foi o segundo marido de Ievguênia, e Iejov, o terceiro). Quando Natália, que não conseguia nem pronunciar o nome, insistia que não era "Khaiutina", mas "Iejova", sua acompanhante batia-lhe na boca, até os lábios sangrarem. No orfanato, assim como em toda sua vida adulta, Natália nunca aceitou renegar o pai. Descreveu o preço que pagou por sua lealdade: "Eles me chamaram de traidora e inimiga do povo. Não havia nada de que não me chamassem".

Depois de sete anos de estudo, Natália foi para uma escola profissionalizante, à qual só foi admitida com dificuldade. Sofreu todo tipo de agressão. Certa vez, tentou se enforcar em uma árvore, mas o galho quebrou. Em seguida, trabalhou durante anos em uma fábrica de relógios. Finalmente conseguiu entrar em uma escola de música e estudar acordeão. Em 1958, instalou-se por sua própria vontade no Extremo Oriente da Rússia, em Kolimá,[13] região com seis vezes o tamanho da França que fora, na realidade, um enorme campo de trabalho — quase um Estado autônomo, dirigido pelo NKVD. Trabalhou como professora de música em escolas e "casas de cultura" locais. Embora nunca tenha se casado, teve uma filha, e vários netos.

Na infância, numa época em que o procedimento padrão era obliterar todas as imagens de "inimigos do povo" e arrancar suas fotos dos livros, Natália teimosamente tentou salvar fotografias de Iejov, escondendo-as do olhar sempre vigilante do diretor do orfanato. Adulta, fez diversas petições, nos anos 1960

---

[13] Em 1959, depois de dar à luz uma filha, Ievguênia, Natália voltou para Penza, mas se instalou definitivamente em Kolimá poucos anos depois. (Nota da edição inglesa)

e mais recentemente, para a reabilitação oficial de Iejov, argumentando que sua culpa não era maior do que a de outras figuras proeminentes em torno de Stálin, e que ela e Iejov tinham sido vítimas da "repressão" stalinista. A consciência de que Iejov é um dos mais terríveis assassinos em massa do século passado parece — o que não surpreende — ser mais do que ela consegue suportar. Alega que foi a Kolimá para se livrar da supervisão do KGB, para escapar para um mundo no qual não mais seria rotulada como "a filha do Comissário de Ferro". Isso, contudo, faz pouco sentido; em nenhum lugar da União Soviética seria mais provável que ela encontrasse gente que havia sofrido por causa de seu pai. Em algumas entrevistas, ela também sugeriu ter a esperança de encontrar o pai em Kolimá.

Natália jamais — exceto, talvez, quando criança — teve qualquer contato com Grossman e não tem ideia de que fontes ele usou; escreveu à filha de Grossman, Iekaterina Korotkova, perguntando se os papéis do escritor continham mais informações a respeito da história de sua vida. Como vimos, Grossman sabia muita coisa sobre sua vida no orfanato. A passagem de "Mamãe" sobre o desapontamento de Nádia por ter negada a chance de estudar em uma escola de música está precisamente de acordo com sua história real. As autoridades, com medo de que Natália se tornasse famosa e, assim, atraísse atenção não apenas para si mesma, mas também para um "pai" que fora apagado dos livros de história, a princípio negaram-lhe a oportunidade de estudar em uma escola de música, ou academia de esportes. Por fim, porém, Zinaída Ordjonikidze, viúva de um proeminente político soviético e amiga íntima de Ievguênia Iejova, interveio em seu favor — e Natália teve permissão para entrar em uma escola de música e estudar acordeão.[14]

É possível que a informante de Grossman fosse a ex-babá de Natália, Marfa Grigórievna. Embora as autoridades repetidamente se negassem a lhe dar qualquer informação, Marfa Grigórievna conseguiu descobrir o paradeiro de Natália, visitando-a no orfanato logo depois da Segunda Guerra Mundial, quando a me-

---

[14] Jávoronkov, op. cit., p. 59. O marido de Zinaída, Sergo Ordjonikidze, morreu em 1937 — possivelmente de ataque cardíaco, embora seja mais provável que tenha cometido suicídio. (Nota da edição inglesa)

nina tinha catorze anos. Sua intenção era adotar Natália, mas esta, ferida pela experiência de ser repetidamente abandonada, tratou-a de forma extremamente agressiva, e Marfa Grigórievna desistiu da ideia.[15] Natália e Marfa Grigórievna, porém, parecem ter se encontrado pelo menos mais uma vez, em Moscou, por volta de 1949. Também sabemos que Natália encontrou Zinaída Ordjonikidze em Moscou, em 1957. É possível que Grossman tenha ouvido falar do encontro; também pode ter encontrado Marfa Grigórievna em qualquer período entre 1946 e 1960, quando escreveu "Mamãe".

Grossman, no entanto, não estava simplesmente observando o mundo dos Iejov à distância; estava envolvido de forma mais pessoal do que a princípio aparenta. Quando Boris Gúber, Ivan Katáev e Nikolai Zarúdin (todos ex-membros do grupo literário conhecido como Pereval, e amigos de Grossman) foram presos, em 1937, duas acusações principais foram levantadas contra eles. Foram acusados não apenas de uma conspiração fracassada contra a vida de Stálin, em 1933, mas também de tentar organizar uma conspiração contra Iejov no final de 1934. Planejavam — de acordo com o roteiro elaborado pelo NKVD, com sua mescla característica de fantasia desenfreada e atenção cuidadosa aos detalhes — participar de um dos serões literários presididos por Ievguênia Iejova e atacar Iejov quando ele voltasse para casa, tarde da noite. Entre os outros escritores que se esperava — de acordo com o roteiro — que participassem do serão literário, embora não da "conspiração", estavam Isaac Bábel, Vassili Grossman e Boris Pilniak. Uma mulher chamada Faína Chkólnikova — amiga de Ievguênia Iejova, e também de Grossman, Gúber e Katáev — teria dado aos conspiradores informação sobre a planta do apartamento e a rotina do lar.[16]

Gúber, Katáev e Zarúdin foram fuzilados em 1937; Pilniak e Bábel, em 1938. Como em várias outras ocasiões de sua vida, Grossman parece ter tido a sorte extraordinária — e quase miraculosa — de sobreviver.

---

[15] Ibid., pp. 55-7; também Jansen e Petrov, op. cit., pp. 189-90 e p. 258, n. 67. (Nota da edição inglesa)

[16] Gúber, op. cit., p. 32. Ver também a discussão de Vitali Chentalinski da "conspiração" do Pereval em "Rasstrélnie nótchi" (Noites fuziladas), *Estrela*, 2007, n. 5. (Nota da edição inglesa)

A única outra sobrevivente entre os implicados, ainda que perifericamente, na "conspiração" foi Faína Chkólnikova. Ela também foi presa, mas, em vez de fuzilada, foi mandada para o Gulag. Depois de voltar para Moscou, em 1954, tornou--se um dos vários sobreviventes dos campos a visitar Grossman com regularidade. Conversas com ela — sobre a família Iejov e sobre a "conspiração" imaginária — podem ao menos em parte ter servido de inspiração para "Mamãe".

Não é difícil imaginar o impacto de tais conversas sobre Grossman. A "conspiração", sobre a qual ele quase certamente estava ouvindo pela primeira vez,[17] poderia ter levado à sua própria execução com facilidade — e a maioria dos implicados nela eram pessoas que haviam desempenhado um papel crucial em sua vida. Bábel era um dos escritores que ele mais admirava; Gúber, Katáev e Zarúdin tinham sido os principais patrocinadores do começo de sua carreira literária — e Gúber era o ex-marido de sua segunda mulher, pai de dois meninos que ele criou como filhos.

Parte da força de "Mamãe" deriva de uma sensação tangível de que há muita coisa que Grossman não nos conta. Ele escreve laconicamente, com tato e decoro. Isso fica evidente em sua decisão de não incorporar o material pessoal discutido acima — que poderia ter sobrecarregado a história. Fica ainda mais evidente em seu retrato trivial e imparcial de Iejov.[18] Como se considerasse perigoso olhar demais, e de modo muito direto, para Iejov e seu mundo, Grossman mostra-os a nós, na maior parte do tempo, através do prisma protetor da inocência — através dos

---

[17] Em 25 de fevereiro de 1938, Grossman foi interrogado na Lubianka, em conexão com a prisão de Olga Mikháilovna. O registro do NKVD da conversa não cita nada relativo à "conspiração" (Garrard, op. cit., pp. 123-4). (Nota da edição inglesa)

[18] Na versão manuscrita da primeira parte, Grossman se refere cinco vezes a Iejov como *tcheloviétchek* ("homenzinho"). O uso do diminutivo soa condescendente, e a primeira menção a Iejov — *málienki, schuply tcheloviétchek* ("homenzinho pequeno e franzino") — é positivamente pejorativa. Na cópia datilografada e na versão final, porém, Grossman se refere a Iejov simplesmente como *tcheloviék* (homem, pessoa). (Nota da edição inglesa)

olhos de uma criança e dos olhos de uma babá camponesa, com algo de sabedoria infantil.

Tanto "Mamãe", de Grossman, quanto a história real de Natália Khaiutina reúnem muito do sofrimento duradouro infligido à Rússia por Stálin. A versão de Grossman, porém, é mais suave. Descreve apenas a miséria física geral no orfanato de Penza, sem dizer nada a respeito do tormento emocional pelo qual Natália lá passou. Não diz nada sobre sua ferrenha lealdade a um Iejov em desgraça. E, como se quisesse encontrar uma saída para ela, dar-lhe pelo menos a possibilidade de um futuro melhor, termina a história com uma nota de esperança tranquila — em conformidade com o nome que lhe deu.

Grossman confere um lugar maior aos pais biológicos de Natália, enquanto ela mesma confere o papel determinante em sua vida a Iejov. A Nádia de Grossman se lembra de gaivotas e do barulho das ondas; a Natália real não se lembra de nada anterior a seu pai adotivo, bondoso e amoroso. Central a ambas as histórias, contudo, é a sensação de ruptura — e uma sensação da força daquilo de que fomos separados, de recordações ainda mais remotas, de "ecos reiterados a se extinguir na neblina".

Posfácio
Fiódor Gúber

No final de 1937, ou começo de 1938, minha mãe foi presa. Meu irmão e eu ainda morávamos, junto com a babá, Natália Ivánovna Darênskaia, no quarto da rua Spassopeskóvskaia em que vivíamos com meu pai antes de sua prisão, em 20 de junho de 1937. Nossa mãe morava com Vassili Grossman, com o qual tinha se casado um ano antes, em maio de 1936. Foi presa em uma de suas visitas regulares a nós. O NKVD, evidentemente, estava ocupado demais para perder tempo procurando-a; em vez disso, devem ter pedido a um vizinho que ligasse quando ela aparecesse no que ainda era seu endereço oficial.

Uma vez que Micha e eu estávamos sem pai nem mãe, as autoridades deviam ter em mente nos enviar para um orfanato especial — ou, mais provavelmente, orfanatos diferentes.[1] Só que Vassili Grossman insistiu em cuidar de nós. Estava se recuperando de um severo ataque de asma, mas se assegurou de que fôssemos levados a ele imediatamente. Então fomos conduzidos, à noite, para a rua Herzen, onde Grossman tinha recém-obtido dois quartos em um apartamento comunal. Meu irmão, cinco anos mais velho do que eu, tinha testemunhado a prisão de mamãe, mas eu estava dormindo, sem ideia do que acontecia. Tudo de que me lembro é de ruas cobertas de neve, e homens de uniforme em um carro. Entramos em um pátio e paramos ao lado de um prédio de dois andares. Um dos oficiais do NKVD tocou a campainha, e Grossman abriu a porta principal. Perturbados por nossa chegada, outros inquilinos olhavam pela janela.

---

[1] As autoridades soviéticas normalmente mandavam os filhos dos "inimigos do povo" para orfanatos, em vez de permitir que fossem criados por parentes, que poderiam imbuí-los de animosidade contra o regime. Irmãos costumavam ser separados. (Nota da edição inglesa)

Na manhã seguinte — conforme fiquei sabendo mais tarde —, Grossman foi até o Departamento de Educação do Povo e abriu o processo para ser indicado nosso guardião legal.

Qualquer um que se lembre desses anos apreciará a notável força de caráter que ele mostrou ao assumir o encargo de criar os filhos de uma "inimiga do povo". Não havia esperança realista de que nossa mãe fosse libertada. Foi com relação a esses meses que Grossman disse, certa vez, ao amigo Semion Lípkin: "Você não faz ideia de como é a vida de um homem tentando cuidar de crianças pequenas enquanto a mulher está na cadeia". A determinação de Grossman, porém, bem como as cartas que escreveu a Iejov, Kalínin e muitas outras pessoas importantes, operou um milagre. Em 1º de abril de 1938, minha mãe foi libertada; ela se lembrava bem da data porque as outras detentas acharam que estava lhes pregando um trote de Dia da Mentira quando deu a notícia. Certa manhã, acordei e vi o roupão de mamãe pendurado na porta entre nossos dois quartos. Micha e eu corremos para o outro quarto. E lá estava ela — nossa mãe. Micha entendeu na hora que tinha saído da cadeia. Já para mim haviam dito que mamãe tinha ido visitar parentes na Sibéria. Agora eu achava que ela tinha finalmente voltado. Só fui saber da verdade em 1944 — numa ocasião em que eu disse: "Mas, mamãe, você foi ver vovô e vovó em 1938!".

Do momento em que nos mudamos para sua casa até o fim de sua vida, chamei Vassili Grossman de "papai". Micha, porém, sempre o tratou de modo mais formal: "Vassili Semiônovitch". O fato de Micha ter onze anos quando nosso pai foi preso, e eu apenas seis, era bem evidente. Grossman nos via como seus filhos; se não nos adotou formalmente, foi apenas para não dar a impressão de que estava nos pedindo para trair nosso pai.

Continuamos a morar no apartamento na esquina da rua Herzen com a alameda Briússov até 1947. Ficava em um edifício de dois pavimentos, que diziam ter sido construído no reinado de Catarina, a Grande. Agora estava cercado de prédios de oito andares, e o compartilhávamos com mais três famílias. Nossos dois quartos deviam ter sido antes um único grande aposento. No canto esquerdo do nosso quarto, e no canto direito do quarto que servia como escritório de Grossman, dormitório, sala de estar e sala de jantar, havia uma grande estufa russa, branca como a neve. Na cozinha compartilhada, havia mesas com os pequenos fogões de parafina e querosene que usávamos para cozinhar naquele tempo. Não havia banheiro no apartamento. Íamos com regularidade à casa de banho, mas também gostávamos muito de ir à minha tia Marússia, ou ao apartamento de um amigo de Grossman, Ruvim Fraerman, para o que chamávamos de "um banho de verdade".

Por várias vezes, antes da guerra, Grossman tentou, sem sucesso, se mudar para um apartamento independente. O apartamento comunal era sem dúvida um considerável progresso com relação à existência "nômade" — morar nos cantos de quartos de amigos e conhecidos, como ele tinha feito desde a prisão de Nádia Almaz, em 1933. A vida no apartamento comunal, porém, estava longe de ser propícia à criatividade literária.

Contudo, foi nesse prédio na esquina da Herzen, com suas paredes de um metro e oitenta de espessura, que Grossman escreveu seu segundo romance, *Stepan Koltchúguin*, e um grande número de histórias. Foi dali que ele partiu, em um jipe fornecido pelo jornal *Estrela Vermelha*, para trabalhar como correspondente de guerra. E foi nesse prédio, imediatamente depois da guerra, que escreveu grande parte de *Por uma causa justa* — a introdução a *Vida e destino*.

Quando eu era criança, Grossman passava muito tempo lendo poesia para mim. Cantava canções e até árias de óperas, embora não tivesse ouvido musical. Gostava especialmente de *A dama de espadas*, de Tchaikovski. Contou-me histórias de sua infância e juventude, e contos de fadas que ia inventando conforme narrava. Recontou *O andarilho das estrelas*, de Jack London, e o romance de Charles de Coster sobre as aventuras de Till Eulenspiegel — tudo isso, apenas por minha causa. Não continuou a ler poesia em voz alta depois que cresci.

O poeta que ele lia para mim com maior frequência era Nikolai Nekrássov, o grande poeta "cívico" da segunda metade do século XIX. Também lia "A duma[2] de Opanás", de Eduard Bagritski, um poema longo, no estilo épico folclórico, sobre a

---

[2] Tipo de poema épico ucraniano. (N. T.)

Guerra Civil Russa. Opanás é um camponês ucraniano simples apanhado no meio da complexa luta entre Vermelhos (comunistas), Brancos (anticomunistas) e Verdes (anarquistas camponeses). Sabia a "duma" inteira de cor, citando com frequência seus versos favoritos. Também lia para mim poemas modernistas que, naquela época, eram bem fora do padrão: Essênin, Ánnenski e Mandelstam — e até mesmo Búnin e Khodassévitch, que tinham emigrado.

Grossman me falou muito do Museu de Arte Nova Ocidental, o belo museu de impressionismo e arte do começo do século xx baseado nas coleções formadas antes da revolução por Serguei Schúkin e Ivan Morózov. O museu foi fechado depois da Segunda Guerra Mundial, as pinturas divididas entre o Hermitage e o Museu Púchkin, mas muitas ficaram várias décadas sem ser exibidas. Ele me falou de Gauguin, Monet e Matisse, dos períodos Azul e Rosa de Picasso e de Albert Murquet, amigo de Matisse. A partir de suas descrições das pinturas, eu conseguia imaginá-las de modo vívido.

Com frequência eu via Grossman lendo seus volumes negros de Tolstói e vermelhos de Dostoiévski, mas o escritor que ele mais amava era Tchékhov. Os pequenos volumes da Editora Marx estavam sempre em sua escrivaninha. Também admirava muito Ibsen e Knut Hamsun. Antes da guerra, eu o vi lendo e falando sobre muitos outros escritores e obras literárias: Homero, Aristóteles, *Dafne e Cloé*, de Longus, Catulo (que citava com frequência), Maquiavel, as *Conversas com Goethe*, de Eckermann, Shakespeare...

Grossman relia bastante as obras de Isaac Bábel — tanto *O exército de cavalaria* quanto os contos de Odessa. Mais de uma vez leu para nós seus contos favoritos, e certas frases ficaram com ele a vida inteira. Sempre falava com entusiasmo apaixonado da obra de seu amigo Andrei Platônov. Conhecia não apenas a obra editada como os contos e romances não publicados.

Admirava os dois primeiros volumes de *O Don silencioso*, de Chôlokhov, mas tinha uma opinião negativa quanto à obra posterior do escritor.

Grossman lia Rider Haggard com interesse real. Lia e relia Sherlock Holmes. E havia uma série — *Geografiz* — de livros científicos populares sobre animais de que gostava muito. Um livro dessa série, sobre uma pantera negra que comia gente, estava no seu quarto de hospital em seus últimos dias. Li para ele certa noite, e, na manhã seguinte, ele me disse: "Sonhei com a pantera. Fiquei realmente aterrorizado".

Em 1938, mamãe trocou o quarto em que tínhamos morado com meu pai na rua Spassopeskóvskaia por aposentos em uma casa de madeira em Lianôzovo, uma aldeia de dachas não muito longe de Moscou. A casa tinha um jardim enorme, com arbustos e bosques tão grandes que dava para se esconder. Parte do jardim foi convertida em canteiros de flores e legumes. Minha mãe plantava uma grande variedade de legumes, incluindo pepinos e tomates. Também cultivava flores. Por algum motivo, lembro-me particularmente de bocas-de-lobo e plantas de tabaco.

Havia também uma vaga de estacionamento para um M-1, cuidado por um de nossos vizinhos, motorista profissional; às vezes, ele se deitava embaixo do carro, na grama, para fazer consertos. Eu achava maravilhoso o cheiro de gasolina e couro.

Acima de nós, vivia a família de um comandante de artilharia. Depois da ocupação soviética dos Estados bálticos e da Ucrânia ocidental, em 1939, ele foi alocado em algum lugar próximo à fronteira soviética. Seu filho o visitava e voltava com brinquedos magníficos; ficávamos com inveja. Uma vez, em 1940, Grossman foi enviado a um dos Estados bálticos com Aleksandr Tvardovski, para escrever um artigo sobre uma das divisões soviéticas locais, e me trouxe brinquedos semelhantes — um pequeno tanque e uma pistola de plástico que brilhava e soltava lufadas de fumaça.

A mãe de Grossman, Iekaterina Savêlievna, passou dois verões conosco em Lianôzovo, e a filha dele, Kátia, por vezes também vinha; lembro que era alta e magra. Muitos amigos de Grossman também costumavam nos visitar.

Em algum lugar nos arredores de Lianôzovo, havia uma dacha que pertencia ao marechal Vorochílov, Comissário do Povo para a Defesa. Quando saíamos para passear na floresta, pessoas de aspecto sério e roupas simples às vezes nos faziam dar meia-volta assim que chegávamos a algum lugar particularmente pitoresco.

O caminho da estação ferroviária até nossa casa passava por uma floresta densa, e com frequência colhíamos cogumelos no caminho. Cortávamos ramos de nogueiras e os usávamos para afastar a grama alta e os arbustos, de modo que pudéssemos avistar mais facilmente os cogumelos. Grossman tinha um canivete suíço de cabo vermelho e estojo de couro; acho que tinha ganhado da mãe. Costumava decorar nossos ramos de nogueira, entalhando neles pequenos quadrados e círculos. Recolhíamos pedaços de casca de árvore e ele os transformava em barquinhos ou outros brinquedos pequenos para mim. Além de passar os verões em Lianôzovo, às vezes íamos até lá no inverno, para esquiar.

No verão, Grossman costumava usar *tiubeteika* (gorro de peles da Ásia central), camisa branca, calças de seda tussah branca e sandálias sem meia. Antes da guerra, era corpulento, e andava de bengala. Parecia mais velho que seus trinta e cinco anos. As jovens da região costumavam chamá-lo de "tio", embora fosse apenas um pouco mais velho do que elas — jovem o suficiente, na verdade, para ser um de seus admiradores.

Grossman e minha mãe jamais nos disseram palavra alguma sobre seus medos, ou sobre quaisquer das terríveis experiências por que tinham passado. Recordo esses anos de antes da guerra como uma época feliz, a época mais feliz de minha vida. Meu irmão Micha, porém, tenho quase certeza, era menos feliz.

Grossman tinha um amor tocante pelo mundo animal. Durante muitos anos, teve peixes em pequenos aquários. Certa vez, tivemos um esquilo bem agressivo, além de vários cães e gatos ao longo dos anos. Grossman gostava especialmente de uma poodle branca chamada Liubka, que morou conosco por cerca de doze anos. Em seus últimos dias, mal conseguia se mexer, então a levávamos conosco para "uma caminhada". Enterramo-la em frente ao nosso apartamento.

Grossman adorava ir ao zoológico; ia várias vezes por ano. Certa vez, viu um espinho de porco-espinho no chão. Subiu na cerca das pequenas dependências do porco-espinho e pegou-o. Fiquei parado, olhando. Até hoje, o espinho está em sua escrivaninha no apartamento de minha filha em Moscou, junto com seu tinteiro e caneta — Grossman normalmente escrevia não com uma caneta-tinteiro, mas com um simples bico de pena.

Grossman não era — como foi dito algumas vezes — soturno e antissocial. Acontece apenas que não teve muita coisa para celebrar em seus últimos anos. Apreciava muito, porém, refeições festivas, e um amigo ou outro o visitava quase todo dia. Eles contavam piadas e às vezes cantavam juntos. Liam em voz alta seus contos, ou trechos de suas obras longas.

Amigos e parentes o visitavam todo domingo. Mais frequente, pelo menos a partir de meados da década de 1950, era a visita de dois dos amigos mais antigos de Grossman, Faína Abrámovna Chkólnikova e Iefim Abrámovitch Kúguel (descrito com grande ternura no conto autobiográfico "Fósforo"), junto com Nikolai Mikháilovitch Sotchevets (meu tio materno, no qual Grossman baseou o herói de *Tudo flui*). Fazíamos palavras cruzadas juntos. Iefim Abrámovitch dizia: "palavra de quatro letras começando com K", "palavra de sete letras começando com N", e assim por diante. Tio Kólia[3] ficava de pé junto à estante de livros, folheando um volume ou trabalhando em um dos bichinhos de aparência surpreendentemente natural que ele moldava com argila. Sua visão era muito ruim, e ele estava sempre olhando para outro lugar, "vendo" a argila não com os olhos, mas com as mãos. Faína Abrámovna fumava o tempo todo; Grossman fazia piadas, ou nos provocava. Na hora da refeição principal, tomavam vodca e vinho, e me mandavam comprar sorvete.

Havia três outros velhos amigos que Grossman via bastante: Semion Tumárkin, Aleksandr Nítotchkin e Viatcheslav Lobodá, que preservou o manuscrito original de *Vida e destino*. E havia o poeta Semion Lípkin, que escreveu um memorial importante sobre Grossman. Ele e Grossman se encontravam várias vezes por semana, saindo frequentemente para caminhadas que duravam horas.

---

[3] Diminutivo de Nikolai. (N. T.)

Sentados, da esquerda para a direita: Olga Mikháilovna, sua irmã Ievguênia (Gênia), Liubka (o poodle), Fiódor Gúber. Em pé, da esquerda para a direita: Iefim Kúguel (amigo de Grossman dos tempos de estudante), Vassili Grossman, Semion Tumárkin (amigo da escola que Grossman frequentou em Kiev).

Cronologia

1881   Alexandre II é assassinado por membros da organização terrorista Vontade do Povo (*Naródnaia Vólia*).

1891   Começo da construção da Ferrovia Transiberiana.

1905   A onda de descontentamento político em massa conhecida como Revolução de 1905 leva ao estabelecimento da Duma (parlamento) e de uma monarquia constitucional limitada.
Nascimento de Vassili Semiônovitch Grossman.

1910-12   Grossman e a mãe vivem em Genebra.

1914-19   Grossman frequenta a escola secundária em Kiev.

1917   O tsar Nicolau II abdica, depois da Revolução de Fevereiro. Sovietes (ou seja, conselhos) de trabalhadores são estabelecidos em Petrogrado e Moscou. Lênin e o Partido Bolchevique tomam o poder na Revolução de Outubro.

1918-20   Guerra Civil Russa, acompanhada pelas políticas econômicas draconianas conhecidas como "Comunismo de Guerra". Embora houvesse muitas facções diferentes, as principais forças eram o Exército Vermelho (comunistas) e os Brancos (anticomunistas). Potências estrangeiras também intervêm, com resultados escassos. Milhões morrem antes que o Exército Vermelho, liderado por Liev Trótski, derrote os Brancos, em 1920. Batalhas menores prosseguem por vários anos.

1921   Após um levante de marinheiros na base naval de Kronstadt, em março de 1921, Lênin faz um recuo tático, introduzindo a relativamente liberal Nova Política Econômica (NEP, em russo), que durou até 1928. Muitos dos comunistas mais idealistas viram-na como um passo atrás. A NEP não foi, porém, acompanhada de qualquer liberalização econômica.

1924	Morte de Lênin. Petrogrado é rebatizada de Leningrado. Stálin começa a tomar o poder.
1928-37	O primeiro e o segundo dos "Planos Quinquenais" de Stálin aumentam a produção de carvão, ferro e aço.
1928	Grossman se casa com Anna (conhecida como Gália) Matsuk e publica seus primeiros artigos de jornal.
1929	Início da coletivização da agricultura. Grossman se forma na Universidade Estatal de Moscou e começa a trabalhar como engenheiro na região do Donbass.
1930	Nascimento da filha de Grossman, Iekaterina Vassílievna (Kátia).
1931	Grossman regressa a Moscou, trabalhando em uma fábrica de lápis. Grossman e Gália se divorciam.
1932-33	Entre três e cinco milhões de camponeses morrem no Terror da Fome, na Ucrânia.
1933	Hitler chega ao poder na Alemanha. Nádia Almaz, prima de Grossman, é presa em Moscou.
1934	Fundação da União dos Escritores Soviéticos. Grossman publica "Na cidade de Berdítchev" e um romance, *Gliuckauf*, sobre a vida dos mineiros do Donbass.
1935	Mussolini invade a Etiópia. A mula de Grossman (heroína de "A estrada") participa da campanha.
1936	Grossman se casa com a segunda mulher, Olga Mikháilovna Gúber.
1936-38	Cerca de metade da elite política, militar e intelectual soviética é presa ou fuzilada. Por volta de 380 mil supostos cúlaques são mortos, assim como 250 mil membros de diversas minorias nacionais. O período entre setembro de 1936 e novembro de 1938 é conhecido como Grande Terror, ou Iejóvschina — devido a Nikolai Iejov, chefe do NKVD (polícia secreta soviética).
1937	Grossman é admitido na União dos Escritores Soviéticos.
1937-40	Publicação, em episódios, do segundo romance de Grossman, *Stepan Koltchúguin*.
1939	Pacto Mólotov-Ribbentrop. Começo da Segunda Guerra Mundial.
1939-41	Morte de 70 mil alemães com deficiência mental no programa nazista de eutanásia.

1941	Hitler invade a União Soviética. Leningrado é bloqueada, e Moscou, ameaçada. Grossman começa a trabalhar como correspondente de guerra do *Estrela Vermelha* (*Krásnaia zvezdá* — o jornal do Exército Vermelho).
1941-42	Dois milhões de judeus são fuzilados em regiões ocidentais da União Soviética. A mãe de Grossman é um dos cerca de doze mil judeus mortos em um único dia, no aeroporto dos arredores de Berdítchev.
1941-44	Dois milhões e meio de judeus poloneses são mortos por gás em Chelmno, Majdanek, Bełżec, Sobibor, Treblinka e Auschwitz.
1942	Publicação do romance de Grossman *O povo imortal.*
1942-43	A Batalha de Stalingrado é a primeira derrota importante da Alemanha na guerra. Vassili Grossman passa cerca de três meses no calor da batalha.
1944	Entre abril e junho, 436 mil judeus húngaros são mortos por gás em Auschwitz, em apenas 56 dias.
1945	Fim da Segunda Guerra Mundial.
1946	Julgamento da liderança nazista em Nuremberg. Na União Soviética, Andrei Jdánov estreita o controle sobre as artes. A peça de Grossman *Se você acredita nos pitagóricos* é severamente criticada.
1948	Destruição dos fotolitos da edição soviética do *Livro negro*, relato documental da Shoah na União Soviética e na Polônia, compilado por Iliá Ehrenburg e Vassili Grossman entre 1943 e 1946.
1951	Morte de Andrei Platônov. Grossman faz o principal discurso de seu funeral.
1952	Julgamento secreto de membros do Comitê Antifascista Judaico. Publicação, na *Nóvy Mir*, do romance de Grossman *Por uma causa justa.*
1953	Publicação, no *Pravda*, em janeiro, de um artigo sobre os "médicos assassinos" judeus. Prosseguem os preparativos para um expurgo dos judeus soviéticos. *Por uma causa justa* é atacado no *Pravda* e em outros lugares.
1953	5 de março: morte de Stálin.
1953	4 de abril: reconhecimento oficial de que o caso contra os "médicos assassinos" foi fabricado.
1954	*Por uma causa justa* é publicado no formato de livro.

1955   Grossman vê a *Madona Sistina*, de Rafael, em uma exposição em Moscou, antes de ser devolvida à Galeria de Arte de Dresden.

1956   Milhões de prisioneiros são libertados dos campos. A denúncia de Stálin por Khruschov, no 20º Congresso do Partido, é o ápice do período mais liberal, conhecido como "Degelo".

1957   Uma cadela russa, conhecida como Laika (isto é, "aquela que late"), viaja ao espaço no Sputnik 2.

1958   Publicação de *Doutor Jivago* no exterior. Pressionado pelas autoridades soviéticas, Pasternak recusa o Prêmio Nobel.

1961   O KGB confisca o manuscrito de *Vida e destino*.

1962   Publicação de *Um dia na vida de Ivan Denisovich*, de Soljenítsin.

1964   Queda de Khruschov. Grossman morre em 14 de setembro, de câncer no pulmão.

1970   Publicação, em Frankfurt, de uma edição russa incompleta de *Tudo flui*.

1974   Soljenítsin é deportado depois da publicação, no Ocidente, de *Arquipélago Gulag*.

1980   *Vida e destino* é publicado em russo, pela primeira vez, em Lausanne.

1985   Mikhail Gorbatchov chega ao poder. Começo do período de reformas liberais conhecido como *perestroika*; nos anos seguintes, foram publicados na Rússia, pela primeira vez, *Vida e destino* e *Tudo flui*, de Grossman, além de obras importantes de Krzyzanowski, Platônov, Chalámov, Soljenítsin e muitos outros.

1991   Colapso da União Soviética.

Notas sobre os textos

Na cidade de Berdítchev

Escrito em 1934; publicado pela primeira vez na *Literatúrnaia Gaziêta*, em 2 de abril de 1934.

Vidinha

Escrito em 1936; publicado pela primeira vez em *Dobro vam!* (Moscou, 1967).

A jovem e a velha

De acordo com uma edição russa, foi escrito em 1938-40; outra edição menciona 1940-62. É uma das quatro histórias que Grossman confiou a sua amiga Anna Berzer, editora de ficção da *Nóvy Mir*. Berzer conseguiu publicá-la na edição de setembro de 1964 da revista *Moskvá*; Korotkova se lembra de Berzer mostrando as provas a Grossman no hospital, esperando que isso pudesse ajudar a animá-lo. Não está claro quanto da história Grossman escreveu no final dos anos 1930, e quanto no começo da década de 1960. A maioria de seus contos, porém, são baseados em experiência recente, e, nos anos 1930, Grossman passou várias férias de verão nas "casas de repouso" destinadas à elite do governo, semelhantes à que é descrita aqui. É provável que tenha começado o conto na década de 1930, percebido que o tema o tornava impublicável e esperado até a época do "Degelo" de Khruschov para completá-lo e tentar publicá-lo.

O velho

Publicado pela primeira vez no *Estrela Vermelha*, em 8 de fevereiro de 1942.

O velho professor

Escrito em 1943; publicado pela primeira vez na *Známia* (julho e agosto de 1943).

O inferno de Treblinka

Escrito em setembro de 1944; publicado pela primeira vez na *Známia* (novembro de 1944).

A Madona Sistina

Escrito em 1955; publicado pela primeira vez na *Známia* (maio de 1989).

O alce

Publicado pela primeira vez no *Moskvá* (janeiro de 1963), mas há desacordo sobre quando foi escrito. Algumas edições russas dão a data de 1938-40. As Obras Completas em quatro volumes, contudo, dizem 1960-62; Fiódor Gúber concorda plenamente, vendo a história como uma das últimas obras de Grossman. Korotkova lembra-se do pai lhe mostrando o texto durante uma das férias de janeiro que passou com ele, provavelmente em 1954 ou 1955. Tal recordação é confirmada por Botcharov, que cita uma carta indicando que Grossman enviou "O alce" para uma revista literária de Moscou em 1956 (op. cit., p. 177). Gúber afirma que o herói é baseado, pelo menos em parte, na figura de Piotr Vavrissevitch (marido da irmã mais velha de Grossman, Mária Mikháilovna), que ficou confinado em casa por muitos anos. A cabeça de um alce que ele certa vez havia abatido estava pendurada na porta do seu quarto. Gúber se lembra de Piotr Vavrissevitch ter ficado inválido no final dos anos 1930 — o que não nos ajuda a datar o conto. Yury Bit-Yunan, contudo, acha que a letra de Grossman no texto é muito mais próxima da de "Mamãe" do que da de "Vidinha" ou "Na cidade de Berdítchev". Isso confirma o ponto de vista de Gúber e Korotkova de que realmente se trata de uma obra tardia.

Mamãe

Escrito em 1960; publicado pela primeira vez na *Známia* (maio de 1989).

A inquilina

Escrito em 1960; publicado pela primeira vez na *Známia* (maio de 1989).

A ESTRADA

Escrito em 1961-62; publicado pela primeira vez na *Nóvy Mir* (junho de 1962).

A CACHORRA

Escrito em 1960-61; publicado pela primeira vez na *Literatúrnaia Rossía*, 1966. A melancólica frase final foi omitida nesta primeira publicação; um editor, ou censor, evidentemente tentou deixar a história mais otimista. A frase também foi omitida em pelo menos uma publicação russa recente, mas não há dúvida de que Grossman queria que ela ficasse (ver Botcharov, op. cit., p. 314).

EM KISLOVODSK

Escrito em 1962-63; publicado pela primeira vez, em versão expurgada, na *Literatúrnaia Graziêta*, em 1967, e, em versão completa, na *Nedélia*, em 1988.

DESCANSO ETERNO

Escrito em 1957-60; publicado pela primeira vez na revista *Známia* (maio de 1989). O artigo parece quase ter sido perdido para sempre, embora Gúber tenha certeza de que Olga Mikháilovna preparou-o para publicação. Korotkova, contudo, escreve: "Quando estava mexendo nos arquivos de meu pai, deparei com um grande envelope que parecia, pelo menos ao primeiro olhar, não conter nada além de lixo; recortes de jornal e outros pedaços de papel rasgado e manuscrito. Reparei em algumas páginas — páginas quadriculadas de um livro de exercícios de escola — que haviam sido amassadas, mas não rasgadas. Li uma página e achei interessante. Li mais páginas — e comecei a ficar decepcionada por notas como aquela terem sido perdidas. Então, examinei o envelope com mais cuidado e achei ainda mais páginas. A partir delas, pude juntar o relato 'Descanso eterno'. Não sei o que aconteceu ao manuscrito final: meu pai nunca falou dele. Nem sei por que ele jogou fora esse rascunho — não era algo que ele normalmente fazia".

1ª EDIÇÃO [2015] 2 reimpressões

ESTA OBRA FOI COMPOSTA PELA ABREU'S SYSTEM EM ADOBE GARAMOND
E IMPRESSA EM OFSETE PELA GRÁFICA PAYM SOBRE PAPEL PÓLEN DA
SUZANO S.A. PARA A EDITORA SCHWARCZ EM JULHO DE 2024.

A marca FSC® é a garantia de que a madeira utilizada na fabricação do papel deste livro provém de florestas que foram gerenciadas de maneira ambientalmente correta, socialmente justa e economicamente viável, além de outras fontes de origem controlada.